dtv
premium

Ruth Ware

# Woman in Cabin 10

Thriller

Deutsch von
Stefanie Ochel

dtv

Von Ruth Ware ist bei dtv außerdem erschienen:
Im dunklen, dunklen Wald (26123)

MIX
Papier aus verantwortungsvollen Quellen
FSC® C083411

Deutsche Erstausgabe 2017
3. Auflage 2018
dtv Verlagsgesellschaft mbH & Co. KG, München

Titel der englischen Originalausgabe:
›The Woman in Cabin 10‹ (Harvill Secker / Vintage Publishing/ Penguin Random House, London 2016)

Umschlaggestaltung: dtv nach einem Entwurf von Alan Dingman unter Verwendung von Fotos von Arcangel Images und Alamy
Satz: pagina GmbH, Tübingen
Gesetzt aus der Aldus 10/14˙
Druck und Bindung: CPI – Ebner & Spiegel, Ulm
Gedruckt auf säurefreiem, chlorfrei gebleichtem Papier
Printed in Germany · ISBN 978-3-423-26178-4

*Für Eleanor*

*In meinem Traum trieb die Frau in den kalten, lichtlosen Tiefen der Nordsee, weit unter den peitschenden Wellen und den Schreien der Möwen. Ihre lachenden Augen waren weiß und vom Salzwasser aufgequollen, die bleiche Haut runzlig, und ihre Kleider hingen, von spitzen Felsen zerrissen, in Fetzen an ihrem Leib.*

*Ich sah ihre langen schwarzen Haare, die im Wasser wie dunkles Seegras wogten, sich in Muscheln und Fischernetzen verfingen und von der Strömung ans Ufer gespült wurden. Wie schlaffe, zerfranste Seile lagen sie am Strand, während das Geräusch der Wellen, die unablässig gegen den Kies schlugen, in meinen Ohren dröhnte.*

*Als ich aufwachte, war ich vor Angst wie gelähmt. Ich brauchte eine Weile, bis ich wieder wusste, wo ich war, und noch länger, um zu begreifen, dass das Rauschen in meinen Ohren nicht Teil meines Traums war. Es war real.*

*Das Zimmer war dunkel, in der Luft lag der gleiche feuchte Dunst wie in meinem Traum, und als ich mich aufsetzte, spürte ich einen Luftzug auf der Wange. Das Geräusch schien aus dem Bad zu kommen.*

*Zitternd stieg ich aus dem Bett. Die Tür zum Bad war geschlossen, doch als ich näher hinging, wurde das Rauschen lauter. Mein Puls ging schneller. Ich fasste mir ein Herz und stieß die Tür auf. Das Prasseln der Dusche erfüllte den kleinen Raum, während ich mit bebenden Fingern nach dem Lichtschalter tastete. Licht durchflutete das Bad – und da sah ich es.*

*Auf dem beschlagenen Spiegel stand in riesigen Buchstaben: HALT DICH RAUS.*

# Erster Teil

# 1

*Freitag, 18. September*

Das erste Anzeichen, dass etwas nicht stimmte, waren die Pfoten der Katze auf meinem Gesicht, die mich mitten in der Nacht aus dem Schlaf rissen. Ich hatte wohl am Abend die Küchentür offen gelassen. Es rächte sich eben, betrunken nach Hause zu kommen.

»Hau ab«, stöhnte ich. Delilah miaute und stieß ihr Köpfchen gegen mein Kinn. Ich vergrub das Gesicht im Kissen, was allerdings nur dazu führte, dass sie den Kopf jetzt an meinem Ohr rieb, und so rollte ich mich schließlich auf die Seite und schubste sie gnadenlos vom Bett.

Mit einem entrüsteten Maunzen plumpste sie auf den Boden, und ich zog mir die Decke über den Kopf. Aber selbst durch die Stoffschicht konnte ich deutlich hören, wie Delilah an der Tür scharrte, die leicht im Rahmen klapperte.

Die Tür war zu.

Mit klopfendem Herzen setzte ich mich auf, worauf Delilah ein freudiges Miauen ausstieß und mit einem Satz zurück auf dem Bett war. Ich drückte sie fest an mich, damit sie stillhielt, und lauschte.

Vielleicht hatte ich vergessen, die Küchentür zu schließen, oder sie zugeschlagen, ohne darauf zu achten, ob sie richtig ins Schloss fiel. Aber die Schlafzimmertür ging nach außen auf – eine der Macken meiner eigenwillig geschnittenen Wohnung. Die Katze konnte sich unmöglich hier eingeschlossen haben. Jemand musste die Tür zugemacht haben.

Ich saß da wie erstarrt, presste Delilahs warmen, bebenden Körper an mich und horchte.

Nichts.

Dann ging mir ein Licht auf – sie musste sich unter dem Bett versteckt haben, als ich nach Hause kam, sodass ich sie versehentlich hier drin eingesperrt hatte. Mir fiel ein Stein vom Herzen. Ich konnte mich zwar nicht erinnern, die Schlafzimmertür geschlossen zu haben, aber vielleicht hatte ich sie geistesabwesend hinter mir zugezogen, als ich ins Bett ging. Ehrlich gesagt war ab der U-Bahn-Station alles ziemlich verschwommen. Schon auf der Heimfahrt hatten sich die Kopfschmerzen eingestellt, und jetzt, wo meine Panik langsam verebbte, meldeten sie sich im Hinterkopf wieder. Ich musste wirklich aufhören, unter der Woche Alkohol zu trinken. Mit zwanzig war das in Ordnung gewesen, aber inzwischen konnte ich den Kater nicht mehr so leicht abschütteln.

Delilah wand sich in meiner Umklammerung und bohrte mir die Krallen in den Unterarm, sodass ich sie schließlich losließ, nach meinem Morgenmantel griff und ihn überzog. Dann nahm ich sie wieder hoch, entschlossen, sie hinaus in die Küche zu befördern.

Als ich die Schlafzimmertür öffnete, stand da ein Mann.

Ich würde wirklich gerne beschreiben, wie er aussah, aber ich habe nicht die geringste Ahnung. Das sagte ich auch der Polizei. Ungefähr fünfundzwanzigmal. »Haben Sie denn nirgends ein Stück Haut gesehen? Auch nicht ganz kurz? Nicht mal am Handgelenk?«, fragten sie immer wieder. Nein, nein und nein. Er trug einen Kapuzenpulli, ein Tuch über Nase und Mund, alles andere lag im Schatten. Bis auf seine Hände.

Er trug Latexhandschuhe. Dieses Detail war es, das mich in Panik versetzte. Die Handschuhe sagten mir: *Ich weiß, was ich tue.* Sie sagten: *Ich bin vorbereitet.* Sie sagten: *Vielleicht geht es mir um mehr als dein Geld.*

Eine endlose Sekunde lang standen wir einander gegenüber, fixierten seine glänzenden Augen meine.

Tausend Gedanken auf einmal rasten mir durch den Kopf: Wo ist mein Handy? Warum habe ich nur so viel getrunken? Nüchtern hätte ich ihn reinkommen hören. Oh Gott, wäre doch bloß Judah hier.

Und dann die Handschuhe. Himmel, diese Handschuhe. So professionell. So klinisch.

Ich sagte nichts, rührte mich nicht. Ich stand einfach nur da, in meinem schäbigen Morgenmantel, und zitterte. Delilah strampelte sich aus meinen erschlafften Armen frei und raste durch den Flur in Richtung Küche.

Bitte, dachte ich. Bitte tu mir nicht weh.

Wo war nur mein Handy?

Dann sah ich, dass der Mann etwas in den Händen hielt. Meine Handtasche – die neue Burberry-Tasche, was mir allerdings in dem Moment vollkommen irrelevant erschien. An der Tasche war nur eines wichtig: Mein Handy war darin.

Um seine Augen herum bildeten sich Fältchen, sodass ich mich fragte, ob er hinter der Maskierung vielleicht lächelte. Ich spürte, wie mir das Blut aus Kopf und Fingern wich, sich in meiner Körpermitte sammelte, um mich auf das vorzubereiten, was jetzt kam. Kampf oder Flucht – was auch immer angebrachter schien.

Er machte einen Schritt nach vorn.

»Nein«, sagte ich. Es sollte klingen wie ein Befehl, doch es wurde ein dünnes, ängstliches Flehen: »N-nei…«

Weiter kam ich nicht. Er knallte die Tür vor mir zu, wobei sie mich an der Wange erwischte.

Eine ganze Weile stand ich wie angewurzelt da und hielt mir die Hand ans Gesicht, stumm vor Schock und Schmerz. Meine Finger waren eisig, aber auf der Wange spürte ich etwas Warmes und Feuchtes. Es dauerte eine Weile, bis ich begriff, dass ich blutete. Die Zierleiste an der Tür hatte mir eine Platzwunde eingetragen.

Am liebsten wollte ich ins Bett zurück, den Kopf unters Kissen stecken und einfach nur weinen. Doch eine fiese kleine Stimme in meinem Kopf wiederholte unablässig: *Er ist immer noch da. Was, wenn er ins Zimmer kommt? Wenn er dich holen kommt?*

Plötzlich polterte es im Flur, als wäre etwas zu Boden gefallen. Angst durchzuckte mich, doch statt aus meiner Schockstarre zu erwachen, war ich wie gelähmt. *Komm nicht zurück. Komm nicht zurück.* Ich merkte, dass ich die Luft anhielt, und zwang mich, tief und zittrig auszuatmen, bevor ich ganz langsam die Hand in Richtung Tür ausstreckte.

Wieder hörte ich ein Krachen im Flur – das Splittern von Glas –, und da packte ich den Türknauf und stemmte die Füße in den Boden, wild entschlossen, die Tür so lange wie möglich zuzuhalten. Meine nacken Zehen krallten sich in die Lücken zwischen den alten Dielen. Mit angezogenen Knien hockte ich da und versuchte, mein Schluchzen im Stoff des Morgenmantels zu ersticken, während ich zuhörte, wie er die ganze Wohnung durchwühlte. Ich hoffte inständig, dass Delilah inzwischen im Garten war, in Sicherheit.

Endlich, eine halbe Ewigkeit später, hörte ich, wie die Haustür auf- und wieder zuging. Ich blieb sitzen, das Gesicht gegen die Knie gepresst, um mein Weinen zu dämpfen, denn ich konnte nicht glauben, dass er wirklich weg war. Dass er nicht wiederkommen würde, um mir wehzutun. Meine Finger waren schon ganz taub und steif, trotzdem wagte ich es nicht, den Griff loszulassen.

Wieder sah ich die kräftigen Hände vor mir, das fahle Weiß der Latexhandschuhe.

Ich weiß nicht, wie lange das noch so weitergegangen wäre. Vielleicht hätte ich die ganze Nacht dort gehockt, unfähig, mich zu rühren. Doch dann hörte ich die Katze draußen miauen und an der Tür kratzen.

»Delilah«, krächzte ich. Meine Stimme zitterte so sehr, dass sie nicht mehr nach mir klang. »Hey, Delilah.«

Durch die Tür hörte ich sie schnurren, und das vertraute, tiefe, kettensägenartige Rasseln brach schließlich den Bann.

Meine verkrampften Finger lösten sich. Ich streckte sie vorsichtig, was ziemlich wehtat, dann stand ich auf, versuchte, meine zitternden Beine zu stabilisieren, und drehte am Türknauf.

Er drehte sich. Mühelos. Viel zu leicht, ohne dass sich der Schnapper einen Millimeter rührte. Der Typ hatte von außen die Spindel entfernt.

Scheiße.

Scheiße, Scheiße, Scheiße.

Ich saß in der Falle.

## 2

Erst nach zwei Stunden konnte ich mich aus dem Zimmer befreien. Festnetz hatte ich keines, sodass ich niemanden anrufen konnte, und mein Schlafzimmerfenster war vergittert. Ich stocherte so lange mit meiner besten Nagelfeile am Schloss herum, bis sie abbrach, doch schließlich gelang es mir, die Tür zu öffnen, und ich wagte mich vorsichtig in den schmalen Flur hinaus. Obwohl meine Wohnung nur aus drei Räumen bestand – Küche, Schlafzimmer und ein winziges Bad – und man sie eigentlich von meiner Zimmertür aus komplett einsehen konnte, verspürte ich das dringende Bedürfnis, jeden noch so kleinen Winkel zu kontrollieren, selbst den Schrank im Flur, in dem ich meinen Staubsauger aufbewahrte. Ich musste einfach sichergehen, dass der Typ wirklich weg war.

Zitternd und mit pochendem Schädel ging ich nach draußen und stieg die Stufen zur Wohnung meiner Nachbarin hinauf. Über die Schulter spähte ich zurück auf die nächtliche Straße, während ich darauf wartete, dass Mrs Johnson öffnete. Nach meiner Schätzung musste es etwa vier Uhr morgens sein, und es dauerte eine Ewigkeit, bis mein Klopfen sie endlich weckte. Schließlich hörte ich sie murrend die Treppe herunterstapfen. Sie öffnete die Tür einen Spaltbreit. In ihrer Miene spiegelte sich eine Mischung aus Schlaftrunkenheit und Furcht. Doch als sie mich im Morgenmantel auf ihrer Türschwelle erblickte, Gesicht und Hände voller Blut, riss sie die Augen auf und löste hastig die Kette von der Tür.

»Ach du liebe Zeit! Was ist denn mit Ihnen passiert?«

»Ein Einbrecher.«

Das Sprechen fiel mir schwer. Ich weiß nicht, ob es an der kühlen Herbstluft oder am Schock lag, aber auf einmal zitterte ich am ganzen Körper, und meine Zähne klapperten so sehr, dass ich Angst bekam, sie könnten mir im Mund zerbrechen. Ich schüttelte die Vorstellung ab.

»Sie bluten ja!« Sie musterte mich besorgt. »Du liebe Zeit, so kommen Sie doch rein!«

Ich folgte ihr ins Wohnzimmer ihrer Maisonettewohnung, die zwar klein, düster und völlig überheizt war, mir aber in diesem Moment als idealer Zufluchtsort erschien. Daran konnte selbst der wildgemusterte Paisley-Teppichboden nichts ändern.

»Bitte, setzen Sie sich.« Sie deutete auf ein rotes Plüschsofa, bevor sie ächzend in die Knie ging, um sich am Gasofen zu schaffen zu machen. Es knackte, die Flamme schnellte empor, und noch während Mrs Johnson sich mühsam aufrichtete, fühlte ich die Temperatur um ein Grad steigen. »Ich mache Ihnen einen schönen heißen Tee.«

»Nicht nötig, Mrs Johnson, wirklich nicht. Meinen Sie …«, setzte ich an.

Doch sie schüttelte nur streng den Kopf. »Nichts geht über heißen, süßen Tee, wenn man unter Schock steht.«

Also fügte ich mich. Die zitternden Hände fest um meine Knie gekrallt, wartete ich, während sie in der winzigen Küche hantierte und schließlich mit zwei Tassen auf einem Tablett zurückkam. Ich nahm eine, zuckte zusammen, als ich die Hitze auf der Wunde an meiner Hand spürte, und nippte am Tee. Er war so süß, dass er sogar den Blutgeschmack in meinem Mund überdeckte, was unter diesen Umständen wohl ein Segen war.

Mrs Johnson rührte ihre Tasse nicht an, sondern betrachtete mich nur mit Sorgenfalten auf der Stirn.

»Hat er …« Ihre Stimme versagte. »Hat er Ihnen etwas *angetan?*«

Es war klar, was sie damit meinte. Ich schüttelte den Kopf, aber ich musste noch einen weiteren brühheißen Schluck nehmen, bevor ich mir das Sprechen zutraute.

»Nein, er hat mich nicht angerührt. Die Platzwunde kommt daher, dass er mir die Tür ins Gesicht geknallt hat. Und dann habe ich mich in die Hand geschnitten, als ich versucht habe, mich aus meinem Zimmer zu befreien. Er hatte mich eingesperrt.«

Ein Schauer durchfuhr mich, als ich daran zurückdachte, wie ich mit Nagelfeile und Schere auf das Schloss eingehackt hatte. Judah zog mich wegen meiner Vorliebe für improvisiertes Werkzeug gerne auf – weil ich Schrauben mit einem Buttermesser rausdrehte oder einen Fahrradreifen mithilfe einer Gartenschaufel von der Felge löste. Letzte Woche erst hatte er sich über meinen Versuch lustig gemacht, den Duschkopf mit Isolierband zu reparieren, und dann den ganzen Nachmittag damit zugebracht, ihn in mühevoller Kleinarbeit mit Epoxidharz zusammenzukleben. Aber er war weit weg in der Ukraine, und ich durfte jetzt nicht an ihn denken. Sonst würde ich heulen, und wenn ich einmal damit anfing, würde ich vielleicht nie wieder aufhören.

»Ach, Sie armes Ding.«

Ich schluckte.

»Mrs Johnson, haben Sie vielen Dank für den Tee – aber eigentlich wollte ich fragen, ob ich kurz Ihr Telefon benutzen kann, um die Polizei zu rufen. Er hat nämlich mein Handy mitgenommen.«

»Aber natürlich, es steht da drüben. Aber jetzt trinken Sie erst mal Ihren Tee aus.«

Sie deutete auf ein Beistelltischchen mit Spitzendecke, auf dem sich das wohl letzte Wählscheibentelefon Londons befand, wenn man von den Vintage-Läden in Islington mal absah. Gehorsam trank ich meine Tasse aus, bevor ich zum Hörer griff. Einen Moment lang verharrte mein Finger über der Neun, aber dann überlegte ich es mir anders. Er war ja weg. Was sollten sie jetzt noch tun? Es war kein Notfall mehr.

Also wählte ich die Rufnummer für nicht akute Angelegenheiten und wartete darauf, dass jemand abnahm.

Unterdessen kreisten meine Gedanken um die Hausratversicherung, die ich nicht hatte, das Türschloss, das ich hätte verstärken lassen sollen, und die Katastrophe, zu der sich diese Nacht entwickelt hatte.

Noch Stunden später ging mir das durch den Kopf, während ich dem Mann vom Schlüsseldienst dabei zusah, wie er das dürftig angeschraubte Schnappschloss der Vordertür durch einen ordentlichen Riegel ersetzte, und mir geduldig seinen Vortrag über Einbruchschutz sowie den Zustand der Hintertür anhörte, die er als Lachnummer bezeichnete.

»Das ist bloß 'ne billige Holzfaserplatte. Ein Tritt und die ist durch. Soll ich's Ihnen zeigen?«

»Nein«, wehrte ich hastig ab. »Nein danke. Ich lasse sie ersetzen. Sie machen nicht zufällig auch Türen, oder?«

»Nein, aber ein Kumpel von mir. Ich schreib Ihnen die Nummer auf. Und in der Zwischenzeit sagen Sie Ihrem Göttergatten, er soll 'ne ordentliche Achtzehn-Millimeter-Sperrholzplatte draufnageln. Sie wollen doch bestimmt nicht, dass sich das von gestern Nacht wiederholt.«

»Nein«, stimmte ich zu. Die Untertreibung des Jahrhunderts.

»Ich hab 'nen Kumpel bei der Polizei, von dem weiß ich, dass ein Viertel aller Einbrüche Wiederholungstaten sind. Die Täter kommen zurück, um sich mehr zu holen.«

»Na wunderbar«, erwiderte ich. Genau das, was ich jetzt hören wollte.

»Achtzehn Millimeter. Soll ich's Ihrem Mann aufschreiben?«

»Nein danke, ich bin nicht verheiratet.« Und obwohl ich

Eierstöcke habe, kann ich mir eine zweistellige Zahl gerade noch so merken.

»Ach so, verstehe. Ja dann«, brummte er, als wäre dadurch irgendetwas klarer. »Mit dem Türrahmen können Sie übrigens auch niemandem imponieren. Sie brauchen einen London-Bar. Ohne den nützt Ihnen das beste Schloss nichts – wenn die es Ihnen aus dem Rahmen treten, stehen Sie genauso blöd da. Ich hab noch einen im Wagen, der passen könnte. Sie wissen, was das ist?«

»Ja, weiß ich«, antwortete ich matt. »Eine Metallleiste, die über dem Schloss befestigt wird, oder?« Ich hatte zwar den Verdacht, dass er aus der Situation das Maximum für sich herausholen wollte, aber das war mir im Moment egal.

»Wissen Sie was?« Er stand auf und steckte sein Werkzeug in die Overalltasche. »Ich montiere Ihnen den London-Bar, und dazu mache ich Ihnen noch gratis eine Sperrholzplatte an die Hintertür. Im Wagen hab ich noch eine, die von der Größe einigermaßen passen müsste. Kopf hoch, junge Frau. Auf diesem Weg kommt er jedenfalls nicht mehr rein.«

Irgendwie fand ich seine Worte nicht besonders tröstlich.

Als er weg war, machte ich mir eine Tasse Tee und lief in der Wohnung auf und ab. Dabei kam ich mir vor wie Delilah, als ein Kater sich einmal durch die Katzenklappe Zutritt verschafft und in den Flur gepinkelt hatte – stundenlang war sie durch die Zimmer getigert, hatte sich an sämtlichen Möbelstücken gerieben und in alle Ecken gemacht, um Stück für Stück ihr Revier zurückzuerobern.

Auch wenn ich nicht so weit ging, ins Bett zu machen, hatte ich ebenfalls das Gefühl, dass jemand in mein Allerprivatestes vorgedrungen war. Genau wie Delilah hatte ich das dringende Bedürfnis, mir zurückzuholen, was der Typ geschändet hatte. *Geschändet?*, ertönte eine sarkastische Stimme in meinem Innern. *Mach mal halblang, du Drama-Queen.*

Aber so empfand ich es. Meine kleine Wohnung war durch sein Eindringen beschmutzt worden und nun nicht mehr sicher. Die Aussage bei der Polizei war eine Tortur gewesen – ja, ich habe ihn gesehen, nein, beschreiben kann ich ihn nicht. Was in der Tasche war? Ach, wissen Sie, bloß mein ganzes Leben: Geld, Handy, Führerschein, meine Tabletten, im Grunde alles, was ich tagtäglich brauche, von Wimperntusche bis zur Monatskarte.

In meinem Kopf hallte der kühle, unpersönliche Tonfall des Polizisten noch nach.

»Um was für ein Mobiltelefon handelt es sich?«

»Nichts Wertvolles«, erwiderte ich matt. »Ein altes iPhone. Das Modell weiß ich gerade nicht, aber das lässt sich rausfinden.«

»Danke. Jegliche Information zu Modell und Seriennummer könnte helfen. Sie haben auch Tabletten erwähnt – welche Art von Tabletten, wenn ich fragen darf?«

Ich ging sofort in die Defensive. »Was hat denn meine Krankengeschichte damit zu tun?«

»Gar nichts.« Der Polizist blieb vollkommen ruhig und geduldig, was mich nur noch mehr aufbrachte. »Es ist bloß so, dass manche Medikamente auf dem Schwarzmarkt beliebt sind.«

Dass die Wut, die in mir hochkochte, unangemessen war, wusste ich – er machte ja nur seine Arbeit. Aber schließlich war der Einbrecher derjenige, der das Verbrechen begangen hatte. Warum also kam ich mir vor wie bei einem Verhör?

Ich hatte meinen Tee in der Hand und war auf dem Weg ins Schlafzimmer, als plötzlich jemand an die Tür hämmerte. Das laute Geräusch, das durch die stille Wohnung hallte, jagte mir einen solchen Schrecken ein, dass ich zusammenfuhr und instinktiv in Deckung ging.

Vor meinem inneren Auge blitzte wieder das maskierte Gesicht auf, das fahle Weiß der Latexhandschuhe.

Erst als es ein zweites Mal klopfte, erwachte ich aus meiner Erstarrung und sah die zerbrochene Tasse auf den Fliesen. Meine Füße standen in einer Lache aus Tee.

Wieder pochte es.

»Einen Moment!«, rief ich, auf einmal wütend und den Tränen nah. »Ich komme ja schon! Können Sie mal aufhören, gegen die Tür zu hämmern!«

»Entschuldigen Sie«, sagte der Polizist, als ich schließlich öffnete. »Ich wusste nicht, ob Sie mich gehört haben.« Und dann, als er die Pfütze und die Scherben sah: »Himmel, was ist denn hier los? Noch ein Einbruch? Haha.«

Es war schon Nachmittag, als er endlich mit dem Protokoll fertig war. Als er weg war, klappte ich meinen Laptop auf, der zum Zeitpunkt des Einbruchs glücklicherweise im Schlafzimmer gelegen hatte. Neben meinen ganzen Unterlagen für die Arbeit, von denen die meisten nirgends sonst gespeichert waren, befanden sich darauf auch alle Passwörter, einschließlich – und bei dem Gedanken fasste ich mir an den Kopf – einer Datei, die ich zuvorkommenderweise »Banksachen« benannt hatte. Bis auf meine PINs stand so ziemlich alles da drin.

Die übliche Flut von E-Mails ergoss sich in mein Postfach, darunter eine mit dem Betreff »Wolltest du dich heute noch blicken lassen :)?«. Erschrocken stellte ich fest, dass ich völlig vergessen hatte, bei ›Velocity‹ Bescheid zu sagen.

Anstatt zu antworten, holte ich den 20-Pfund-Schein aus der Teedose, den ich dort als Taxigeld für Notfälle aufbewahrte, und stattete dem etwas zwielichtigen Handyladen an der U-Bahn-Station einen Besuch ab. Nach einigem Hin und Her konnte ich dem Verkäufer schließlich ein Prepaid-Handy mit SIM-Karte für fünfzehn Pfund abschwatzen, mit dem ich mich ins Café gegenüber setzte und die stellvertretende Feature-Redakteurin Jenn anrief, die mir im Büro gegenübersaß.

Ich schilderte ihr, was geschehen war, allerdings so, dass

es deutlich amüsanter und absurder klang, als es tatsächlich gewesen war. Ich malte ihr bis in kleinste Detail aus, wie ich mit der Nagelfeile am Türschloss herumhantiert hatte; die Handschuhe und das Gefühl von Ohnmacht und Todesangst unterschlug ich ebenso wie die erschreckend realistischen Flashbacks, die mich seitdem heimsuchten.

»Ach du Scheiße!« Ihre Stimme am anderen Ende der wackeligen Verbindung klang entsetzt. »Geht es dir gut?«

»Ja, mehr oder weniger. Aber ich werde heute nicht mehr kommen. Ich muss die Wohnung in Ordnung bringen.« Wobei es in Wahrheit gar nicht so schlimm war. Für einen Kriminellen hatte er die Wohnung in recht gepflegtem Zustand hinterlassen, das musste man ihm lassen.

»Ach Gott, Lo, du Arme. Hör mal, soll ich für die Nordlicht-Sache eine Vertretung finden?«

Kurz wusste ich nicht, wovon sie sprach – dann fiel es mir wieder ein: die *Aurora Borealis,* ein kleines, exklusives Luxuskreuzfahrtschiff für Reisen zu den norwegischen Fjorden. Durch eine glückliche Fügung, die ich mir selbst noch nicht ganz erklären konnte, war ich in den Besitz einer der wenigen Pressekarten gekommen, die für die Jungfernfahrt vergeben worden waren.

Es war eine großartige Gelegenheit, denn obwohl ich für ein Reisemagazin arbeitete, verbrachte ich den Großteil meiner Tage damit, Meldungen aus irgendwelchen Pressemitteilungen zusammenzuschustern und Bilder für die Artikel, die meine Chefin Rowan von ihren Luxusreisen in die Redaktion sandte, auszuwählen. Eigentlich hätte sie selbst fahren sollen, aber weil sie kurz nach der Zusage feststellen musste, dass ihr die schwangerschaftsbedingte Morgenübelkeit doch stärker zu schaffen machte als gedacht, fiel mir die Kreuzfahrt wie ein großes Geschenk in den Schoß, ein Paket gefüllt mit Verantwortung und Möglichkeiten. Es war ein Vertrauensbeweis, denn schließlich hätte sie diesen Gefallen genauso gut auch anderen, sehr viel erfahreneren Kollegen erweisen können. Wenn ich es geschickt anstellte, konnte ich mir dadurch beim Gerangel um Rowans Mutterschutzvertretung einen Vorteil verschaffen und würde vielleicht endlich jene Beförderung bekommen, die sie mir schon seit Jahren versprach.

Allerdings sollte es schon dieses Wochenende losgehen. Sonntag, um genau zu sein. In zwei Tagen.

»Nein«, versicherte ich hastig und war selbst überrascht, wie entschlossen ich dabei klang. »Nein, ich zieh das auf jeden Fall durch. Mir geht's gut.«

»Bist du sicher? Was ist mit deinem Pass?«

»Der war im Schlafzimmer, den hat er nicht gefunden.« Gott sei Dank.

»Bist du *ganz* sicher?«, fragte sie noch einmal, hörbar besorgt. »Das ist eine große Sache – nicht nur für dich, sondern fürs Magazin, meine ich. Wenn du es dir nicht zutraust, würde Rowan sicher nicht wollen, dass …«

»Ich traue es mir zu«, unterbrach ich sie. Unter keinen Umständen würde ich mir diese Gelegenheit entgehen lassen. Wer wusste schon, ob ich noch mal eine bekäme. »Versprochen. Ich will das wirklich machen, Jenn.«

»Okay …«, sagte sie schließlich zögernd. »Dann also volle Fahrt voraus, ja? Heute Morgen ist das Pressepaket angekommen, das schicke ich dir gleich zusammen mit den Zugfahrkarten per Kurier. Rowans Notizen müssten hier auch noch irgendwo sein. Hauptsächlich geht es wohl um eine angemessene Lobeshymne auf das Schiff, weil Rowan die Firma gerne als Werbekunden hätte, aber unter den Gästen sollten auch ein paar interessante Leute sein – wenn du also noch das eine oder andere Porträt einbauen kannst, umso besser.«

»In Ordnung.« Von der Theke des Cafés nahm ich einen Stift und machte mir auf einer Papierserviette Notizen. »Wann geht es noch mal los?«

»Dein Zug fährt um zehn Uhr dreißig in King's Cross ab – aber ich leg dir alles ins Pressepaket.«

»Alles klar. Vielen Dank, Jenn.«

»Kein Problem«, erwiderte sie. In ihrer Stimme klang etwas Wehmut mit, und ich fragte mich, ob sie gehofft hatte, selbst für Rowan einspringen zu können. »Pass auf dich auf, Lo. Mach's gut.«

Es dämmerte schon, als ich langsam zurücktrottete. Mir taten die Füße weh, meine Wange schmerzte, und ich wollte einfach nur nach Hause und ein langes, heißes Bad nehmen.

Die Tür zu meiner Souterrainwohnung lag wie immer im Schatten, und mir kam wieder mal der Gedanke, dass ich eine Sicherheitsleuchte brauchte, und sei es nur, um in der Handtasche meine Schlüssel zu finden. Doch selbst im Dämmerlicht konnte ich die Holzsplitter an der Stelle sehen, wo er das Schloss aufgebrochen hatte. Es war mir ein Rätsel, dass ich ihn nicht gehört hatte. *Tja, was erwartest du, du warst eben betrunken,* sagte die fiese kleine Stimme in meinem Kopf.

Immerhin fühlte sich das neue Schloss beruhigend stabil an. Drinnen angekommen verriegelte ich die Tür, streifte die Schuhe ab und schlich erschöpft in Richtung Bad. Mit einem Gähnen stellte ich das Badewasser an und ließ mich auf den Toilettendeckel fallen. Ich zog mir die Strumpfhose aus, begann, mein Oberteil aufzuknöpfen … und dann hielt ich inne.

Normalerweise lasse ich die Badezimmertür offen – schließlich gibt es nur mich und Delilah hier, und die Wände der Kellerwohnung sind ziemlich anfällig für Feuchtigkeit. Außerdem tue ich mich generell schwer mit geschlossenen Räumen, zumal dieser hier sich bei heruntergelassenem Rollo besonders eng anfühlt. Doch obwohl die Wohnungstür abgeschlossen und zusätzlich durch den London-Bar verstärkt war, überprüfte ich zur Sicherheit das Fenster und schloss die Badezimmertür ab, bevor ich mich auszog.

Ich war so hundemüde. Vor meinem geistigen Auge sah ich, wie ich in der Badewanne einschlief, unter die Wasseroberfläche sank und wie Judah eine Woche später meinen nackten, aufgedunsenen Körper entdeckte … Ich schüttelte den Gedanken ab. Ich musste aufhören, so melodramatisch zu sein. In der knapp einen Meter zwanzig langen Wanne musste ich mich schon mühsam verrenken, um nur das Shampoo aus den Haaren zu spülen, von Ertrinken ganz zu schweigen.

Das heiße Wasser brannte in der Platzwunde auf meiner Wange, und ich schloss die Augen und versuchte, mich an einen anderen Ort zu versetzen, weit weg von diesem klaustrophobisch kleinen Raum, von diesem verkommenen London mit all seiner Kriminalität. Ein Strandspaziergang im hohen Norden vielleicht, dazu das beruhigende Rauschen der … äh … Ostsee? Für eine Reisejournalistin bin ich beunruhigend schlecht in Geografie.

Doch die unerwünschten Erinnerungen stürmten weiter auf mich ein. Was der Schlosser über Wiederholungstaten gesagt hatte. Wie ich, die Füße fest gegen die Bodendielen gestemmt, vor der Schlafzimmertür kauerte. Der Anblick der kräftigen Hände im gelblichweißen Latex, die schwarzen Härchen, die sich darunter abzeichneten …

Verdammt.

Ich schlug die Augen auf, aber diesmal half der Realitätsabgleich nichts. Stattdessen sah ich die feuchten Badezimmerwände bedrohlich näher rücken, als wollten sie mich zermalmen.

*Du drehst schon wieder durch,* zischte die Stimme. *Merkst du das nicht?*

Sei still. Sei still, sei still, sei still. Ich kniff die Augen zu und versuchte, die Bilder durch Zählen aus meinem Kopf zu vertreiben. *Eins. Zwei. Drei. Einatmen. Vier. Fünf. Sechs. Ausatmen. Eins. Zwei. Drei. Einatmen. Vier. Fünf. Sechs. Ausatmen.*

Nach einer Weile verblassten die Bilder, aber an Entspannung war trotzdem nicht zu denken. Plötzlich spürte ich den heftigen Drang, dem stickigen, engen Raum zu entkommen. Ich stieg aus der Wanne, wickelte mich in ein Handtuch und lief ins Schlafzimmer, wo der Laptop noch auf dem Bett lag.

Ich klappte ihn auf und tippte in die Google-Suchmaske: »Wie viel % Einbrüche sind Wiederholungen?«

Ich klickte auf das erstbeste Ergebnis und überflog die Seite, bis ich zu diesem Absatz kam: »Wenn Einbrecher wiederkommen – Einer landesweiten Erhebung zufolge handelt es sich bei 25–50 % aller Einbrüche im Laufe eines Jahres um Wiederholungstaten. Geschätzt wird außerdem, dass 25–35 % der Einbruchsopfer im gleichen Zeitraum erneut zum Opfer werden. Statistiken der britischen Polizeibehörden legen nahe, dass 28–51 % der Wiederholungstaten innerhalb eines Monats stattfinden, 11–25 % innerhalb einer Woche.«

Na toll. Also hatte mich der freundliche Schlosser mit seinen Schreckensszenarien nicht ängstigen wollen, sondern sogar noch untertrieben – wobei mir die rätselhafte Diskrepanz zwischen den fast fünfzig Prozent Wiederholungstaten und den nur fünfunddreißig Prozent auf der Seite der Opfer Kopfzerbrechen bereitete. So oder so gefiel mir der Gedanke, in diese Statistik zu fallen, überhaupt nicht.

Weil ich mir geschworen hatte, an diesem Abend keinen Alkohol zu trinken, machte ich mir, nachdem ich Vorder- und Hintertür, Fensterschlösser und dann ein zweites und drittes Mal die Vordertür kontrolliert hatte, eine Tasse Kamillentee.

Dann verzog ich mich mit meinem Tee, dem Laptop, dem Pressepaket und einer Packung Schokoladenkekse ins Schlafzimmer. Es war erst acht Uhr, und ich hatte noch nicht zu Abend gegessen, aber ich fühlte mich vollkommen erschöpft – zu erschöpft, um zu kochen oder auch nur den Lieferservice anzurufen. Ich öffnete die Presseinformationen zur Fjordkreuzfahrt, kuschelte mich unter die Bettdecke und wartete darauf, dass mich der Schlaf übermannte.

Das tat er aber nicht. Ich tunkte Keks um Keks in meinen Tee und las Seite um Seite voller Fakten und Zahlen zur *Aurora*. Nur zehn luxuriös ausgestattete Kabinen ... maximal zwanzig Passagiere ... handverlesenes Personal aus den weltbesten Restaurants und Hotels ... Selbst die technischen Details zu Tiefgang und Tragfähigkeit des Schiffs konnten mich nicht in den Schlaf lullen. Ich war und blieb hellwach, völlig erschlagen und aufgedreht zugleich.

Während ich dort in meinen Kokon gewickelt lag, versuchte ich, nicht an den Einbrecher zu denken. Ich zwang mich, über die Arbeit nachzudenken und darüber, was ich bis Sonntag noch alles erledigen musste. Die neue Bankkarte abholen. Packen und für die Reise recherchieren. Ob ich Judah vor der Abreise noch sehen würde? Bestimmt würde er versuchen, mich unter der alten Nummer zu erreichen.

Ich legte die Presseinfos zur Seite und öffnete mein E-Mail-Postfach.

»Hi Schatz«, tippte ich, stockte dann und biss auf meinem Fingernagel herum. Was sollte ich schreiben? Ihm von dem Einbruch zu erzählen hatte keinen Zweck, jedenfalls im Moment nicht. Er würde sich nur Vorwürfe machen, dass er nicht da gewesen war, als ich ihn gebraucht hätte. »Ich hab mein Handy verloren«, schrieb ich stattdessen. »Lange Geschichte, erklär ich dir später. Aber wenn was ist, im Moment bitte per E-Mail, keine SMS. Wann kommst du am Sonntag zurück? Ich muss wegen der Kreuzfahrt schon morgens nach Hull. Hoffe, wir sehen uns noch, bevor ich fahre – aber sonst dann nächstes Wochenende? Kuss, Lo.«

Ich klickte auf *Senden* und hoffte, er würde sich nicht wundern, warum ich nachts um Viertel vor eins E-Mails verschickte. Dann klappte ich den Laptop zu, nahm mein Buch und versuchte, mich in den Schlaf zu lesen.

Ohne Erfolg.

Um 3:35 Uhr taumelte ich in Richtung Küche, griff nach der Ginflasche und mixte mir den stärksten Gin Tonic, den ich noch runterbringen konnte. Wie lebensrettende Medizin stürzte ich ihn hinunter, schüttelte mich wegen des scharfen Geschmacks und schenkte sofort den nächsten ein. Auch dieses Glas trank ich leer, wenn auch etwas langsamer. Danach blieb ich eine Weile stehen und spürte, wie der Alkohol in meinen Adern kribbelte, die Muskeln lockerte und meine Unruhe dämpfte.

Schließlich leerte ich den restlichen Gin ins Glas, nahm es mit ins Schlafzimmer und legte mich hin. Steif und angespannt, den Blick fest auf das leuchtende Display der Uhr gerichtet, wartete ich darauf, dass der Alkohol seine Wirkung tat.

*Eins. Zwei. Drei. Einatmen. Vier … Fünf … Fü…*

Irgendwann muss ich doch eingeschlafen sein. Eben noch hatte ich mit müden, schmerzenden Augen den Wecker angestarrt und gesehen, wie die Ziffern auf 4:44 Uhr sprangen, und im nächsten Moment blinzelte ich in das pelzige Gesicht von Delilah, die mich mit ihren Schnurrhaaren in der Nase kitzelte und mir so mitteilte, dass es Zeit für Frühstück war. Ich stöhnte. Mein Kopf schmerzte noch stärker als gestern, wobei ich nicht sicher war, ob es an der Wunde lag oder an einem weiteren Kater. Der letzte Gin Tonic stand noch halb voll auf dem Nachttisch neben dem Wecker. Als ich daran roch, musste ich fast würgen. Er bestand sicher zu zwei Dritteln aus Gin. Was hatte ich mir nur dabei gedacht?

Die Uhr zeigte 6:04 Uhr, was bedeutete, dass ich keine anderthalb Stunden geschlafen hatte, doch jetzt war ich nun mal wach. Ich stand also auf, zog den Vorhang beiseite und blickte hinaus in die graue Dämmerung, von der aus sich einzelne Sonnenstrahlen wie dünne Finger durch die Fenster meiner Souterrainwohnung hereinstahlen. Es war ein kalter und ungemütlicher Morgen, und ich fröstelte, als ich in meine Hausschuhe schlüpfte und durch den Flur zum Thermostat lief, um die Zeitschaltung abzustellen und die Heizung in Gang zu setzen.

Es war Samstag, und so musste ich zwar nicht arbeiten, aber weil die Reisevorbereitungen, die Umleitung meiner Handynummer auf das neue Telefon und die Ausstellung der neuen Bankkarte fast den ganzen Tag in Anspruch nahmen, war ich am Abend ganz benommen vor Müdigkeit.

Es war genauso schlimm wie damals, als ich von Thailand über L.A. zurück nach Hause geflogen war – nach einer Reihe von Nachtflügen war ich vor Schlafentzug völlig neben mir und hoffnungslos desorientiert gewesen. Irgendwo über dem Atlantik sah ich ein, dass Schlaf offenbar keine Option mehr war und es keinen Zweck hatte, es weiter zu versuchen. Als ich mich später zu Hause aufs Bett fallen ließ, war es wie ein Sturz ins Bodenlose, kopfüber in die Besinnungslosigkeit. Erst als Judah zweiundzwanzig Stunden später mit der Sonntagszeitung gegen meine Tür hämmerte, wachte ich, ganz zerschlagen und mit steifen Gliedern, wieder auf.

Diesmal aber war mein Bett kein Zufluchtsort mehr.

Vor der Abreise musste ich mich unbedingt wieder fangen. Ich hatte die einmalige, unbezahlbare Gelegenheit, mich nach zehn Jahren in der Tretmühle des Copy-and-Paste-Journalismus endlich zu beweisen. Das war meine Chance, zu zeigen, dass ich es draufhatte – dass ich wie Rowan netzwerken, mich auf jedem gesellschaftlichen Parkett bewegen und das Magazin in die Welt der Reichen und Schönen bringen konnte. Denn Lord Bullmer, der Besitzer der *Aurora Borealis*, war ganz ohne Frage Teil dieser Welt. Schon ein Prozent seines Werbeetats würde reichen, um ›Velocity‹ mehrere Monate über die Runden zu bringen. Dazu kamen die bekannten Reiseautoren und Fotografen, die zweifellos zur Jungfernfahrt eingeladen worden waren und deren Namen sich unter den Artikeln im Magazin sehr gut machen würden.

Meine Absicht war nicht, Bullmer beim Abendessen in Verkaufsgespräche zu verwickeln, das wäre viel zu plump und geschäftsmäßig. Wenn es mir aber gelänge, seine Nummer zu bekommen und dafür zu sorgen, dass er meinen Anruf auch entgegennahm … dann wäre ich meiner Beförderung schon ein ganzes Stück näher.

Während ich zum Abendessen mechanisch eine Tiefkühlpizza in mich hineinstopfte, bis ich nicht mehr konnte, setzte ich meine Lektüre des Pressepakets fort. Doch die Wörter und Bilder tanzten vor meinen Augen, die Adjektive verschwammen ineinander: *exklusiv … funkelnde … luxuriöse … von Meisterhand gefertigt … formvollendet …*

Mit einem Gähnen ließ ich die Broschüre sinken und blickte auf die Uhr. Schon nach neun. Gott sei Dank, endlich konnte ich schlafen gehen. Während ich alle Türen und Schlösser doppelt und dreifach kontrollierte, sagte ich mir, dass die grenzenlose Erschöpfung auch eine positive Seite hatte. Eine Wiederholung von gestern Nacht würde es nicht geben. Sollte der Typ tatsächlich zurückkommen, würde ich den Einbruch vermutlich verschlafen.

Um 22:47 Uhr wusste ich, dass ich mich geirrt hatte.

Um 23:23 Uhr heulte ich wie ein kleines Kind.

Würde das jetzt so weitergehen? Würde ich nie wieder schlafen können?

Ich musste schlafen. Ich *musste* einfach. In den letzten drei Tagen hatte ich – ich zählte es an den Fingern ab, zum Kopfrechnen war ich nicht in der Lage – weniger als vier Stunden Schlaf gehabt.

Ich konnte den Schlaf schmecken. Ich konnte ihn *fühlen,* so nah war er, nur ganz knapp außer Reichweite. Ich musste einfach einschlafen. Ich würde sonst den Verstand verlieren.

Wieder kamen mir die Tränen, obwohl ich nicht mal sagen konnte, warum ich eigentlich weinte. Vor lauter Frust? Vor Wut – auf mich selbst, auf den Einbrecher? Vor Erschöpfung?

Was ich wusste, war: Der Schlaf kam nicht. Wie ein uneingelöstes Versprechen schwebte er, nur Zentimeter entfernt, vor meiner Nase. Er glich einer Fata Morgana, die immer weiter zurückwich, je schneller, je verzweifelter ich ihr nachrannte. Oder einem Fisch im Wasser, der mir immer wieder durch die Finger glitt.

*Oh Gott, ich will doch nur schlafen …*

Delilah wandte ruckartig den Kopf zu mir um. Hatte ich das etwa laut gesagt und es nicht mal gemerkt? Herrgott, langsam wurde ich wirklich verrückt.

*Flashback. Ein Gesicht. Glänzende Augen im Dunkeln.*

Ich fuhr senkrecht in die Höhe, das Blut pochte mir in den Schläfen.

Ich musste hier raus.

Vor lauter Erschöpfung wie in Trance, stand ich taumelnd auf, schob meine Füße in die Schuhe und zog, noch im Schlafanzug, den Mantel an. Dann nahm ich meine Tasche. Wenn ich nicht schlafen konnte, würde ich spazieren gehen. Irgendwohin, egal wohin.

Wenn der Schlaf nicht freiwillig kam, würde ich ihn eben jagen.

# 3

Die nächtlichen Straßen waren zwar nicht menschenleer, aber es waren auch nicht die gleichen, auf denen ich mich jeden Tag zur Arbeit bewegte.

Zwischen den schwefelgelben Lichtkegeln der Laternen waren sie düster und grau. Eisige Böen fegten hindurch, wehten mir Fetzen alter Zeitungen gegen die Beine und wirbelten am Straßenrand Blätter und Dreck auf. Als zweiunddreißigjährige Frau, die in den frühen Morgenstunden allein unterwegs war – noch dazu im Schlafanzug – hätte ich mich vermutlich fürchten sollen. Doch hier fühlte ich mich sicherer als in meiner Wohnung. Hier draußen würde man mich wenigstens schreien hören.

Ein festes Ziel hatte ich nicht, ich wollte einfach so lange weitergehen, bis ich zu müde war, um mich auf den Beinen zu halten. Erst irgendwo zwischen Highbury und Islington bemerkte ich den Regen; er musste schon vor einiger Zeit eingesetzt haben, denn ich war ganz durchnässt. In meinen durchweichten Schuhen stand ich da und versuchte, mein ermattetes, umnebeltes Gehirn dazu zu bringen, einen Plan zu entwickeln, als sich meine Füße plötzlich, wie von selbst, wieder in Bewegung setzten – doch sie liefen nicht nach Hause, sondern nach Süden, in Richtung Angel.

Wohin ich lief, begriff ich erst, als ich dort war, als ich unter dem Vordach des Gebäudes stand und wie benommen das Klingelschild anstarrte, wo in seiner säuberlichen Handschrift sein Name geschrieben stand: LEWIS.

Er war nicht da. Er war in der Ukraine und würde erst morgen zurückkommen. Doch ich hatte seinen Zweitschlüssel in der Manteltasche und fühlte mich außerstande, zu meiner Wohnung zurückzulaufen. *Du könntest ja ein Taxi nehmen,* höhnte die Stimme in meinem Kopf. *Aber der Fußweg ist wohl gar nicht das Problem, du Feigling.*

Ich schüttelte den Kopf, dass die Wassertropfen nur so flogen, und suchte am Schlüsselbund nach dem richtigen Schlüssel für die Außentür. Dann schlüpfte ich hinein, ins drückend warme Treppenhaus.

Im zweiten Stock angekommen, schloss ich vorsichtig die Wohnungstür auf.

Es war stockdunkel. Alle Türen waren zu, und die Diele hatte keine Fenster.

»Judah?«, rief ich. Ich wusste natürlich, dass er weg war, aber es war nicht auszuschließen, dass er einen Freund hier übernachten ließ, und ich wollte nicht für einen nächtlichen Herzinfarkt verantwortlich sein. Schließlich wusste ich nur allzu gut, wie sich so ein Schreck anfühlte.

»Hey, ich bin's, Lo.«

Aber es kam keine Antwort. In der Wohnung war es still – kein Laut war zu hören. Ich öffnete die Tür zur Wohnküche und trat auf Zehenspitzen ein. Das Licht schaltete ich gar nicht erst an, sondern schälte mir bloß die nassen Kleider vom Leib und warf sie in die Spüle.

Dann lief ich nackt weiter ins Schlafzimmer, wo das breite, in Mondlicht getauchte Doppelbett stand. Es war leer, aber die Laken waren zerwühlt, als wäre er eben erst aufgestanden. Ich krabbelte in die Mitte des Betts, spürte die weichen Laken und sog seinen Duft ein, den Geruch von Schweiß, Aftershave – und *ihm*.

Ich schloss die Augen.

*Eins. Zwei …*

Der Schlaf brach über mich herein und verschluckte mich wie eine riesige Welle.

Die Schreie einer Frau rissen mich aus meinem Tiefschlaf. Ich hatte das Gefühl, als würde jemand auf mir sitzen und mich festhalten, während ich mich mit aller Macht dagegen wehrte.

Eine Hand, die viel stärker war als meine, packte meinen Arm. Blind vor Panik tastete ich mit der freien Hand in der Dunkelheit nach etwas, das ich als Waffe benutzen konnte, und schloss die Finger um den Fuß der Nachttischlampe.

Die Hand des Mannes lag jetzt auf meinem Mund, wollte mich ersticken, und als das Gewicht seines Körpers mich zu erdrücken drohte, nahm ich all meine Kraft zusammen, hob die schwere Lampe hoch und schlug zu.

Ein Schmerzensschrei ertönte, und durch den Schleier meiner Angst hörte ich eine Stimme, die Worte undeutlich und verwaschen.

»Lo, ich bin's doch! Ich bin's, verdammt, hör auf!«

*Oh Gott.*

Meine Hände zitterten so stark, dass ich bei dem vergeblichen Versuch, das Licht einzuschalten, irgendetwas umwarf.

Neben mir hörte ich Judah keuchen. Es klang feucht und erstickt, was mich noch mehr in Panik versetzte. Wo zum Teufel war die Lampe? Dann begriff ich – ich hatte sie Judah ins Gesicht geschmettert.

Meine Beine waren weich wie Gummi, als ich aus dem Bett kletterte und zum Lichtschalter wankte. Im nächsten Moment wurde das Zimmer vom grellen Schein eines Dutzends Halogenstrahler geflutet, die jedes Detail des grauenhaften Anblicks vor meinen Augen unbarmherzig offenlegten.

Judah kauerte auf dem Bett, die Hände vor dem Gesicht, Bart und Oberkörper blutverschmiert.

»Oh mein Gott, Judah!« Ich rannte zu ihm zurück und riss mit zitternden Händen ein paar Taschentücher aus der Schachtel neben dem Bett. Er drückte sie sich ans Gesicht. »Oh Gott, was ist bloß passiert? Wer hat denn so geschrien?«

»Du«, stöhnte er. Die Tücher waren bereits blutdurchtränkt.

»Was?« Mein Adrenalinspiegel war so hoch, dass ich nicht klar denken konnte. Verwirrt sah ich mich im Zimmer um, auf der Suche nach der Frau und dem Angreifer. »Was meinst du?«

»Als ich reinkam«, sagte er, »hast du plötzlich losgeschrien, im Halbschlaf.« Die Papiertücher dämpften seinen Brooklyner Akzent zu einem undeutlichen Nuscheln. »Ich hab versucht, dich zu wecken, und dann ...«

»Oh Scheiße.« Ich schlug die Hände vor den Mund. »Es tut mir so leid.«

Diese Schreie – sie hatten so real geklungen. War das wirklich nur ich gewesen?

Vorsichtig nahm er die Hand vom Mund. In dem scharlachroten Bausch lag etwas Kleines, Weißes. Erst als ich ihm ins Gesicht sah, wurde mir klar, was es war – ihm fehlte ein Zahn.

»Oh Himmel.«

Er sah mich an, während ihm das Blut weiter aus Mund und Nase tropfte.

»Was für ein Empfang«, war alles, was er sagte.

»Es tut mir so leid.« Tränen stiegen in mir hoch, aber vor dem Taxifahrer wollte ich nicht weinen. Mühsam schluckte ich sie runter. »Judah?«

Er antwortete nicht, sondern blickte stumm aus dem Fenster in die graue Dämmerung, die sich über London ausbreitete. Zwei Stunden hatten wir in der Notaufnahme der Uniklinik gewartet, wo sie dann doch nur die Platzwunde an seiner Lippe genäht und ihn an einen zahnärztlichen Notdienst überwiesen hatten. Dort hatte man den Zahn wieder in die Lücke gesteckt und Judah mehr oder weniger erklärt, jetzt hieße es Daumen drücken. Offenbar bestand die Möglichkeit, dass der Zahn wieder anwuchs. Falls nicht, würde er entweder eine Brücke oder ein Implantat brauchen. Müde schloss er die Augen. Mir war vor lauter Schuldgefühlen ganz schlecht.

»Es tut mir so leid«, wiederholte ich noch verzweifelter. »Ich weiß nicht, was ich sagen soll.«

»Nah, mir tuss leid«, sagte er matt. Er klang wie ein Betrunkener, weil die örtliche Betäubung ihm das Sprechen schwer machte.

»Dir? Warum, was tut dir leid?«

»Weiß nicht. Dass ich's verbockt hab. Nicht für dich da war.«

»Bei dem Einbruch, meinst du?«

Er nickte. »Ja, und überhaupt. Ich wünschte, ich wäre nicht so viel unterwegs.«

Ich lehnte mich zu ihm rüber, und er legte den Arm um mich. Mit dem Kopf an seiner Schulter lauschte ich dem langsamen, gleichmäßigen Klopfen seines Herzens, das einen beruhigenden Kontrast zu meinem eigenen, panisch rasenden Puls bildete. Unter der Jacke trug er das blutverschmierte T-Shirt, dessen Stoff sich auf meiner Wange angenehm weich anfühlte. Ich holte langsam, bebend Luft, sog seinen Geruch ein und spürte, wie sich mein Herzschlag auf seinen Rhythmus verlangsamte.

»Du hättest doch auch nichts tun können«, flüsterte ich an seiner Brust.

Er schüttelte den Kopf. »Trotzdem hätte ich da sein müssen.«

Es wurde bereits hell, als wir den Taxifahrer bezahlten und langsam die zwei Stockwerke zu Judahs Wohnung hochstiegen. Die Uhr zeigte schon fast sechs. Mist, in wenigen Stunden musste ich den Zug nach Hull nehmen.

Drinnen zog sich Judah aus, und wir ließen uns nebeneinander ins Bett fallen, Haut an Haut. Er zog mich an sich, schloss die Augen und atmete tief ein. Ich konnte vor Müdigkeit kaum klar denken, doch statt mich vom Schlaf übermannen zu lassen, kletterte ich in einem Impuls auf ihn und küsste seinen

Hals, seinen Bauch, den dunklen Haarstreifen unter seinem Nabel.

»Lo …«, stöhnte er, und versuchte, mich zu sich nach oben zu ziehen, um mich zu küssen, doch ich schüttelte den Kopf.

»Nicht, denk an deinen Mund. Leg dich zurück.«

Er ließ den Kopf aufs Kissen sinken, und in dem blassen Dämmerlicht, das durch die Vorhänge drang, sah ich, wie sich die Muskeln an seinem Hals anspannten.

Acht Tage waren wir getrennt gewesen und würden uns erst in einer Woche wiedersehen. Wenn nicht jetzt, wann dann?

Hinterher lag ich in seinen Armen und wartete, dass sich meine Atmung und mein Herzschlag wieder beruhigten. Ich fühlte, wie sich seine Mundwinkel an meiner Wange zu einem Lächeln hoben.

»So schon eher«, sagte er.

»Eher was?«

»So hatte ich mir den Empfang schon eher vorgestellt.«

Mein Gesicht verspannte sich, und er strich mir über die Wange.

»Lo, das war ein Scherz.«

»Ich weiß.«

Eine ganze Weile lagen wir schweigend da, bis er langsam wegzudämmern schien. Ich schloss die Augen und wollte mich der Müdigkeit hingeben, als ich plötzlich spürte, wie seine Armmuskeln sich anspannten und er tief Luft holte.

»Lo, ich will nicht schon wieder fragen, aber …«

Er brauchte nicht weiterzusprechen. Ich wusste, was er sagen wollte. Es war das Gleiche, was er bereits an Silvester gesagt hatte – dass er den nächsten Schritt tun wollte. Eine gemeinsame Wohnung.

»Ich muss darüber nachdenken«, antwortete ich schließlich. Meine Stimme klang seltsam fremd und bedrückt.

»Das hast du schon vor Monaten gesagt.«

»Ich denke eben immer noch nach.«

»Ich habe mich jedenfalls entschieden.« Er fasste mich leicht am Kinn und wandte mein Gesicht sanft zu seinem. Was ich darin sah, ließ mein Herz plötzlich heftig schlagen. Ich wollte ihn berühren, doch er packte mein Handgelenk und hielt es fest. »Lo, hör auf, das immer weiter hinauszuzögern. Ich war wirklich geduldig, das weißt du, aber so langsam glaube ich, dass wir vielleicht nicht auf einer Wellenlänge sind.«

In meinem Innern machte sich eine vertraute Panik breit – eine seltsame Mischung aus Hoffnung und Furcht.

»Nicht auf einer Wellenlänge?« Mein Lächeln fühlte sich gezwungen an. »Hast du wieder Oprah geguckt?«

Abrupt ließ er meine Hand los, und als er sich abwandte, war sein Ausdruck seltsam kühl. Ich biss mir auf die Lippe.

»Hey …«

»Nein«, sagte er. »Lass. Ich wollte darüber reden, aber du ja ganz offensichtlich nicht, also … Hör zu, ich bin müde, es ist schon bald Morgen. Lass uns schlafen.«

»Judah«, flehte ich, wütend auf mich selbst, weil ich mich so mies verhielt, wütend auf ihn, weil er mich bedrängte.

»Ich habe Nein gesagt«, nuschelte er erschöpft ins Kissen. Ich dachte, er meinte unser Gespräch, doch dann fuhr er fort: »Zu einem Jobangebot. Zu Hause in New York. Ich habe abgelehnt. Deinetwegen.«

Verdammt.

# 4

Mein Schlaf war schwer und dumpf wie unter Beruhigungsmitteln, als der Wecker mich nur wenige Stunden später in die Wirklichkeit zurückholte. Ich hatte keine Ahnung, wie lange das Ding schon klingelte, wahrscheinlich eine ganze Weile. Der Kopf tat mir weh und ich musste mich erst orientieren, bevor es mir gelang, den Wecker auszuschalten, damit Judah, der dem Lärm zum Trotz weiter tief und fest schlief, nicht doch noch wach wurde.

Nachdem ich mir den Schlaf aus den Augen gerieben und mich gestreckt hatte, um die Verspannung in Nacken und Schultern zu lösen, richtete ich mich mühsam auf, stieg aus dem Bett und ging in die Küche. Während der Kaffee durchsickerte, nahm ich meine Tabletten ein und durchstöberte dann das Bad nach Schmerzmitteln. Außer Ibuprofen und Paracetamol fand ich ein braunes Plastikdöschen mit Tabletten, die Judah einmal wegen einer Sportverletzung verschrieben bekommen hatte. Ich drehte den kindersicheren Verschluss auf und nahm die Pillen in Augenschein. Es waren riesige rot-weiße Kapseln, sie sahen sehr wirksam aus.

Letztendlich wagte ich es doch nicht, sie zu nehmen, sondern drückte mir stattdessen aus den diversen Blistern zwei Ibuprofen und eine Paracetamol mit Expresswirkung in die Handfläche und würgte sie mit einem Schluck Kaffee runter – schwarz, denn Milch gab es nicht. Den Rest des Kaffees trank ich langsamer, während ich mir die letzte Nacht, mein dummes Verhalten und Judahs Worte durch den Kopf gehen ließ.

Ich war überrascht. Mehr noch, ich war schockiert. Über seine langfristigen Pläne hatten wir nie gesprochen, obwohl ich wusste, dass er seine Freunde in den USA, seine Mutter und seinen kleinen Bruder vermisste – die ich im Übrigen alle noch nicht kennengelernt hatte. Warum hatte er den Job abgelehnt? Weil er ihn nicht wollte? Oder wegen uns?

In der Kanne war noch genug Kaffee für eine halbe Tasse, und so goss ich den Rest in einen zweiten Becher, den ich vorsichtig ins Schlafzimmer trug.

Judah lag, alle viere von sich gestreckt, auf der Matratze, als wäre er dort hingefallen. Im Film wirken die Leute im Schlaf immer friedlich. Judah nicht. Sein übel zugerichteter Mund war zwar halb hinter seinem Arm verborgen, doch mit der hakenförmigen Nase und der gerunzelten Stirn sah er aus wie ein wütender Falke, der den Abschuss durch einen Wildhüter überlebt hatte und nun auf Rache aus war.

Vorsichtig setzte ich die Tasse auf dem Nachttisch ab, legte mein Gesicht neben ihm aufs Kissen und küsste seinen Nacken. Die Haut war warm und überraschend weich.

Er bewegte sich im Schlaf, schlang einen langen, sonnengebräunten Arm um meine Schultern, und als er seine haselnussbraunen Augen öffnete, wirkten sie sehr viel dunkler als sonst.

»Hey«, sagte ich leise.

»Hey.« Mit einem herzhaften Gähnen zog er mich an sich. Kurz leistete ich Widerstand, als ich an das Schiff dachte, den Zug und das Taxi, das in Hull auf mich wartete, doch dann schmolzen meine Glieder dahin wie heißes Plastik, und ich ließ mich neben ihn sinken, in seine Wärme. Einen Moment lang lagen wir da und sahen einander in die Augen, bevor ich die Hand ausstreckte und vorsichtig das Pflaster über seiner Lippe berührte.

»Glaubst du, er wird wieder anwachsen?«

»Keine Ahnung«, antwortete er. »Hoffentlich. Montag muss

ich nach Moskau, und ich habe keine große Lust, mich da mit Zahnärzten rumzuschlagen.«

Ich schwieg. Er schloss die Augen und streckte sich, bis seine Gelenke knackten. Dann rollte er sich auf die Seite und legte mir zärtlich eine Hand auf die Brust.

»Judah …«, sagte ich und hörte selbst eine Mischung aus Verärgerung und Sehnsucht in meiner Stimme.

»Was ist?«

»Ich kann nicht. Ich muss gehen.«

»Dann geh doch.«

»Lass das. Nicht.«

»Lass das, nicht? Oder lass das nicht?« Ein schiefes Lächeln breitete sich auf seinem Gesicht aus.

»Beides. Du weißt, was ich meine.« Ich setzte mich auf und schüttelte den Kopf. Es tat weh, und ich bereute die abrupte Bewegung.

»Wie geht es deiner Wange?«, fragte er.

»Okay.« Ich tastete vorsichtig danach. Sie war zwar noch geschwollen, aber nicht mehr so stark.

Er machte ein besorgtes Gesicht und streckte einen Finger aus, um den Bluterguss zu streicheln, doch ich wich unwillkürlich zurück.

»Ich hätte da sein sollen«, sagte er.

»Warst du aber nicht«, gab ich patziger als beabsichtigt zurück. »Bist du ja nie.«

»Wie bitte?«

»Du hast mich schon verstanden.« Mir war klar, dass ich überzogen reagierte, aber die Worte stürzten nur so aus mir heraus. »Was wird denn in Zukunft sein? Angenommen, ich ziehe hier ein – wie sieht der Plan aus? Soll ich hier herumsitzen, wie Penelope mein Leichentuch weben und das Feuer am Brennen halten, während du mit den anderen Auslandskorrespondenten in irgendeiner russischen Bar Scotch trinkst?«

»Wo kommt denn das jetzt her?«

Ich schüttelte nur den Kopf und schwang die Beine aus dem Bett. Dann suchte ich die Klamotten, die ich bei Jonah aufbewahrt und nach unserer Rückkehr vom Notdienst auf den Fußboden geworfen hatte, zusammen und zog mich an.

»Ich bin einfach nur müde, Judah.« Müde war untertrieben. Die letzten drei Nächte hatte ich jeweils nicht mehr als zwei Stunden geschlafen. »Und ich weiß nicht, worauf das hier hinausläuft. Es ist schon schwer genug nur mit uns beiden. Ich habe keine Lust, womöglich allein mit einem Kind und einer postnatalen Depression zu Hause zu sitzen, während du in den finstersten Löchern diesseits des Äquators in Kugelhagel gerätst.«

»In Anbetracht der jüngsten Ereignisse könnte man behaupten, dass ich in meiner eigenen Wohnung größeren Gefahren ausgesetzt bin«, erwiderte Judah, ruderte jedoch zurück, als er meinen Gesichtsausdruck sah. »Entschuldige, das war gemein. Ich weiß doch, dass es ein Unfall war.«

Ich zog meinen immer noch feuchten Mantel über und nahm meine Tasche.

»Mach's gut, Judah.«

»Was heißt ›mach's gut‹? Wie meinst du das?«

»Wie du willst.«

»Was ich *will*, ist, dass du aufhörst, so ein Drama aus allem zu machen, und endlich bei mir einziehst. Ich liebe dich, Lo!«

Die Worte trafen mich wie eine Ohrfeige. Ich blieb auf der Türschwelle stehen. Die Müdigkeit hing wie ein schweres Gewicht an meinem Hals, das mich zu Boden zog.

*Die Latexhandschuhe, das leise Lachen …*

»Lo?«, fragte Judah verunsichert.

»Ich kann das nicht«, sagte ich, ohne ihn anzusehen. Mir war selbst nicht klar, was ich meinte – ich kann nicht gehen, nicht bleiben, diese Unterhaltung nicht weiterführen, dieses Leben? »Ich muss … Ich muss weg.«

»Also, was diesen Job angeht«, setzte er an, mit einem Anflug von Zorn in der Stimme. »Dass ich ihn abgelehnt habe – willst du sagen, das war ein Fehler?«

»Ich habe dich nicht darum gebeten.« Meine Stimme zitterte. »Nie. Also gib mir nicht die Schuld daran.« Ich warf mir die Tasche über die Schulter und wandte mich zum Gehen.

Er schwieg und versuchte auch nicht, mich aufzuhalten. Beim Hinausgehen schwankte ich wie eine Betrunkene. Erst in der U-Bahn wurde mir bewusst, was gerade passiert war.

# 5

Ich liebe Häfen. Ich mag den Geruch von Teer und Seeluft und das Geschrei der Möwen. Vielleicht liegt es daran, dass wir früher in den Sommerferien so oft mit der Fähre nach Frankreich gefahren sind; jedenfalls überkommt mich am Hafen immer ein Gefühl von Freiheit, wie ich es an Flughäfen niemals spüre. Mit Flughäfen verbinde ich nur Arbeit und Sicherheitskontrollen und Verspätung. Ein Hafen dagegen steht für … keine Ahnung, etwas anderes. Für Entkommen vielleicht.

Während der Zugfahrt hatte ich versucht, die Gedanken an Judah zu verdrängen und mich mit Recherchen zur Kreuzfahrt abzulenken. Richard Bullmer war nur wenig älter als ich, doch sein Lebenslauf konnte einem Minderwertigkeitsgefühle bescheren – mir wurde ganz schwindelig bei der Liste seiner Firmen und Führungspositionen, die ihn Stufe um Stufe zu immer mehr Geld und Einfluss gebracht hatten.

Auf Wikipedia fand ich das Foto eines sonnengebräunten, gutaussehenden Mannes mit pechschwarzem Haar, Arm in Arm mit einer atemberaubend schönen Blondine Ende zwanzig. »Richard Bullmer mit seiner Frau, der Erbin Anne Lyngstadt, bei ihrer Hochzeit in Stavanger«, stand darunter.

Aufgrund seines Titels war ich davon ausgegangen, dass er seinen Reichtum auf dem Silbertablett serviert bekommen hatte, doch Wikipedia zufolge hatte ich ihm wohl Unrecht getan. Zwar hatte er es in jungen Jahren anscheinend durchaus angenehm gehabt – private Grundschule, dann Eton, gefolgt vom Balliol College in Oxford. Allerdings war während des ersten Studienjahrs sein Vater gestorben – die Mutter schien bereits vorher von der Bildfläche verschwunden zu sein –, und weil Erbschaftssteuer und Schulden das Familienanwesen und alles Vermögen verschlangen, fand er sich mit neunzehn Jahren obdachlos und allein wieder.

Unter diesen Umständen wäre schon der erfolgreiche Abschluss in Oxford eine Leistung gewesen, doch während seines dritten Studienjahres hatte er noch dazu ein Internet-Start-up gegründet. Dessen Börsengang 2003 war der erste in einer Reihe von Erfolgen, die schließlich im Stapellauf dieses kleinen Luxuskreuzfahrtschiffs zur Erkundung der skandinavischen Küsten gipfelte. »Buchen Sie die *Aurora* für die Hochzeit Ihrer Träume, ein außergewöhnliches Firmenevent, das Ihre Klienten begeistern wird, oder einfach eine exklusive, unvergessliche Ferienreise für sich und Ihre Familie«, hieß es in dem Pressepaket. Während der Zug weiter gen Norden sauste, sah ich mir den Grundriss des Kabinendecks genauer an.

Im Vorderteil des Schiffs – dem Bug, rief ich mir ins Gedächtnis – befanden sich zwei große und zwei mittelgroße Suiten. Im hinteren Teil gab es sechs weitere, kleinere Kabinen, die hufeisenförmig um den Flur angeordnet waren. Die Kabinen waren durchnummeriert, wobei im Heckbereich die geraden Zahlen auf der einen Seite des Flurs lagen und die ungeraden Ziffern auf der anderen. Nummer 1 befand sich an der Bugspitze und im abgerundeten Heck lagen die Kabinen 9 und 10 nebeneinander. Da die Suiten vermutlich für VIPs reserviert waren, ging ich davon aus, dass man mich in einer der kleineren Kabinen unterbringen würde. Der Grundriss enthielt keine Maßangaben, und ich dachte mit ungutem Gefühl an einige der Fährfahrten über den Ärmelkanal und die klaustrophobisch kleinen, fensterlosen Kabinen zurück. Fünf Tage in so einem Raum zu verbringen war keine besonders behagliche Vorstellung, aber auf einem Schiff wie diesem ging es sicher viel geräumiger zu.

Ich hoffte, auf der nächsten Seite die Innenansicht einer der Kabinen zu finden, die mir meine Sorgen nehmen würde, doch stattdessen blickte ich auf die Aufnahme einer spektakulären, auf weißem Leinen dargebotenen Auswahl skandinavischer Spezialitäten. Der Schiffskoch hatte sein Handwerk anscheinend im Noma und im El Bulli gelernt. Ich rieb mir die Augen und gähnte. Die Müdigkeit und die Ereignisse der vergangenen Nacht hingen wie Blei an mir.

Judahs Gesicht bei unserem Abschied kam mir wieder in den Sinn, die große, vernähte Wunde. Ich seufzte. Was war da eigentlich zwischen uns geschehen? Hatten wir uns getrennt? Hatte ich ihn verlassen? Wann immer ich versuchte, unser Gespräch zu rekonstruieren, machte sich mein Gehirn selbstständig und fügte Dinge hinzu, die ich nie gesagt hatte, und Antworten, die ich gerne gegeben hätte. Im einen Moment ließ es Judah viel begriffsstutziger und beleidigender erscheinen, als er war, um mein eigenes Verhalten zu rechtfertigen. Im nächsten Moment zeichnete es mir ein Bild seiner großen, bedingungslosen Liebe, als wollte es mir versichern, dass sich schon alles wieder einrenken würde. Ich hatte ihn nicht darum gebeten, den Job abzulehnen. Warum also sollte ich mich nun dankbar zeigen?

Auf der Taxifahrt vom Bahnhof zum Hafen gelang es mir, trotz der Kopfschmerzen eine halbe Stunde zu dösen, bis mich die gut gelaunte Stimme des Fahrers aus dem Schlaf riss wie ein Schwall kalten Wassers. Ich stieg aus und stand leicht benommen im gleißenden Sonnenlicht und der beißend salzigen Meeresluft.

Obwohl mich der Fahrer fast direkt an der Gangway der *Aurora* abgesetzt hatte, konnte ich beim Anblick des Schiffs kaum glauben, dass ich hier richtig war. Sie sah zwar ganz genauso aus wie im Prospekt – riesige, in der Sonne funkelnde Glasfenster ohne Schlieren oder Salzwasserspritzer und eine

Schiffswand, die in so frischem Weiß erstrahlte, als wäre sie noch am Morgen gestrichen worden. Doch was gefehlt hatte, war ein Gefühl für die Dimensionen: In Wahrheit war die *Aurora* so winzig, dass sie eher einer Jacht als einem Kreuzfahrtschiff ähnelte. Jetzt verstand ich, was mit »exklusiv« gemeint war – ich hatte schon größere Boote zwischen den griechischen Inseln kreuzen sehen. Es schien unmöglich, dass alles, was der Prospekt versprochen hatte – Bibliothek, Sonnendeck, Spa, Sauna, Cocktail-Lounge und all die anderen Dinge, die für die verwöhnten Passagiere der *Aurora* angeblich unverzichtbar waren – in dieses Miniaturgefährt passen sollten. Dank seiner Größe und dem makellosen Anstrich mutete es auf kuriose Weise wie Spielzeug an, und beim Betreten der schmalen, stählernen Gangway überkam mich plötzlich die groteske Vorstellung, die *Aurora* sei ein Schiff in einer Flasche – winzig, perfekt, isoliert und unwirklich –, und ich würde mit jedem Schritt, den ich mich ihr näherte, selbst weiter schrumpfen, bis ich mich ihrer Größe angepasst hatte. Es war, als blickte ich verkehrt herum durch ein Teleskop, und wie in einem Anflug von Höhenangst wurde mir plötzlich schwindelig.

Die Gangway schwankte, darunter schäumte und schmatzte das ölige, tintenschwarze Hafenwasser, und kurz hatte ich das Gefühl, der Stahl unter meinen Füßen gäbe nach. Mit geschlossenen Augen hielt ich mich am kalten Metallgeländer fest.

Da hörte ich über mir eine Frauenstimme.

»Ist der Geruch nicht wunderbar?«

Ich blinzelte in die Sonne und sah am Eingang des Schiffs eine Stewardess stehen. Sie hatte helles, fast weißblondes Haar, ihre Haut war walnussfarben gebräunt. Ihr Lächeln war so strahlend, dass es beinahe schien, als begrüße sie nicht mich, sondern eine lange verloren geglaubte, steinreiche Verwandte aus Australien. Ich holte tief Luft und versuchte, das Gleichgewicht wiederzuerlangen, dann machte ich die letzten Schritte auf die *Aurora Borealis*.

»Willkommen, Miss Blacklock«, begrüßte mich die Stewardess mit einem geschliffenen Akzent, den ich nicht genau zuordnen konnte. Irgendwie schaffte sie es, den Eindruck zu vermitteln, als wäre die Begegnung mit mir wie ein Sechser im Lotto. »Es ist mir eine *solche* Freude, Sie an Bord begrüßen zu dürfen. Darf einer unserer Matrosen Ihren Koffer nehmen?«

Verblüfft blickte ich mich um. Woher wusste sie, wer ich war? Bevor ich etwas sagen konnte, war mein Koffer verschwunden.

»Darf ich Ihnen ein Glas Champagner anbieten?«

»Ähm«, antwortete ich mit unübertroffener Schlagfertigkeit. Sie deutete das als ein Ja, und so hielt ich kurz darauf eine Flöte fein perlenden Champagners in der Hand. »Äh, danke.«

Die Innenausstattung der *Aurora* war atemberaubend. Der ganze Schnickschnack hier drin hätte locker für ein zehnmal größeres Schiff gereicht. Hinter einer Tür am Ende der Gangway befand sich der Fuß einer langen Wendeltreppe. Jede verfügbare Oberfläche war auf Hochglanz poliert, mit Marmor verkleidet oder mit Rohseide drapiert. Illuminiert wurde die Treppe von einem gigantischen Kronleuchter, der den Raum mit winzigen Lichtflecken sprenkelte und so an das Glitzern der Sonnenstrahlen auf dem Meer erinnerte. Das Ganze löste in mir leichte Übelkeit aus – nicht unbedingt, weil sich bei all dem Prunk mein soziales Gewissen meldete, obwohl auch das bei genauerer Betrachtung eine Rolle spielte, sondern eher aufgrund des Orientierungsverlusts: Die Kristallprismen zerstreuten das Licht, blendeten den Betrachter und raubten einem fast das Gleichgewicht. Der Effekt war ähnlich wie beim Blick durch ein Kaleidoskop und in Kombination mit Schlafmangel nicht gerade angenehm.

Die Stewardess musste mein Staunen bemerkt haben, denn sie lächelte stolz.

»Die große Treppe ist schon etwas Besonderes, nicht wahr?«, meinte sie. »In dem Kronleuchter stecken über zweitausend Swarovski-Kristalle.«

»Wow«, gab ich matt zurück. Mir brummte der Schädel, und ich versuchte, mich zu erinnern, ob ich das Ibuprofen eingepackt hatte. Es fiel mir schwer, nicht zu blinzeln.

»Wir sind wirklich sehr stolz auf die *Aurora*«, fuhr sie mit freundlicher Stimme fort. »Ich bin übrigens Camilla Lidman und für die Betreuung unserer Gäste zuständig. Mein Büro befindet sich im unteren Deck, und sollte es *irgendetwas* geben, womit ich Ihren Aufenthalt angenehmer gestalten kann, zögern Sie bitte nicht, nachzufragen. Mein Kollege Josef ...«, sie deutete auf einen lächelnden blonden Mann zu ihrer Rechten, »... wird Sie zu Ihrer Kabine führen und Ihnen die Räumlichkeiten zeigen. Das Abendessen ist um acht Uhr, aber wir möchten Sie einladen, sich schon um sieben in der Lindgren-Lounge einzufinden, wo wir eine kleine Präsentation über die Ausstattung des Schiffs und all die Sensationen, die Sie auf dieser Reise erwarten, vorbereitet haben. Ach! Da ist ja Mr Lederer.«

Ein großgewachsener, dunkelhaariger Mann von etwa Mitte vierzig erschien hinter uns auf der Gangway, gefolgt von einem Matrosen, der sich mit einem riesigen Koffer abmühte.

»Vorsichtig, bitte«, mahnte der Mann und zuckte sichtlich zusammen, als der Träger den Koffer polternd über eine Unebenheit in der Gangway zerrte. »Meine Ausrüstung ist ziemlich empfindlich.«

»Mr Lederer«, begrüßte ihn Camilla Lidman mit derselben Euphorie, die sie auch mir gegenüber an den Tag gelegt hatte. Sie verfügte über ein beeindruckendes schauspielerisches Talent, das musste ich ihr lassen – obwohl es sie bei Mr Lederer vermutlich keine große Anstrengung kostete, da er durchaus nett anzuschauen war. »Willkommen an Bord der *Aurora*. Darf ich Ihnen ein Glas Champagner anbieten? Und Mrs Lederer auch?«

»Mrs Lederer wird nicht kommen.« Er fuhr sich mit der Hand durchs Haar und warf einen Blick auf den Swarovski-Leuchter, der ihn für einen Moment aus dem Konzept zu bringen schien.

»Oje, das tut mir leid.« Camilla Lidmans makellose Brauen verzogen sich zu einem Stirnrunzeln. »Es geht ihr doch hoffentlich gut?«

»Oh ja, sehr sogar«, antwortete Mr Lederer. »Sie vögelt mit meinem besten Freund.« Worauf er lächelte und zum Champagner griff.

Camilla blinzelte kurz und leitete diskret über: »Josef, würden Sie Miss Blacklock zu ihrer Kabine bringen?«

Josef deutete eine knappe Verbeugung an und zeigte in Richtung Unterdeck. »Hier entlang, bitte«, sagte er.

Gehorsam ließ ich mich hinunterführen, wobei ich mich weiter an meinem Champagnerglas festhielt. Hinter mir hörte ich, wie Camilla Mr Lederer von ihrem Büro erzählte.

»Sie sind in Kabine 9 untergebracht, der Linnaeus-Suite«, informierte mich Josef, während ich ihm hinab ins beigefarbene Halbdunkel eines fensterlosen, mit dickem Teppichboden ausgelegten Flures folgte. »Alle Kabinen sind nach bedeutenden skandinavischen Wissenschaftlern benannt.«

»Und wer bekommt den Nobel?«, witzelte ich nervös. Der Korridor rief ein merkwürdig beklemmendes Gefühl in mir hervor; die Klaustrophobie legte sich wie ein schweres Gewicht auf meinen Nacken. Das lag nicht nur an der Enge, sondern auch an der dämmrigen Beleuchtung und dem Fehlen natürlicher Lichtquellen.

Josef antwortete ganz ernsthaft: »Bei dieser Reise werden Lord und Lady Bullmer die Nobel-Suite beziehen. Lord Bullmer ist Direktor der Northern Lights Company, der das Schiff gehört. Insgesamt gibt es zehn Kabinen«, erklärte er, als wir ein weiteres Stockwerk hinabstiegen, »vier vorne, sechs hinten, alle auf dem Mitteldeck. Die Kabinen bestehen aus bis zu drei Zimmern mit jeweils eigenem Bad inklusive Badewanne und separater Dusche, großem Doppelbett und privater Veranda. Die Nobel-Suite verfügt zusätzlich über einen Whirlpool.«

Veranda? Irgendwie schien mir die Vorstellung einer eigenen Veranda auf einem Kreuzfahrtschiff absurd, doch bei Licht besehen war es wohl auch nicht merkwürdiger als jeder andere offene Deckbereich. Und ein Whirlpoorl? Tja, kein Kommentar.

»Für jede Kabine sind zwei Stewards zuständig, die Ihnen zu jeder Tages- und Nachtzeit zur Verfügung stehen. In Ihrem Fall sind das ich selbst und meine Kollegin Karla, die Sie heute Abend kennenlernen werden. Wir sind Ihnen gern bei jedem Anliegen behilflich.«

»Wir sind hier also auf dem mittleren Deck?«, fragte ich.

Josef nickte. »Genau, auf diesem Deck befinden sich ausschließlich die Kabinen der Passagiere. Oben finden Sie dann den Speisesaal, den Wellnessbereich, die Lounge, die Bibliothek, das Sonnendeck und andere Gemeinschaftsräume. Alle sind nach skandinavischen Schriftstellern benannt – die Lindgren-Lounge, das Jansson-Restaurant und so weiter.«

»Jansson?«

»Tove«, ergänzte er.

»Ach so, klar. Die Mumins«, sagte ich überflüssigerweise. Diese verfluchten Kopfschmerzen.

Inzwischen waren wir vor einer getäfelten Holztür angekommen. Auf Augenhöhe hing ein dezentes Schild mit der Aufschrift »9: LINNAEUS«. Josef öffnete die Tür und ließ mich eintreten.

Die Kabine war ohne jede Übertreibung bestimmt sieben- oder achtmal so schön wie meine eigene Wohnung und auch nicht viel kleiner. Zu meiner Rechten erstreckten sich verspiegelte Schränke, und in der Mitte stand, flankiert von einem

Sofa auf der einen und einem Frisiertisch auf der anderen Seite, das riesige Doppelbett. Der frische, glatte Leinenbezug sah überaus einladend aus.

Was mich jedoch am meisten beeindruckte, war nicht die – wirklich beachtliche – Größe der Kabine, sondern das Licht darin. Nach dem schmalen, künstlich beleuchteten Korridor herrschte hier nun gleißende, geradezu blendende Helligkeit, die sich durch die Verandatüren in die Kabine ergoss. Blütenweiße Vorhänge flatterten in der Brise, und ich bemerkte, dass die Schiebetür offen stand. Ich spürte ein Gefühl der Erleichterung, es war, als löste sich etwas in meiner Brust.

»Die Tür kann fixiert werden, damit sie nicht einfach zufällt«, erklärte Josef. »Allerdings wird sich die Sicherung bei schlechten Wetterbedingungen automatisch lösen.«

»Prima«, sagte ich geistesabwesend, denn ich wollte nur noch, dass Josef endlich verschwand, damit ich mich aufs Bett werfen und in einen Zustand seligen Vergessens sinken konnte.

Stattdessen stand ich weiter da und unterdrückte mühsam ein Gähnen, während Josef mir die Funktionen des Bads (ich habe durchaus schon einmal eines benutzt, vielen Dank), des Kühlschranks und der Minibar (alles inklusive, zum Leidwesen meiner Leber) erläuterte und ergänzte, dass das Eis zweimal täglich nachgefüllt werde und ich ihn und Karla wirklich jederzeit rufen könne.

Als mein hartnäckiges Gähnen nicht mehr zu übersehen war, zog er sich mit einer weiteren kleinen Verbeugung zurück, und ich konnte die Kabine in Ruhe auf mich wirken lassen.

Natürlich war ich beeindruckt. Hauptsächlich von dem Bett, das förmlich danach schrie, dass man sich hineinwarf, um in einen dreißig- bis vierzigstündigen Schlaf zu sinken. Beim Anblick der schneeweißen Laken und der goldbestickten Kissen befiel mich ein Verlangen, das im ganzen Körper prickelte, vom Hinterkopf bis tief in die Finger- und Zehenspitzen. Ich brauchte dringend Schlaf. Ich gierte danach wie ein Junkie, der die Stunden bis zum nächsten Schuss zählt. Die halbe Stunde in dem unbequemen Taxi hatte es nur schlimmer gemacht.

Aber ich durfte jetzt nicht einschlafen. Die Gefahr war zu groß, dass ich nicht rechtzeitig aufwachen würde, und ich konnte mir nicht erlauben, den Empfang nachher zu verpassen. Im Lauf der Woche konnte ich vielleicht die eine oder andere Veranstaltung ausfallen lassen, aber am heutigen Abendessen und der angekündigten Präsentation musste ich auf jeden Fall teilnehmen. Es war schließlich der erste Abend an Bord, da würden sich alle miteinander bekannt machen und wie wild netzwerken. Wenn ich heute fehlte, wäre ich für den Rest der Reise außen vor.

Also unterdrückte ich ein weiteres Gähnen und trat auf den Balkon hinaus, in der Hoffnung, die frische Luft würde mich von dem Schleier der Erschöpfung befreien, der sich immer dann über mich zu legen schien, wenn ich stillstand.

Der Balkon war so herrlich, wie man es sich auf einem Luxuskreuzfahrtschiff vorstellt. Durch die gläserne Reling wirkte es von drinnen fast, als trenne einen nichts von der Weite des Ozeans. Es gab zwei Liegestühle und einen winzigen Tisch, wo man abends gemütlich sitzen und je nach Reisezeitpunkt die Mitternachtssonne oder das Nordlicht genießen konnte.

Lange stand ich einfach nur da und beobachtete die kleinen Schiffe im Hafen von Hull beim Ein- und Ausfahren, während mir der salzige Wind durchs Haar wehte, bis ich plötzlich eine Veränderung bemerkte. Im ersten Moment konnte ich nicht ganz einordnen, was genau es war, doch dann wurde mir klar, dass der Schiffsmotor, der während der letzten halben Stunde nur leise vor sich hingebrummt hatte, deutlich lauter geworden war und wir uns langsam in Bewegung setzten. Unter lautem Dröhnen legten wir ab, ließen die Kaimauer hinter uns und wandten uns in Richtung Meer.

Das Schiff glitt zwischen den roten und grünen Lichtern, die

die Fahrrinne markierten, aus dem Hafen. Als wir den Schutz des Hafens verließen und auf die Nordsee hinausfuhren, wichen die sanften, plätschernden Wellen der mächtigen Dünung der offenen See, und die Bewegungen des Schiffs veränderten sich merklich.

Allmählich verblasste der Küstenstreifen, und die Silhouette von Hull schrumpfte zu einem schwarzen Strich zusammen. Während ich zusah, wie die Stadt verschwand, dachte ich an Judah und das Chaos, das ich hinterlassen hatte. Mein Handy lag wie ein Stein in meiner Hosentasche. Ich zog es heraus, in der Hoffnung, eine letzte Nachricht von ihm zu erhalten, bevor wir die Reichweite britischer Mobilfunkmasten verließen. *Mach's gut. Viel Glück. Gute Reise.*

Doch da war nichts. Der Empfang reduzierte sich um einen, dann um zwei Balken, und das Telefon in meiner Hand schwieg. Die englische Küste verschwand aus meinem Blick, und es war nichts zu hören außer dem Tosen der Wellen.

Von: Judah Lewis
An: Laura Blacklock
Gesendet: Dienstag, 22. September
Betreff: Alles okay?

Hey Schatz, ich hab seit deiner E-Mail am Sonntag nichts von dir gehört. Vielleicht schreiben wir aneinander vorbei, aber hast du meine Antwort oder die SMS von gestern bekommen?
Mache mir ein bisschen Sorgen und hoffe, du glaubst nicht, ich hätte mich aus dem Staub gemacht, um meine Wunden zu lecken. Das ist nämlich nicht der Fall. Ich liebe dich, vermisse dich und denke an dich.
Und mach dir keinen Kopf wegen dem, was neulich passiert ist – der Zahn ist auch in Ordnung. Ich glaube, er wächst wieder an, wie der Arzt gesagt hat. Und bis dahin vertraue ich einfach auf die heilende Wirkung von Wodka.
Schreib mir mal, wie es auf dem Schiff ist – oder falls du zu viel zu tun hast, gib wenigstens ein kurzes Lebenszeichen.
Lieb dich, J

Von: Rowan Lonsdale
An: Laura Blacklock
CC: Jennifer West
Gesendet: Mittwoch, 23. September
Betreff: Update?

Lo, könntest du bitte meine E-Mail von vorgestern beantworten, in der ich dich um ein Update über die Kreuzfahrt gebeten hatte? Jenn meinte, du hättest noch nichts hochgeladen, obwohl wir für morgen irgendetwas Druckbares brauchen – und sei es nur eine Spalte. Bitte gib Jenn umgehend Bescheid, wie weit du bist, und setz mich ins cc.
Rowan

# Zweiter Teil

# 6

Bei reichen Leuten waren sogar die Duschen unvergleichlich.

Aus allen Winkeln schossen Wasserstrahlen hervor, die mit solcher Heftigkeit auf mich einprasselten, dass ich bald nichts mehr spürte und kaum noch wusste, wo mein Körper aufhörte und das Wasser begann.

Nachdem ich mir die Haare gewaschen und die Beine rasiert hatte, blieb ich noch eine Weile unter der Brause stehen und genoss den Massageeffekt, während ich das Meer, den Himmel und die kreisenden Möwen betrachtete. Die Badezimmertür hatte ich absichtlich offen gelassen, um über Bett und Veranda hinweg aufs Meer blicken zu können. Und zugegeben – es war wirklich toll. Aber für achttausend Pfund, oder was auch immer der Spaß kosten sollte, musste man den Leuten wohl auch etwas bieten.

Verglichen mit meinem oder selbst Rowans Gehalt war der Betrag ziemlich obszön. Jahrelang hatte ich sehnsuchtsvoll die Reportagen gelesen, die Rowan von irgendeiner Villa auf den Bahamas oder einer Jacht auf den Malediven geschickt hatte, und dabei gehofft, mich eines Tages so weit hochzuarbeiten, dass auch ich in den Genuss solcher Vorzüge käme. Nun aber, da ich eine Ahnung davon bekam, fragte ich mich, wie sie wohl damit umging, regelmäßig Einblicke in ein Leben zu erhaschen, wie es sich kein normaler Mensch jemals leisten konnte.

Ich fing an auszurechnen, wie viele Monate ich wohl arbeiten müsste, um aus eigener Tasche eine Woche auf der *Aurora* zu bezahlen, als ich plötzlich ein Geräusch hörte – leise, unter dem Rauschen des Wassers kaum auszumachen, doch es klang definitiv so, als käme es aus meinem Zimmer. Mein Herz begann, schneller zu klopfen, aber es gelang mir, weiter ruhig und gleichmäßig zu atmen. Ich öffnete die Augen, um die Dusche abzustellen, doch das Erste, was ich sah, war die Badezimmertür, die zuschlug, als hätte sie jemand mit schneller, sicherer Hand zugestoßen.

Mit dem dumpfen Knall einer massiven, hochwertig verarbeiteten Tür fiel sie ins Schloss, und ich stand da, im heißen, nassen Dunkel, während das Wasser unerbittlich auf meinen Schädel einprasselte. Mein Herz hämmerte so laut, dass das Schiffssonar es erfassen musste.

Außer dem Rauschen des Blutes in meinen Ohren und dem Prasseln des Wassers konnte ich nichts hören. Bis auf das rote Licht am digitalen Regler der Dusche konnte ich auch nichts sehen. *Scheiße.* Wieso hatte ich die Kabinentür nicht richtig verschlossen?

Plötzlich schienen die Wände näher zu rücken, und die Dunkelheit drohte, mich zu verschlucken.

*Reiß dich zusammen,* befahl ich mir. Niemand hat dir etwas getan. Niemand ist eingebrochen. Wahrscheinlich war es ein Zimmermädchen, das für die Nacht das Bett aufdecken wollte, oder die Tür ist von selbst zugefallen. *Reiß. Dich. Zusammen.*

Ich zwang mich, nach den Knöpfen am Regler zu tasten. Das Wasser wurde eiskalt, dann siedend heiß, sodass ich mit einem Aufschrei zurückwich und schmerzhaft mit dem Fuß gegen die Wand stieß. Schließlich fand ich den richtigen Knopf, die Dusche ging aus, und ich arbeitete mich mit ausgestreckten Händen zum Lichtschalter vor.

Gleißendes Licht erhellte den kleinen Raum. Das Gesicht, das mir aus dem Spiegel entgegenblickte, war kreidebleich, die nassen Haare klebten strähnig an meinem Kopf – ich sah aus wie das Mädchen aus ›The Ring‹.

Verflucht.

War das erst der Anfang? War ich dabei, mich in eine Person zu verwandeln, die Panikattacken erlitt, wenn sie alleine von der U-Bahn heimlaufen musste oder ihr Freund mal eine Nacht nicht zu Hause war?

Nein, zur Hölle damit. Ich war stärker.

Eilig nahm ich den Bademantel von der Tür, schlüpfte hinein und holte tief, wenn auch merklich zitternd, Luft.

Ich war stärker.

Ich öffnete die Tür, obwohl mein Herz so heftig und schnell pochte, dass ich Sterne sah.

*Reiß dich zusammen*, ermahnte ich mich.

Das Zimmer war leer. Vollkommen leer. Und die Tür war sehr wohl verriegelt, selbst die Kette war eingehängt. Ausgeschlossen, dass jemand reingekommen war. Vielleicht hatte ich draußen auf dem Korridor jemanden gehört. Jedenfalls deutete alles darauf hin, dass die Badezimmertür von selbst ins Schloss gefallen war. Wahrscheinlich hatte das Schwanken des Schiffs sie in Bewegung gesetzt, und den Rest hatte ihr eigenes Gewicht erledigt.

Zur Sicherheit kontrollierte ich die Kette noch mal. Ich spürte die beruhigende Schwere des Metalls in meiner Hand, bevor ich auf wackeligen Beinen zum Bett wankte, mich hinlegte und darauf wartete, dass mein Puls, der immer noch im Adrenalinrausch dahinjagte, sich allmählich normalisierte.

Ich stellte mir vor, wie ich mein Gesicht an Judahs Schulter vergrub, und wäre beinahe in Tränen ausgebrochen, doch ich biss die Zähne zusammen und schluckte den Schmerz runter. Judah konnte mir nicht helfen. Das Problem waren allein ich und meine bescheuerten Panikattacken.

*Es ist nichts passiert. Es ist nichts passiert.* Das wiederholte ich so lange, bis ich merkte, wie meine Atmung sich verlangsamte und ich ruhiger wurde.

*Es ist nichts passiert. Letztes Mal nicht und jetzt auch nicht. Niemand hat dir wehgetan.*

Okay.

Gott, ich brauchte einen Drink.

In der Minibar befanden sich Tonic, Eis und ein halbes Dutzend Fläschchen mit Gin, Whisky und Wodka. Ich schüttete Eis in ein Glas, leerte mit immer noch leicht zitternder Hand zwei Miniaturflaschen darüber, füllte das Ganze mit einem Schuss Tonic-Water auf und stürzte es hinunter.

Der Gin war so stark, dass ich husten musste, doch dann spürte ich, wie der Alkohol warm durch meine Adern strömte, und es ging mir augenblicklich besser.

Als das Glas leer war und sich eine gewisse Leichtigkeit in meinem Kopf und meinen Gliedern ausbreitete, stand ich auf und zog das Handy aus meiner Tasche. Kein Empfang, dafür waren wir wohl zu weit draußen, aber immerhin gab es WLAN.

Ich öffnete mein E-Mail-Postfach und sah nägelkauend zu, wie eine Nachricht nach der anderen eintrudelte. Obwohl es weniger schlimm war als befürchtet – schließlich hatten wir noch Sonntag –, waren meine Nerven zum Zerreißen gespannt, und plötzlich begriff ich, wonach ich suchte. Aber da war keine Nachricht von Judah. Ich sackte in mich zusammen.

Die wenigen dringenden Mails beantwortete ich sofort, markierte die anderen als ungelesen und klickte auf »Verfassen«.

»Lieber Judah«, setzte ich an, doch weiter kam ich nicht. Was er wohl gerade machte? Seinen Koffer packen? In einem überfüllten Flugzeug sitzen? Oder lag er irgendwo in einem anonymen Hotelzimmer, twitterte, textete, dachte an mich?

Wieder durchlebte ich den Moment, als ich ihm die schwere Lampe mit voller Wucht ins Gesicht geknallt hatte. Was hatte ich mir bloß dabei gedacht?

Gar nichts, versicherte ich mir. Du warst im Halbschlaf. Es war nicht deine Schuld. Es war keine Absicht.

*Freud zufolge gibt es aber nichts Unabsichtliches,* wandte die fiese kleine Stimme in mir ein. *Vielleicht war es ja doch …*

Ich schüttelte den Kopf, um sie loszuwerden.

Lieber Judah, ich liebe dich.

Ich vermisse dich.

Es tut mir leid.

Ich löschte die E-Mail und begann eine andere.

An: Pamela Crew
Von: Laura Blacklock
Gesendet: Sonntag, 20. September
Betreff: Gesund und munter

Hi Mum, bin heil an Bord gekommen, supernobel hier! Das wär was für dich! Ich wollte dich nur schnell noch mal dran erinnern, dass du Delilah heute Abend abholen wolltest. Ihr Korb steht auf dem Tisch, und Katzenfutter ist unter der Spüle. Ich musste das Schloss auswechseln lassen, aber Mrs Johnson in der Wohnung über mir hat den neuen Schlüssel. Hab dich lieb und noch mal DANKE!
Küsschen, Lo

Nachdem ich die E-Mail abgeschickt hatte, schrieb ich meiner besten Freundin Lissie eine Nachricht auf Facebook.

Das Schiff ist der Wahnsinn. In der Minibar meiner Kabine – sorry, meiner absolut GIGANTISCHEN Suite – gibt es Alkohol bis zum Abwinken. Gut für mich, schlecht für die Arbeit und meine Leber. Bis bald – falls ich's überstehe. Lo xx

Ich schenkte mir einen weiteren Gin ein und begann eine neue E-Mail an Judah. Ich musste etwas schreiben, ich konnte die Dinge nicht einfach so stehen lassen. Nach kurzem Nachdenken tippte ich: »Lieber J. Es tut mir wahnsinnig leid, dass ich so unmöglich war vor meiner Abreise. Was ich gesagt habe, war total unfair. Ich liebe dich so sehr.« Ich brach ab, weil mir Tränen in die Augen traten und der Bildschirm verschwamm. Mühsam atmete ich ein paarmal tief durch, dann rieb ich mir die Augen und schrieb: »Melde dich, wenn du angekommen bist. Gute Reise. Kuss, Lo.«

Ich klickte auf »Aktualisieren«, auch wenn ich mir keine allzu großen Hoffnungen machte. Nichts. Ich seufzte und leerte das zweite Glas Gin. Die Uhr am Bett zeigte 18:30 Uhr, was bedeutete, dass es Zeit war für Abendkleid Nummer eins.

Nachdem Rowan mich aufgeklärt hatte, dass beim Abendessen an Bord der Dresscode »förmlich« (im Klartext: aufgebrezelt bis zum Gehtnichtmehr) galt, hatte sie mir geraten, mindestens sieben Abendkleider auszuleihen, um nicht zweimal das Gleiche tragen zu müssen. Da sie aber nicht angeboten hatte, sich an den Kosten zu beteiligen, hatte ich nur drei geliehen, was für meinen Geschmack schon drei zu viel waren.

Das übertriebenste Kleid von allen hatte mir im Laden am besten gefallen – ein langes silberweißes, mit Kristallen besetztes Schlauchkleid, in dem ich angeblich, wie die Verkäuferin ohne die leiseste Spur von Sarkasmus behauptet hatte, wie Liv Tyler in ›Der Herr der Ringe‹ aussah. Sie musste meine mühsam unterdrückte Belustigung bemerkt haben, denn als ich die anderen Kleider anprobierte, warf sie mir immer wieder argwöhnische Blicke zu.

Jetzt fehlte mir für Kristalle doch der Mut; immerhin konnte es sein, dass die anderen Gäste in Jeans kamen. Daher entschied ich mich für die dezenteste Option: ein langes, figurbetontes Satinkleid in Dunkelgrau. Auf der rechten Schulter prangte zwar ein Paillettenbesatz in Blätteroptik, aber ganz ohne ging es offenbar nicht. Anscheinend wurden die meisten Ballkleider heutzutage von fünfjährigen Mädchen mit Glitzerkanonen entworfen. Zumindest sah ich in diesem hier nicht aus, als wäre um mich herum eine Barbiefabrik explodiert.

Wenig elegant streifte ich es über und zog den Reißverschluss zu, bevor ich mein gesamtes Schminkarsenal aus dem Kulturbeutel schüttelte. Eine dünne Schicht Lipgloss würde heute Abend nicht reichen, um mich halbwegs menschlich aussehen zu lassen. Während ich die Wunde auf meiner Wange gerade hinter einer Schicht Concealer verschwinden ließ, fiel mir auf, dass meine Wimperntusche fehlte.

Vergebens durchwühlte ich meine Handtasche. Wo hatte ich sie das letzte Mal gesehen? Natürlich: Sie war in der anderen Handtasche und mit ihr geklaut worden. Eigentlich trage ich nicht oft Mascara, aber Smokey Eyes ohne lange schwarze Wimpern sehen irgendwie seltsam aus – als hätte ich mittendrin aufgegeben. Kurz hatte ich die unsinnige Idee, mit Flüssig-Eyeliner zu improvisieren, verwarf sie aber gleich wieder. In meiner Verzweiflung kippte ich die gesamte Tasche auf dem Bett aus. Vielleicht hatte ich die Wimperntusche ja bloß übersehen oder es steckte noch ein zweites Fläschchen in irgendeiner Seitentasche. Insgeheim wusste ich jedoch, dass ich nichts finden würde. Gerade als ich anfing, alles wieder einzupacken, hörte ich aus der Nachbarkabine ein Geräusch – das Rauschen der Klospülung, das selbst über das dumpfe Brummen des Motors zu vernehmen war.

Ich schnappte mir meine Schlüsselkarte und trat barfuß hinaus in den Flur.

An der Eschenholztür rechts hing ein Schild mit der Aufschrift »10: Palmgren«. Offenbar waren ihnen zum Ende hin die berühmten skandinavischen Wissenschaftler ausgegangen. Zögernd klopfte ich an.

Keine Antwort. Ich wartete ab. Vielleicht stand mein Nachbar oder meine Nachbarin unter der Dusche.

Ich klopfte erneut, drei deutliche Schläge, gefolgt von einem letzten, sehr lauten Nachzügler.

Im nächsten Moment wurde die Tür aufgerissen, als hätte die Bewohnerin schon die ganze Zeit dahinter gestanden.

»Was ist?«, fragte sie, noch bevor die Tür ganz offen war. »Alles in Ordnung?« Dann veränderte sich ihr Ausdruck. »Verdammt. Wer sind Sie denn?«

»Ihre Nachbarin«, antwortete ich. Sie war jung und hübsch und trug ein verwaschenes Pink-Floyd-T-Shirt mit Löchern drin, was sie mir auf Anhieb sympathisch machte. »Laura Blacklock. Lo. Sorry, das ist vielleicht eine komische Frage, aber könnte ich mir kurz Ihre Wimperntusche leihen?«

Da ich auf dem Frisiertisch hinter ihr diverse Tuben und Cremedöschen verstreut sah und sie selbst ordentlich Augen-Make-up aufgetragen hatte, schätzte ich meine Chancen gut ein.

»Ach so.« Sie schien etwas verwirrt. »Klar. Einen Moment.«

Sie verschwand und schloss die Tür hinter sich. Kurz darauf kehrte sie mit einem Fläschchen *Maybelline*-Mascara zurück, das sie mir in die Hand drückte.

»Super, danke«, sagte ich. »Ich bring sie Ihnen gleich wieder zurück.«

»Behalten Sie sie ruhig«, widersprach sie. Ich wollte protestieren, aber sie winkte ab. »Echt, ich will sie nicht zurück.«

»Ich wasche die Bürste auch aus«, bot ich an, doch sie schüttelte nur ungeduldig den Kopf.

»Ich sagte doch, ich will sie nicht zurück.«

»Okay«, sagte ich etwas perplex. »Danke.«

»Keine Ursache.« Sie knallte mir die Tür vor der Nase zu.

Zurück in der Kabine ließ ich mir die merkwürdige Begegnung noch einmal durch den Kopf gehen. Ich fühlte mich hier ja schon fremd, aber sie wirkte vollkommen fehl am Platz. War sie jemandes Tochter? Vielleicht würde ich sie beim Dinner gar nicht sehen.

Gerade als ich die geliehene Wimperntusche aufgetragen hatte, klopfte es an der Tür. Womöglich hatte sie es sich anders überlegt.

»Hey«, sagte ich, als ich aufmachte, und hielt ihr die Wimperntusche hin. Doch vor mir stand eine andere Frau, eine in Stewardess-Uniform. Ihre viel zu stark gezupften Augenbrauen verliehen ihr einen Ausdruck permanenter Verwunderung.

»Hallo«, grüßte sie in skandinavisch anmutendem Singsang. »Mein Name ist Karla, und ich bin gemeinsam mit Josef Ihrer Kabine zugeteilt. Ich schaue nur vorbei, um Sie an die Präsentation um …«

»Ich weiß schon«, erwiderte ich brüsker als beabsichtigt. »Um sieben in der Pippi-Langstrumpf-Lounge oder wie sie heißt.«

»Ach, ich sehe, Sie kennen sich mit unseren Schriftstellern aus!« Sie strahlte.

»Mit den Wissenschaftlern nicht so sehr«, gestand ich. »Ich komme gleich hoch.«

»Großartig. Lord Bullmer freut sich schon darauf, Sie alle an Bord zu begrüßen.«

Als sie weg war, durchwühlte ich meine Tasche nach der zum Kleid gehörenden Stola – einem grauen Seidenschal, in dem ich glatt als verschollene Brontë-Schwester durchgehen konnte – und legte sie mir um die Schultern.

Ich verschloss die Tür hinter mir, schob die Schlüsselkarte in meinen BH und machte mich auf den Weg zur Lindgren-Lounge.

# 7

Weiß. *Weiß*. Alles war weiß. Der fahle Holzboden. Die Samtsofas. Die langen Seidenvorhänge. Die makellosen Wände. Für einen öffentlichen Raum sagenhaft unpraktisch – wohl mit Absicht, wie ich vermutete.

Von der Decke hing ein weiterer Swarovski-Kronleuchter, bei dessen Anblick mir ein wenig schwummerig wurde, weswegen ich kurz auf der Türschwelle innehalten musste. Es lag nicht nur an der Art, wie die funkelnden Kristalle das Licht brachen, sondern hatte auch etwas mit der Größe zu tun. Der Raum wirkte wie eine exakte Nachbildung des Empfangssaals eines Fünf-Sterne-Hotels oder der *Queen Elizabeth 2*, aber er war *klein*. Die kaum mehr als zwölf oder fünfzehn Leute darin füllten den Raum fast aus, und der Kronleuchter war im passenden Maßstab verkleinert. Ich fühlte mich, als blickte ich durch die Tür in ein Puppenhaus voller Miniaturen, bei dem man auf den zweiten Blick feststellt, dass die Details nicht ganz stimmen: Die Kissen sind für die winzigen Stühle ein wenig zu groß und zu steif und die Weingläser genauso groß wie die Mini-Champagnerflaschen.

Ich ließ den Blick durch den Raum schweifen, auf der Suche nach der Frau im Pink-Floyd-T-Shirt, als aus dem Flur eine tiefe, belustigte Stimme ertönte.

»Das blendet ganz schön, was?«

Als ich mich umdrehte, stand dort der mysteriöse Mr Lederer.

»Ach was, kaum«, erwiderte ich.

Er streckte mir die Hand entgegen. »Cole Lederer.«

Der Name kam mir vage bekannt vor, aber ich konnte nicht genau sagen, woher.

»Laura Blacklock.« Wir gaben einander die Hand und traten ein. Selbst auf der Gangway in Jeans und T-Shirt war er bereits eine wahre »Augenweide« gewesen, um es mit Lissies Worten zu sagen. Jetzt im Abendanzug schien er ihre Faustregel zu bestätigen, nach der ein Smoking die Attraktivität eines Mannes noch mal um ein Drittel erhöhte.

»Also«, sagte er und nahm ein Glas vom Tablett einer weiteren lächelnden skandinavischen Stewardess, »was führt Sie auf die *Aurora*, Miss Blacklock?«

»Ach, sagen Sie ruhig Lo. Ich bin Journalistin bei ›Velocity‹.«

»Freut mich sehr, Sie kennenzulernen, Lo. Etwas zu trinken?«

Er nahm eine weitere Champagnerflöte, die er mir lächelnd hinhielt. Ich musste an all die Minifläschchen denken, die ich bereits in meiner Kabine geleert hatte, und zögerte einen Moment, weil es noch so früh am Abend war. Andererseits wollte ich aber auch nicht unhöflich sein. Zwar war mein Magen sehr, sehr leer und die Wirkung des Gins noch nicht verebbt, doch ein Gläschen konnte sicher nicht schaden.

»Danke.«

Er gab mir das Glas, wobei seine Finger meine sicher nicht ganz unbeabsichtigt streiften, und ich nahm einen großen Schluck, in der Hoffnung, dass sich dadurch meine Nervosität ein wenig legen würde. »Und Sie? In welcher Funktion sind Sie hier?«

»Ich bin Fotograf«, antwortete er, und im selben Moment fiel mir ein, wo ich den Namen schon mal gehört hatte.

»Cole Lederer!«, rief ich aus. Ich wollte mich am liebsten in den Hintern beißen. Rowan hätte sich schon auf der Gangway auf ihn gestürzt. »Aber natürlich – Sie haben für den ›Guardian‹ diese tolle Aufnahme von den schmelzenden Polkappen gemacht.«

»Genau.« Er grinste in unverhohlener Selbstzufriedenheit, hocherfreut darüber, dass ich ihn erkannt hatte. Dabei hätte ich eigentlich erwartet, dass sich der Reiz des Ruhms inzwischen abgenutzt hätte – schließlich hatte er fast den Rang eines David Bailey. »Ich wurde eingeladen, diesen Trip zu begleiten. Sie wissen schon, um stimmungsvolle Fjordfotos zu machen und so.«

»Das ist normalerweise nicht so Ihr Ding, oder?«, fragte ich skeptisch.

»Nein«, bestätigte er. »Inzwischen konzentriere ich mich vor allem auf bedrohte Arten und gefährdete Lebensräume, und bei diesem Haufen hier hat es nicht den Anschein, als stünden sie kurz vor dem Aussterben. Sie wirken alle äußerst wohlgenährt.«

Wir beide blickten uns im Raum um. Zumindest, was die Männer anging, musste ich ihm recht geben. In der Ecke stand ein Grüppchen, von denen einige aussahen, als könnten sie im Falle eines Schiffbruchs mehrere Wochen überleben, indem sie einfach nur von ihren Fettreserven zehrten. Anders die Frauen. Sie alle hatten das gleiche schlanke, jugendliche Äußere, das von Bikram-Yoga und makrobiotischer Ernährung zeugte. Dass sie nach der Katastrophe lange durchhalten würden, war nicht zu erwarten – es sei denn, sie äßen einen der Männer.

Ein paar Gesichter kannte ich von anderen Pressepartys. Da war Tina West, Herausgeberin der Zeitschrift ›The New Verne‹ (Motto: »80 Tage sind erst der Anfang«), die so dürr war wie ein Windhund und deren Schmuck vermutlich mehr wog als sie selbst. Außerdem entdeckte ich den Reisejournalisten Alexander Belhomme, der für ein paar Fähren- und Bordmagazine Reportagen und Gastrokritiken schrieb und so aalglatt und rund war wie ein Walross; sowie Archer Fenlan, der als Experte für »Extremreisen« galt.

Archer, der um die vierzig war, aber mit seinem verwitterten, sonnengegerbten Gesicht älter aussah, war deutlich anzumerken, wie unwohl er sich in Krawatte und Smoking fühlte. Ich wunderte mich, dass er hier war, denn normalerweise sah man ihn eher auf dem Amazonas paddeln und Maden verspeisen – aber vielleicht gönnte er sich mal eine Auszeit.

Die junge Frau aus der Nachbarkabine konnte ich nirgendwo entdecken.

»Buh!«, hörte ich von hinten.

Ich fuhr herum.

Ben Howard. Was zum Teufel machte der denn hier? Den üppigen Hipsterbart, durch den er mich angrinste, hatte er bei unserer letzten Begegnung noch nicht gehabt.

»Ben.« Ich versuchte, mir meinen Schreck nicht anmerken zu lassen. »Wie geht's dir? Kennst du schon Cole Lederer? Ben war früher auch bei ›Velocity‹. Jetzt schreibt er für … was ist es im Moment? Der ›Indie‹? Oder die ›Times‹?«

»Cole und ich kennen uns schon«, antwortete Ben. »Wir haben zusammen an dieser Greenpeace-Geschichte gearbeitet. Wie läuft's, Mann?«

»Alles bestens«, erwiderte Cole. Sie begrüßten sich mit jener Halbumarmung, die typisch für Männer ist, die für einen Handschlag zu metrosexuell und für einen Fistbump nicht hip genug sind.

»Siehst gut aus, Blacklock«, sagte Ben zu mir und musterte mich genüsslich von oben bis unten. Am liebsten hätte ich ihm in die Weichteile getreten, doch mein verdammtes Kleid war zu eng dafür. »Wobei, äh … hast du dich mal wieder im Kickboxen versucht?«

Im ersten Moment war mir nicht klar, worauf er hinauswollte, aber dann fiel mir die Wunde auf meiner Wange wieder ein. Offenbar hatte ich meine Schminkkünste überschätzt.

Die Erinnerung an die zuknallende Tür und den Mann, der sie mir ins Gesicht gerammt hatte – er hatte ungefähr Bens Größe und die gleichen dunkel glänzenden Augen gehabt –, trat mir plötzlich so lebhaft vor Augen, dass mein Herz zu rasen begann und mein Brustkorb sich zusammenzog. Eine ganze Weile konnte ich nicht antworten, sondern starrte ihn bloß mit unverhohlen frostigem Ausdruck an.

»Schon gut, schon gut«, beschwichtigte er. »Geht mich nichts an, ich weiß. Mann, der Kragen ist ganz schön eng.« Er zerrte an seiner Fliege. »Wie bist du denn an diesen Trip gekommen? Haben sie dich befördert?«

»Rowan ist krank«, antwortete ich knapp.

»Cole!«, durchbrach eine Stimme das folgende Schweigen, und wir alle drehten uns um. Tina stolzierte über das blütenweiße Eichenholzparkett auf uns zu, wobei ihr silbernes Kleid wie die abgestreifte Haut einer Schlange raschelte. Während sie Lederer zur Begrüßung auf beide Wangen küsste, würdigte sie Ben und mich keines Blickes. »Schätzchen, wir haben uns schon *viel* zu lange nicht gesehen«, gurrte sie. »Wann lieferst du uns endlich die versprochenen Aufnahmen für ›Verne‹?«

»Hi, Tina«, erwiderte Cole. Er klang eine Spur genervt.

»Ich möchte dir Richard und Lars vorstellen«, säuselte sie, bevor sie sich bei ihm unterhakte und ihn zu dem Männergrüppchen in der Ecke führte. Er ließ es geschehen, doch im Gehen warf er uns über die Schulter ein kleines, bedauerndes Lächeln zu. Ben sah ihm nach und wandte sich dann wieder mir zu, wobei er wie auf Knopfdruck eine Augenbraue hochzog. Das Timing war so perfekt, dass ich unwillkürlich losprustete.

»Ich glaube, wir wissen schon, wer Ballkönigin wird«, bemerkte er trocken, und ich nickte. »Aber erzähl mal, wie geht es dir denn?«, fuhr er fort. »Bist du noch mit dem Yankee zusammen?«

Was sollte ich antworten? Dass ich es nicht wusste? Dass es gut möglich war, dass ich es endgültig kaputt gemacht hatte?

»Bin nach wie vor nicht zu haben«, antwortete ich schließlich verdrossen.

»Schade. Aber du weißt ja, was im Fjord passiert, bleibt im Fjord …«

»Schluss damit, Ben«, blaffte ich ihn an.

Er hob beschwichtigend die Hände. »Man wird ja wohl noch fragen dürfen.«

Du nicht, dachte ich bei mir, sagte aber nichts. Ich nahm ein weiteres Glas Sekt vom Tablett einer vorbeikommenden Kellnerin, während ich mich im Raum nach einem geeigneten Aufhänger für einen Themenwechsel umsah.

»Wer sind denn die anderen?«, erkundigte ich mich. »Dich, Cole, Tina und Archer kenne ich. Ach, und Alexander Belhomme. Was ist mit denen da drüben?« Ich deutete mit dem Kopf auf das Grüppchen, zu dem Tina sich gesellt hatte. Es bestand aus drei Männern und zwei Frauen, von denen eine etwa in meinem Alter, aber um gut fünfzigtausend Pfund teurer gekleidet war, und die andere … nun, die andere war eine kleine Überraschung.

»Das sind Lord Bullmer und seine Spezis. Er ist der Schiffseigner und … sozusagen die Galionsfigur der Firma.«

Ich betrachtete die Gruppe und versuchte, Lord Bullmer von dem Wikipedia-Schnappschuss wiederzuerkennen. Erst konnte ich ihn nicht ausmachen, doch dann brach einer der Männer in lautes Gelächter aus und warf den Kopf zurück und ich wusste, dass er es war. Ein hochgewachsener, drahtiger Mann im makellos sitzenden, garantiert maßgeschneiderten Anzug. Seine stark gebräunte Haut ließ vermuten, dass er sich viel im Freien aufhielt. Er hatte strahlend blaue Augen, die sich beim Lachen zu Schlitzen verengten, und dezent ergraute Schläfen, wie man sie manchmal bei Menschen mit derart tiefschwarzem Haar sieht, ohne dass das etwas mit deren Alter zu tun hätte.

»Er ist so jung. Irgendwie komisch, dass jemand in unserem Alter ein Lord ist und im Oberhaus sitzt, oder?«

»Das Geld kommt allerdings hauptsächlich von seiner Frau.

Sie ist eine Lyngstad, du weißt schon, die Autofabrikanten. Sagt dir das was?«

Ich nickte. Mein Wissen über die Geschäftswelt mochte zwar lückenhaft und die Familie sehr auf ihre Privatsphäre bedacht sein, aber selbst ich hatte schon von der Lyngstad-Stiftung gehört. Wann immer man Bilder aus internationalen Krisengebieten sah, prangte ihr Logo auf den LKWs und Hilfspaketen. Plötzlich hatte ich deutlich ein Bild – vielleicht war es sogar eines von Cole – vor Augen, das im vergangenen Jahr in allen Zeitungen abgebildet gewesen war: Die syrische Mutter, die einen Lyngstad-LKW anzuhalten versuchte, indem sie ihr Baby wie einen Talisman in die Höhe hielt.

»Ist sie das?« Ich deutete mit dem Kopf auf die gertenschlanke, platinblonde Frau, die mit dem Rücken zu mir stand und gerade über etwas lachte, was einer der Männer gesagt hatte. Neben ihrem atemberaubend schlichten hellrosa Seidenkleid kam ich mir vor, als hätte ich meinen Aufzug aus der Verkleidungskiste meiner Kindheit zusammengeklaubt. Ben schüttelte den Kopf.

»Nein, das ist Chloe Jenssen. Ex-Model, verheiratet mit dem blonden Typen, Lars Jenssen. Er ist ein hohes Tier im Finanzwesen und Chef einer großen schwedischen Investmentgesellschaft. Neben ihm steht Bullmers Frau, die mit dem Kopftuch.«

*Oh* … Sie war eine Überraschung. Im Gegensatz zu den anderen in der Gruppe sah die Frau mit Kopftuch … irgendwie krank aus. Sie war in einen weiten grauen Seidenkimono gehüllt, der zu ihren Augen passte und vom Stil her irgendwo zwischen Morgenmantel und Abendkleid anzusiedeln war. Um den Kopf hatte sie ein Seidentuch gebunden, und die wächserne Blässe ihrer Haut stand in krassem Kontrast zu den Umstehenden, die im Vergleich zu ihr geradezu schamlos gesund aussahen.

Als mir bewusst wurde, dass ich sie anstarrte, wandte ich den Blick ab.

»Sie ist krank«, sagte Ben überflüssigerweise. »Brustkrebs. Ich glaube, es ist ziemlich ernst.«

»Wie alt ist sie?«

»Knapp dreißig, glaube ich. Jünger als er jedenfalls.«

Während Ben sein Glas leerte und sich nach einem Kellner umsah, wanderte mein Blick wie von selbst zurück zu ihr. Nie und nimmer hätte ich die Frau von dem Foto im Internet erkannt. Möglicherweise lag es an der aschgrauen Haut oder dem weiten Seidenumhang; jedenfalls schien sie um Jahre gealtert und sah ohne die prachtvolle goldene Mähne wie eine andere aus.

Wieso war sie hier und nicht daheim auf dem Sofa? Andererseits, warum sollte sie nicht hier sein? Vielleicht hatte sie nicht mehr lange zu leben. Vielleicht wollte sie das Beste aus der verbleibenden Zeit machen. Und vielleicht – nur so ein Gedanke –, ganz vielleicht wünschte sie sich, die Frau da drüben im grauen Kleid würde endlich aufhören, sie mitleidig anzustarren, und sie in Ruhe lassen.

Ich schaute weg und suchte nach einer weniger bedauernswerten Person, über die ich Mutmaßungen anstellen konnte. Es blieb nur einer übrig, den ich noch nicht zuordnen konnte, und zwar ein großer, älterer Herr mit sauber gestutztem, ergrauendem Bart und einer Leibesfülle, die nur das Ergebnis vieler ausgedehnter Mahlzeiten sein konnte.

»Und wer ist der Donald-Sutherland-Doppelgänger?«, fragte ich Ben. Er drehte sich zu mir.

»Wer? Ach so, das ist Owen White. Britischer Investor. Eine Art Richard Branson, in nicht ganz so großem Stil.«

»Gott, Ben. Woher weißt du das alles? Bist du neuerdings High-Society-Experte oder was?«

»Äh, nein.« Ben sah mich leicht ungläubig an. »Ich habe beim Pressebüro angerufen, nach einer Gästeliste gefragt und dann die Leute gegoogelt. Dafür muss man kein Sherlock Holmes sein.«

Verdammt. Wieso hatte ich das nicht gemacht? Jede vernünftige Reporterin hätte das Gleiche getan – und mir war es nicht mal in den Sinn gekommen. Andererseits hatte Ben die letzten Tage auch nicht in einem Nebel aus Schlafentzug und posttraumatischem Stress verbracht.

»Wie wär's mit …«

Bevor Ben seinen Satz beenden konnte, ertönte das Klirren von Metall auf Glas, und Lord Bullmer begab sich in die Mitte des Raums. Camilla Lidman ließ Champagnerflöte und Teelöffel sinken und schien erst selbst vortreten und ihn vorstellen zu wollen, aber als er abwinkte, zog sie sich mit einem dezenten Lächeln zurück und fügte sich nahtlos in die Kulisse ein.

Im Raum breitete sich eine ehrfürchtige und erwartungsvolle Stille aus, und Lord Bullmer begann zu sprechen.

»Zunächst einmal möchte ich mich bei allen bedanken, die uns auf der Jungfernfahrt der *Aurora* begleiten werden«, fing er an. Er hatte eine warme Stimme und jenen seltsam klassenlosen Tonfall, den ehemalige Privatschüler sich zu eigen machten, und das Blau seiner Augen übte eine derart magnetische Anziehung aus, dass man kaum wegschauen konnte. »Mein Name ist Richard Bullmer, und meine Frau Anne und ich freuen uns, Sie an Bord der *Aurora* willkommen heißen zu dürfen. Es war uns ein Anliegen, dass Sie sich auf diesem Schiff wie zu Hause fühlen.«

»Wie zu Hause?«, raunte Ben. »Vielleicht hat sein Zuhause ja einen Balkon mit Meerblick und eine kostenlose Minibar. Meins ganz sicher nicht.«

»Wir sind der Ansicht, dass Reisen keinesfalls Verzicht bedeuten muss«, fuhr Bullmer fort. »Auf der *Aurora* soll sich daher alles ganz nach Ihren Wünschen richten, und sollten Sie doch mal etwas nicht zu Ihrer Zufriedenheit finden, lassen Sie es meine Mitarbeiter und mich bitte wissen.« Er hielt inne und zwinkerte Camilla zu, die all diese Beschwerden wohl als Erste abkriegen würde.

»Diejenigen unter Ihnen, die mich kennen, wissen von meiner Liebe zu Skandinavien – zur Warmherzigkeit seiner Bewohner …«, er lächelte Lars und Anne zu, »… der vorzüglichen Küche«, mit einem Kopfnicken deutete er auf die Dill- und Garnelenkanapees, die auf Tabletts an uns vorbeizogen, »… und der atemberaubenden Schönheit der Natur, von den dichten Wäldern Finnlands über die verstreuten Inseln Schwedens hin zu den majestätischen Fjorden Norwegens, der Heimat meiner Frau. Was jedoch für mich die Schönheit Skandinaviens wirklich ausmacht, ist – und das klingt jetzt vielleicht paradox – gar nicht die Landschaft, sondern der Himmel: seine immense Weite und diese außergewöhnlich klare Luft. Und an ebendiesem Himmel vollzieht sich Jahr für Jahr ein Schauspiel, das für viele die Krönung des skandinavischen Winters darstellt – die *Aurora Borealis*, das Nordlicht. Mutter Natur gibt bekanntlich keine Garantien, aber ich hoffe sehr, dass ich dieses spektakuläre, majestätische Ereignis auf dieser Reise mit Ihnen teilen kann. Die *Aurora Borealis* ist zweifelsohne etwas, das jeder Mensch vor seinem Tod gesehen haben sollte. Und nun, meine Damen und Herren, heben Sie bitte die Gläser. Auf die Jungfernfahrt der *Aurora Borealis* – möge die Schönheit ihrer Namenspatin nie vergehen!«

»Auf die *Aurora Borealis*«, riefen wir gehorsam im Chor, bevor wir unsere Gläser leerten. Ich spürte, wie der Alkohol durch meine Adern strömte und allem, auch dem Schmerz in meiner Wange, die Schärfe nahm.

»Na los, Blacklock.« Ben stellte sein Glas ab. »Machen wir uns an die Arbeit und schleimen uns ein.«

Irgendetwas in mir sträubte sich dagegen, mit ihm zusammen auf die anderen zuzugehen. Angesichts unserer Vergangenheit hatte ich wirklich keine Lust darauf, dass die anderen uns für ein Paar hielten, aber ich wollte auch nicht, dass Ben ohne mich mit dem Kontakteknüpfen begann. Wir hatten uns gerade in Bewegung gesetzt, als ich sah, wie Anne Bullmer ihren Mann am Arm berührte und ihm etwas ins Ohr flüsterte. Darauf nickte er, und nachdem sie ihre Stola geordnet hatte, gingen sie auf die Tür zu, wobei Richard Anne am Arm stützte. Als wir einander auf halbem Wege begegneten, schenkte sie uns ein reizendes Lächeln, bei dem ihr feines, aber von ihrer Krankheit gezeichnetes Gesicht in einer Weise erstrahlte, die ihre frühere Schönheit erahnen ließ. Mir fiel auf, dass sie keine Augenbrauen hatte. Dadurch, und wegen der vorstehenden Wangenknochen, erinnerte ihr Kopf an einen Totenschädel.

»Sie entschuldigen mich sicher«, bat sie in reinstem BBC-Englisch, in dem ich nicht die Spur eines Akzentes ausmachen konnte. »Ich bin sehr müde – ich fürchte, ich werde das Abendessen heute leider auslassen müssen. Aber ich freue mich darauf, Sie morgen kennenzulernen.«

»Natürlich«, antwortete ich verlegen und versuchte zu lächeln. »Ich … ich freue mich auch.«

»Ich begleite meine Frau nur eben auf die Kabine«, sagte Richard Bullmer. »Ich werde vor dem Abendessen zurück sein.«

Ich sah ihnen nach, wie sie langsam den Raum verließen, und bemerkte zu Ben: »Ihr Englisch ist fantastisch. Man würde niemals ahnen, dass sie Norwegerin ist.«

»Ich glaube nicht, dass sie als Kind lange dort gelebt hat. Meines Wissens war sie die meiste Zeit auf Internaten in der Schweiz. Okay, Blacklock, gib mir Deckung, ich leg jetzt los.«

Er schritt davon, griff sich auf dem Weg einige Kanapees und fügte sich mit der dem Vollblutjournalisten eigenen Selbstverständlichkeit in das kleine Grüppchen ein.

»Belhomme«, grüßte er mit der aufgesetzten Kameraderie eines ehemaligen Eton-Schülers, die mit seinem tatsächlichen Hintergrund herzlich wenig zu tun hatte. In Wahrheit war er in einer Sozialwohnung in Essex aufgewachsen. »Schön, Sie wiederzusehen. Und Sie müssen Lars Jenssen sein. Ich habe Ihr Porträt in der ›Financial Times‹ gelesen. Ich bewundere Ihre Initiativen im Umweltbereich – es ist oft nicht leicht,

Prinzipien und Geschäft zusammenzubringen, aber bei Ihnen wirkt es wie ein Kinderspiel.«

Was für ein Profinetzwerker. *Würg.* Kein Wunder, dass er nun bei der ›Times‹ war und richtigen, investigativen Journalismus betrieb, während ich bei ›Velocity‹ in Rowans Schatten gefangen war. Ich sollte mich dazustellen. Ich sollte sie wie Ben umgarnen und in ein Gespräch verwickeln. Das hier war meine große Chance, dessen war ich mir bewusst. Warum stand ich dann bloß da und umklammerte mit eisigen Fingern mein Glas, unfähig, mich zu bewegen?

Als die Bedienung mit einer Champagnerflasche vorbeikam, ließ ich sie wider besseres Wissen mein Glas nachfüllen.

»Einen Penny?«, sprach mir plötzlich eine tiefe Stimme ins Ohr, und als ich herumfuhr, stand da Cole Lederer.

»Wie bitte?«, stotterte ich. Meine Handflächen waren schweißnass. Ich musste mich endlich zusammenreißen.

Er grinste, und ich verstand.

»Ach so, für meine Gedanken«, sagte ich, wütend auf mich selbst und auf ihn, weil er mich so überrumpelt hatte.

»Sorry«, erwiderte er lächelnd. »Blöder Spruch. Ich weiß auch nicht, was mich da gerade geritten hat. Sie sahen einfach so nachdenklich aus, wie Sie so auf Ihrer Lippe herumgebissen haben.«

Ich hatte mir auf die Lippe gebissen? Warum wickelte ich mir nicht gleich noch eine Haarsträhne um den Finger und klimperte mit den Wimpern?

Ich versuchte, mich zu erinnern, worüber ich gerade nachgedacht hatte, aber abgesehen von Ben und dem Netzwerktalent, das er besaß und ich nicht, fiel mir nichts ein. Mir kam nur der Dreckskerl wieder in den Sinn, der bei mir eingebrochen war, und den würde ich unter keinen Umständen erwähnen. Cole Lederer sollte mich schließlich nicht bemitleiden, sondern als Journalistin respektieren.

»Oh … äh … Politik«, brachte ich schließlich hervor. Der

Champagner und die Müdigkeit machten sich langsam bemerkbar. Mein Gehirn funktionierte nicht mehr richtig, und mein Kopf fing an wehzutun. Ich war ziemlich angetrunken, aber nicht auf gute Weise.

Cole sah mich fragend an.

»Und worüber haben *Sie* so nachgedacht?«, konterte ich säuerlich. Es hatte schließlich einen Grund, dass man seine Gedanken üblicherweise für sich behielt – die meisten davon waren einfach nicht öffentlichkeitstauglich.

»Während ich dabei war, Ihre Lippen zu betrachten, meinen Sie?«

Ich widerstand dem Drang, die Augen zu verdrehen, und versuchte stattdessen, mir ein Beispiel an Rowan zu nehmen, die nötigenfalls schamlos mit ihm geflirtet hätte, um an seine Visitenkarte zu kommen.

»Wenn Sie es genau wissen wollen«, fuhr er fort und stützte sich an der Wand ab, als eine Welle das Schiff traf und die Eiswürfel in den Champagnerkübeln zum Klirren brachte, »habe ich an meine zukünftige Exfrau gedacht.«

»Oh. Das tut mir leid«, sagte ich. Ich sah, dass er genauso betrunken war, es nur besser verbarg.

»Sie vögelt mit meinem Freund. Der Trauzeuge bei unserer Hochzeit war! Ich habe überlegt, dass ich mich gern mal revanchieren würde.«

»Indem Sie Ihre Trauzeugin vögeln?«

»Oder einfach … jemand anders.«

Hoppla. Was auch immer man von diesem Vorschlag halten mochte – er war zumindest direkt. Cole grinste, wodurch das Ganze fast schon charmant wirkte und nicht bloß wie ein plumper Aufreißversuch. So, als hätte er eben einfach mal sein Glück versucht.

»Na, da werden Sie sicher fündig«, erwiderte ich leichthin. »Tina steht bestimmt gerne zur Verfügung.«

Als Cole losprustete, spürte ich plötzlich Gewissensbisse,

denn ich stellte mir vor, wie ich es fände, wenn Ben und Tina ähnliche Witze über mich machen würden, weil ich mich für meine Karriere an Cole heranmachte. Tina hatte also ihren Charme spielen lassen – wie skandalös. Es gab wahrlich schlimmere Verbrechen.

»Tut mir leid«, sagte ich und hätte es am liebsten zurückgenommen. »Das war nicht gerade nett von mir.«

»Aber zutreffend«, gab Cole trocken zurück. »Für eine gute Geschichte würde Tina ihre eigene Großmutter an den Teufel verhökern.« Er nahm einen Schluck und grinste. »Meine einzige Sorge ist, dass ich das Ganze vermutlich nicht lebend überstehen würde.«

»Meine Damen und Herren«, unterbrach ein Steward unsere Gespräche. »Wenn Sie sich nun bitte in den Jansson-Saal begeben würden, wo in Kürze das Dinner serviert wird.«

Während wir uns nach und nach aufmachten, spürte ich jemandes Blick im Nacken und drehte mich um. Hinter mir stand Tina, die mich durchdringend musterte.

# 8

Es dauerte überraschend lang, bis die Stewards uns alle in den kleinen Speisesaal nebenan gelotst hatten. Ich hatte etwas Praktisches erwartet, wie ich es von den Fähren kannte, wo die Tische in Reihen standen und man das Essen von einer langen Büffettheke holte. In Wahrheit sah es hier natürlich ganz anders aus – wir hätten genauso gut bei Freunden zu Hause sein können, sofern ich denn Freunde gehabt hätte, deren Heim mit Kristallgläsern und Vorhängen aus Rohseide ausgestattet war.

Als endlich alle saßen, hatte sich mein Kopfweh zu einem schmerzhaften Pochen ausgewachsen, und ich brauchte dringend etwas zu essen – oder noch besser Kaffee, aber darauf würde ich sicher bis zum Dessert warten müssen. Es kam mir vor wie eine Ewigkeit.

Wir wurden auf zwei Tische mit je sechs Plätzen verteilt, doch an jedem blieb ein Platz leer. Gehörte einer davon der jungen Frau aus Kabine 10? Still zählte ich die Runde durch.

Am ersten Tisch saßen Richard Bullmer, Tina West, Alexander Belhomme, Owen White und Ben Howard. Der leere Stuhl war gegenüber von Bullmer.

Am zweiten Tisch saßen ich, Lars und Chloe Jenssen, Archer Fenlan und Cole, neben dem sich ein leerer Platz befand.

»Das können Sie wieder abräumen«, teilte Cole der Kellnerin mit, die gerade mit einer Weinflasche kam. Er deutete auf den gedeckten Platz neben ihm. »Meine Frau konnte leider nicht mit auf die Reise kommen.«

»Ich bitte um Verzeihung, Sir.« Sie machte eine kleine Verbeugung und wies ihre Kollegin an, das Gedeck abzuräumen. Damit war das also geklärt. Blieb noch der ungenutzte Platz am Nachbartisch.

»Chablis?«, fragte die Bedienung.

»Ja, bitte.« Während Cole ihr sein Glas hinhielt, beugte sich Chloe Jenssen über den Tisch und streckte mir die Hand entgegen.

»Ich glaube, wir wurden einander noch nicht vorgestellt.« Für ihre zierliche Statur hatte sie eine unerwartet tiefe, rauchige Stimme, aus der man einen leichten Essex-Akzent heraushörte. »Ich bin Chloe – Chloe Jenssen, wobei ich im Arbeitsleben Wylde heiße.«

Natürlich. Jetzt erkannte ich sie auch, die markanten Wangenknochen, für die sie berühmt war, die slawische Augenform, das platinblonde Haar. Selbst ohne dramatisches Makeup und Bühnenscheinwerfer sah sie so außergewöhnlich aus, als hätte man sie in einem kleinen isländischen Fischerdorf oder einer sibirischen Datscha aufgelesen. Die Geschichte ihrer Entdeckung durch einen Modelscout in einem Vorstadtsupermarkt wirkte dadurch nur noch unglaubwürdiger.

»Freut mich«, sagte ich und nahm ihre Hand. Sie hatte kalte Finger und einen fast schmerzhaft festen Griff, der durch die klobigen Ringe, die sich mir in die Hand drückten, verstärkt wurde. Da sie von Nahem sogar noch umwerfender war und die schlichte Eleganz ihres Kleides mein eigenes so offensichtlich in den Schatten stellte, kam es mir vor, als stammten wir von unterschiedlichen Planeten. Ich widerstand dem Drang, meinen Ausschnitt zu richten. »Ich bin Lo Blacklock.«

»Lo Blacklock!« Sie gluckste. »Gefällt mir. Klingt nach einem Filmstar aus den Fünfzigern, mit Wespentaille und bis unters Kinn geschnürtem Busen.«

»Schön wär's.« Trotz der inzwischen quälenden Kopfschmerzen brachte ich ein Schmunzeln zustande. Ihre Heiterkeit hatte etwas Ansteckendes. »Und das ist Ihr Mann?«

»Das ist Lars, genau.« Sie sah zu ihm hinüber und wollte ihn mir vorstellen, aber er war mit Cole und Archer ins Gespräch vertieft und reagierte nicht. Schließlich verdrehte sie die Augen und wandte sich wieder mir zu.

»Kommt da drüben noch jemand dazu?«, fragte ich und deutete mit einer Kopfbewegung auf den leeren Platz am Nachbartisch.

Chloe schüttelte den Kopf. »Ich glaube, das war für Anne – Richards Frau. Es geht ihr nicht gut. Sie wollte wohl lieber auf ihrem Zimmer essen.«

»Ach so, klar.« Darauf hätte ich auch selbst kommen können. »Kennen Sie sie gut?«

Chloe schüttelte erneut den Kopf. »Nein. Richard kenne ich durch Lars ganz gut, aber Anne verlässt Norwegen nicht so oft.« Mit gesenkter Stimme fuhr sie fort: »Sie soll eigentlich eher eine Eigenbrötlerin sein, weshalb ich überrascht war, sie hier an Bord zu sehen – aber vermutlich macht so eine Krebserkrankung einen …«

Weiter kam sie nicht, da nun fünf dunkle, quadratische Teller gebracht wurden, auf denen sich verstreut kleine Würfel in Regenbogenfarben befanden sowie einzelne Schaumklümpchen, die auf etwas lagen, das wie frisch gemähtes Gras aussah. Mir wurde klar, dass ich keinen Schimmer hatte, was ich gleich zu mir nehmen würde.

»Schwertmuschel in Roter Beete mariniert«, verkündete ein Steward, »mit einem Schaum von Büffelgras-Wodka auf einem Nest von luftgetrocknetem Meeresspargel.«

Nachdem die Kellner sich zurückgezogen hatten, piekte Archer mit seiner Gabel in den Quader mit dem grellsten Neonton.

»Schwertmuschel?«, fragte er skeptisch. Irgendwie klang sein Yorkshire-Akzent stärker als im Fernsehen. »Ich hab's nicht so mit rohen Meeresfrüchten. Da wird mir ganz anders.«

»Wirklich?«, fragte Chloe mit einem katzenähnlichen Lächeln, das etwas zwischen Flirten und Unglauben ausdrückte. »Und ich dachte, Naturbelassenes wäre genau Ihr Ding – Sie wissen schon, Käfer und Eidechsen und so etwas.«

»Wenn man seinen Lebensunterhalt damit verdient, den lieben langen Tag nichts anderes als Dreck und Insekten zu essen, sehnt man sich im Urlaub aber vielleicht auch mal nach einem Steak«, antwortete er grinsend. Dann sah er mich an und streckte mir die Hand entgegen. »Archer Fenlan. Wir wurden einander noch nicht vorgestellt, oder?«

»Lo Blacklock«, murmelte ich mit einem seltsamen Happen im Mund, von dem ich inständig hoffte, dass es sich nicht um Kuckucksspeichel handelte. »Wir sind uns schon mal begegnet, aber daran erinnern Sie sich vermutlich nicht. Ich bin bei ›Velocity‹.«

»Ach, ja. Das heißt, Sie arbeiten für Rowan Lonsdale?«

»Genau.«

»War sie zufrieden mit meinem Beitrag damals?«

»Ja, er kam sehr gut an. Es gab viele Tweets.«

*Zwölf verblüffende Delikatessen, von denen Sie nicht wussten, dass sie essbar sind* oder etwas in dieser Richtung. Illustriert wurde der Artikel mit einem Foto von einem grinsenden Archer, der über offenem Feuer irgendetwas Unsägliches garte.

»Essen Sie das nicht auf?«, fragte Chloe mit einem Blick auf Archers Teller. Ihr eigener war schon fast leer, und sie wischte mit dem Finger darüber und leckte die Schaumreste ab.

Nach kurzem Zögern schob Archer ihr den Teller hin. »Diesen Gang überspringe ich lieber«, sagte er. »Mal sehen, was der nächste bringt.«

»Na denn«, erwiderte Chloe mit einem weiteren aufreizenden Lächeln. Aus dem Augenwinkel nahm ich eine Bewegung in ihrem Schoß wahr und sah, dass sie und Lars unter dem Tisch Händchen hielten, wobei er mit dem Daumen rhythmisch ihren Handrücken streichelte. Die Geste hatte etwas so Intimes, dass es mich wie ein Schock traf. Vielleicht war ihre kokette Art nur Fassade.

Als ich bemerkte, dass Archer mit mir sprach, riss ich mich mühsam von diesem Anblick los und drehte mich zu ihm um. »Tut mir leid«, sagte ich. »Ich war ganz woanders. Wie war die Frage?«

»Ob ich Ihnen nachschenken darf – Ihr Glas ist leer.«

Ich blickte hinunter. Der Chablis war weg, aber ich konnte mich kaum daran erinnern, ihn getrunken zu haben. »Ja, bitte«, antwortete ich.

Während er mir einschenkte, betrachtete ich das Glas und überlegte, wie viel ich schon getrunken hatte. Ich nahm einen Schluck. In dem Moment lehnte sich Chloe zu mir herüber und flüsterte: »Entschuldigen Sie die Frage, aber was ist mit Ihrer Wange passiert?«

Anscheinend musste ich sie ziemlich entgeistert angesehen haben, denn sie winkte augenblicklich ab.

»Sorry, vergessen Sie's, es geht mich nichts an. Ich dachte nur … na ja, ich habe selbst so meine Erfahrungen mit miesen Beziehungen gemacht, deshalb.«

»Ach so … nein!« Aus irgendeinem Grund schämte ich mich für das Missverständnis, als wäre ich daran schuld, oder hätte Judah in ein schlechtes Licht gerückt, was beides nicht stimmte. »Nein, nichts dergleichen. Es war ein Einbruch.«

»Was?« Sie wirkte bestürzt. »Während Sie zu Hause waren?«

»Ja. Laut Polizei kommt das in letzter Zeit häufiger vor.«

»Und er hat Sie angegriffen? Oh Gott.«

»Nicht direkt.« Ich spürte einen merkwürdigen Widerwillen dagegen, ins Detail zu gehen. Nicht nur weil es die Erinnerung wieder lebendig werden ließ, sondern auch aus einer Art Stolz. Hier am Tisch wollte ich als Profi durchgehen, als gewandte, fähige Journalistin, die es mit jedem aufnehmen konnte. Die

Rolle des verängstigt im Schlafzimmer kauernden Opfers gefiel mir ganz und gar nicht.

Aber nun, da ich einmal mit der Geschichte rausgerückt war – jedenfalls mit einem Großteil davon –, konnte ich nicht einfach dichtmachen. Ich wollte schließlich auch nicht Mitleid für etwas ernten, was gar nicht passiert war.

»Eigentlich war es eher ein Unfall. Er hat mir die Tür vor der Nase zugeknallt, und sie hat mich an der Wange erwischt. Ich glaube nicht, dass er mich verletzen wollte.«

Ich hätte einfach nur im Bett bleiben und mich unter der Decke verkriechen sollen. Selbst schuld; was musste ich mich auch einmischen?

»Sie sollten es mal mit Selbstverteidigung versuchen«, schlug Archer vor. »Ich kenne mich da aus, wissen Sie? Ich war früher bei den Royal Marines. Es geht dabei nicht um Größe; selbst eine zierliche Person wie Sie kann problemlos einen Mann überwältigen. Alles eine Frage des richtigen Hebels. Ich zeig's Ihnen.« Er schob seinen Stuhl zurück. »Stehen Sie auf.«

Verlegen erhob ich mich. Bevor ich wusste, wie mir geschah, hatte er meinen Arm gepackt und hinter den Rücken gedreht, sodass ich das Gleichgewicht verlor. Mit der freien Hand hielt ich mich am Tisch fest, doch er bog meinen Arm immer weiter durch und zog gleichzeitig daran, bis die Muskeln in meiner Schulter protestierten. Ich schrie auf, halb vor Schmerz, halb vor Schreck, und sah aus dem Augenwinkel Chloes erschrockenes Gesicht.

»Archer!«, rief sie, und dann nachdrücklicher: »Archer – Sie machen ihr Angst!«

Da ließ er los, und ich sank mit zitternden Beinen auf meinen Stuhl zurück, während ich versuchte, mir den Schmerz in der Schulter nicht anmerken zu lassen.

»Verzeihung«, grinste Archer und nahm seinen Platz wieder ein. »Ich hoffe, ich habe Ihnen nicht wehgetan. Ich kenne manchmal meine eigene Stärke nicht. Aber Sie sehen, was ich meine – selbst ein größerer Angreifer kommt nur schwer gegen diesen Griff an. Falls Sie mal eine Unterrichtsstunde wollen …«

Ich rang mir ein Lachen ab, aber es klang nervös und unecht.

»Du siehst aus, als könntest du einen Drink vertragen, Lo« verkündete Chloe und füllte mein Glas nach. Dann, als Archer sich einem Kellner zuwandte, fügte sie leise hinzu: »Ignorier ihn. Langsam glaube ich, dass an den Gerüchten um seine erste Frau etwas dran ist. Und übrigens, falls du den Bluterguss abdecken willst, komm in meiner Kabine vorbei. Ich verfüge über ein ganzes Arsenal an Tricks und bin eine ziemlich gute Visagistin. Muss man in der Branche auch sein.«

»Mach ich«, antwortete ich mit einem Lächeln. Es fühlte sich angestrengt und falsch an, und um es zu verbergen, nahm ich noch einen Schluck. »Danke.«

Nach dem ersten Gang wurden wir umgesetzt, und ich stellte mit Erleichterung fest, dass ich nicht mehr am gleichen Tisch wie Archer saß, sondern zwischen Tina und Alexander, die sich über meinen Kopf hinweg sehr sachkundig über internationale Spezialitäten unterhielten.

»Unter den Sashimi-Varianten ist natürlich Fugu ein Muss«, erklärte Alexander gedehnt, während er die Serviette über seinem Kummerbund glatt strich. »Der hat einfach den erlesensten Geschmack.«

»Fugu?«, brachte ich mich ins Gespräch ein. »Ist das nicht dieser hochgiftige Fisch?«

»Kugelfisch, genau, und das macht ja gerade das Erlebnis aus. Mit Drogen hatte ich es nie besonders – als unverbesserlicher Genussmensch kenne ich meine Schwächen und habe mich von Derartigem stets ferngehalten –, aber ich glaube, dass das Hochgefühl nach dem Genuss von Kugelfisch mit einem Drogenkick vergleichbar ist. Wer ihn unbeschadet verspeist, hat mit dem Tod gespielt und gewonnen.«

»Ist es nicht sogar so«, hob Tina an und nahm einen Schluck

von ihrem Wein, »dass der wahre Spitzenkoch es versteht, den Fisch so nah wie möglich an den giftigen Stellen zu filetieren, damit man einen kleinen Rausch erlebt?«

»Das habe ich auch gehört«, stimmte Alexander zu. »In ganz kleinen Mengen soll es stimulierend wirken. Allerdings vermute ich, dass diese spezielle Schneidetechnik vielleicht eher etwas mit dem Preis des Fischs zu tun hat. Da möchte man ungern ein Stück verschwenden.«

»Wie giftig ist er denn?«, fragte ich. »Ich meine, was die Menge angeht. Wie viel müsste man davon essen?«

»Nun, das ist ja die große Frage«, antwortete er. Er beugte sich über den Tisch und das fast unappetitliche Glänzen in seinen Augen ließ erahnen, dass er an seinem Thema Gefallen fand. »Die Konzentration variiert, je nachdem, mit welchem Teil des Fischs man es zu tun hat. Am giftigsten sind Leber, Augen und Eierstöcke – da braucht es nur sehr, sehr wenig. Nicht mal ein Gramm. Es soll etwa tausendmal giftiger sein als Blausäure.« Er schob sich eine Gabel Fischcarpaccio in den Mund und sprach mit vollem Mund weiter. »Muss ein grauenhafter Tod sein. Der Koch, der in Tokio für uns Fugu zubereitet hat, hatte seine helle Freude daran, uns die Wirkung des Gifts in allen Einzelheiten zu schildern – es lähmt die Muskulatur, während das Gehirn unbeeinträchtigt bleibt. Das Opfer erlebt bei vollem Bewusstsein, wie es die Kontrolle über seine Muskeln verliert, bis irgendwann die Atmung aussetzt.« Er schluckte, leckte sich über die ohnehin schon feuchten Lippen und lächelte. »Am Ende erstickt man einfach.«

Ich blickte auf die hauchdünnen Scheiben rohen Fischs auf meinem Teller hinab. Vielleicht lag es am Wein, vielleicht an Alexanders bildhafter Beschreibung – jedenfalls war mir irgendwie der Appetit vergangen. Widerwillig nahm ich ein Stück in den Mund und kaute.

»Und nun zu Ihnen, Liebes«, sagte Tina plötzlich. Ich war ein bisschen überrumpelt, wie abrupt sie ihre Aufmerksamkeit von Alexander auf mich lenkte. »Sie arbeiten mit Rowan zusammen, richtig?«

Tina hatte Ende der Achtziger bei ›Velocity‹ angefangen und kurz auch mit Rowan zusammengearbeitet, die heute noch von ihr und ihrer legendären Skrupellosigkeit sprach.

»Genau.« Hastig schluckte ich meinen Bissen herunter. »Seit etwa zehn Jahren.«

»Sie muss ja große Stücke auf Sie halten, wenn sie Sie auf so einen Trip schickt. Da haben Sie einen richtigen Coup gelandet, was?«

Ich rutschte betreten auf meinem Stuhl hin und her. Was sollte ich antworten? *Um ehrlich zu sein, hätte sie mir diesen Trip niemals anvertraut, wenn sie nicht ständig intravenöse Flüssigkeitszufuhr bräuchte?*

»Ja, ich kann mich wirklich glücklich schätzen«, erwiderte ich schließlich. »Es ist ein echtes Privileg, dabei zu sein, und Rowan weiß, wie gerne ich mich beweisen möchte.«

»Na, dann genießen Sie es.« Tina täschelte mir den Arm. Ich spürte die kühlen Ringe auf meiner Haut. »Wie sagt man noch gleich? Man lebt nur einmal.«

# 9

Obwohl wir noch zweimal die Plätze tauschten, saß ich kein einziges Mal neben Bullmer, sodass sich erst beim Kaffee in der Lindgren-Lounge die Gelegenheit bot, ihn anzusprechen. Ich stakste gerade mit einer Tasse in der Hand durch den leicht schwankenden Raum, wobei es mir mit Mühe gelang, das Gleichgewicht zu halten, als mich ein gleißender Blitz ins Straucheln brachte und ich nur knapp verhindern konnte, mich über und über mit Kaffee zu besudeln. Trotzdem landeten einige Tropfen auf dem Saum meines geliehenen Kleides und dem weißen Sofa neben mir.

»Lächeln«, sagte eine Stimme neben meinem Ohr, und ich erkannte, dass der Fotograf Cole war.

»Verdammter Idiot«, schimpfte ich, bereute es jedoch sogleich. Es fehlte noch, dass er sich bei Rowan über mich beschwerte. Ich war wohl betrunkener als gedacht. »Nicht Sie«, versuchte ich, die Situation zu retten. »Ich selbst, meinte ich. Das Sofa.«

Er bemerkte mein Unbehagen und lachte. »Schon klar. Keine Sorge, ich verpetze Sie nicht bei Ihrer Chefin. Mein Ego ist nicht ganz so empfindlich.«

»Ich habe nicht …«, setzte ich an, aber er hatte den Nagel ziemlich genau auf den Kopf getroffen, und nun wusste ich nicht weiter. »Ich habe nur …«

»Schwamm drüber. Wo wollten Sie denn überhaupt so eilig hin? Sie sahen aus wie ein Jäger auf der Fährte einer lahmen Antilope …«

»Ich …« Es widerstrebte mir, ihm die Wahrheit zu sagen, aber angesichts der quälenden Kopfschmerzen, der Trunkenheit und der Erschöpfung, die mir mehr und mehr zu schaffen machten, schien mir das letzten Endes doch die einfachere Option. »Ich hatte gehofft, mit Richard Bullmer zu sprechen. Den ganzen Abend hatte ich noch keine Gelegenheit dazu.«

»Und dann komme ich und vermassle alles«, sagte Cole mit einem Lächeln, und ich erkannte, dass es seine Eckzähne waren, die ihm etwas Wölfisches, Lüsternes verliehen. »Aber das lässt sich ändern. Bullmer!«

Richard Bullmer, der sich gerade mit Lars unterhielt, drehte sich zu uns um. Auch das noch.

»Habe ich da eben meinen Namen gehört?«

»Allerdings«, bestätigte Cole. »Wie wär's, wenn du dich mal ein bisschen mit dieser reizenden Dame unterhältst? Als Wiedergutmachung dafür, dass ich sie hinterrücks überfallen habe.«

Bullmer lachte, nahm seinen Kaffee von der Armlehne des Stuhls neben ihm und schlenderte zu uns herüber. Trotz des leichten Seegangs trat er sicher auf und schien überhaupt körperlich sehr fit; vermutlich verbargen sich unter dem gut sitzenden Anzug Muskeln aus Stahl.

»Richard.« Cole winkte ihn heran. »Das ist Lo Blacklock – Lo, das ist Richard. Lo wollte sich gerade auf dich stürzen, als ich sie mit einem Schnappschuss aus dem Konzept gebracht habe. Meinetwegen hat sie ihren Kaffee verschüttet.«

Ich lief feuerrot an, aber Bullmer sah Cole vorwurfsvoll an.

»Ich hatte dich doch gebeten, diskret mit dem Ding umzugehen.« Er deutete mit dem Kopf auf die schwere Kamera um Coles Hals. »Paparazzifotos aus dem Hinterhalt sind nicht jedermanns Sache.«

»Ach was, die Leute stehen drauf«, widersprach Cole lässig

und grinste breit. »Das gibt ihnen dieses gewisse Promi-Feeling, passend zur schicken Kulisse hier.«

»Ich mein's ernst«, beharrte Richard, der trotz seines Lächelns nicht allzu amüsiert schien. »Besonders bei Anne.« Er senkte die Stimme. »Gerade in letzter Zeit ist es ihr unangenehm.«

Cole nickte. Sein Lachen war verschwunden. »Ja klar, Mann. Das ist was anderes. Aber Lo hier macht es doch nichts aus, oder?« Er legte mir den Arm so fest um die Schultern, dass sich seine Kamera in meinen Oberarm bohrte, doch ich rang mir ein Lächeln ab.

»Nein, nein«, erwiderte ich unbeholfen. »Natürlich nicht.«

»So ist's recht«, sagte Bullmer und zwinkerte mir zu. Das hatte er vorhin schon bei Camilla Lidmann gemacht – eine seltsame Geste, die bei ihm jedoch nicht gönnerhaft wirkte, sondern eher, als wolle er uns angesichts der klaren Machtverhältnisse ein wenig die Berührungsängste nehmen. Vergesst, dass ich ein international erfolgreicher Geschäftsmann und Millionär bin, sagte das Zwinkern. Ich bin ein ganz normaler, netter Typ.

Während ich noch über eine passende Entgegnung nachdachte, tippte ihm Owen White auf die Schulter, und er wandte sich ab.

»Was kann ich für dich tun, Owen?«, fragte er, und damit war meine Chance vertan, bevor ich auch nur den Mund aufbekommen hatte.

»Ich …«, stammelte ich, und er drehte den Kopf.

»Tut mir leid, bei solchen Empfängen ist es immer schwierig, ein ordentliches Gespräch zu führen. Wie wäre es, wenn Sie morgen nach dem offiziellen Programm bei mir in der Kabine vorbeischauen? Dann können wir uns in Ruhe unterhalten.«

»Danke«, sagte ich und versuchte, nicht allzu unterwürfig dabei zu klingen.

»Super. Ich wohne in Nummer 1. Ich freu mich drauf.«

»Sorry«, flüsterte Cole mir ins Ohr. Sein Atem kitzelte an meinen Haaren. »Ich hab mein Bestes gegeben. Was soll ich sagen, er ist eben ein gefragter Mann. Wie kann ich es wiedergutmachen?«

»Nicht nötig«, erwiderte ich ausweichend. Weil er für mein Empfinden viel zu dicht neben mir stand, wäre ich am liebsten einen Schritt zurückgetreten, doch in meinem Hinterkopf meldete sich mahnend Rowans Stimme zu Wort: *Netzwerken, Lo!* »Erzählen Sie mir doch etwas von sich. Was genau treibt Sie hierher? Sie sagten ja, es sei normalerweise nicht Ihr Ding.«

»Richard ist so etwas wie ein alter Freund«, antwortete Cole. Vom Tablett einer vorbeikommenden Stewardess schnappte er sich einen Kaffee und nahm einen Schluck. »Wir waren zusammen am Balliol College. Als er mich einlud mitzukommen, konnte ich nicht Nein sagen.«

»Sind Sie eng befreundet?«

»Nicht besonders. Wir bewegen uns in ganz verschiedenen Kreisen – was auch kein Wunder ist, wenn der eine sich als Fotograf mit Ach und Krach über Wasser hält und der andere mit einer der reichsten Frauen Europas verheiratet ist.« Er grinste. »Aber er ist echt in Ordnung. Viele glauben, er sei mit einem silbernen Löffel im Mund geboren, aber das ist nur die halbe Wahrheit. Er hat einiges durchgemacht, und vielleicht hängt er deshalb so stark an … an all dem hier.« Er machte eine ausholende Bewegung, die unsere ganze Umgebung zu umfassen schien – Seide, Kristalle und Hochglanzpolitur, so weit das Auge reichte. »Er weiß, wie es ist, seinen Besitz zu verlieren. Und Menschen.«

Ich dachte an Anne Bullmer und daran, wie Richard sie trotz all der wartenden Gäste auf die Kabine begleitet hatte. Und ich glaubte zu verstehen, was Cole meinte.

Erst gegen elf kam ich endlich in die Kabine zurück. Ich war ziemlich betrunken. Wie sehr, war allerdings schwer zu sagen, denn wir befanden uns auf dem offenen Meer und es war nicht ganz klar, ob das Schwanken meiner Umgebung und die damit einhergehende Übelkeit auf den Seegang zurückzuführen war oder doch eher auf den Champagner … und den Wein … und die vielen Gläschen eisgekühlten Aquavits. Lieber Himmel, was hatte ich mir dabei gedacht?

Vor der Kabine angekommen hielt ich einen Moment inne und stützte mich am Türrahmen ab. Mir war vollkommen klar, warum ich so viel getrunken hatte. Denn je betrunkener ich war, desto tiefer würde ich nachher schlafen. Wie ein Stein. Eine weitere schlaflose Nacht würde ich nicht verkraften, nicht hier auf dem Schiff.

Ich schob den Gedanken beiseite und machte mich daran, die Schlüsselkarte aus meinem BH zu fischen.

»Kann man dir behilflich sein?«, lallte eine Stimme hinter mir, und Ben Howards Schatten fiel auf die Tür.

»Geht schon«, erwiderte ich und drehte mich so, dass er nicht sah, wie ich mich abmühte. Eine Welle erfasste das Schiff und brachte mich ins Wanken. *Hau ab, Ben.*

»Sicher?« Er beugte sich vor, um mir über die Schulter zu blicken.

»Ja«, knurrte ich.

»Ich könnte nämlich helfen.« Mit einem lasziven Grinsen starrte er auf den Ausschnitt meines Kleides, den ich mit einer Hand festhielt, damit er nicht runterrutschte. »Es scheint, als könntest du eine zusätzliche Hand gebrauchen. Oder zwei.«

»Verpiss dich«, zischte ich ihn an. Unter meinem linken Schulterblatt klemmte etwas Warmes, Festes, das sich stark nach einer Schlüsselkarte anfühlte. Jetzt musste ich nur noch irgendwie drankommen …

Er trat näher, und ehe ich mich's versah, schob er mir seine Hand in den Ausschnitt. Ich spürte das Kratzen seiner Manschettenknöpfe auf der Haut, und dann umschlossen seine

Finger meine nackte Brust und drückten auf eine Weise zu, die er vermutlich für erotisch hielt.

War es aber nicht.

Ich dachte gar nicht erst nach. Ich hörte das Geräusch von zerreißendem Stoff, das ein bisschen wie eine fauchende Katze klang, und dann traf mein Knie so hart seine Weichteile, dass er nicht einmal aufschrie, sondern bloß langsam und leise winselnd zu Boden sank.

Und ich brach in Tränen aus.

Zwanzig Minuten später saß ich immer noch heulend auf dem Bett und wischte mir die Reste der geborgten Wimperntusche von den Wangen, während Ben zusammengekrümmt neben mir kauerte. Er hatte einen Arm um meine Schultern gelegt, mit dem anderen drückte er ein Handtuch mit Eis auf seinen Unterleib.

»Es tut mir leid«, wiederholte er mit schmerzverzerrter Stimme. »Bitte, Lo, hör auf zu weinen. Es tut mir wirklich leid. Ich habe mich echt scheiße benommen. Geschieht mir ganz recht.«

»Es ist nicht deinetwegen«, schluchzte ich kaum verständlich. »Ich kann nicht mehr, Ben, seit dem Einbruch bin ich nur noch – ich glaube, ich werde verrückt.«

»Welcher Einbruch?«

Unter Tränen erzählte ich ihm alles. Auch das, was ich Judah nicht erzählt hatte. Wie es war, aufzuwachen und zu merken, dass jemand in der Wohnung war, zu wissen, dass niemand meine Schreie hören würde, ich nicht um Hilfe rufen und mich nicht verteidigen konnte. Mich so schwach und wehrlos zu fühlen wie nie zuvor.

»Es tut mir leid«, wiederholte Ben mantraartig. Mit der freien Hand strich er mir über den Rücken. »Es tut mir so leid.«

Seine unbeholfenen Versuche, mich zu trösten, ließen mich nur noch heftiger schluchzen.

»Hey, Süße …«

Oh nein. »Nenn mich nicht Süße.« Ich richtete mich auf, strich mir die Haare aus dem Gesicht und wand mich aus seiner Umarmung.

»Sorry, das ist mir so rausgerutscht.«

»Das geht nicht, du kannst das nicht mehr sagen, Ben.«

»Ich weiß«, erwiderte er gedankenverloren. »Aber Lo, wenn ich ehrlich bin, habe ich nie …«

»Lass es«, warnte ich.

»Lo, was ich getan habe, war mies. Ich weiß, ich war …«

»Ich sagte, du sollst es lassen. Es ist vorbei.«

Er schüttelte den Kopf. Aber immerhin hatte ich bei seinen Worten aufgehört zu weinen. Vielleicht lag es an seinem Anblick, wie er da hockte, gebeutelt, gekrümmt und so furchtbar elend.

»Lo …« Er sah aus seinen braunen Welpenaugen zu mir auf, die im Licht der Nachttischlampe einen weichen Glanz bekamen. »Lo, ich …«

»Nein!« Es klang barscher und lauter als beabsichtigt, aber ich musste ihn einfach bremsen. Obwohl ich nicht genau wusste, was er sagen wollte, war klar, dass ich es nicht hören wollte. Die nächsten fünf Tage würden wir gemeinsam auf diesem Schiff festsitzen. Falls er sich noch weiter blamierte, würde diese Zeit für uns beide unerträglich werden, vor allem, wenn wir uns bei Tageslicht über den Weg liefen.

»Nein, Ben«, wiederholte ich etwas sanfter. »Es ist schon lange aus und vorbei. Außerdem erinnerst du dich vielleicht, dass es deine Entscheidung war.«

»Ich weiß«, antwortete er niedergeschlagen. »Ich weiß, ich war ein Idiot.«

»Nein«, widersprach ich automatisch. Aber eigentlich musste ich ihm recht geben. »Ja, doch, das warst du. Aber du hattest es auch nicht leicht mit mir. Das alles spielt jetzt ja auch keine Rolle mehr. Wir sind doch Freunde, oder?« Das war zwar übertrieben, aber er nickte zustimmend. »Also, dann mach es nicht kaputt.«

»Okay«, sagte er. Mühsam richtete er sich auf, wischte sich mit dem Jackettärmel übers Gesicht und betrachtete ihn dann reumütig. »Hoffentlich gibt es einen Reinigungsservice an Bord.«

»Und einen Flickschneider«, erwiderte ich mit Blick auf den langen Riss in meinem Seidenkleid.

»Kommst du denn zurecht?«, fragte Ben. »Ich könnte auch hierbleiben, ganz ohne Hintergedanken. Ich könnte auf der Couch schlafen.«

»Das könntest du in der Tat«, antwortete ich. Rein von der Größe, meinte ich damit, begriff dann aber, dass meine Worte missverständlich waren, und schüttelte den Kopf. »Nein, könntest du nicht. Hier ist zwar genug Platz, aber es geht nicht, und es ist auch nicht nötig. Geh in deine Kabine zurück. Lieber Himmel, wir sind auf einem Schiff mitten auf dem Ozean – sicherer als hier kann ich nirgendwo sein.«

»Na gut.« Leicht humpelnd begab er sich zur Tür, öffnete sie halb, drehte sich dann aber noch einmal um. »Es tut mir wirklich leid, ganz ehrlich.«

Ich wusste, worauf er wartete. Worauf er hoffte. Nicht nur darauf, dass ich ihm verzieh, sondern auf mehr, auf ein Zeichen, dass sein Annäherungsversuch nicht ganz unwillkommen gewesen war.

Darauf konnte er lange warten.

»Geh schlafen, Ben«, sagte ich, auf einmal sehr erschöpft und ganz nüchtern. Er blieb noch einen Moment im Türrahmen stehen, lang genug, dass ich mich mit einem flauen Gefühl im Magen fragte, was ich tun würde, wenn er nicht wieder ging. Wenn er die Tür wieder zumachen und zurück ins Zimmer kommen würde. Doch dann drehte er sich um und verschwand. Ich schloss die Tür hinter ihm ab, ließ mich aufs Sofa fallen und vergrub den Kopf in den Armen.

Später, ich weiß nicht, wie viel Zeit vergangen war, stand ich auf, schenkte mir einen Whisky ein und leerte ihn in drei langen Zügen. Ich schüttelte mich, wischte mir über den Mund und streifte das Kleid ab wie eine Schlange ihre alte Haut.

Zu guter Letzt zog ich den BH aus, ließ das traurige Kleiderhäufchen auf dem Boden zurück, und kroch ins Bett, um in einen abgrundtiefen Schlaf zu fallen.

Ich kann nicht sagen, was die Ursache war, aber von einer Sekunde auf die andere war ich hellwach, als hätte mir jemand eine Adrenalinspritze ins Herz gejagt. Mit rasendem Puls und starr vor Angst lag ich da und suchte nach den beruhigenden Worten, mit denen ich wenige Stunden zuvor Ben abgewimmelt hatte.

*Dir kann nichts passieren,* versicherte ich mir selbst. *Du bist in Sicherheit. Wir sind auf einem Schiff mitten auf dem Ozean – sicherer als hier kannst du nirgendwo sein.*

Als ich merkte, dass ich mich mit einem leichenstarreähnlichen Griff an der Bettdecke festkrallte, zwang ich mich, die steifen Finger zu lösen und vorsichtig zu bewegen, bis der Schmerz nachließ. Ich konzentrierte mich darauf, langsam und gleichmäßig zu atmen, bis mein Herz endlich gehorchte und nicht länger wie wild in meiner Brust pochte.

Das Trommeln in meinen Ohren verstummte. Außer dem Rauschen der Wellen und dem dumpfen Motorbrummen, das jeden Teil des Schiffs durchdrang, war nichts zu hören.

Mannomann. Ich musste mich wirklich mal zusammenreißen.

Die allnächtliche Selbstbehandlung mit hartem Alkohol war auf dieser Reise keine Option, jedenfalls nicht, wenn ich meine Karriere nicht sabotieren und jede Aussicht auf Beförderung zum Fenster rauswerfen wollte. So blieb mir nur – was eigentlich? Schlaftabletten? Meditation? Beides schien kaum besser.

Ich drehte mich um, knipste das Licht an und blickte auf

mein Handy: Es war 3:04 Uhr. Ich checkte meine E-Mails. Keine Nachricht von Judah, doch ich war inzwischen zu wach, um gleich wieder einzuschlafen. Mit einem Seufzer nahm ich mein Buch, das wie ein abgestürzter Vogel ausgebreitet auf dem Nachttisch lag, und begann zu lesen. Doch obwohl ich versuchte, mich auf die Worte zu konzentrieren, war ich nicht ganz bei der Sache. Es war mehr als Paranoia. *Irgendetwas* hatte mich geweckt. Etwas hatte mich nervös und fahrig wie einen Meth-Junkie gemacht. Warum meinte ich, einen Schrei gehört zu haben?

Ich blätterte gerade um, als ich wieder ein Geräusch hörte, kaum wahrnehmbar durch das Tuckern des Motors und das Plätschern der Wellen, so leise, dass es fast vom Rascheln des Papiers übertönt wurde.

Es war das Geräusch der langsam aufgleitenden Verandatür der Nachbarkabine.

Ich hielt den Atem an und lauschte angestrengt.

Und dann hörte ich ein Platschen.

Kein leises, sondern ein sehr lautes.

Ein Platschen, als wäre ein Körper ins Wasser gefallen.

**JUDAH LEWIS**
24. September um 8:50 Uhr
Hallo zusammen, bin etwas ratlos wegen Lo. Sie hat sich nicht mehr gemeldet, seit sie vor ein paar Tagen mit dem Schiff los ist. Hat jemand von ihr gehört? Mache mir langsam Sorgen. Danke.
Gefällt mir Kommentieren Teilen

**LISSIE WIGHT** Hi! Sie hat mir am Sonntag auf FB geschrieben – müsste der 20. gewesen sein? Sie meinte, das Schiff sei toll!
Gefällt mir Antworten 24. September um 9:02

**JUDAH LEWIS** Ja, da habe ich auch noch von ihr gehört, aber sie hat nicht auf meine E-Mail und meine SMS am Montag geantwortet. Und hier und auf Twitter war sie anscheinend auch nicht.
Gefällt mir Antworten 24. September um 9:03

**JUDAH LEWIS** Sonst noch jemand? **Pamela Crew? Jennifer West? Carl Fox? Emma Stanton?** Sorry, wenn ich hier wahllos Leute verlinke, ich mache mir einfach Sorgen. Es passt irgendwie nicht zu ihr.
Gefällt mir Antworten 24. September um 10:44

**PAMELA CREW** Sie hat mir am Sonntag eine E-Mail geschrieben, Judah-Schatz. Hat sehr vom Schiff geschwärmt. Soll ich mal ihren Vater fragen?
Gefällt mir Antworten 24. September um 11:13

**JUDAH LEWIS** Das wäre super, Pam. Ich will euch beide nicht beunruhigen, aber für mein Gefühl hätte sie sich normalerweise inzwischen gemeldet. Ich stecke hier

in Moskau fest und ich weiß nicht, ob sie versucht hat anzurufen und nicht durchgekommen ist.
Gefällt mir Antworten 24. September um 11:21

**JUDAH LEWIS** Pam, hat sie den Namen des Schiffs erwähnt? Ich kann ihn nirgendwo finden.
Gefällt mir Antworten 24. September um 11:33

**PAMELA CREW** Hi Judah, sorry, ich hatte gerade ihren Vater am Telefon. Er hat auch nichts gehört. Das Schiff heißt anscheinend Aurora. Sag Bescheid, wenn du was hörst. Alles Liebe
Gefällt mir Antworten 24. September um 11:48

**JUDAH LEWIS** Danke, Pam. Ich versuche es mal auf dem Schiff. Aber falls irgendjemand was hört, schreibt mir bitte.
Gefällt mir Antworten 24. September um 11:49

**JUDAH LEWIS** Irgendwelche Neuigkeiten?
Gefällt mir Antworten 24. September um 15:47

**JUDAH LEWIS** Bitte meldet euch. Hat jemand irgendwas gehört?
Gefällt mir Antworten 24. September um 18:09

# Dritter Teil

# 10

Ich überlegte nicht lange.

Ich stürzte los, riss die Verandatür auf und beugte mich über die Brüstung, im verzweifelten Versuch, in den tosenden Wellen etwas – oder jemanden – zu entdecken. Die dunkle Wasseroberfläche war mit hellen Flecken übersät, die Spiegelungen des Lichts aus den Schiffsfenstern, und die Dünung machte es zusätzlich schwierig, irgendetwas zu erkennen. Trotzdem glaubte ich, unter dem Kamm einer schwarzen Welle etwas Weißes auszumachen – etwas, das aussah wie eine Frauenhand, die für einen kurzen Moment an der Oberfläche trieb und dann versank.

Ich blickte zum Balkon nebenan.

Durch die Milchglas-Trennwand konnte ich kaum etwas sehen, doch als ich darüberspähte, passierten zwei Dinge.

Erstens bemerkte ich auf dem Glas der Reling einen dunkel glänzenden, verschmierten Fleck, der sehr an Blut erinnerte.

Zweitens kam mir schlagartig eine Erkenntnis, bei der sich mir der Magen umdrehte. Wer immer dort gestanden hatte – wer immer die Person über Bord geworfen hatte, dem konnte mein idiotischer Sprint auf die Veranda nicht entgangen sein. Aller Wahrscheinlichkeit nach hatte er oder sie auf dem Nachbarbalkon gestanden, als ich Hals über Kopf nach draußen gestürmt war. Vermutlich hatte er mich gehört. Vermutlich hatte er auch mein Gesicht gesehen.

Ich rannte ins Zimmer zurück, knallte die Verandatür zu und versicherte mich, dass die Zimmertür doppelt verriegelt war. Zu guter Letzt schob ich noch die Kette vor. Obwohl mir das Herz bis zum Hals pochte, war ich innerlich so ruhig wie schon lange nicht mehr.

Na also. Das hier war eine echte Gefahrenlage, und ich meisterte sie.

Ich lief zurück, um die Verandatür zu kontrollieren. Zwar ließ sie sich nicht verriegeln, sondern war von innen einfach mit der Klinke zu öffnen, aber immerhin war sie verschlossen.

Dann griff ich mit leicht zitternden Fingern zum Telefon auf dem Nachttisch und wählte die 0.

»Hallo?«, trällerte eine Stimme. »Wie kann ich Ihnen behilflich sein, Miss Blacklock?«

Einen Moment lang war ich so verdutzt über die namentliche Ansprache, dass ich den Faden verlor. Doch dann fiel mir ein, dass meine Zimmernummer auf dem Display erscheinen musste – natürlich wusste sie, dass ich es war. Wer sonst sollte mitten in der Nacht aus meinem Zimmer anrufen?

»Ha-hallo«, presste ich hervor. Obwohl ich am ganzen Körper zitterte, klang meine Stimme überraschend ruhig. »Hallo. Wer ist da, bitte?«

»Karla hier, Miss Blacklock. Ihre Kabinenstewardess. Kann ich Ihnen helfen?« In ihrer munteren Telefonstimme lag jetzt eine Spur von Besorgnis. »Geht es Ihnen gut?«

»Nein, nein, es geht mir nicht gut. Ich …« Ich stockte, als mir klar wurde, wie verrückt das klingen musste.

»Miss Blacklock?«

Ich schluckte. »Ich – ich glaube, ich habe gerade einen Mord beobachtet.«

»Du lieber Gott.« Sie klang erschrocken und sagte einige Worte in einer fremden Sprache – Schwedisch vielleicht, oder Dänisch. Dann fasste sie sich und fragte: »Sind Sie in Sicherheit, Miss Blacklock?«

War ich in Sicherheit? Ich blickte zur Zimmertür. Ich war mir ziemlich sicher, dass niemand reinkommen konnte.

»Ich denke schon. Es war in der Nachbarkabine – in Nummer 10, Palmgren. Ich glaube, jemand wurde über Bord gestoßen.«

Meine Stimme versagte, als ich es aussprach, und mir war plötzlich nach Lachen zumute – oder vielleicht nach Weinen. Ich holte tief Luft und hielt mir die Nase zu, um mich wieder zu fangen.

»Ich schicke sofort jemanden vorbei, Miss Blacklock. Bleiben Sie, wo Sie sind. Ich klingle durch, wenn mein Kollege vor Ihrer Tür steht, damit Sie Bescheid wissen. Bleiben Sie bitte ruhig, ich rufe Sie gleich zurück.«

Es klickte, und sie hatte aufgelegt.

Als ich den Hörer ablegte, überfiel mich ein merkwürdiges Gefühl. Alles wirkte plötzlich fremd und losgelöst, als durchlebte ich eine außerkörperliche Erfahrung. Das Pochen in meinen Schläfen holte mich zurück, und mir fiel ein, dass ich mir etwas überziehen sollte.

Ich nahm den Morgenmantel von der Badezimmertür, doch dann stutzte ich. Bevor ich zum Abendessen gegangen war, hatte ich ihn achtlos auf dem Boden liegen gelassen, neben den Sachen, die ich im Zug getragen hatte. Ich erinnerte mich genau, wie ich beim Gehen auf das Chaos im Bad – die Kleider auf dem Boden, die umgestoßenen Make-up-Utensilien auf der Ablage, die lippenstiftbeschmierten Tücher im Waschbecken – zurückgeblickt und beschlossen hatte, mich später darum zu kümmern.

Alles war weg. Der Morgenmantel war aufgehängt und meine schmutzigen Klamotten waren verschwunden, wohin auch immer.

All meine Kosmetika, einschließlich Zahnpasta und Zahnbürste, standen in Reih und Glied auf dem Waschtisch, nur meine Tampons und Pillen waren im Kulturbeutel geblieben. Seltsamerweise bereitete mir gerade diese Geste der Diskretion ein ungutes Gefühl.

Jemand war hier gewesen. Natürlich war jemand hier gewesen, das war schließlich die Aufgabe des Zimmerservice. Trotzdem: Jemand hatte mein Zimmer betreten, in meinen Sachen herumgewühlt, meine zerrissene Strumpfhose und meinen Kajalstift angefasst.

Warum trieb mir die bloße Vorstellung Tränen in die Augen?

Den Kopf in die Hände gestützt saß ich auf dem Bett und war in Gedanken bei den Getränken in der Minibar, als das Telefon klingelte; noch während ich die Hand nach dem Hörer ausstreckte, klopfte es an der Tür.

Ich nahm ab.

»Hallo?«

»Hallo, Miss Blacklock?« Es war Karla.

»Ja. Da ist jemand an der Tür. Soll ich aufmachen?«

»Ja, bitte. Es ist unser Sicherheitschef, Johan Nilsson. Er wird jetzt übernehmen, Miss Blacklock, aber bitte rufen Sie mich an, falls Sie weitere Hilfe brauchen.« Mit einem Klick brach die Leitung ab, und es klopfte wieder an der Tür. Ich zog den Bademantelgürtel fest und öffnete.

Vor mir stand ein Mann in Uniform, den ich noch nicht gesehen hatte. Aus irgendeinem Grund hatte ich etwas Polizeimäßiges erwartet, doch dies hier war eher eine nautische Uniform. Er war um die vierzig und so groß, dass er sich beim Eintreten bücken musste. Sein Haar war zerzaust, als wäre er gerade erst aufgestanden, und seine Augen waren von so erstaunlichem Blau, dass es wirkte, bis trüge er farbige Kontaktlinsen. Geistesabwesend starrte ich hinein, bis ich plötzlich merkte, dass er mir die Hand hinstreckte.

»Hallo, Sie müssen Miss Blacklock sein?« Seine Aussprache war hervorragend und der skandinavische Einschlag so schwach, dass er gut als Schotte oder Kanadier hätte durchgehen können. »Mein Name ist Johan Nilsson. Ich bin für die Sicherheit auf der *Aurora* zuständig. Wie ich höre, haben Sie etwas gesehen, das Sie beunruhigt.«

»Das stimmt«, antwortete ich mit fester Stimme. Beim Anblick seiner Uniform wurde mir plötzlich mein eigener Aufzug in Morgenmantel und mit verschmierter Wimperntusche peinlich bewusst. Nervös zog ich den Gürtel noch ein bisschen fester. »Ja. Ich habe gesehen – gehört –, wie etwas über Bord geworfen wurde. Ich … ich glaube, es war … es muss ein … ein Mensch gewesen sein.«

»Gesehen oder gehört?«, hakte Nilsson nach, wobei er den Kopf schief legte.

»Ich habe ein Platschen gehört, ein sehr lautes Platschen. Es war ganz eindeutig etwas Großes, das über Bord gegangen ist – oder gestoßen wurde. Und dann bin ich auf die Veranda und habe gesehen, wie etwas – es sah aus wie ein menschlicher Körper – in den Wellen verschwand.«

Nilsson blickte mich ernst, aber mit leichtem Stirnrunzeln an, das sich verstärkte, als ich fortfuhr.

»Und auf der Glaswand des Balkons war Blut«, fügte ich hinzu.

»Auf Ihrem Balkon?«

»Das Blut? Nein, nebenan.«

»Können Sie es mir zeigen?«

Ich nickte und sah zu, wie er die Verandatür öffnete.

Der Wind war stärker geworden und es herrschte eisige Kälte. Ich ging voran auf die Veranda, die sich nun, mit Nilssons imposanter Statur an meiner Seite, sehr beengt anfühlte. Er schien den gesamten Raum auszufüllen, aber ich war froh, dass er hier war. Alleine hätte ich mich sicher nicht hinausgetraut.

»Da.« Ich deutete über die Trennwand hinweg auf die Veranda von Kabine 10. »Schauen Sie, da drüben. Da sehen Sie es.«

Nilsson spähte über die Wand und drehte sich dann zu mir um. Wieder sah ich ein leichtes Stirnrunzeln in seinem Gesicht.

»Wo genau meinen Sie? Können Sie draufzeigen?«

»Sehen Sie es nicht? Da ist eine lange Blutspur auf dem Glas.«

Er trat einen Schritt zurück und forderte mich mit einer Handbewegung auf, selbst nachzusehen. Unvermittelt begann mein Herz zu rasen. Zwar rechnete ich weder damit, den Mörder dort zu sehen, noch einen Faustschlag oder eine Pistolenkugel abzubekommen, aber es jagte mir eine furchtbare Angst ein, wieder über die Trennwand zu schauen, ohne zu wissen, was dort auf mich wartete.

Doch da war … nichts.

Da lauerte kein Mörder, und Blut war auch keins zu sehen. Das Glas glänzte blitzsauber und unschuldig im Mondschein.

Ich blickte Nilsson an, wobei ich spüren konnte, dass mein Gesicht ganz starr vor Schock war. Ich schüttelte den Kopf, rang nach Worten. Mit einer Spur von Mitleid sahen seine blauen Augen mich an.

Sein Mitleid traf mich ins Mark.

»Es war da«, sagte ich wütend. »Er hat es weggewischt.«

»Er?«

»Der verdammte Mörder natürlich!«

»Beruhigen Sie sich, Miss Blacklock«, erwiderte er mit sanfter Stimme, während er in die Kabine zurückging. Ich folgte ihm, und er verschloss die Schiebetür hinter mir. Dann sah er mich fragend an. Ich konnte sein Aftershave riechen – ein nicht zu strenger, leicht holziger Duft. Trotzdem fühlte sich die geräumige Kabine plötzlich bedrückend eng an.

»Was?«, brachte ich schließlich hervor, und es klang aggressiver als beabsichtigt. »Ich habe Ihnen gesagt, was ich gesehen habe. Glauben Sie, dass ich lüge?«

»Gehen wir nach nebenan«, schlug er diplomatisch vor.

Wieder zurrte ich den Gürtel fester, so fest diesmal, dass er mir fast die Luft abschnürte, und folgte ihm barfuß hinaus auf den Flur. Er klopfte an die Tür von Kabine 10, und als niemand antwortete, zog er seine Schlüsselkarte hervor und öffnete.

Wir blieben auf der Türschwelle stehen. Schweigend stand Nilsson hinter mir, während ich ungläubig den Blick durchs Zimmer schweifen ließ.

Es war völlig leer. Keine Kleidung. Keine Kosmetika im Bad. Selbst das Bett war abgezogen.

»Aber hier war eine junge Frau«, sagte ich mit bebender Stimme. Ich schob die Hände in die Taschen, damit er nicht sehen konnte, dass ich sie zu Fäusten geballt hatte. »Eine junge Frau. In diesem Zimmer. Ich habe mit ihr *gesprochen*. Wir haben geredet. Sie war hier!«

Nilsson antwortete nicht, sondern lief durch die stille, mondhelle Kabine zur Veranda, trat hinaus und inspizierte die Glasreling mit fast beleidigender Gewissenhaftigkeit. Doch ich konnte schon von weitem sehen, dass da nichts war. Das Glas glänzte im Mondschein und war bis auf ein paar Wassertropfen sauber und unberührt.

»Sie war hier!«, wiederholte ich und verfluchte den Anflug von Hysterie in meiner Stimme. »Warum glauben Sie mir denn nicht?«

»Das habe ich nicht gesagt.« Nilsson schloss die Verandatür und kam zurück. Er führte mich aus der Kabine und verriegelte die Zimmertür.

»Ich erwarte nicht, dass Sie mir glauben«, sagte ich bitter. Meine eigene Tür stand noch offen, und er begleitete mich hinein. »Aber ich sage es noch einmal, sie war hier. Sie hat mir – Moment!« Wie von der Tarantel gestochen stürzte ich ins Bad. »Sie hat mir ihre Wimperntusche geliehen. Verdammt, wo ist sie?«

Aufgeregt durchforstete ich meine feinsäuberlich aufgereihten Kosmetikartikel, aber von der Wimperntusche fehlte jede Spur. Wo konnte sie sein?

»Sie ist hier«, beteuerte ich verzweifelt. »Ich weiß es.« Panisch suchte ich weiter, bis ich hinter dem ausklappbaren Rasierspiegel einen grellpinken Gegenstand erspähte – da war sie, die kleine pinke Flasche mit dem grünen Deckel. Ich zog sie hervor und schwenkte sie triumphierend.

»Da!« Wie eine Waffe richtete ich das Fläschchen auf Nilsson. Er trat einen Schritt zurück und nahm sie mir sanft aus der Hand.

»Verstehe«, sagte er. »Aber bei allem Respekt, Miss Blacklock, was beweist das denn, außer dass Sie sich heute von irgendjemandem Wimperntusche geliehen haben ...«

»Was das beweist? Es beweist, dass sie wirklich da war. Dass es sie gab!«

»Es beweist, dass Sie eine Frau gesehen haben, ja, aber ...«

»Was wollen Sie denn noch?«, unterbrach ich ihn verzweifelt. »Ich habe Ihnen gesagt, was ich gehört und gesehen habe. Da war eine Frau in der Kabine, und jetzt ist sie weg. Schauen Sie doch auf Ihre Liste – ein Gast fehlt! Macht Ihnen das keine Sorgen?«

»Die Kabine ist leer«, antwortete er mit sanfter Stimme.

»Ich weiß!«, schrie ich, doch als ich seinen Gesichtausdruck sah, zwang ich mich zur Beherrschung. »Ich weiß, das sage ich ja die ganze Zeit. Genau das ist doch das Problem!«

»Nein«, entgegnete er mit dieser sanften Stimme, der Stimme eines kräftigen Mannes, der niemandem etwas beweisen muss. »Darauf will ich ja gerade hinaus, Miss Blacklock. Sie war schon die ganze Zeit leer. Kabine 10 ist nicht belegt. Sie war es nie.«

# 11

Fassungslos starrte ich ihn an.

»Was meinen Sie damit?«, brachte ich schließlich hervor. »Was soll das heißen, nicht belegt?«

»Die Kabine ist leer«, erklärte er. »Sie war für einen weiteren Passagier gebucht, den Investor Ernst Solberg. Er hat in letzter Minute abgesagt, aus persönlichen Gründen, wie es scheint.«

»Also hätte die junge Frau gar nicht hier sein sollen?«

»Vielleicht gehörte sie ja zur Crew?«

»Das kann nicht sein. Sie war gerade dabei, sich zurechtzumachen. Es war eine Passagierin.«

Er antwortete nicht. Das musste er auch nicht, denn der Einwand lag auf der Hand: Wenn dies ihre Kabine war, wo waren dann ihre Sachen?

»Jemand könnte alles beseitigt haben«, sagte ich matt. »Nachdem er mich bemerkt hat.«

»Meinen Sie?«, fragte Nilsson ruhig. Es klang nicht skeptisch oder ironisch, sondern einfach … verständnislos. Er setzte sich aufs Sofa, das unter seinem Gewicht knarrte, und ich ließ mich aufs Bett sinken und vergrub das Gesicht in den Händen.

Er hatte recht – es war ausgeschlossen. Ich wusste zwar nicht genau, wie viel Zeit zwischen meinem Anruf und Nilssons Eintreffen vergangen war, aber mehr als ein paar Minuten konnten es nicht gewesen sein, fünf vielleicht, höchstens sieben.

Um das Blut wegzuwischen, hätte die Zeit vermutlich gereicht, aber für mehr auch nicht. Unmöglich hätte jemand die ganze Kabine leer räumen können. Wohin mit all den Sachen? Hätte jemand sie über Bord geworfen, hätte ich es sicher gehört. Und um alles zusammenzupacken und den Flur entlangzutragen, war einfach nicht genug Zeit gewesen.

»Scheiße«, murmelte ich in meine Hände. »*Scheiße.*«

»Miss Blacklock«, begann Nilsson langsam, und ich ahnte schon, dass mir seine nächste Frage nicht gefallen würde. »Miss Blacklock, wie viel haben Sie gestern Abend getrunken?«

Ich sah auf und wandte ihm mein verheultes, verschmiertes Gesicht zu. Obwohl ich die Augen kaum noch offen halten konnte, funkelte ich ihn wütend an.

»*Wie* bitte?«

»Ich wollte lediglich wissen, ...«

Abstreiten war zwecklos. Es gab genug Zeugen, die mich gestern Abend erst Wein, dann Champagner und schließlich auch noch Schnaps hatten hinunterkippen sehen.

»Ja, ich habe etwas getrunken«, fauchte ich. »Aber falls Sie ernsthaft denken, ein halbes Glas Wein macht mich zu einer hysterischen Säuferin, die zwischen Realität und Einbildung nicht unterscheiden kann, sollten Sie sich das lieber noch mal überlegen.«

Anstelle einer Antwort ließ er den Blick zu dem Abfalleimer neben der Minibar schweifen, in dem sich eine beträchtliche Anzahl von Whisky- und Gin-Fläschchen sowie eine deutlich kleinere Menge von Tonic-Dosen angesammelt hatten.

Es entstand eine Pause. Nilsson sagte nichts, denn jeder Kommentar erübrigte sich. Tolle Zimmerreinigung.

»Ich mag vielleicht getrunken haben«, lenkte ich zähneknirschend ein. »Aber ich war nicht so betrunken, dass ich nicht mehr wusste, was ich vor mir sah. Warum sollte ich mir so etwas ausdenken?«

Das schien ihm einzuleuchten, denn er nickte matt.

»Nun gut, Miss Blacklock.« Er rieb sich mit der Hand übers Gesicht, wobei seine blonden Bartstoppeln hörbar knisterten.

Er schien müde, und plötzlich fiel mir etwas auf, das mit seinem Auftreten nur schwer vereinbar war: Seine Uniformjacke war schief geknöpft, ganz unten fand sich ein verwaistes Knopfloch. »Hören Sie, es ist schon spät, Sie sind müde.«

»*Sie* sind müde«, erwiderte ich angriffslustig, doch er nickte bloß, ganz ohne Groll.

»Ja, ich bin müde. Ich denke, bis zum Morgen können wir ohnehin nichts ausrichten.«

»Eine Frau ist über Bord …«

»Es gibt keine Beweise!«, unterbrach er mich mit erhobener Stimme, und erstmals hörte ich Ärger heraus. »Verzeihung, Miss Blacklock«, fuhr er leiser fort. »Ich wollte Ihnen nicht zu nahe treten. Aber ich glaube nicht, dass die Indizien ausreichen, um deswegen die anderen Passagiere zu wecken. Ich schlage vor, wir versuchen beide, etwas zu schlafen« – und Sie werden erst mal wieder nüchtern, sollte das heißen – »und morgen sehen wir dann, ob wir die Sache aufklären können. Dann stelle ich Ihnen die Crew vor, vielleicht finden wir so die junge Frau, die Sie in der Kabine gesehen haben. Es liegt auf der Hand, dass sie keine Passagierin sein kann, meinen Sie nicht?«

»Sie war jedenfalls nicht beim Abendessen«, räumte ich ein. »Aber was, wenn sie zur Crew gehörte? Was, wenn jemand vermisst wird und wir viel zu spät Alarm schlagen?«

»Ich werde jetzt gleich noch mit dem Kapitän und dem Chefsteward sprechen und sie über die Situation informieren. Meines Wissens wird aber kein Crewmitglied vermisst, das wäre schon längst aufgefallen. Auf einem so kleinen Schiff in einem eng zusammenarbeitenden Team kann man nicht einfach unbemerkt verschwinden, und sei es nur für ein paar Stunden.«

»Ich meine ja nur …«, setzte ich an, doch er schnitt mir höflich, aber bestimmt das Wort ab.

»Miss Blacklock, es tut mir leid, aber ich werde die Kollegen und Passagiere nicht ohne triftigen Grund aus dem Schlaf reißen. Der Kapitän und der Chefsteward werden entsprechende Maßnahmen ergreifen, wenn sie es für richtig halten. Bis dahin können Sie mir ja eine Beschreibung der Frau geben, dann überprüfe ich noch mal die Passagierliste und veranlasse, dass Sie morgen früh in der Mannschaftsmesse mit allen Kolleginnen, auf die die Beschreibung passen könnte, sprechen können.«

»Na gut«, antwortete ich widerwillig. Ich musste mich geschlagen geben. Ich wusste genau, was ich gesehen und gehört hatte, aber Nilsson würde nicht nachgeben, so viel war klar. Was blieb mir hier draußen inmitten des Ozeans schon übrig?

»Also?«, hakte er nach. »Wie alt war sie, wie groß? Hautfarbe weiß, asiatisch, schwarz …?«

»Ende zwanzig«, antwortete ich. »Ungefähr meine Größe. Weiß – sehr blass, um genau zu sein. Sie sprach Englisch.«

»Mit Akzent?«, fragte Nilsson, und ich schüttelte den Kopf.

»Nein, sie war Engländerin – oder ist zumindest zweisprachig aufgewachsen. Lange schwarze Haare … Bei der Augenfarbe bin ich mir nicht sicher. Dunkelbraun vielleicht. Ziemlich schlank … und hübsch. An mehr kann ich mich nicht erinnern.«

»Hübsch?«

»Ja, hübsch, schöne Gesichszüge eben. Glatte Haut. Sie war geschminkt. Starkes Augen-Make-up. Und sie hatte ein Pink-Floyd-T-Shirt an.«

Nilsson notierte alles mit ernstem Ausdruck und erhob sich dann unter dem protestierenden, oder vielleicht erleichterten, Quietschen der Sofafederung.

»Vielen Dank, Miss Blacklock. Und nun sollten wir zusehen, dass wir beide etwas Schlaf bekommen.« Er rieb sich das Gesicht, wobei er verblüffend an einen blonden Bären erinnerte, den jemand aus dem Winterschlaf gerissen hatte.

»Wann kann ich morgen mit Ihnen rechnen?«

»Wann passt es Ihnen? Zehn, halb elf?«

»Früher«, bat ich. »Ich kann sowieso nicht schlafen.« So wie ich unter Strom stand, würde ich nie wieder schlafen können.

»Meine Schicht beginnt um acht. Ist das zu früh?«

»Perfekt«, sagte ich mit Nachdruck. Mit einem unterdrückten Gähnen verließ er die Kabine, und ich sah ihm nach, wie er schwerfällig durch den Korridor davonstapfte. Dann verriegelte ich die Tür, legte mich aufs Bett und betrachtete das Meer. Die Wellen schimmerten schwarz im Mondlicht. Ihre Bewegungen sahen aus wie die Rücken abtauchender Wale, und ich spürte das Auf und Ab des Schiffs im Takt der See.

Schlafen würde ich nicht, das war klar. Nicht, solange mir das Blut in den Ohren rauschte und mir das Herz in wütendem Stakkato bis zum Hals schlug. Ich würde mich nie im Leben entspannen können.

Ich spürte ungeheure Wut, aber ich wusste nicht genau, warum. War es, weil in diesem Moment eine Frau in den Tiefen der Nordsee versank und wahrscheinlich niemals gefunden würde? Oder gab es einen anderen, niederen Grund für meine Wut – Nilssons Weigerung, mir Glauben zu schenken?

*Vielleicht hat er ja recht,* flüsterte die kleine, fiese Stimme in meinem Kopf. Wie ein Film liefen die Bilder vor meinem inneren Auge ab – wie ich wegen einer zugewehten Tür in der Dusche kauerte. Wie ich auf Judah losging, weil ich glaubte, mich gegen einen Einbrecher wehren zu müssen. *Bist du wirklich sicher? Die glaubwürdigste Zeugin bist du nicht gerade. Hand aufs Herz, was hast du denn schon gesehen?*

Das Blut habe ich gesehen, versicherte ich mir selbst. Und eine Frau ist verschwunden. Das soll mir mal jemand erklären.

Ich knipste die Lampe aus und deckte mich zu, aber schlafen konnte ich nicht. Stattdessen lag ich da und beobachtete durch die sturmfesten Scheiben das stumme, seltsam hypnotische Auf und Ab der See. Und ich dachte bei mir, es ist ein Mörder auf dem Schiff. Und niemand außer mir weiß es.

# 12

»Miss Blacklock!« Es klopfte erneut, dann hörte ich, wie die Schlüsselkarte durchs Lesegerät gezogen wurde. Im nächsten Moment gab es einen Knall, als die Tür einen Spaltbreit aufsprang und gegen die Sicherheitskette krachte.

»Miss Blacklock, hier ist Johan Nilsson. Ist alles in Ordnung? Es ist acht Uhr, ich sollte doch vorbeikommen?«

*Was?* Mühsam stützte ich mich auf, während mein Kopf mit heftigem Pochen gegen die Anstrengung protestierte. Warum zum Teufel hatte ich ihn für acht Uhr herbestellt?

»Moment!«, brachte ich hervor. Mein Mund war trocken, als hätte ich Asche verschluckt. Ich griff nach dem Wasserglas auf meinem Nachttisch und würgte ein paar Schlucke herunter. Währenddessen stürzten die Erinnerungen der letzten Nacht auf mich ein.

Das Geräusch, das mich geweckt hatte.

Das Blut auf dem Glasgeländer.

Der Körper.

Das Platschen …

Ich schwang die Beine aus dem Bett, doch als ich das Schlingern und Schwanken des Schiffs unter meinen Füßen spürte, wurde mir augenblicklich speiübel.

Ich rannte ins Bad und schaffte es gerade noch rechtzeitig zum Klo, wo ich ächzend und würgend mein gestriges Abendessen in die blanke, weiße Porzellanschüssel spuckte.

»Miss Blacklock?«

*Gehen. Sie. Weg.*

Obwohl ich die Worte nicht laut ausgesprochen hatte, schienen die Geräusche, die aus meinem Badezimmer kamen, deutlich genug zu sein, denn ich hörte, wie die Kabinentür ganz leise geschlossen wurde. So konnte ich jetzt wenigstens meinen Zustand ohne Publikum begutachten.

Ich sah schrecklich aus. Reste von Augen-Make-up waren über meine Wangen verschmiert, im Haar klebte Erbrochenes, die Augen waren blutunterlaufen und rot gerändert. Der Bluterguss auf der Wange vollendete das Gesamtbild.

Heute Morgen war die See rauer, und alles auf dem Schiff wackelte und klirrte. Ich zog mir den Morgenmantel an, ging zur Tür und öffnete sie einen winzigen Spalt – gerade so, dass ich durchsehen konnte.

»Ich muss duschen«, sagte ich kurz angebunden. »Macht es Ihnen etwas aus zu warten?« Und dann zog ich die Tür zu.

Zurück im Bad betätigte ich die Spülung und wischte den Schüsselrand ab, um alle Spuren von Erbrochenem zu beseitigen. Als ich mich wieder aufrichtete, war es nicht mein fahles, zerschundenes Gesicht, das mir als Erstes ins Auge fiel, sondern die *Maybelline*-Wimperntusche, die neben dem Waschbecken Wache hielt. Während ich dastand, mich am Waschtisch festklammerte und in raschen, tiefen Zügen atmete, ging das Schaukeln wieder los. Alle Gegenstände gerieten ins Wanken, das Röhrchen kippte um und rollte in den Abfalleimer. Ich fischte es heraus und schloss meine Faust darum.

Dies hier war der einzige konkrete Beweis, dass die Frau existiert hatte. Dass ich nicht verrückt war.

Zehn Minuten später war mein Gesicht zwar immer noch blass, aber sauber, und ich war angezogen. Ich trug Jeans und eine frische weiße Bluse; offenbar hatte die Person, die meinen Koffer ausgepackt hatte, meine Sachen auch gleich gebügelt. Ich nahm die Kette von der Tür und machte auf. Nilsson stand immer noch auf dem Flur und wartete geduldig. Er sprach gerade in sein Funkgerät, doch als er mich bemerkte, blickte er auf und schaltete es aus.

»Bitte verzeihen Sie, Miss Blacklock«, sagte er. »Vielleicht hätte ich Sie nicht wecken sollen, aber heute Nacht haben Sie so sehr darauf bestanden ...«

»Schon gut«, erwiderte ich mit zusammengebissenen Zähnen. Es klang brüsker als beabsichtigt, aber ich hatte keine Wahl: Wenn ich den Mund zu weit öffnete, würde ich mich wieder übergeben müssen. Ich war heilfroh, dass ich den Seegang als Grund für meine Übelkeit vorschieben konnte. Auch wenn es nicht gerade schmeichelhaft war: Aus beruflicher Sicht war es besser, nicht seetüchtig zu erscheinen, als für eine Alkoholikerin gehalten zu werden.

»Ich habe mit der Crew gesprochen«, fuhr Nilsson fort. »Es wurde niemand als vermisst gemeldet, aber ich würde vorschlagen, dass Sie trotzdem mit nach unten kommen, um zu sehen, ob die Frau, mit der Sie geredet haben, dabei ist. Dann können Sie beruhigt sein.«

Erst wollte ich protestieren, dass sie sicher nicht zur Crew gehörte, es sei denn, die Putzkräfte hier verrichteten ihre Arbeit mit wenig mehr als einem Pink Floyd-T-Shirt bekleidet. Doch ich sagte nichts. Ich wollte selbst unter Deck nachsehen.

Ich folgte ihm durch den unangenehm schwankenden Flur zu einer schmalen Tür neben der Treppe. Sie war mit einem Tastenschloss gesichert, und nachdem er rasch einen sechsstelligen Code eingetippt hatte, sprang sie auf. Von außen hätte ich hinter der Tür eine Abstellkammer vermutet, doch stattdessen betraten wir einen kleinen, schwach beleuchteten Absatz, von dem aus eine schmale Treppe hinunter in den Bauch des Schiffs führte. Beim Hinuntergehen beschlich mich ein mulmiges Gefühl, als mir bewusst wurde, dass wir uns nun unterhalb der Wasserlinie oder bestenfalls knapp darüber befinden mussten.

Wir erreichten einen beengten Gang, wo eine völlig andere

Atmosphäre herrschte als im Passagierbereich. Alles war anders: Die Decke war niedriger, die Luft um mehrere Grad wärmer, die Wände waren näher beieinander und in tristem Beigegrau gestrichen. Das unangenehme Flackern der gedimmten Neonröhren ließ die Augen binnen kürzester Zeit ermüden.

Rechts und links befanden sich Türen; auf die Fläche zweier Kabinen im Passagierdeck hatte man hier acht oder zehn gesetzt. Durch den Spalt einer angelehnten Tür sah ich in eine fensterlose, ebenfalls von gräulichen Neonröhren beleuchtete Kabine mit Stockbett, auf dessen beengter unterer Koje sich gerade eine asiatische Frau in gekrümmter Haltung eine Strumpfhose anzog. Sie sah nervös auf, und als sie mich entdeckte, erstarrte sie wie ein verschrecktes Kaninchen. Einen Moment lang saß sie reglos da, dann holte sie plötzlich aus und versetzte der Tür einen jähen Fußtritt. Der Knall, mit dem diese ins Schloss fiel, wirkte in der Enge des Gangs laut wie ein Schuss.

Ich wurde rot, als hätte man mich beim Spannen erwischt, und beeilte mich, Nilsson zu folgen.

»Hier entlang«, sagte Nilsson über seine Schulter hinweg zu mir, bevor wir durch eine Tür mit der Aufschrift »Mannschaftsmesse« traten.

Hier war es zumindest etwas geräumiger, was meine wachsende Klaustrophobie ein wenig linderte. Zwar war auch dieser Raum niedrig und fensterlos, aber immerhin führte er in einen kleinen Speisesaal, der aussah wie die Miniaturversion einer Krankenhauskantine. Es gab nur drei Tische für jeweils etwa ein halbes Dutzend Personen. Die Metallhaltegriffe und der durchdringende Kantinengeruch unterstrichen den starken Gegensatz zwischen dem mittleren Deck und diesem hier.

An einem der Tische saß Camilla Lidman mit einem Kaffee und schien gerade auf ihrem Laptop Tabellen durchzugehen. Auf der anderen Seite sah ich fünf junge Frauen, die sich eine

Auswahl von Frühstücksteilchen schmecken ließen. Als wir eintraten, sahen sie auf.

»*Hej*, Johan«, grüßte eine von ihnen, gefolgt von einer Bemerkung auf Schwedisch, oder vielleicht Dänisch.

»Lasst uns Englisch sprechen«, bat Nilsson. »Wir haben eine Besucherin. Miss Blacklock hier ist auf der Suche nach einer Frau, die sie in Kabine 10, der Palmgren-Suite, gesehen hat. Die Frau war weiß, Ende zwanzig oder Anfang dreißig und hatte lange dunkle Haare. Sie sprach gut Englisch.«

»Na ja, da wären Birgitta und ich«, sagte eine der jungen Frauen und lächelte ihrer Freundin gegenüber zu. »Ich bin Hanni. Ich glaube aber, in der Kabine war ich noch gar nicht. Ich arbeite hauptsächlich hinter der Bar. Du, Birgitta?«

Ich schüttelte den Kopf. Hanni und Birgitta hatten zwar beide blasse Haut und dunkles Haar, doch keine von ihnen war die Richtige. Und obwohl Hanni ausgezeichnet Englisch sprach, war der skandinavische Akzent deutlich herauszuhören.

»Ich bin Karla, Miss Blacklock«, stellte sich eine der beiden blonden Frauen vor. »Wir haben uns bereits kennengelernt. Und gestern Nacht am Telefon miteinander gesprochen.«

»Ja, richtig«, antwortete ich geistesabwesend, ich war damit beschäftigt, den Rest der Runde in Augenschein zu nehmen. Die vierte Frau war blond wie Karla, die fünfte hatte ein eher südländisches Aussehen und trug die Haare sehr kurz. Jedenfalls ähnelte keine von ihnen der Frau aus meiner Erinnerung, der Frau mit dem lebendigen, ungeduldigen Ausdruck im Gesicht.

»Nein, es war keine von Ihnen«, sagte ich. »Gibt es sonst noch jemanden, auf den die Beschreibung passt? Was ist mit den Reinigungskräften? Oder dem Maschinenpersonal?«

Birgitta runzelte die Stirn und sagte auf Schwedisch etwas zu Hanni. Hanni schüttelte den Kopf und erklärte auf Englisch: »Das sind fast nur Männer. Eine Frau ist dabei, aber die ist rothaarig und eher um die vierzig oder fünfzig. Aber auf

Iwona, eine der Putzkräfte, passt die Beschreibung. Sie kommt aus Polen.«

»Ich hole sie«, bot Karla an. Mit einem Lächeln stand sie auf und schob sich an den anderen vorbei.

»Dann wäre da noch Eva«, überlegte Nilsson laut, während Karla hinausging. »Die Wellnesstherapeutin«, fügte er hinzu.

»Eva müsste oben im Saunabereich sein«, meinte Hanni. »Um alles vorzubereiten. Aber sie ist bestimmt schon Ende dreißig oder Anfang vierzig.«

»Wir gehen nachher bei ihr vorbei«, sagte Nilsson.

»Ach so, und Ulla.« Zum ersten Mal sprach die Frau mit dem Kurzhaarschnitt.

»Stimmt«, erwiderte Nilsson. »Hat sie gerade Dienst? Ulla ist eine der Stewardessen für die Kabinen im Bug und für die Nobel-Suite«, erklärte er mir.

Die junge Frau nickte. »Ja, aber sie müsste gleich fertig sein.«

»Miss Blacklock«, sagte eine Stimme hinter mir, und als ich mich umsah, stand da Karla mit einer Kollegin, einer kleinen, leicht untersetzten Frau Mitte vierzig, deren schwarz gefärbtes Haar an den Ansätzen ergraut war. »Das ist Iwona.«

»Ich kann helfen?«, fragte die Frau mit starkem polnischem Akzent. »Es gibt Problem?«

Ich schüttelte den Kopf. »Es tut mir wirklich leid …« Ich war nicht sicher, an wen ich meine Antwort richten sollte. »Das ist … Sie sind nicht die Frau, die ich gesehen habe. Aber ich möchte klarstellen, dass hier niemand in Schwierigkeiten steckt. Es wurde nichts gestohlen oder so. Ich mache mir nur Sorgen um sie – ich habe einen Schrei gehört.«

»Einen Schrei?« Hannis schmale Augenbrauen verschwanden fast unter ihrem Pony, und sie warf Karla einen Blick zu. Die wollte gerade etwas sagen, als sich plötzlich Camilla Lidmann hinter uns zu Wort meldete.

»Ich kann mir nicht vorstellen, dass die Frau, die Sie suchen, zur Crew gehört, Miss Blacklock.« Sie stand auf, stellte sich zu uns und legte Hanni die Hand auf die Schulter. »Hätte es irgendeinen Grund zur Sorge gegeben, hätten wir es mitbekommen. Wir sind alle ziemlich … wie sagt man? Eng verbunden?«

»Sehr eng«, betonte Karla. Sie lächelte erst Camilla Lidman und dann mich an, auch wenn ihre überzupften, hochgezogenen Brauen ihr einen seltsam gekünstelten und angespannten Ausdruck verliehen. »Wir sind ein prima Team.«

»Na schön«, antwortete ich, als klar wurde, dass aus den jungen Frauen nichts rauszubekommen war. Den Schrei zu erwähnen war ein Fehler gewesen, jetzt hatten die Reihen sich geschlossen. Und vielleicht war es auch ein Fehler gewesen, dass ich sie in Gegenwart von Camilla und Nilsson darauf angesprochen hatte. »Kein Problem. Ich werde mit – Eva hieß sie? – sprechen. Und mit Ulla. Danke, dass Sie sich die Zeit genommen haben. Falls Sie doch noch etwas, irgendetwas, hören – ich bin in Kabine 9, Linnaeus. Sie können wirklich jederzeit vorbeikommen.«

»Wir haben nichts gehört«, bekräftigte Hanni. »Aber falls wir doch noch etwas herausfinden, melden wir uns selbstverständlich bei Ihnen. Einen wunderschönen Tag, Miss Blacklock!«

»Danke«, sagte ich. Als ich mich zum Gehen wandte, machte das Schiff plötzlich einen Satz. Die jungen Frauen kreischten auf und umklammerten kichernd ihre Kaffeetassen. Ich verlor das Gleichgewicht und wäre beinahe gefallen, hätte Nilsson mich nicht am Arm festgehalten.

»Alles in Ordnung, Miss Blacklock?«

Ich nickte, obwohl er ziemlich fest zugepackt hatte und mein Arm wehtat. Bei der plötzlichen Bewegung war mir ein stechender Schmerz durch die Schläfen geschossen, und ich wünschte, ich hätte nach dem Aufstehen ein Aspirin genommen.

»Eigentlich mag ich, dass die *Aurora* recht klein ist und keins von diesen Karibikkreuzfahrt-Monstern, auch wenn das bedeutet, dass man von den großen Wellen mehr mitbekommt als auf einem großen Schiff. Sind Sie sicher, dass es Ihnen gut geht?«

»Ja, bin ich«, erwiderte ich knapp und rieb mir den Arm. »Gehen wir zu Eva.«

»Lassen Sie uns einen Umweg über die Küche machen«, schlug Nilsson vor. »Danach gehen wir hoch zu Eva, und am Schluss schauen wir im Frühstückssaal vorbei.« Er hatte eine Mitarbeiterliste in der Hand, auf der er der Reihe nach Namen durchstrich. »Dann hätten wir alle durch, bis auf zwei vom Maschinenpersonal und einige Kabinenstewards, die wir sicher am Ende noch treffen.«

»Alles klar«, gab ich ungeduldig zurück. Ich wollte raus hier – raus aus den klaustrophobisch kleinen Räumen, dem schmalen, stickigen Korridor, weg von dem grauen Licht und dem Gefühl, eingepfercht zu sein, unter dem Wasser gefangen. Blitzartig durchzuckte mich ein grauenhaftes Bild – ein Aufprall des Schiffs, Wasser, das alles flutete, Münder, die nach der immer schneller weichenden Luft japsten.

Aber ich konnte jetzt nicht aufgeben, denn das hieße, Nilsson recht zu geben. Während ich ihm durch den schwankenden Korridor in Richtung Bug folgte, wurde der Küchengeruch stärker. Es roch nach heißem Fett und gebratenem Speck, aus dem Ofen drang das unverwechselbare Butteraroma von Croissants, und dazu konnte ich gekochten Fisch, Bratensoße und einen süßlichen Duft ausmachen. Die Kombination ließ mir, allerdings auf unschöne Art, das Wasser im Mund zusammenlaufen, und als das Schiff von der nächsten Welle erfasst wurde und mein Magen einen weiteren Purzelbaum schlug, biss ich die Zähne zusammen und klammerte mich am Geländer fest.

Gerade erwog ich, Nilsson zu bitten, umzukehren, als wir

vor einer Stahltür mit zwei kleinen Glasfenstern haltmachten und eintraten. Weißbemützte Köpfe wandten sich zu uns um und blickten uns mit höflich-überraschtem Ausdruck an, als sie mich hinter Nilsson stehen sahen.

»*Hej, alla!*«, rief Nilsson und sagte einige Sätze auf Schwedisch zu ihnen. Dann drehte er sich zu mir um. »Bitte entschuldigen Sie, die Kollegen auf den Decks und im Service sprechen alle Englisch, aber nicht alle unsere Köche. Ich habe nur erklärt, warum wir hier sind.«

Die Mitarbeiter lächelten und nickten, bevor einer von ihnen vortrat und seine Hand ausstreckte.

»Hallo, Miss Blacklock«, grüßte er in bestem Englisch. »Mein Name ist Otto Jansson. Meine Kollegen werden Ihnen gerne weiterhelfen, obwohl nicht alle so gut Englisch sprechen. Ich kann übersetzen. Was möchten Sie wissen?«

Aber ich konnte nicht sprechen. Wie versteinert stand ich da und starrte auf die ausgestreckte Hand im blassen Einweghandschuh, während das Blut mir in den Ohren rauschte.

Ich blickte hoch in seine freundlichen blauen Augen und wieder hinunter auf die Handschuhe, auf die dunklen Haare, die unter dem Latex durchschimmerten, und dachte: *Nicht schreien. Bloß nicht schreien.*

Jansson blickte an sich hinunter, als wollte er selbst sehen, was mich so bestürzt hatte, dann lachte er und zog den Handschuh mit der anderen Hand ab. »Verzeihen Sie bitte, ich vergesse immer, dass ich die trage. Die sind fürs Catering, wissen Sie?«

Den schlaffen Handschuh warf er in den Mülleimer, bevor er mit festem Griff meine kraftlose, willenlose Hand schüttelte. Seine Finger waren warm und von der Latexbeschichtung noch leicht pudrig.

»Ich suche eine junge Frau«, verkündete ich ohne Umschweife. Für Höflichkeiten war ich zu aufgewühlt. »Dunkles Haar, in etwa mein Alter oder etwas jünger. Hübsch und blass.

Sie hatte keinen Akzent, das heißt, Englisch muss entweder ihre Muttersprache sein oder sie ist zweisprachig aufgewachsen.«

»Es tut mir leid«, erwiderte Jansson mit offenbar aufrichtigem Bedauern. »Von meinen Leuten passt eigentlich niemand auf die Beschreibung, aber Sie können sich gerne umsehen. Wir haben nur zwei Frauen im Team, die beide nicht so gut Englisch sprechen. Jameela steht dahinten an der Durchreiche und Ingrid an der Salattheke, dort hinter dem Grill. Beide passen nicht so recht zu Ihrer Beschreibung. Vielleicht war es eine Stewardess oder Kellnerin?«

Ich reckte den Hals, um zu sehen, wen er meinte, und er hatte recht. Keine von beiden hatte auch nur im Entferntesten Ähnlichkeit mit der Frau, die ich gesehen hatte. Obwohl sie mit dem Rücken zu mir stand, war ich mir sicher, dass Jameela die asiatische Frau war, an deren Kabine wir anfangs vorbeigelaufen waren. Sie schien aus Pakistan oder Bangladesch zu stammen und war von extrem zierlicher Statur, vermutlich nicht mal einen Meter fünfzig groß. Ingrid dagegen war offensichtlich Skandinavierin, mindestens neunzig Kilo schwer und gut fünfzehn Zentimeter größer als ich. Als sie meinen Blick bemerkte, stemmte sie die Hände in die Hüften und musterte mich eingehend. Ihre Art hatte etwas Aggressives, aber vermutlich tat ich ihr Unrecht, denn die einschüchternde Wirkung der Geste war vor allem ihrer Körpergröße geschuldet.

»Schon gut«, sagte ich. »Bitte entschuldigen Sie die Störung.«

»*Tack*, Otto«, sagte Nilsson und verabschiedete sich mit einer Bemerkung auf Schwedisch, die Otto zum Lachen brachte. Er klopfte Nilsson auf den Rücken und erwiderte etwas, das wiederum bei Nilsson ein so schallendes Gelächter hervorrief, dass sein ganzer Körper vibrierte. Er winkte den anderen zum Abschied. »*Hej då!*«, rief er und führte mich dann hinaus auf den Flur.

»Entschuldigung«, sagte er über die Schulter hinweg zu mir, während wir auf die Treppe zugingen. »Offiziell darf an Bord nur Englisch gesprochen werden, aber unter diesen Umständen dachte ich …« Er brach ab, doch ich nickte zustimmend.

»Kein Problem. Ist doch besser, wenn alle sich richtig ausdrücken können und genau verstehen, was man sie fragt.«

Als wir die Kabinen der Crew passierten, warf ich erneut einen Blick durch die wenigen offenen Türen. Auch beim zweiten Mal trafen mich die schäbigen, beengten Verhältnisse wie ein Schlag. Ich mochte mir gar nicht ausmalen, wie es sein musste, hier Woche um Woche, gar Monat um Monat zu verbringen, eingepfercht und ohne Fenster. Vielleicht bemerkte Nilsson mein nachdenkliches Schweigen in seinem Rücken, denn er ergriff wieder das Wort.

»Ein bisschen klein, oder? Aber es sind auch nur ungefähr ein Dutzend Mitarbeiter, das Maschinenpersonal nicht mitgerechnet. Und glauben Sie mir, die Unterkünfte sind besser als auf vielen vergleichbaren Schiffen.«

Ich behielt meine Gedanken für mich – dass es nicht die Größe der Kabinen selbst war, die ich schockierend fand, sondern der starke Gegensatz zu den hellen, luftigen Zimmern im oberen Deck. Tatsächlich waren diese Kabinen kaum schlechter und teils sogar geräumiger als auf vielen Fähren über den Ärmelkanal, auf denen ich schon gefahren war. Aber was mich erschütterte, war die Kluft zwischen Gutbetuchten und Habenichtsen, zwischen oben und unten, die einem hier so drastisch vor Augen geführt wurde.

»Sind alle zu zweit in einer Kabine untergebracht?«, fragte ich, als wir gerade an einer vorbeikamen, in der ein Bewohner sich umzog, während der Bettnachbar schnarchte. Nilsson schüttelte den Kopf.

»Die jüngeren Kollegen und die Reinigungskräfte schon, aber alle Teamleiter haben eine eigene Kabine.«

Schließlich erreichten wir die Treppe zum oberen Deck, und

ich folgte Nilssons breitem Rücken langsam nach oben, wobei ich mich mit beiden Händen am Geländer festhielt. Nilsson öffnete die Tür, die den Passagierteil des Schiffs von dem der Angestellten trennte, und wandte sich, nachdem er sie hinter uns geschlossen hatte, zu mir um.

»Es tut mir leid, dass wir keinen Erfolg hatten«, sagte er. »Ich hatte gehofft, dass die Frau darunter wäre, damit Sie beruhigt sein können.«

»Hören Sie …« Ich rieb mir übers Gesicht, spürte den rauen Schorf der langsam verheilenden Wunde auf meiner Wange und einen allmählich stärker werdenden, drückenden Kopfschmerz. »Ich weiß nicht …«

»Jetzt sprechen wir erst mal mit Eva«, bestimmte Nilsson. Wir liefen den Korridor entlang zur nächsten Treppe.

Das Schiff musste schwere Arbeit leisten, um von der Stelle zu kommen. Es wirkte, als würde es sich von einer riesigen Woge zur nächsten wuchten. Ich schluckte mehrmals, um den aufsteigenden Brechreiz zu bezwingen, und spürte, wie mir unter der Bluse kalter Schweiß auf den Rücken trat. Kurz spielte ich mit dem Gedanken, mich in meine Kabine zurückzuziehen. Nicht nur der Kopfschmerzen wegen, sondern auch, weil ich die Lektüre des Pressepakets fortsetzen und mit dem Beitrag anfangen musste, den Rowan bei meiner Rückkehr erwarten würde. Mir war nur zu bewusst, dass Ben, Tina, Alexander und der Rest schon längst mit ihren Notizen, dem Ausarbeiten ihrer Texte, den Google-Recherchen zu Bullmer und der Bilderauswahl begonnen haben mussten.

Aber ich riss mich zusammen. Wenn ich wollte, dass Nilsson mich ernst nahm, musste ich die Sache durchziehen. Und so sehr ich mir eine Beförderung wünschte: Es gab nun einmal Dinge, die wichtiger waren.

Eva fanden wir am Empfang des Wellnessbereichs, einem kleinen, angenehm ruhigen Raum mit Glaswänden und langen

Vorhängen, die von einem Windstoß erfasst wurden, als wir die Tür öffneten. Die Glaswände gaben den Blick auf das Oberdeck frei, wo das Tageslicht nach den spärlich beleuchteten Räumen unten umso heller strahlte.

Eine auffallend attraktive dunkelhaarige Frau Mitte vierzig mit großen Goldkreolen an den Ohren blickte auf, als wir eintraten.

»Johan«, begrüßte sie Nilsson mit warmer Stimme. »Was kann ich für dich tun? Und Sie sind bestimmt ...?«

»Lo Blacklock«, erwiderte ich und streckte die Hand aus. Jetzt, da wir die beengten Räumlichkeiten der Schiffsbesatzung verlassen hatten, fühlte ich mich besser, und dank der Meeresbrise verzog sich allmählich auch die Übelkeit.

»Guten Morgen, Miss Blacklock.« Sie lächelte und schüttelte mir mit festem Druck die Hand. Ihre Finger waren dünn, aber kräftig. Sie sprach fast akzentfrei Englisch, beinahe so gut wie die Frau aus der Kabine, aber sie war es nicht. Sie war viel zu alt, und auf ihrem sorgfältig gepflegten Teint zeichneten sich erste Spuren von Verwitterung ab, die erkennen ließen, dass diese Haut zu viel Sonne abbekommen hatte. »Was kann ich für Sie tun?«

»Bitte entschuldigen Sie«, sagte ich. »Ich bin auf der Suche nach jemandem, und Ihre Kolleginnen unten meinten, dass die Beschreibung auf Sie passen würde, aber Sie sind es leider nicht.«

»Miss Blacklock hat gestern Abend eine Frau gesehen«, ergänzte Nilsson. »In ihrer Nachbarkabine. Sie war etwa Ende zwanzig, etwas blass und hatte lange dunkle Haare. Miss Blacklock hat Geräusche gehört, die sie beunruhigt haben, und nun versuchen wir herauszufinden, ob es jemand von der Crew war.«

»Ich fürchte, ich war es nicht«, antwortete Eva freundlich. Bei ihr bemerkte ich nichts von jener leicht defensiven cliquenhaften Haltung, die die Mädchen unten an den Tag gelegt hatten. Sie lachte leise. »Ganz ehrlich, meine Zwanziger liegen schon ein paar Jährchen zurück. Haben Sie schon mit den Stewardessen gesprochen? Hanni und Birgitta sind beide dunkelhaarig und im passenden Alter. Und Ulla auch.«

»Ja, bei denen waren wir schon«, sagte Nilsson. »Und bei Ulla schauen wir gleich noch vorbei.«

»Sie hat nichts angestellt«, betonte ich. »Die Frau, meine ich. Ich mache mir nur Sorgen um sie. Falls Ihnen noch jemand einfällt ...«

»Es tut mir leid, dass ich Ihnen nicht weiterhelfen kann«, erwiderte Eva. Sie sprach mich direkt an und schien im Vergleich zu den anderen aufrichtig betroffen. Zwischen ihren makellos gezupften Brauen bildete sich eine kleine Sorgenfalte. »Ganz ehrlich. Sobald ich etwas höre ...«

»Danke«, antwortete ich.

»Danke, Eva«, wiederholte Nilsson und wandte sich zum Gehen.

»Gern geschehen«, meinte Eva, während sie uns zur Tür brachte. »Ich freue mich, Sie nachher wiederzusehen, Miss Blacklock.«

»Nachher?«

»Um elf, Wellness für die Damen – das sollte in Ihrem Programm stehen.«

»Ach ja, danke«, sagte ich. »Bis später.« Mit schlechtem Gewissen dachte ich an all die ungelesenen Seiten des Pressepakets und fragte mich, was ich wohl sonst noch verpasst hatte.

Wir verließen den Wellnessbereich durch den Ausgang zum Deck; der starke Luftzug riss mir die Tür aus der Hand, die mit Schwung gegen einen zu diesem Zweck platzierten Gummipuffer knallte. Während Nilsson sie zumachte, ging ich zur Reling. Der beißende Wind ließ mich frösteln.

»Ist Ihnen kalt?«, rief Nilsson über das Heulen des Windes und den Lärm der Motoren hinweg.

Ich schüttelte den Kopf. »Nein – das heißt, doch, aber die frische Luft tut mir gut.«

»Ist Ihnen immer noch unwohl?«

»Hier draußen geht es. Aber ich habe Kopfschmerzen.«

Ich hielt mich am kalten Stahl der Reling fest und beugte mich vor. Mein Blick glitt an den gläsernen Wänden der Veranden hinab zu den schäumenden Wellen im Kielwasser des Schiffs und auf das unermesslich weite, eisige Meer dahinter. Ich dachte an die wirbelnden Strömungen dort unten, die Stille und Dunkelheit am Grund, und stellte mir vor, wie etwas – oder jemand – tagelang durch diese schwarzen Tiefen sinken konnte, um schließlich auf dem ewig lichtlosen Boden des Meeres seine letzte Ruhestätte zu finden.

Ich dachte an die Frau von gestern Nacht und daran, wie leicht es für jemanden – Nilsson, Eva oder sonst wen – wäre, an mich heranzutreten und mir einfach nur einen kleinen Stoß zu versetzen …

Ich erschauderte.

Was geschehen war, konnte ich mir nicht nur eingebildet haben. Den Schrei und das Platschen vielleicht, aber nicht das Blut.

Ich sog die klare Meeresluft tief ein, bevor ich mich umdrehte, Nilsson entschlossen anlächelte und die Haare zurückwarf, die der Wind mir ins Gesicht geweht hatte.

»Wo sind wir denn jetzt?«

»In internationalen Gewässern«, antwortete Nilsson. »Auf dem Weg nach Trondheim, glaube ich.«

»Trondheim?« Ich dachte an den Vortrag vom vergangenen Abend zurück. »Hatte Lord Bullmer nicht gesagt, dass wir als Erstes nach Bergen fahren?«

»Vielleicht gab es eine Planänderung. Lord Bullmer hofft sehr, dass Sie einen Blick auf das Nordlicht erhaschen können. Vielleicht wollte er doch direkt nach Norden fahren, weil die Bedingungen heute Nacht besonders gut sind. Möglicherweise hat auch der Kapitän aufgrund der Wetterverhältnisse vorgeschlagen, die Reise in dieser Richtung fortzusetzen. Da die Route nicht festgelegt ist, sind wir auch stets in der Lage, uns nach den Wünschen der Passagiere zu richten. Vielleicht war gestern Abend jemand besonders erpicht darauf, Trondheim zu sehen.«

»Was gibt es denn dort?«

»In Trondheim selbst? Dort gibt es eine berühmte Kathedrale. Teile der Stadt sind ebenfalls sehr hübsch, aber die Hauptattraktion sind die Fjorde. Dazu kommt, dass Trondheim viel weiter nördlich gelegen ist als Bergen, sodass man dort eher das Nordlicht zu sehen bekommt. Womöglich müssen wir sogar noch weiter nördlich reisen, nach Bodø oder gar Tromsø. Zu dieser Jahreszeit kann man das nie genau sagen.«

»Aha.« Seine Worte beunruhigten mich. An einer organisierten Reise teilzunehmen war eine Sache. Erkennen zu müssen, dass man als Passagier der Willkür des Steuermanns ausgesetzt war, eine ganz andere.

»Miss Blacklock …«

»Sagen Sie ruhig Lo«, unterbrach ich ihn. »Bitte.«

»Also gut, Lo.« Nilssons breites, sonst so entspanntes Gesicht nahm einen gequälten Ausdruck an. »Denken Sie nicht, dass ich Ihnen nicht glaube, aber bei Lichte betrachtet …«

»Ob ich mir immer noch sicher bin?«, führte ich seinen Gedanken zu Ende. Als er nickte, seufzte ich und dachte daran, wie ich letzte Nacht selbst an mir gezweifelt hatte. Im Grunde griff seine unausgesprochene Frage auch nur das auf, womit mich die fiese, bohrende Stimme in meinem Kopf schon die ganze Zeit quälte. Nervös nestelte ich am Saum meiner Bluse, bevor ich weitersprach. »Ehrlich gesagt … ich weiß es nicht. Es war schon spät und ja, ich hatte einiges getrunken – was den Schrei und das Platschen angeht, könnte ich mich irren. Und selbst das Blut – es *könnte* eine optische Täuschung gewesen sein, obwohl ich mir eigentlich ziemlich sicher bin. Aber die Frau in der Kabine kann ich mir unmöglich eingebildet haben, auf keinen Fall. Ich habe sie *gesehen* und mit ihr *gesprochen*. Wenn sie nicht hier auf dem Schiff ist, wo ist sie dann?«

Es folgte ein langes Schweigen.

»Wir waren ja noch nicht bei Ulla«, sagte er schließlich. »Von Ihrer Beschreibung her habe ich gewisse Zweifel, aber wir sollten sie zumindest ausschließen.« Er zog sein Funkgerät aus der Tasche und drückte einige Tasten. »Ich weiß nicht, wie es Ihnen geht, aber ich könnte eine Tasse Kaffee vertragen. Vielleicht können wir sie in den Frühstücksraum bitten.«

Der Frühstücksraum war der, in dem wir auch zu Abend gegessen hatten, aber anstatt zweier großer Tische standen dort nun ein halbes Dutzend kleiner. Als wir eintraten, war niemand da, bis auf einen jungen Kellner mit maisblondem Haar, das er zu einem Seitenscheitel gekämmt hatte. Er begrüßte mich lächelnd.

»Miss Blacklock? Möchten Sie jetzt Ihr Frühstück?«

»Ja, gerne«, erwiderte ich abwesend, während ich mich umsah. »Wo soll ich mich hinsetzen?«

»Wo Sie möchten.« Mit einer Handbewegung deutete er auf die leeren Tische. »Die meisten Passagiere wollten heute in der Kabine frühstücken. Wie wäre es am Fenster? Möchten Sie Tee oder Kaffee?«

»Kaffee, bitte«, antwortete ich. »Mit Milch, ohne Zucker.«

»Für mich bitte auch eine Tasse, Björn«, sagte Nilsson. Und dann, über Björns Schulter hinweg: »Ach, hallo, Ulla!«

Als ich mich umdrehte, sah ich eine umwerfend schöne junge Frau mit einem voluminösen schwarzen Dutt auf uns zukommen.

»Hallo, Johan«, grüßte sie. Ihr ausgeprägter Akzent besiegelte die Angelegenheit, aber eigentlich hatte ich auch vorher schon gewusst, dass sie es nicht war. Sie war atemberaubend schön, und ihre Haut, die so weiß und glatt war wie Porzellan, stand in starkem Kontrast zu ihrem schwarzen Haar. Auch die Frau in Kabine 10 war auffallend hübsch gewesen, aber ihr Gesicht hatte nicht diese feinen, klassischen Züge gehabt, diese liebliche Anmutung, die an ein Renaissance-Gemälde erinnerte. Außerdem war Ulla mindestens eins achtzig groß, während die Frau in der Kabine eher meine Größe gehabt hatte, also viel kleiner gewesen war. Als Nilsson mich fragend ansah, schüttelte ich den Kopf.

Björn kam mit Kaffee und Speisekarte zurück, und Nilsson räusperte sich.

»Ulla, trinkst du eine Tasse mit uns?«

»Danke«, sagte sie und schüttelte den Kopf, wobei der schwere Dutt hin- und herschwankte. »Ich habe schon gefrühstückt. Aber ich setze mich gerne einen Moment dazu.«

Sie nahm Platz und lächelte uns beide erwartungsvoll an. Wieder räusperte sich Nilsson.

»Miss Blacklock, das ist Ulla. Sie ist als Stewardess den vorderen Kabinen zugeteilt, also für die Bullmers, die Jenssens, Cole Lederer und Owen White zuständig. Ulla, Miss Blacklock ist auf der Suche nach einer jungen Frau, die sie gestern auf dem Schiff gesehen hat. Sie ist nicht auf der Passagierliste, weshalb wir dachten, dass sie vielleicht zur Crew gehört, aber bisher hatten wir keinen Erfolg bei der Suche. Miss Blacklock, können Sie die Frau noch mal beschreiben?«

Zum gefühlt hundertsten Mal wiederholte ich die Beschreibung und fragte: »Fällt Ihnen dazu jemand ein?« Meine Stimme klang inzwischen flehend. *»Irgendjemand?«*

»Na ja, dunkle Haare habe ich schon mal«, erwiderte Ulla mit einem Lachen. »Aber da ich es nicht war … Ansonsten fällt mir noch Hanni ein, und Birgitta, die …«

»Die habe ich schon getroffen«, fiel ich ihr ins Wort. »Die waren es auch nicht. Sonst jemand? Von den Reinigungskräften? Dem Maschinenpersonal?«

»Nein ... da passt niemand auf die Beschreibung«, meinte Ulla nachdenklich. »Da ist noch Eva, aber die ist wohl zu alt. Haben Sie es schon in der Küche versucht?«

»Schon gut.« Es war zum Verzweifeln. Wie in einem wiederkehrenden Alptraum musste ich ein ums andere Mal die gleichen Fragen stellen und die gleichen, niederschmetternden Antworten hören, während das Bild der dunkelhaarigen Frau in meiner Erinnerung zu verblassen begann. Es drohte, sich aufzulösen, mir wie Wasser zwischen den Fingern zu zerrinnen. Je mehr dieser Gesichter ich ansah, die dem in meiner Erinnerung ähnelten, es aber doch nie waren, desto schwerer wurde es, das Bild in meinem Kopf festzuhalten.

Und doch gab es etwas an dieser Frau, etwas Entscheidendes, das ich ganz bestimmt wiedererkennen würde. Nicht ihre Züge – die waren zwar hübsch, aber doch gewöhnlich. Es war auch nicht das Haar oder das Pink-Floyd-T-Shirt. Es war etwas an ihr selbst, ihre Ausstrahlung, die Lebendigkeit ihres Ausdrucks, als sie mit scharfem Blick in den Flur hinausgespäht hatte, und die Überraschung auf ihrem Gesicht, als sie mich gesehen hatte.

Konnte sie wirklich tot sein?

Die Alternative war allerdings auch nicht viel besser. Denn wenn sie nicht tot war, blieb nur eine andere Erklärung: Dass ich dabei war, den Verstand zu verlieren.

# 13

Als mein Frühstück gebracht wurde, verabschiedeten sich Ulla und Nilsson und ließen mich allein zurück. Beim Essen starrte ich aus dem Fenster. Hier oben, mit Blick über das Meer und das Deck, fühlte ich mich gleich besser und konnte eine ordentliche Portion verdrücken, die meine Lebensgeister zurückkehren und die quälende Übelkeit abflauen ließ. Wahrscheinlich war mein mieser Zustand mindestens zur Hälfte von niedrigem Blutzucker verursacht worden. Mit leerem Magen werde ich schnell zittrig und übellaunig.

Doch obwohl mir das Frühstück und der Anblick der See körperlich guttaten, wollten mir die Ereignisse der vergangenen Nacht nicht aus dem Kopf. In Gedanken spielte ich die Unterhaltung mit der Frau, ihren überraschten Gesichtsausdruck, den Hauch von Gereiztheit, als sie mir die Wimperntusche in die Hand drückte, wieder und wieder durch. Irgendwas war passiert, da war ich mir sicher. Es war, als wäre ich mitten in einen Film geplatzt und versuchte nun angestrengt nachzuvollziehen, wer wer war und welche Rolle sie spielten. Ich hatte die Frau bei irgendetwas unterbrochen. Aber wobei?

Was immer es war, es hatte vermutlich mit ihrem Verschwinden zu tun. Und ganz gleich, was Nilsson glaubte, sie war sicher keine Putzkraft gewesen. Die würde doch niemals in Pink-Floyd-T-Shirt und Unterhose ihre Arbeit verrichten. Außerdem hatte sie einfach nicht wie eine Putzfrau ausgesehen. Mit deren Gehalt konnte man sich solche Haare und Nägel sicher nicht leisten. Der Glanz ihrer dicken, dunklen

Mähne stammte offensichtlich von jahrelangen Kurpackungen und teuren Strähnchen. Wer war sie? Eine Wirtschaftsspionin vom Konkurrenzunternehmen? Ein blinder Passagier? Eine Affäre? Ich dachte an das dunkle Funkeln in Coles Augen, als er über seine Exfrau gesprochen hatte, an Camilla Lidmans schale Beteuerungen unten in der Kantine. Ich dachte auch an Nilssons kräftigen Körper, an Alexanders unappetitliches Geschwätz über Vergiftung und unnatürliche Todesarten beim Abendessen – aber eine Variante schien unplausibler als die andere.

Am meisten machte mir die Sache mit ihrem Gesicht zu schaffen. Je mehr ich mich bemühte, mich daran zu erinnern, desto stärker verblich es. Die groben Merkmale – Größe, Haarfarbe, Nägel – hatte ich deutlich vor Augen. Ihre Züge aber ... hübsche Nase, dunkle, sauber gezupfte Brauen ... das war es auch schon. Was sie *nicht* war, konnte ich sagen: mollig, alt, pickelig. Zu sagen, was sie war, war deutlich schwerer. Ihre Nase war normal gewesen. Ihr Mund ebenfalls. Nicht zu breit, nicht zu spitz, die Lippen weder besonders voll noch besonders schmal. Einfach ganz normal. Es gab kein hervorstechendes Merkmal, das ich hätte benennen können.

Sie hätte ich selbst sein können.

Ich wusste, was Nilsson erreichen wollte. Er wollte, dass ich vergaß, was ich gehört hatte, den Schrei, das leise Schaben der Verandatür und den furchtbaren klatschenden Aufprall.

Er wollte, dass ich meine eigene Version der Ereignisse anzuzweifeln begann. Er gab vor, mich ernst zu nehmen, nur damit ich mich selbst in Widersprüche verstrickte. Er ließ mich alles fragen, was ich wollte, damit ich mich selbst von meinem Irrtum überzeugen konnte.

Und eigentlich konnte ich ihm das nicht mal zum Vorwurf machen. Das hier war die Jungfernfahrt des Schiffs, und es wimmelte nur so von Journalisten, Fotografen und wichtigen Leuten. Einen schlechteren Zeitpunkt für einen Zwischenfall konnte es kaum geben. Ich konnte mir die Schlagzeilen bildlich vorstellen: KREUZFAHRT IN DEN TOD: PASSAGIERIN AUF LUXUSSCHIFF ERMORDET. Als Sicherheitschef würde Nilsson dafür den Kopf hinhalten müssen. Zumindest würde es ihn den Job kosten, wenn unter seiner Aufsicht gleich auf der allerersten Fahrt etwas schiefging.

Und mehr noch – die Berichterstattung, die ein ungeklärter Todesfall an Bord nach sich ziehen würde, könnte das Ende der *Aurora* bedeuten. Das Unternehmen wäre zu Ende, noch bevor es begonnen hätte, und dann wären alle ihren Job los, von Iwona, der Putzfrau, bis hoch zum Kapitän.

Das alles wusste ich.

Aber ich hatte es nun einmal gehört. Etwas hatte mich aus dem Schlaf hochfahren lassen, mit rasendem Puls, schweißnassen Händen und der Überzeugung, dass sich in unmittelbarer Nähe eine Frau in Lebensgefahr befand. Ich wusste genau, wie sich diese Frau fühlen musste – wie es war, plötzlich zu erkennen, wie zerbrechlich das eigene Leben war, wie hauchdünn die vermeintlich schützenden Wände, die einen umgaben.

Was Nilsson auch sagte – wenn dieser Frau nichts zugestoßen war, wo war sie dann? Der Schrei, das Blut – möglich, dass ich sie mir eingebildet hatte. Die Frau aber definitiv nicht. Und sie konnte sich nicht in Luft aufgelöst haben, ohne dass jemand nachgeholfen hatte.

Ich rieb mir die Augen, und als ich die bröckeligen Überreste des Augen-Make-ups spürte, dachte ich an das Einzige, was beweisen konnte, dass sie kein Produkt meiner Fantasie war: ihre Wimperntusche.

Die wildesten Gedanken schossen mir durch den Kopf, einer nach dem anderen. Ich würde sie in einem Plastikbeutel zurück nach England bringen und Fingerabdrücke nehmen lassen – nein, besser noch, die DNA untersuchen. Auf Mascara-Bürsten befanden sich doch DNA-Spuren, oder? In ›CSI: Miami‹ jedenfalls würden sie die gesamte Anklage auf ein Stückchen

Wimper stützen, das in der Bürste gesteckt hatte. Da musste doch irgendwas zu machen sein.

Ich versuchte, das Bild vor meinem inneren Auge zu verdrängen, wie ich auf der Wache von Crouch End mit einem Fläschchen Wimperntusche in einem Tütchen aufkreuzte und von einem sichtlich belustigten Polizisten umfassende forensische Untersuchungen einforderte. Nein, irgendjemand würde mir glauben. Das mussten sie ja. Und wenn nicht, dann ... dann würde ich eben selbst dafür bezahlen.

Ich zog mein Handy hervor, um zu googeln, was so eine private DNA-Analyse kosten würde, doch noch bevor ich den Bildschirm entsperrt hatte, erkannte ich, wie albern das war. Eine Firma aus dem Internet, die ihr Geld damit verdiente, zu überführen, würde mir wohl kaum wasserdichte Beweise liefern. Und was würde das Ergebnis schon aussagen, wenn ich nichts hatte, womit ich es vergleichen konnte?

Stattdessen öffnete ich mein E-Mail-Postfach. Keine Nachricht von Judah. Gar keine Nachrichten, um genau zu sein. Handy-Empfang gab es nicht, aber allem Anschein nach war ich mit dem WLAN des Schiffs verbunden, deshalb klickte ich auf »Aktualisieren«. Nichts geschah. Das kleine Lade-Symbol rotierte eine Weile, bevor schließlich die Mitteilung »Keine Netzwerkverbindung« auf meinem Bildschirm erschien.

Seufzend steckte ich das Handy zurück und betrachtete die Blaubeeren auf meinem Teller. Die Pfannkuchen waren köstlich gewesen, doch mir war der Appetit vergangen. Es war alles so surreal: Ich war Zeugin eines Mordes – Ohrenzeugin zumindest – und trotzdem saß ich einfach da und stopfte mich mit Pfannkuchen und Kaffee voll, während ein Mörder frei herumlief und ich nichts dagegen tun konnte.

Wusste er, dass jemand ihn gehört und gemeldet hatte? Selbst wenn er es heute Nacht noch nicht gemerkt hatte: Bei all dem Aufruhr, den ich veranstaltet hatte, all den Fragen, die ich gestellt hatte, wusste er es spätestens jetzt.

Eine weitere Welle traf die Breitseite des Schiffs. Ich schob den Teller beiseite und stand auf.

»Kann ich Ihnen noch etwas bringen, Miss Blacklock?«, fragte Björn und erschreckte mich damit fast zu Tode. Wie von Geisterhand war er plötzlich aufgetaucht, durch eine Tür in der Holzwand. Wenn man es nicht wusste, war sie fast nicht zu sehen. Hatte er die ganze Zeit da gewartet und mich beobachtet? Gab es etwa eine Art Türspion in der Wand?

Ich schüttelte den Kopf und rang mir ein Lächeln ab, während ich durch den schwankenden Raum zum Ausgang stakste.

»Nein danke, Björn. Vielen Dank für Ihre Hilfe.«

»Ich wünsche Ihnen noch einen wunderschönen Morgen. Haben Sie Pläne? Falls Sie noch nicht dort waren, der Blick vom Whirlpool auf dem Oberdeck ist atemberaubend.«

Ein Bild erschien vor meinem inneren Auge – ich, allein im Whirlpool, eine Hand in Latexhandschuhen, die mich unter Wasser drückte …

Wieder schüttelte ich den Kopf. »Ich glaube, ich werde nachher im Spa erwartet. Vielleicht lege ich mich aber noch kurz hin. Ich bin sehr müde, letzte Nacht habe ich nicht so gut geschlafen.«

»Aber natürlich.« Er sprach es *natüalick* aus. »Ein bisschen Er und Eh wird Ihnen sicher guttun.«

»Wie bitte?«

»Sagt man das nicht so? Er und Eh? Ruhe und Erholung?«

»Ach so«, erwiderte ich verwirrt. »Ruhe und Erholung, ja. Tut mir leid. Wie gesagt, ich bin echt müde …« Auf meinem Weg zur Tür lief mir ein plötzlicher Schauer über den Rücken, als ich mir vorstellte, wie ein unsichtbares Augenpaar hinter der Wand stand und uns beobachtete. In meiner Kabine konnte ich mir zumindest sicher sein, dass ich allein war.

»Gute Erholung!«

»Vielen Dank«, sagte ich. Ich wandte mich zum Gehen – und

prallte prompt gegen einen verschlafen dreinblickenden Ben Howard.

»Blacklock!«

»Howard.«

»Wegen letzter Nacht ...«, begann er verlegen. Ich schüttelte den Kopf. Vor Björn, der uns von der anderen Seite des Raums freundlich zulächelte, wollte ich diese Unterhaltung nicht führen.

»Schwamm drüber«, sagte ich knapp. »Wir waren beide betrunken. Bist du jetzt erst aufgewacht?«

»Ja.« Er unterdrückte mit Mühe ein Gähnen. »Als ich aus deiner Kabine kam, bin ich Archer in die Arme gelaufen, und am Ende haben wir mit Lars und Richard Bullmer noch bis in die Puppen gepokert.«

»Oh.« Ich biss mir auf die Lippen. »Wann bist du denn ins Bett gekommen?«

»Weiß der Henker. Gegen vier, glaub ich.«

»Ich frag nur, weil ...« Ich stockte. Nilsson hatte mir nicht geglaubt, und inzwischen fing ich schon an, an mir selbst zu zweifeln. Aber Ben ... er würde mir doch bestimmt glauben, oder?

Ich dachte an unsere gemeinsame Zeit, an das Ende ... Plötzlich war ich mir nicht mehr so sicher.

»Ach, schon gut«, winkte ich ab. »Ich erzähl's dir später. Frühstücke erst mal.«

»Ist alles in Ordnung?«, fragte er, als ich mich zum Gehen wandte. »Du siehst echt fertig aus.«

»Na, vielen Dank auch.«

»Nein, ich meine nur, du siehst aus, als hättest du nicht viel geschlafen.«

»Hab ich auch nicht.« Aus Angst und Erschöpfung reagierte ich schnippischer als beabsichtigt. In dem Moment wurde das Boot von einer weiteren Welle erfasst, und ich ergänzte: »Mir macht der Seegang ziemlich zu schaffen.«

»Echt? Ich werde zum Glück nie seekrank.« Er klang ziemlich selbstgefällig, und ich musste mich sehr zusammenreißen, ihn nicht gleich wieder anzublaffen. »Aber morgen früh erreichen wir ja Trondheim.«

»Morgen?« Seinem Blick nach zu urteilen, war mir anzuhören, wie unglücklich ich darüber war.

»Ja. Wieso, was ist denn los?«

»Ich dachte nur … Ich dachte, wir würden heute …« Ich sprach den Satz nicht zu Ende.

Er zuckte mit den Schultern. »Es ist ziemlich weit.«

»Na ja, egal.« Ich wollte zurück auf mein Zimmer, um im Geiste alles noch mal durchzuspielen. Ich musste rausfinden, was ich wirklich gesehen hatte und was nicht. »Ich geh mich ein bisschen hinlegen.«

»Alles klar. Bis nachher, Blacklock«, sagte Ben. Seine Stimme klang unbekümmert, doch seine Miene wirkte besorgt.

Ich wollte eigentlich die Treppe zu den Kabinen nehmen, musste aber irgendwo falsch abgebogen sein, denn plötzlich fand ich mich in der Bibliothek wieder – einer eichenvertäfelten Miniaturversion im Landhausstil, komplett mit grünen Lampenschirmen und deckenhohen Regalen.

Ich stieß einen Seufzer aus und überlegte, ob es einen schnelleren Weg zurück in die Kabine gab, als umzukehren und Ben wieder in die Arme zu laufen. Eigentlich sollte es unmöglich sein, sich auf einem so kleinen Schiff zu verlaufen, doch die Aufteilung der Räume hatte etwas furchtbar Verwirrendes – es fühlte sich an, als hätte jemand 3D-Tetris gespielt, um jeden Quadratzentimeter auszunutzen. Die Bewegungen des Schiffs erschwerten die Orientierung in diesem Labyrinth zusätzlich.

Hinzu kam, dass es, anders als auf einer Fähre, keinen Übersichtsplan gab und die Beschilderung aufs Allernötigste beschränkt war – das sollte wohl den Eindruck verstärken, man befände sich in einem Wohnhaus, das man zufällig mit einem Haufen Superreicher teilte.

Es gab zwei Ausgänge. Ich wählte den, der an Deck führte. Draußen konnte ich zumindest erkennen, wo vorne und wo hinten war. Als ich hinaustrat, schlug mir der Wind ins Gesicht. Gleich darauf hörte ich neben mir eine heisere, nikotingetränkte Stimme.

»Meine Liebe, es ist ein Wunder, Sie aufrecht zu sehen! Wie geht es Ihnen?«

Ich wandte den Kopf und sah Tina West unter einem halbrunden, gläsernen Raucherdach stehen, eine Zigarette zwischen den Fingern.

Sie nahm einen tiefen Zug. »Ein bisschen angeschlagen?«

Am liebsten hätte ich auf dem Absatz kehrtgemacht und wäre davongerannt, aber ich blieb standhaft. Ich musste Kontakte knüpfen. Mein Kater war da keine Entschuldigung, den hatte ich mir schließlich selbst zuzuschreiben. Ich setzte ein Lächeln auf und hoffte, dass sie es mir abkaufte.

»Etwas, ja. Ich hätte nicht so viel trinken sollen.«

»Nun, ich war ziemlich beeindruckt, wie viel Sie weggesteckt haben«, erklärte sie mit leicht spöttischem Lächeln. »Wie meine frühere Chefin beim ›Express‹ seinerzeit sagte, als es schon zum Mittagessen hoch herging: Wer seinen Interviewpartner unter den Tisch trinken kann, hat den nächsten Knüller sicher.«

Ich betrachtete sie durch eine Rauchschwade. Wenn man den Bürogerüchten Glauben schenkte, hatte sie die Karriereleiter auf dem Rücken zahlloser anderer junger Frauen erklommen und anschließend, kaum dass sie es durch die gläserne Decke geschafft hatte, die Leiter hinter sich hochgezogen. Ich erinnerte mich an eine Bemerkung von Rowan: »Tina ist eine von den Frauen, die jeden Hauch von Östrogen in der Chefetage für eine Bedrohung ihrer eigenen Existenz hält.«

Doch so ganz konnte ich diese Beschreibung nicht mit der

Frau in Einklang bringen, die vor mir stand. Ich wusste von mindestens einer Exkollegin, die behauptete, Tina ihre Karriere zu verdanken, und wie ich sie jetzt vor mir sah, lachend und mit stark geschminkten Augen, überlegte ich, wie es wohl in ihrer Generation gewesen sein musste, welch scharfe Krallen man damals gebraucht haben mochte, um sich als Frau durch die männlichen Seilschaften zu hangeln. Heutzutage war es schon schwer genug. Vielleicht war es ja nicht Tinas Schuld, dass sie nicht jede ihrer Kolleginnen mitziehen konnte.

»Passen Sie auf, ich verrate Ihnen ein Geheimnis«, sagte sie und winkte mich mit ihren skeletthaften Fingern heran. Die schweren Ringe klimperten leise. »Die Medizin heißt Konter-Schampus, gefolgt von einer langen, ausgiebigen Runde Sex.«

Mir fiel nur eine einzige Reaktion ein, die nicht mit *Iiiiih* begann, und zwar unverbindliches Schweigen. Wieder lachte Tina ihr kehliges, rauchiges Lachen.

»Ich habe Sie schockiert.«

»Nicht wirklich. Es ist nur – es gibt hier eigentlich keine geeigneten Kandidaten.«

»Na, Sie und dieser sexy Ben Howard schienen sich doch gestern Abend recht gut zu verstehen …«, erwiderte sie mit einem vielsagenden Blick.

Beinahe musste ich mich schütteln. »Wir waren vor Jahren mal zusammen«, stellte ich klar. »Ich habe nicht die Absicht, das wieder aufzuwärmen.«

»Sehr vernünftig, meine Liebe.« Sie klopfte mir auf die Schulter. Ich spürte das Metall ihrer Ringe auf meiner Haut. »Wie sagen die Afghanen? Ein Mann sollte nie zweimal im selben See baden.«

Ich wusste nicht so recht, was ich darauf erwidern sollte.

»Wie ist noch einmal Ihr Name?«, fragte sie unvermittelt. »Louise, richtig?«

»Lo. Kurz für Laura.«

»Freut mich, Lo – einverstanden, wenn wir zum Du übergehen? Du arbeitest für Rowan bei ›Velocity‹, hab ich recht?«

»Genau«, antwortete ich. »Ich bin für die Features zuständig.« Und dann ergänzte ich zu meiner eigenen Überraschung: »Aber ich hoffe, dass ich sie in der Elternzeit vertreten kann. Das ist wohl auch ein Grund, warum ich das hier machen darf – als eine Art Bewährungsprobe.«

Dumm nur, dass ich gerade auf dem besten Weg war, baden zu gehen. Meine Gastgeber der Mordvertuschung zu bezichtigen war jedenfalls nicht Teil meines Auftrags.

Tina zog erneut an ihrer Zigarette, spuckte einen losen Tabakfaden aus und sah mich abschätzend an. »In dem Job hat man viel Verantwortung. Aber ich finde es gut, dass du aufsteigen willst. Und was machst du, wenn sie zurückkommt?«

Ich öffnete den Mund, um zu antworten – und stockte. Ja, was würde ich dann machen? Auf meinen alten Posten zurückkehren? Während ich noch über eine Antwort nachgrübelte, ergriff Tina wieder das Wort.

»Melde dich mal, wenn wir zurück im Büro sind. Ich bin immer auf der Suche nach freien Mitarbeitern, besonders nach hellen Köpfen mit ein bisschen Ehrgeiz.«

»Ich bin fest angestellt«, antwortete ich mit einem gewissen Bedauern. Ich wusste das Kompliment zu schätzen, aber ich war mir ziemlich sicher, dass die Wettbewerbsklausel in meinem Vertrag mir eine solche Nebenbeschäftigung verbot.

»Wie du meinst«, erwiderte Tina schulterzuckend, als das Schiff plötzlich schlingerte und sie gegen die Reling stolperte. »Ach Mist, die Kippe ist aus. Du hast nicht zufällig Feuer, oder? Ich habe meins in der Lounge gelassen.«

»Ich rauche nicht«, entgegnete ich.

»Verdammt.« Sie schnippte den Stummel über Bord, und

wir sahen zu, wie der Wind ihn erfasste und außer Sichtweite trug, lange bevor er das schäumende Wasser erreichte. Ich hätte ihr meine Karte geben oder mich wenigstens ganz subtil nach Zukunftsplänen für ›Verne‹ erkundigen und sie fragen sollen, wie weit sie sich schon in Lord Bullmers Gunst eingeschmeichelt hatte. Das hätte Rowan getan. Ben wiederum hätte sich nicht groß um den Wettbewerbskram geschert und sich umgehend den Posten als freier Mitarbeiter gesichert.

Aber im Moment schien mir meine Karriere nicht so wichtig – zumal sich Nilsson wahrscheinlich gerade beim Kapitän über die Ungereimtheiten in meiner Geschichte ausließ. Wenn überhaupt, sollte ich Tina nach letzter Nacht fragen. Nachdem Ben mit Lars, Archer und Bullmer beim Pokerspiel gewesen war, blieb schließlich nur eine relativ kleine Personengruppe übrig, die sich in der Kabine neben meiner aufgehalten haben konnte. War Tina stark genug, um eine Frau über Bord zu stoßen? Ich beobachtete sie unauffällig, während sie auf ihren schmalen Absätzen unsicher über den rutschigen Boden stakste. Sie war zwar dünn und drahtig wie ein Windhund, aber ich konnte mir vorstellen, dass ihre Arme kräftiger waren, als es auf den ersten Blick schien. Außerdem zeigte das Bild, das Rowan von ihr gezeichnet hatte, eine Frau, deren Rücksichtslosigkeit ihre zierliche Statur mehr als wettmachen konnte.

»Und bei dir?«, fragte ich, während ich ihr zur Tür folgte. »Hast du dich gut amüsiert gestern Abend?«

Sie blieb abrupt stehen. Ihre Finger krallten sich um das Metall der schweren Tür, sodass die Sehnen auf ihrem Handrücken wie Drahtseile hervortraten. Sie drehte sich um und sah mich scharf an.

»Was hast du gesagt?« Sie durchbohrte mich mit eisigem Blick. So, wie sie den Hals dabei vorreckte, sah sie aus wie ein angriffslustiger Velociraptor.

»Ich …« Ihre heftige Reaktion brachte mich vollkommen aus der Fassung. »Ich wollte nicht … Ich dachte nur …«

»Tja, ich schlage vor, du hörst mit dem Denken auf und behältst deine Anspielungen für dich. Ein schlaues Mädchen wie du sollte es besser wissen, als sich in der Branche Feinde zu machen.«

Dann verschwand sie durch die Tür und ließ sie hinter sich zuknallen.

Völlig perplex sah ich ihr nach, während sie hinter der salzverkrusteten Tür verschwand, und versuchte zu begreifen, was um alles in der Welt gerade geschehen war.

Ich schüttelte den Kopf und riss mich zusammen. Es hatte keinen Zweck, jetzt darüber nachzugrübeln. Stattdessen musste ich schleunigst zurück in die Kabine und das einzige Beweisstück sichern, das ich hatte.

Bevor ich mit Nilsson weggegangen war, hatte ich die Tür verschlossen, aber als ich vorsichtig die Stufen zum Passagierdeck hinabstieg und dort die Reinigungskräfte mit Staubsaugern im Schlepptau und Wägelchen voller Handtücher und Bettzeug bei der Arbeit sah, fiel mir ein, dass ich das »Bitte nicht stören«-Schild vergessen hatte.

Die Suite war blitzblank geputzt. Oberflächen und Fenster glänzten, die Schmutzwäsche und das kaputte Kleid waren wie von Zauberhand verschwunden.

Doch das alles war mir egal. Ich lief ins Bad, wo meine Kosmetikartikel in geordneten Reihen auf dem Waschtisch standen.

Wo war sie?

Hektisch kramte ich mich durch die Gegenstände: Lippenstift und Zahnpasta, Cremes und Augen-Make-up-Entferner, Tablettenblister … Doch sie war nicht zu sehen. Nirgendwo blitzte das pink-grüne Röhrchen hervor. Unter dem Tisch vielleicht oder im Mülleimer? Nichts.

Im Schlafzimmer riss ich eine Schublade nach der anderen auf; sogar unter den Stühlen sah ich nach. Wo konnte sie nur sein?

Ich schlug die Hände vors Gesicht und ließ mich aufs Bett sinken. In Wahrheit kannte ich die Antwort längst. Die Wimperntusche – und damit die einzige Verbindung zu der vermissten Frau – war weg.

*Harringay Echo*, Samstag, 26. September

### Touristin aus London nach Kreuzfahrt vermisst

Freunde und Verwandte der vermissten Laura Blacklock zeigen sich »zunehmend besorgt« um die Sicherheit der jungen Londonerin. Die in Harringay wohnhafte Zweiunddreißigjährige hielt sich auf dem exklusiven Kreuzfahrtschiff *Aurora Borealis* auf und wurde von ihrem Lebensgefährten Judah Lewis als vermisst gemeldet.
Mr Lewis, der sich selbst nicht mit Miss Blacklock an Bord befand, berichtete von seiner wachsenden Sorge, als Miss Blacklock während der Reise nicht auf Nachrichten antwortete und alle Versuche der Kontaktaufnahme scheiterten.
Ein Sprecher der *Aurora Borealis,* die am vergangenen Sonntag von Hull zu ihrer Jungfernfahrt aufgebrochen war, bestätigte, dass Blacklock seit einem geplanten Stopp in Trondheim am Dienstag, den 22. September, nicht mehr gesehen worden sei, man jedoch anfänglich davon ausgegangen sei, dass sie die Reise aus persönlichen Gründen abgebrochen habe. Erst als ihr Partner Alarm schlug, weil sie am Freitag nicht nach England zurückgekehrt war, sei man darauf aufmerksam geworden, dass die verfrühte Abreise offenbar nicht geplant gewesen sei.
Die Mutter der Vermissten, Pamela Crew, betonte, ein solcher Kontaktabbruch sehe ihrer Tochter überhaupt nicht ähnlich, und appellierte an Personen, die Miss Blacklock möglicherweise gesehen haben, sich zu melden.

# Vierter Teil

# 14

Ich versuchte, die Panik nicht die Oberhand gewinnen zu lassen.

Es war jemand im Zimmer gewesen.

Jemand, der Bescheid wusste – der wusste, was ich gehört, gesehen und gesagt hatte.

Beim Anblick der wieder aufgefüllten Minibar überkam mich ein jähes, instinktives Verlangen nach einem Drink, aber ich schob den Gedanken beiseite und begann, in der Kabine auf und ab zu laufen. Gestern war sie mir noch so geräumig erschienen, doch jetzt fühlte es sich an, als rückten die Wände immer näher.

Es war also jemand hier gewesen. Nur wer?

Ich wollte schreien, wegrennen, mich unter dem Bett verstecken und nie wieder hervorkommen, aber es gab keinen Ausweg – nicht, bevor wir Trondheim erreichten.

Die Erkenntnis riss mich aus meinem Gedankenkarussell. Ich blieb stehen, stützte mich auf den Schminktisch und betrachtete mein fahles, eingefallenes Gesicht im Spiegel. Das war nicht nur der Schlafmangel. Natürlich hatte die Erschöpfung tiefe Ringe unter meinen Augen hinterlassen, doch es war etwas in den Augen selbst, woran ich hängen blieb – der angsterfüllte Blick eines bedrängten Tieres.

Im Korridor heulte dröhnend ein Staubsauger auf, und mir fielen die Putzkräfte wieder ein. Ich holte tief Luft, richtete mich auf und warf die Haare in den Nacken. Dann öffnete ich die Tür und steckte den Kopf hinaus in Richtung des Staubsaugerlärms. Iwona, die polnische Frau, die ich unten kennengelernt hatte, putzte gerade Bens Kabine, deren Tür weit offen stand.

»Entschuldigung!«, rief ich, doch sie hörte mich nicht. Ich trat näher. »Entschuldigung!«

Erschrocken fuhr sie herum und presste sich die Hand an die Brust.

»Entschuldigen!«, stieß sie atemlos hervor, bevor sie mit dem Fuß den Staubsauger ausschaltete. Wie die anderen Reinigungskräfte trug sie eine dunkelblaue Uniform, und ihr fülliges Gesicht war von der Anstrengung gerötet. »Ich sehr schreck.«

»Tut mir leid«, sagte ich verlegen. »Ich wollte Ihnen keinen Schreck einjagen, ich wollte nur fragen – haben Sie meine Kabine geputzt?«

»Ja, schon geputzt. Nicht ganz sauber?«

»Nein, alles ist sehr sauber – alles perfekt. Ich wollte nur fragen – haben Sie eine Wimperntusche gesehen?«

»Wimper…?« Sie schüttelte ratlos den Kopf. »Was ist das?«

»Wimperntusche. Für die Augen – so.« Als ich die Handbewegung vormachte, hellte sich ihre Miene auf.

»Ah! Ja, ich kenne«, sagte sie und fügte etwas hinzu, was wie »Tuschdoresch« klang. Ich hatte keine Ahnung, ob das auf Polnisch »Wimperntusche« oder »Hab ich weggeworfen« bedeutete, aber ich nickte eifrig.

»Ja, genau, eine pinke und grüne Flasche. So eine …« Ich zog mein Handy heraus, um die Marke zu googeln, aber das WLAN funktionierte immer noch nicht. »Ach, Mist. Aber jedenfalls ist sie pink und grün. Haben Sie sie gesehen?«

»Ja, ich sehe gestern Abend, wenn ich putze.«

»Aber heute nicht?«

»Nein.« Sie schüttelte den Kopf, wirkte verdutzt. »Ist nicht in Bad?«

»Nein.«

»Tut mir leid. Ich nicht gesehen. Ich kann fragen Karla Stewardess, um kann … äh … neuer kaufen?«

Wie sie da radebrechend und sichtlich besorgt um Worte rang, wurde mir plötzlich bewusst, wie die Situation von außen wirken musste – eine Verrückte, die eine Reinigungskraft quasi des Diebstahls einer gebrauchten Wimperntusche bezichtigte. Ich schüttelte den Kopf und strich ihr vorsichtig über den Arm.

»Es tut mir leid. Es spielt keine Rolle. Machen Sie sich keine Sorgen.«

»Aber ja, spielt Rolle!«

»Nein, wirklich nicht. Ich habe sie wohl einfach verlegt. Vielleicht habe ich sie in eine Tasche gesteckt.«

Dabei wusste ich genau, dass sie weg war.

Zurück in der Kabine verriegelte ich die Tür und schob die Kette vor. Dann griff ich zum Telefon, wählte die Null und bat, zu Nilsson durchgestellt zu werden. Nachdem ich eine Weile in der Warteschleife gehangen hatte und mit dudeliger Musik berieselt worden war, kam Camilla Lidman wieder an den Hörer.

»Miss Blacklock? Danke für Ihre Geduld. Ich verbinde Sie.«

Es klickte und knisterte in der Leitung, bevor sich eine tiefe männliche Stimme meldete.

»Hallo? Hier spricht Johan Nilsson. Kann ich Ihnen helfen?«

Ich verzichtete auf eine Einleitung. »Die Wimperntusche ist weg.«

Kurz herrschte Stille. Ich konnte förmlich spüren, wie er seinen mentalen Aktenschrank nach einem Vermerk durchsuchte.

»Die Wimperntusche«, wiederholte ich ungeduldig. »Die, von der ich Ihnen letzte Nacht erzählt habe – die mir die Frau aus Kabine 10 gegeben hatte. Das *beweist* es doch – verstehen Sie nicht?«

»Mir ist nicht ganz klar …«

»Jemand war in meiner Kabine und hat sie gestohlen.« Ich sprach langsam und bemühte mich nach Kräften, nicht die Beherrschung zu verlieren. Ich musste mich zusammenreißen, um nicht in den Hörer zu brüllen. »Und warum sollte jemand das tun, wenn er nichts zu verbergen hat?«

Es folgte langes Schweigen.

»Nilsson?«

»Ich komme vorbei«, antwortete er schließlich. »Sind Sie in Ihrer Kabine?«

»Ja.«

»Es wird etwa zehn Minuten dauern. Ich bin gerade beim Kapitän, aber sobald ich hier fertig bin, komme ich zu Ihnen.«

»Bis dann«, sagte ich und knallte den Hörer auf. Ich spürte Wut in mir hochsteigen, vielleicht auf Nilsson, vielleicht auf mich selbst.

Wieder lief ich in der Kabine auf und ab. In Gedanken ging ich immer wieder die Ereignisse durch, die Bilder, Geräusche, Ängste, die mir keine Ruhe ließen. Es war ein furchtbar bedrückendes Gefühl, dass meine Privatsphäre verletzt worden war – dass jemand in mein Zimmer eingedrungen war. Jemand hatte die Zeit, als ich unten mit Nilsson beschäftigt war, genutzt, um meine Habseligkeiten zu durchsuchen und das einzige Beweisstück zu entfernen, das meine Behauptung stützen konnte.

Aber wer hatte Zugriff auf den Schlüssel? Iwona, klar. Karla? Josef?

Ein Klopfen riss mich aus meinen Gedanken, und ich eilte zur Tür. Davor stand Nilsson und sah aus wie ein übermüdeter, streitlustiger Bär, ein Anblick, der mir Unbehagen bereitete. Seine Augenringe waren zwar noch nicht ganz so tief wie meine, aber sie waren auf dem besten Weg.

»Jemand hat die Wimperntusche gestohlen«, wiederholte ich.

Er nickte. »Kann ich reinkommen?«

Ich trat einen Schritt beiseite und ließ ihn herein.

»Darf ich mich setzen?«

»Bitte.«

Er ließ sich auf das Sofa sinken, das unter dem Gewicht leise aufstöhnte, und ich setzte mich auf einen Stuhl gegenüber. Keiner von uns sagte etwas. Ich wartete darauf, dass er den Anfang machte – vielleicht tat er das Gleiche, oder er suchte nach den passenden Worten. Er kniff sich mit Daumen und Zeigefinger in die Haut über der Nasenwurzel, eine zarte Geste, die bei einem so großen Mann geradezu komisch wirkte.

»Miss Blacklock …«

»Lo«, verbesserte ich.

Er seufzte und begann von Neuem. »Also gut, Lo. Ich habe mit dem Kapitän gesprochen. Wir können jetzt ganz sicher sagen, dass keine Mitarbeiterin vermisst wird. Wir haben auch mit allen Crewmitgliedern gesprochen, und es ist niemandem irgendetwas Verdächtiges an der Kabine aufgefallen, weshalb wir zu dem Schluss …«

»Moment«, unterbrach ich aufgebracht, als würde es an dem von ihm und dem Kapitän gezogenen Schluss etwas ändern, wenn er ihn nicht aussprach.

»Miss Blacklock …«

»Nein. Das können Sie nicht machen.«

»Wer kann was nicht machen?«

»Sie können mir nicht erst erzählen, wie sehr Ihnen mein Wohlergehen am Herzen liegt und wie ernst Sie meine Sorgen nehmen, bla bla bla, und mich im nächsten Moment als hysterische Kuh abtun, die sich das alles nur zusammengesponnen hat.«

»Ich wollte keinesfalls …«, begann er, doch ich schnitt ihm wütend das Wort ab.

»Beides zusammen geht nicht. Entweder, Sie glauben mir oder – ah, Moment!« Ich unterbrach meine Schimpftirade. Warum war ich darauf nicht vorher gekommen? »Was ist mit den Kameras? Sie haben doch bestimmt ein Überwachungssystem?«

»Miss Blacklock …«

»Sehen Sie sich die Aufnahmen vom Flur an – die Frau muss darauf zu sehen sein!«

»Miss Blacklock!«, wiederholte er deutlich lauter. »Ich habe mit Mr Howard gesprochen.«

»Wie bitte?«

»Ben Howard.« Er klang erschöpft. »Ich habe mit ihm gesprochen.«

»Ja, und?« Ich bemühte mich, möglichst gelassen zu klingen, doch in meinem Innern machte sich Panik breit. »Was sollte denn Ben darüber wissen?«

»Seine Kabine grenzt auf der anderen Seite an die leerstehende. Ich wollte herausfinden, ob er vielleicht etwas gehört hat, das Ihre Aussage bestätigt. Ein Platschen zum Beispiel.«

»Er war nicht da«, erwiderte ich. »Er hat Poker gespielt.«

»Das weiß ich. Aber er hat mir erzählt …« Nilsson stockte.

Oh Ben, dachte ich, und mir wurde ganz flau im Magen. Ben, du Verräter. Was hast du nur getan?

Ich wusste es. Ich konnte es Nilsson im Gesicht ablesen, aber so leicht wollte ich ihn nicht davonkommen lassen.

»Ja?«, fragte ich mit gezwungenem Lächeln. Wenn, dann richtig. Ich wollte, dass er es mir Wort für Wort darlegte, egal, wie unangenehm es ihm war.

»Er hat mir von dem Mann erzählt, dem Einbrecher in Ihrer Wohnung.«

»Das hat mit dieser Sache nichts zu tun.«

»Es, ähm …« Er räusperte sich, verschränkte erst die Arme, dann die Beine. Es war ein grotesk-komischer Anblick, wie dieser hünenhafte Mann dort so betreten auf dem Sofa herumrutschte und sich unsichtbar zu machen versuchte. Ich schwieg. Mit einer gewissen Befriedigung sah ich zu, wie er sich abmühte. *Du weißt es,* höhnte ich insgeheim, *du weißt, dass du dich hier wie der letzte Arsch verhältst.*

»Mr Howard erwähnte, dass Sie, ähm, dass Sie seit … seit dem Einbruch nicht … dass Sie seitdem nicht mehr so gut schlafen«, stammelte er.

Ich antwortete nicht. Ich spürte eine kalte, bittere Wut auf Nilsson und vor allem auf Ben. Nie wieder würde ich ihm etwas anvertrauen. Ich hätte es besser wissen sollen.

»Und dann ist da noch die Sache mit dem Alkohol«, fuhr Nilsson fort. Er saß da wie ein Häufchen Elend. »Der verträgt sich nicht gut mit …«

Er verstummte und deutete mit dem Kopf in Richtung Bad, zu dem kläglichen Durcheinander meiner Sachen auf dem Waschtisch.

»Womit?« Der harte, tiefe Tonfall ließ meine Stimme fremd klingen.

Er blickte zur Decke. Sein Unbehagen war förmlich mit Händen zu greifen. »Mit den, ähm, Antidepressiva«, sagte er fast im Flüsterton. Sein Blick huschte erneut zu der zerdrückten, halbleeren Tablettenpackung neben dem Waschbecken, und dann zurück zu mir. Bedauern sprach aus jeder Faser seines Körpers.

Doch einmal gesagt, ließen sich die Worte nicht mehr zurücknehmen.

Schweigend saß ich da. Mir brannten die Wangen, als hätte er mich geschlagen. Das war es also. Ben Howard hatte ihm wirklich alles erzählt. Ein kurzes Gespräch nur, eine einzige Unterhaltung, und er war mir in den Rücken gefallen. Statt vor Nilsson meine Glaubwürdigkeit und Professionalität zu unterstreichen, hatte er sich das Maul über mich zerrissen und mich als psychisch labile Neurotikerin hingestellt.

Ja, ich nehme Antidepressiva. Na und?

Dass ich sie schon seit Jahren nahm – und trotzdem problemlos einen trinken gehen konnte –, spielte offenbar keine Rolle. Und dass ich unter Panikattacken und nicht unter Wahnvorstellungen litt, anscheinend auch nicht.

Aber selbst wenn ich eine Psychose gehabt hätte, hätte das, Pillen hin oder her, nichts an dem geändert, *was ich mit eigenen Augen gesehen hatte.*

»Das war es dann also«, sagte ich schließlich tonlos. »Nur wegen ein paar Pillen halten Sie mich für durchgeknallt und paranoid und trauen mir nicht zu, Fakten und Fiktion auseinanderzuhalten? Ihnen ist schon klar, dass täglich Hunderttausende von Menschen genau die gleichen Tabletten nehmen?«

»Das ist ganz und gar nicht, was ich sagen wollte«, erwiderte Nilsson unbeholfen. »Aber Tatsache ist nun einmal, dass wir keine Beweise für Ihre Geschichte gefunden haben, und bei allem Respekt, Miss Blacklock, was Sie gesehen zu haben meinen, scheint mir eine gewisse Ähnlichkeit zu dem Vorfall ...«

»Nein!«, rief ich laut und stand auf, sodass ich seinen zusammengesunkenen Körper überragte, obwohl er normalerweise mindestens einen Kopf größer war als ich. »Das können Sie mit mir nicht machen. Sie können hier nicht erst auf hilfsbereit machen und dann einfach abtun, was ich Ihnen erzähle. Ja, ich habe Schlafprobleme. Ja, ich hatte getrunken. Und ja, bei mir ist jemand eingebrochen. Das alles hat *nichts mit dem zu tun, was ich gesehen habe!*«

»Aber das ist doch genau das Problem, oder?« Sichtlich gereizt stand er nun ebenfalls auf. Seine breiten Wangen waren gerötet. »Sie *haben* ja nichts gesehen. Sie haben vielleicht eine Frau gesehen, von denen es hier auf dem Schiff eine Menge gibt, und dann später ein Platschen gehört. Daraus haben Sie Schlüsse gezogen, die erkennbar unter dem Einfluss des traumatischen Vorfalls von letzter Woche stehen – aus zwei plus zwei haben Sie fünf gemacht. Aber das allein rechtfertigt keine Mordermittlung, Miss Blacklock.«

»Gehen Sie«, sagte ich. Etwas löste sich in meiner Brust und ich ahnte, dass ich kurz davor war, etwas Dummes zu tun.

»Miss …«

»Raus. *Raus!*«

Steifbeinig ging ich zur Tür und riss sie auf. Meine Hände zitterten.

»Raus, verschwinden Sie!«, wiederholte ich. »Sofort. Es sei denn, Sie wollen, dass ich den Kapitän rufe und ihm erzähle, dass Sie sich auch nach wiederholter Aufforderung geweigert haben, die Kabine einer alleinreisenden Passagierin zu verlassen. *Raus aus meiner Kabine!*«

Mit gesenktem Kopf ging er zur Tür. Kurz davor hielt er inne, als wollte er noch etwas sagen, aber etwas – vielleicht der Ausdruck in meinen Augen – ließ ihn zurückschrecken, und er wandte sich ab.

»Auf Wiedersehen, Miss –«, sagte er.

Weiter kam er nicht. Ich knallte die Tür hinter ihm zu, warf mich aufs Bett und weinte mir die Augen aus dem Kopf.

# 15

Rein äußerlich ist kein Grund erkennbar, warum ich diese Pillen brauche, um durchs Leben zu kommen. Ich hatte alles, was man sich nur wünschen konnte: eine tolle Kindheit, liebevolle Eltern. Ich wurde weder geschlagen oder missbraucht noch zur Einserschülerin gedrillt.

Laut meiner Freundin Erin tragen wir alle unsere Dämonen mit uns herum, Stimmen, die uns zuflüstern, dass wir nichts taugen, dass dieser oder jener kleine Misserfolg der Welt unmissverständlich vor Augen führen wird, was für ein wertloses Stück Dreck wir in Wahrheit sind. Vielleicht stimmt das. Vielleicht flüstern meine nur lauter.

Aber ich glaube, ganz so einfach ist es nicht. Die tiefe Depression, in die ich nach dem Studium fiel, hatte nicht nur mit Prüfungen und Selbstwertgefühl zu tun, sie war fremdartiger, chemischer, von keiner Gesprächstherapie zu beheben.

Kognitive Verhaltenstherapie, Beratung, Psychoanalyse – nichts wirkte so wie die Pillen. Lissie findet die Vorstellung beängstigend, mit Medikamenten in ihren Gefühlshaushalt einzugreifen. Sie meint, es käme ihr vor, als wäre sie dann nicht mehr sie selbst. Aber ich sehe das nicht so; für mich ist es eher, wie Make-up zu tragen – keine Verkleidung, sondern etwas, das mir erlaubt, *mehr* ich selbst zu sein, mich der Welt von meiner *besten* Seite zu zeigen, nicht bloß als unfertige Rohfassung.

Ben hat mich ohne dieses Make-up gesehen. Und er ist weggelaufen. Lange war ich wütend auf ihn, aber irgendwann kam ich zu dem Schluss, dass ich ihm deswegen keinen Vorwurf machen konnte. Ich war damals vierundzwanzig, und mein Leben war die reinste Katastrophe. Hätte ich selbst vor mir weglaufen können, ich hätte es getan.

Aber das war keine Entschuldigung für das, was er jetzt getan hatte.

»Mach auf!«

Ich hörte, wie das Klacken der Laptoptastatur abbrach und ein Stuhl zurückgeschoben wurde. Dann ging die Kabinentür einen Spaltbreit auf.

»Ja?« Bens Gesicht schob sich in die Lücke. Er schien überrascht, mich zu sehen. »Lo! Was führt dich denn her?«

»Was glaubst du wohl?«

Immerhin besaß er den Anstand, beschämt zu gucken. »Ach, das.«

»Genau, *das.*« Ich drängte an ihm vorbei ins Zimmer. »Du hast mit Nilsson gesprochen«, zischte ich.

»Hör mal …« Er hob beschwichtigend die Hand, doch so leicht ließ ich mich nicht besänftigen.

»Nix *hör mal.* Wie konntest du das tun, Ben? Hast ja nicht gerade lange gebraucht, um alles auszuposaunen – meinen Nervenzusammenbruch, die Pillen, den Job, den ich beinahe verloren hätte … Das hast du ihm alles brühwarm erzählt, ja? Hast du auch von den Tagen erzählt, an denen ich mich nicht mal anziehen, geschweige denn das Haus verlassen konnte?«

»Nein, natürlich nicht! Gott, wie kannst du so was denken?«

»Nur von den Pillen also? Und dem Einbruch und ein paar kleinen pikanten Details, nur damit klar ist, dass man mir auf keinen Fall Glauben schenken sollte?«

»Nein! So war es nicht!« Er ging zur Verandatür, drehte sich zu mir um und fuhr sich mit den Fingern durchs Haar, bis es regelrecht zu Berge stand. »Es ist … Ach verdammt, es ist mir einfach rausgerutscht. Ich weiß auch nicht, warum. Er ist gut in seinem Job.«

»Du bist doch der Journalist! Was ist plötzlich aus ›kein Kommentar‹ geworden?«

»Kein Kommentar«, seufzte er zerknirscht.

»Du hast keine Ahnung, was du angerichtet hast«, sagte ich. Ich hatte meine Hände zu Fäusten geballt, so fest, dass sich meine Nägel in die Handflächen bohrten. Ich zwang mich lockerzulassen und rieb die Hände an meiner Jeans.

»Was meinst du? Warte kurz, ich brauch erst einen Kaffee. Willst du auch einen?«

Eigentlich wollte ich ihm sagen, dass er mich mal kreuzweise konnte. Aber in Wahrheit konnte ich einen Kaffee gerade gut vertragen. Ich nickte schroff.

»Mit Milch, ohne Zucker, stimmt's?«

»Richtig.«

»Manche Dinge ändern sich eben nie«, sagte er, während er die Espressomaschine mit Mineralwasser füllte und ein Pad einlegte.

Ich funkelte ihn böse an. »Verdammt viel hat sich geändert, und das weißt du auch. Wie konntest du ihm nur davon erzählen?«

»Ich … keine Ahnung.« Wieder raufte er sich das widerspenstige Haar, als könnte er sich eine Erklärung aus dem Kopf ziehen, wenn er nur fest genug daran zerrte. »Ich bin ihm nach dem Frühstück in die Arme gelaufen. Er nahm mich beiseite und meinte, er würde sich Sorgen um dich machen – ich glaube, er hat irgendwas über Geräusche letzte Nacht gesagt … Ich war total verkatert und hatte keine Ahnung, was er überhaupt wollte. Ich dachte erst, es geht um den Einbruch, und dann fing er davon an, dass du in einem labilen Zustand seist – echt, Lo, es tut mir leid, es war nicht so, dass ich verzweifelt bei ihm an die Tür gehämmert hätte, um ihm mein Herz auszuschütten. Worum ging es denn?«

»Spielt keine Rolle.« Ich nahm den Kaffee, den er mir hinhielt. Er war noch zu heiß, also hielt ich die Tasse nur fest.

»Natürlich tut es das. Es hat dich völlig aus der Bahn geworfen, das ist kaum zu übersehen. Was war gestern Nacht?«

Ein Teil von mir – und zwar der weitaus größte, ungefähr fünfundneunzig Prozent, würde ich schätzen – wollte Ben Howard sagen, dass er sich gefälligst aus meinem Leben raushalten sollte. Dass er jedes Fünkchen Vertrauen verspielt hatte, indem er sich bei Nilsson über mein Privatleben und meine Glaubwürdigkeit ausgelassen hatte. Leider waren die verbleibenden fünf Prozent ausgesprochen hartnäckig.

»Ich …« Ich schluckte mehrmals, um den Kloß in meinem Hals runterzuwürgen und gegen das Bedürfnis anzukämpfen, mich jemandem anzuvertrauen. Aber vielleicht hatte Ben ja eine Idee, auf die ich noch nicht gekommen war? Er war schließlich Reporter. Und, auch wenn ich es mir nicht gerne eingestand, ein ziemlich angesehener dazu.

Ich holte tief Luft, und dann erzählte ich Ben die ganze Geschichte, die ich in der Nacht zuvor Nilsson geschildert hatte. Ich redete wie ein Wasserfall, so sehr wollte ich, dass er mir glaubte.

»Die Sache ist, sie *war* da, Ben«, schloss ich. »Du musst mir einfach glauben!«

»Hey, hey, nur mal langsam«, sagte Ben. Er blinzelte. »Natürlich glaube ich dir.«

»Ja?« Vor Überraschung knallte ich die Tasse viel zu fest auf den Tisch. »Wirklich?«

»Na klar. Soweit ich weiß, hast du dir nie irgendwelche Dinge eingebildet.«

»Nilsson glaubt mir nicht.«

»Ich kann schon verstehen, warum er dir nicht glauben *will*«, meinte Ben. »Kriminalität auf Kreuzfahrtschiffen ist ja bekanntlich ein heikles Thema.«

Ich nickte. Ich wusste so gut wie Ben – so gut wie jeder

andere Reisejournalist –, welche Gerüchte sich um Kreuzfahrten rankten. Nicht etwa, weil die Betreiber irgendwie stärkere kriminelle Neigungen hätten als andere in der Reisebranche, sondern weil sich alles, was auf See geschah, in einer juristischen Grauzone abspielte.

Zwar war die *Aurora* anders als die anderen Schiffe, über die ich schon geschrieben hatte, die eher schwimmenden Städten glichen, doch in internationalen Gewässern hatte sie denselben widersprüchlichen Rechtsstatus. Selbst in gut dokumentierten Vermisstenfällen werden manchmal Dinge unter den Teppich gekehrt. In Fällen von unklarer polizeilicher Zuständigkeit bleibt die Aufklärung einer Straftat oft den Sicherheitsleuten an Bord überlassen, die es sich wiederum als Angestellte des Unternehmens meist nicht erlauben können, sich mit ihrem Arbeitgeber anzulegen.

Ein Schauer lief mir über den Rücken, und ich begann trotz der stickigen Luft im Zimmer zu frösteln. Eigentlich war ich mit dem Ziel hergekommen, Ben herunterzuputzen, um mich danach besser zu fühlen. Ich hatte nicht vorgehabt, mich von ihm in meinem Unbehagen bestärken zu lassen.

»Was mich am meisten beunruhigt …« Ich stockte.

»Was?«, wollte Ben wissen.

»Sie hat mir ihre Wimperntusche geliehen. So habe ich sie kennengelernt. Ich wusste ja nicht, dass die Kabine eigentlich leer stand, also habe ich angeklopft, um zu fragen, ob sie mir eine leihen könnte.«

»Aha …« Ben nahm noch einen Schluck Kaffee. Über den Rand der Tasse hinweg sah ich, wie er die Stirn runzelte. Offenbar begriff er nicht, worauf ich hinauswollte. »Und?«

»Und … sie ist weg.«

»Was – die Wimperntusche? Was meinst du mit ›weg‹?«

»Dass sie verschwunden ist. Während ich mit Nilsson unterwegs war, hat jemand sie aus meiner Kabine geholt. Der ganze Rest lässt sich ja vielleicht auch anders erklären – aber warum sollte jemand die Wimperntusche wegnehmen, wenn doch alles in bester Ordnung ist? Das war der einzige konkrete Gegenstand, mit dem ich hätte beweisen können, dass in der Kabine jemand war. Und jetzt ist sie weg.«

Ben stand auf, lief zur Veranda und zog die Gardine zu; eine merkwürdige Geste, die mir übertrieben vorkam. Ich fragte mich, ob er mir ausweichen wollte, weil er nicht wusste, was er sagen sollte.

Doch dann drehte er sich um, kam zurück und setzte sich wieder aufs Bett. Seine Miene war mit einem Schlag vollkommen sachlich und geschäftsmäßig.

»Wer wusste davon?«

»Von der Wimperntusche?« Eine gute Frage, auf die ich, wie ich mir zu meinem Leidwesen eingestehen musste, selbst nicht gekommen war. »Hm … ich glaube, außer Nilsson … niemand.«

Der Gedanke gefiel mir gar nicht. Eine ganze Weile blickten wir einander an, und ich sah all die finsteren Fragen, die in meinem Inneren brodelten, in Bens Augen gespiegelt.

»Aber ich war zu der Zeit ja mit ihm zusammen«, fügte ich schließlich hinzu. »Als sie gestohlen wurde.«

»Die ganze Zeit?«

»Mehr oder weniger … Ach nein, Moment, nicht ganz. Beim Frühstück war ich allein, und danach, als ich mit Tina gesprochen habe.«

»Also hätte er sie wegnehmen können.«

»Ja, vermutlich.« War *er* also in meiner Kabine gewesen? Wusste er *deshalb* von meinen Tabletten und dass man sie nicht mit Alkohol einnehmen sollte?

»Pass auf«, schlug Ben vor. »Ich finde, du solltest mit Richard Bullmer sprechen.«

»Lord Bullmer?«

»Ja. Wie du weißt, haben wir gestern Poker gespielt, und er scheint mir ein anständiger Kerl zu sein. Vergiss Nilsson – es läuft sowieso alles über Bullmer. Mein Vater hat immer gesagt, wenn man sich beschweren will, sollte man sich gleich an die oberste Stelle wenden.«

»Hier geht es aber nicht um einen Servicemangel, Ben.«

»Trotzdem. Bei Nilsson kannst du dir nicht mehr sicher sein, oder? Und wenn jemand an Bord ihn zur Verantwortung ziehen kann, dann Bullmer.«

»Aber würde er das tun? Er hätte doch genauso Grund, die Sache zu vertuschen. Mehr sogar. Wie du schon sagst, kann sich die Sache für ihn sehr negativ auswirken. Wenn das rauskommt, steht die Zukunft des Schiffs auf dem Spiel. Wer würde schon Zehntausende Pfund für eine Luxuskreuzfahrt mit einem Schiff bezahlen wollen, auf dem eine Frau ermordet wurde?«

»Ich wette, da gibt es einen Nischenmarkt«, antwortete Ben mit einem schiefen Grinsen.

Ich schüttelte mich.

»Es kann auf jeden Fall nicht schaden, mit ihm zu reden«, beharrte er. »Wenigstens wissen wir, wo er gestern Nacht war, was wir von Nilsson nicht behaupten können.«

»Du bist sicher, dass keiner von euch die Kabine verlassen hat?«

»Absolut sicher. Wir waren in der Suite der Jenssens – es gab nur eine Tür, und ich saß die ganze Zeit gegenüber davon. Wer auf die Toilette musste, hat die im Bad der Suite benutzt. Chloe hat eine Weile bei uns gesessen und gelesen und ist dann ins Schlafzimmer nebenan gegangen – von da gibt es nur den Ausgang durch den Hauptbereich der Suite. Vor vier ist keiner gegangen, eher später. Uns vier Männer und Chloe kannst du also ausschließen.«

In Gedanken hakte ich die Passagiere auf meiner Liste ab. »Also, das wären … du, Bullmer … Archer … Lars und Chloe. Bleiben noch Cole, Tina, Alexander, Owen White und Lady Bullmer. Und die Crew.«

»Lady Bullmer?« Ben zog eine Augenbraue hoch. »Das ist vielleicht etwas weit hergeholt.«

»Wieso?«, wies ich den Einwand zurück. »Vielleicht ist sie ja nicht so krank, wie sie aussieht.«

»Ja, na klar, sie täuscht vier Jahre rezidive Krebserkrankung, zermürbende Chemo und Strahlentherapie vor, um für den Mord an irgendeiner Frau ein Alibi zu haben.«

»Kein Grund für Sarkasmus, ich habe nur darauf hingewiesen.«

»Ich glaube aber, mit den Passagieren sind wir auf der falschen Fährte«, sagte Ben. »Es bleibt ja dabei, dass Nilsson außer dir als Einziger von der Wimperntusche wusste. Wenn er sie nicht genommen hat, muss er jemandem davon erzählt haben.«

»Na ja …«, begann ich und stockte. Ein ungutes Gefühl, fast wie ein schlechtes Gewissen, machte sich in mir breit und kribbelte mir im Nacken.

»Was?«

»Ich – ich muss nachdenken. Als ich mit Nilsson bei der Crew war … Ich kann mich nicht genau erinnern … vielleicht habe ich es doch erwähnt.«

»Mensch, Lo«, rief Ben vorwurfsvoll. »Hast du oder hast du nicht? Das ist nicht ganz unwichtig.«

»Das weiß ich selbst«, gab ich gereizt zurück. Das Schiff rollte über eine weitere Welle, und mir wurde schlagartig wieder übel. Die halbverdauten Pfannkuchen schwappten in meinem Bauch unheilvoll hin und her. Ich versuchte, mich an die Unterhaltungen unter Deck zu erinnern, doch es fiel mir schwer. Ich war so verkatert gewesen, und das künstliche Licht in diesen klaustrophobisch engen, fensterlosen Räumen hatte mich zusätzlich abgelenkt. Ich schloss die Augen, als sich das Sofa mit dem Schiff zur Seite neigte, und dachte zurück an den Besuch in der Mannschaftsmesse, die netten, offenen Gesichter der jungen Frauen. Was zum Teufel hatte ich ihnen erzählt?

»Ich weiß es nicht mehr«, gestand ich schließlich. »Wirklich nicht. Kann sein, dass ich es erwähnt habe. Ich glaube es zwar nicht, aber völlig ausschließen kann ich es eben auch nicht.«

»Mist. Das erweitert den Kreis natürlich beträchtlich.«

Ich nickte ernüchtert.

»Pass auf«, sagte Ben nach einer Weile, »vielleicht hat einer der anderen Passagiere was gesehen. Wie jemand die leere Kabine betreten oder verlassen hat oder wie derjenige, der die Wimperntusche gestohlen hat, aus deiner Kabine gekommen ist. Wer wohnt denn alles in den hinteren Kabinen?«

»Hm ...« Ich nahm meine Finger zu Hilfe. »Also, in der neun bin ich, und du bist in der acht. Alexander ist in Kabine ... sechs, glaube ich.«

»Tina ist in der fünf«, überlegte Ben. »Ich habe sie da gestern reingehen sehen. Also muss Archer in Nummer sieben sein. Alles klar. Dann gehen wir mal Klinken putzen.«

»In Ordnung«, stimmte ich zu. Aus irgendeinem Grund ging es mir deutlich besser, auch wenn ich es mir nicht ganz erklären konnte. Vielleicht war es der Adrenalinschub oder das Gefühl, dass mir jemand glaubte, oder die Erleichterung darüber, einen Plan zu haben. Doch dann fiel mein Blick auf die Uhr an Bens Laptop. »Mist, ich kann jetzt gar nicht. Ich muss zu der dämlichen Wellnessbehandlung für die weiblichen Gäste.«

»Wie lang geht das?«, fragte Ben.

»Keine Ahnung, aber vermutlich nicht länger als bis zum Mittagessen. Was steht denn bei euch Männern auf dem Programm?«

Ben stand auf und blätterte am Schreibtisch eine Broschüre durch. »Eine Führung über die Brücke. Schön sexistisch – Jungs kriegen Technik, Mädchen Aromatherapie. Ach nee, Moment, morgen früh steht Männer-Wellness auf dem Programm – vielleicht ist das einfach aus Platzgründen.« Er nahm einen Stift und Papier vom Frisiertisch. »Ich muss auch gleich los, aber schauen wir mal, was wir heute Vormittag noch rausfinden können. Nach dem Mittagessen treffen wir uns dann wieder hier und klopfen bei den restlichen Passagieren an die Tür. Und danach gehen wir zu Bullmer. Vielleicht kann er einen Zwischenstopp anordnen und die örtliche Polizei an Bord holen.«

Ich nickte. Nilsson hatte mich vielleicht nicht ernst genommen, aber wenn wir etwas fanden, das meine Geschichte stützte – und sei es nur eine weitere Person, die das Platschen auch gehört hatte –, wäre es für Bullmer viel schwieriger, das Ganze zu ignorieren.

»Ich muss immerzu an sie denken«, brach es aus mir heraus, als wir schon an der Tür waren.

Ben hielt inne, die Hand an der Klinke. »Was meinst du?«

»Die Frau aus der Palmgren-Suite. Wie sie sich gefühlt haben muss, als er sie angegriffen hat – ob sie noch am Leben war, als sie über Bord ging. Ich denke die ganze Zeit daran, wie es gewesen sein muss: der Schock des eiskalten Wassers, der Anblick des sich entfernenden Schiffs …«

Hatte sie geschrien, als sich die Wogen über ihr schlossen? Wollte sie um Hilfe rufen, als das Salzwasser ihre Lunge füllte, ihre Bronchien gegen die beißende Kälte ankämpften, der Sauerstoff aus ihrem Blut wich, sie langsam in die Tiefe sank …

Und dann ihr kreideweißer Körper in der dunklen, eisigen Stille der Tiefsee – Fischschwärme, die an ihren Augen knabberten, ihr Haar, das in der Strömung aufstieg wie schwarzer Rauch …

An all das dachte ich auch, aber ich behielt es für mich.

»Tu das nicht«, mahnte Ben. »Lass nicht zu, dass deine Fantasie mit dir durchgeht, Lo.«

»Ich weiß, wie das ist«, sagte ich, als er die Tür aufmachte. »Verstehst du das nicht? Ich weiß, wie sie sich gefühlt haben muss, als mitten in der Nacht jemand in ihrem Zimmer stand. Deshalb muss ich herausfinden, wer ihr das angetan hat.«

Denn wenn ich es nicht herausfand, konnte ich die Nächste sein.

# 16

Chloe und Tina warteten schon im Spa, als ich kam. Tina lehnte über der Theke und las etwas auf dem Laptop, den Eva offen stehen gelassen hatte, und Chloe, die es sich in einem luxuriösen Lederstuhl gemütlich gemacht hatte, war mit ihrem Handy beschäftigt. Ich war verblüfft, wie verändert sie ungeschminkt aussah, wie die ausdrucksstarken Augen, die markanten Wangenknochen bei Tageslicht nur noch matt und flach wirkten.

Als sie bemerkte, dass ich sie im Spiegel ansah, grinste sie.

»Überrascht? Ich habe heute mal auf Make-up verzichtet, weil uns hier anscheinend eine Gesichtsbehandlung erwartet. Ich sagte ja, dass ich eine gute Visagistin bin.«

»Ach so, ich habe gar nicht …« Ich fühlte, wie ich rot wurde.

»Contouring ist alles«, erklärte Chloe mit einem Augenzwinkern, während sie sich auf ihrem Stuhl zu mir umdrehte. »Ich sag dir, das wird dein Leben verändern. Mit dem, was ich in meiner Kabine habe, könnte ich dich im Handumdrehen in Kim Kardashian, Natalie Portman oder sonst wen verwandeln. Wonach auch immer dir ist.«

Ich wollte gerade mit einer möglichst witzigen Bemerkung kontern, als ich aus dem Augenwinkel eine Bewegung wahrnahm und mit Erschrecken feststellte, dass einer der bodenlangen Spiegel hinter dem Schreibtisch sich bewegte und nach innen schwenkte. Noch eine Tür? Im Ernst, wie viele versteckte Eingänge gab es auf diesem Schiff eigentlich?

Tina fuhr vom Laptop hoch, als Eva durch die Öffnung in der Wand trat.

»Kann ich Ihnen helfen, Miss West?«, fragte sie mit einem höflichen Lächeln. »Auf dem Computer befindet sich unsere Kundenliste mit vertraulichen Informationen, weswegen wir unseren Gästen die Nutzung leider nicht gestatten können. Sollten Sie einen PC benötigen, wird Camilla Lidman Ihnen gerne jederzeit einen auf die Kabine bringen lassen.«

Verlegen richtete Tina sich auf und drehte den Laptop wieder um.

»Ich bitte um Verzeihung.« Immerhin besaß sie den Anstand, etwas beschämt auszusehen. »Ich, äh … wollte mir noch mal einen Überblick über die Angebote hier verschaffen.«

Da sich im Pressepaket eine vollständige Liste befand, war dies eine etwas lahme Ausrede.

»Ich drucke Ihnen die Liste gerne noch einmal aus«, bot Eva an. Ihre Stimme klang freundlich wie immer, aber sie musterte Tina abschätzend. »Wir bieten alle gängigen Massagen und Behandlungen an, Masken, Pediküre und so weiter. Maniküre und Haarkuren werden hier im Studio vorgenommen.« Mit dem Kopf deutete sie auf den Stuhl, auf dem Chloe es sich bequem gemacht hatte.

Gerade überlegte ich, wo wohl die anderen Behandlungen stattfanden, da sich im Spa nur ein Stuhl befand und auf dem Oberdeck eigentlich kein Platz mehr war – soweit ich sehen konnte, nahmen der Whirlpool und die Sauna den gesamten Raum ein –, als plötzlich die Tür aufging und zu meiner Überraschung Anne Bullmer eintrat. Sie sah etwas besser aus, nicht mehr ganz so blass und gezeichnet wie am Vorabend, doch unter ihren dunklen Augen zeichneten sich tiefe Ringe ab, als hätte sie nicht geschlafen.

»Entschuldigung«, sagte sie atemlos und rang sich ein Lächeln ab. »Zurzeit brauche ich so lange zum Treppensteigen.«

»Hier!« Chloe sprang auf und gab ihren Platz frei. »Setzen Sie sich.«

»Nicht nötig«, erwiderte Anne. Chloe versuchte, sie zu überreden, doch in dem Moment schaltete sich Eva mit einem Lächeln ein.

»Wir gehen jetzt ohnehin in die Behandlungsräume. Lady Bullmer, möchten Sie kurz hier Platz nehmen? Miss West, Miss Blacklock und Miss Jenssen, wollen wir uns nach unten begeben?«

Nach unten? Noch bevor ich mich fragen konnte, was das bedeutete, öffnete sie die Spiegeltür hinter dem Schreibtisch – ein sanfter Druck auf den Rahmen ließ sie nach innen schwenken – und wir stiegen, eine nach der anderen, eine schmale, dunkle Treppe hinunter.

Nach dem hellen und luftigen Empfangsraum war der Kontrast besonders stark, und ich musste mehrmals blinzeln, um meine Augen an das dämmrige Licht zu gewöhnen. In regelmäßigen Abständen waren in Wandhaltern entlang der Treppe kleine elektrische Teelichter platziert worden, deren gelbes Flackern das Dunkel um sie herum nur zu verstärken schien, und als sich das Schiff im hohen Wellengang neigte, erfasste mich ein plötzlicher Schwindel. Vielleicht lag es an den steilen Stufen, die vor mir in der Dunkelheit verschwanden, oder daran, dass mir mit einem Mal klar wurde, dass die leichteste Berührung von Chloe – die direkt hinter mir war – ausreichen würde, um mich geradewegs auf Tina und Eva stürzen zu lassen. Wenn ich mir hier das Genick brach, würde niemand wissen, dass ich nicht einfach von selbst gestolpert war.

Nach einem schier endlosen Abstieg erreichten wir schließlich eine schmale Lobby. In einer Nische stand ein kleiner Springbrunnen, aus dem das Wasser in einem ewigen Kreislauf über eine steinerne Kugel plätscherte. An Land hätte ich das Geräusch wohl als beruhigend empfunden, doch hier auf dem Schiff hatte es eine ganz andere Wirkung – ich musste sofort an Lecks und Notausgänge denken. Waren wir jetzt unterhalb der Wasserlinie? Fenster gab es keine.

Ich spürte eine Enge in der Brust und ballte die Fäuste. *Ganz ruhig. Keine Panik. Untersteh dich, hier unten eine Panikattacke zu bekommen.*

*Eins. Zwei. Drei …*

Ich merkte, dass Eva mit uns sprach, und versuchte, mich auf ihre Worte zu konzentrieren anstatt auf die niedrige Decke in diesem beengten, unbelüfteten Raum. Vielleicht würde das beklemmende Gefühl ja vergehen, sobald wir alle in den Behandlungszimmern waren.

»… drei Wellnessräume hier unten«, erklärte Eva gerade. »Und dazu den Stuhl oben, weshalb ich mir erlaubt habe, Behandlungen für Sie auszuwählen, die parallel durchgeführt werden können.«

*Bitte lass meine oben stattfinden.* Meine Fingernägel bohrten sich in meine Handflächen.

»Miss West, Sie habe ich für eine Aromatherapiesitzung bei Hanni in Raum 1 eingetragen«, verkündete Eva mit einem Blick auf die Liste. »Miss Jenssen, Sie bekommen von Klaus eine Kosmetikbehandlung in Raum 2. Sie haben doch hoffentlich nichts gegen einen männlichen Therapeuten? Miss Blacklock, für Sie habe ich in Raum 3 eine Ganzkörper-Schlammpackung eingeplant. Ulla wird das machen.«

Ich atmete schneller.

»Und was ist mit Lady Bullmer?«, erkundigte sich Chloe.

»Sie ist oben bei der Maniküre.«

»Ähm …«, meldete ich mich schüchtern zu Wort. »Wäre es eventuell möglich … Könnte ich vielleicht auch oben eine Maniküre bekommen?«

»Ach, das tut mir leid«, sagte Eva mit aufrichtigem Bedauern. »Oben ist leider nur ein Stuhl. Ich kann Ihnen sehr gerne für heute Nachmittag nach Ihrer Schlammpackung einen

Termin buchen. Oder hätten Sie gerne eine andere Behandlung? Wir bieten auch Reiki an sowie Schwedische, Thai- oder Reflexzonenmassage … außerdem gibt es noch Floating im Schwebebad – falls Sie einmal absolute Tiefenentspannung wünschen.«

»Nein!«, wehrte ich ab. Als Tina und Chloe sich verdutzt umdrehten, wurde mir bewusst, wie laut ich gesprochen hatte, und ich senkte die Stimme. »Nein, vielen Dank. Floating ist nicht … nicht so ganz mein Ding.«

Allein die Vorstellung, hier unten in einem wassergefüllten, vollkommen von der Außenwelt abgeschotteten Plastiksarg zu liegen …

»Kein Problem«, erwiderte Eva lächelnd. »Also dann, sind wir so weit? Die Behandlungsräume befinden sich hier auf diesem Flur. Alle sind mit einer Dusche ausgestattet, Bademäntel und Handtücher liegen bereit.«

Obwohl ich ihre Worte kaum hörte, nickte ich und folgte, als sie sich wieder nach oben begab, Chloe und Tina den Gang entlang. Ich hoffte inständig, dass sich die wachsende Beklemmung nicht allzu deutlich auf meinem Gesicht abzeichnete. Ich durfte auf keinen Fall zulassen, dass meine Ängste meiner Arbeit in die Quere kamen. *Hi, Rowan, nein, das Spa habe ich nicht ausprobiert, weil es im zweiten Untergeschoss lag und es keine Fenster gab. Sorry.* Auf keinen Fall. Außerdem würde es im Behandlungsraum sicher besser werden, sobald wir erst mal diesen engen Korridor verlassen hatten.

Eigentlich hatte ich gehofft, während dieses Programmpunkts Tina, Anne und Chloe auf den Zahn fühlen zu können, um etwas über ihre Aktivitäten der gestrigen Nacht zu erfahren, doch als Chloe in ihrem Behandlungszimmer verschwand und die Tür hinter ihr zufiel, musste ich einsehen, dass daraus wohl nichts werden würde.

Tina stand bereits vor der Tür mit dem Schild »Behandlungsraum 1«, und ich wartete darauf, dass sie eintrat, damit ich an ihr vorbeikonnte, doch sie drehte sich mit der Hand am Türknauf noch einmal zu mir um.

»Hey«, begann sie verlegen. »Ich, ähm … ich war vielleicht ein bisschen ruppig vorhin.« Kurz wusste ich nicht, was sie meinte, aber dann fiel es mir wieder ein – unser Zusammentreffen an Deck, wo sie auf meine simple Frage hin Gift und Galle gespuckt hatte. Warum hatte sie so empfindlich reagiert, als ich mich nach ihren nächtlichen Unternehmungen erkundigt hatte?

»Was soll ich sagen? Ich war verkatert … auf schwerem Nikotinentzug. Aber das entschuldigt nicht, dass ich so ausfallend geworden bin.« Man merkte ihr an, dass sie es eher gewohnt war, Entschuldigungen einzufordern, als sie auszusprechen.

»Schon gut«, erwiderte ich steif. »Ich verstehe das, ich bin selbst kein Morgenmensch. Im Ernst – die Sache ist schon vergessen.« Doch ich fühlte, wie mir die Lüge die Röte ins Gesicht trieb.

Tina streckte die Hand aus und drückte meinen Arm. Sie meinte es sicher freundlich, aber ihre Ringe fühlten sich auf meiner Haut ganz kalt an, und als die Tür hinter ihr zufiel, durchfuhr mich der Schauer, den ich zuvor unterdrückt hatte.

Ich atmete tief durch, bevor ich an die Tür von Behandlungsraum 3 klopfte.

»Kommen Sie rein, Miss Blacklock!«, forderte mich eine Stimme auf, und als die Tür aufging, stand Ulla im weißen Kittel vor mir und lächelte mich an. Ich trat ein und sah mich um. Der Raum war zwar klein, aber breiter als der Korridor, und da wir nur zu zweit waren, fühlte er sich auch weit weniger überfüllt an. Die Enge in meiner Brust begann sich zu lösen.

Der Raum wurde schwach von den gleichen flackernden elektrischen Teelichtern wie die Treppe beleuchtet, und in seiner Mitte befand sich eine hohe, mit Plastikfolie bezogene Liege. Am Fuß lag ein weißes Laken.

»Willkommen im Spa, Miss Blacklock«, sagte Ulla. »Heute erwartet Sie eine Schlammkur. Haben Sie das schon mal gemacht?«

Stumm schüttelte ich den Kopf.

»Es ist sehr wohltuend und zieht alle Giftstoffe aus der Haut. Als Erstes legen Sie bitte Ihre Kleider ab, machen es sich auf der Liege bequem und decken sich mit dem Tuch zu.«

»Soll ich die Unterwäsche anbehalten?«, fragte ich, wobei ich mich bemühte, so zu klingen, als ginge ich täglich ins Spa.

»Nein, der Schlamm macht Flecken«, antwortete Ulla bestimmt. Mein Unwohlsein stand mir wohl ins Gesicht geschrieben, denn sie bückte sich und zog aus einem der Schränke etwas hervor, das aussah wie ein zerknülltes Papierhandtuch.

»Falls Sie wünschen, haben wir auch Einwegslips. Manche Gäste nutzen sie, manche nicht, es geht allein darum, wie Sie sich am wohlsten fühlen. Und nun lasse ich Sie allein. Die Dusche, falls Sie sie benutzen wollen, befindet sich dort hinten.«

Sie deutete auf eine Tür links der Liege, bevor sie lächelnd den Raum verließ und die Eingangstür sanft hinter sich schloss. Schicht um Schicht streifte ich meine Sachen ab, wobei mir immer unbehaglicher zumute wurde. Ich legte sie zusammen mit meinen Schuhen auf den Stuhl und zog schließlich den hauchdünnen Papierslip an, bevor ich auf die Liege kletterte, wo die Plastikfolie unangenehm an meiner nackten Haut klebte. Ich zog mir das weiße Laken bis unters Kinn.

Kaum war ich fertig, klopfte es auch schon sachte an der Tür und Ullas Stimme ertönte.

»Kann ich reinkommen, Miss Blacklock?« Das Ganze war so schnell gegangen, dass ich mich fragte, ob sich irgendwo eine Kamera befand. Wohler wurde mir dadurch nicht gerade.

»Ja«, krächzte ich, und sie trat ein. In den Händen hielt sie eine Schüssel, deren Inhalt wie warmer Schlamm aussah und es vermutlich auch war.

»Wenn Sie sich bitte auf den Bauch legen würden«, forderte Ulla mich sanft auf, und ich wälzte mich umständlich herum, was sich mit der klebrigen Folie auf der Haut erstaunlich schwierig gestaltete. Das Tuch rutschte mir vom Körper, doch Ulla klemmte es geschickt wieder fest. Sie tippte auf eine Stelle neben der Tür, und der Raum füllte sich mit leisen Walgesängen und dem Klang brechender Wellen. Wieder hatte ich das beklemmende Bild der Wassermassen vor Augen, die von außen gegen die dünne Metallhülle pressten …

»Könnten Sie vielleicht …?«, fragte ich, was mit dem Gesicht auf der Liege nicht ganz einfach war. »Haben Sie noch andere Geräusche zur Auswahl?«

»Selbstverständlich.« Sie tippte erneut auf die Stelle neben der Tür, worauf die Walgesänge dem leisen Klingeln tibetischer Glocken und klimpernder Windspiele wichen. »Ist das besser?«

Ich nickte, und sie sagte: »Wenn Sie dann so weit wären …«

Sobald meine Anspannung etwas nachgelassen hatte, empfand ich die Behandlung als überraschend angenehm. Fast gewöhnte ich mich an das Gefühl, mir von einer völlig fremden Person Schlamm in die nackte Haut massieren zu lassen. Nach einer Weile merkte ich plötzlich, dass Ulla mit mir sprach.

»Entschuldigung«, murmelte ich schläfrig. »Was haben Sie gesagt?«

»Wenn Sie sich jetzt umdrehen würden …«, bat sie mit sanfter Stimme, und ich drehte mich auf den Rücken. Durch den Schlamm rutschte und glitschte ich jetzt förmlich über die Plastikfolie. Ulla deckte meinen Oberkörper wieder mit dem Tuch zu und begann, meine Beine zu massieren.

Sie arbeitete sich methodisch den ganzen Körper hoch, bis sie zu guter Letzt Schlamm auf meiner Stirn, meinen Wangen und Lidern verteilte.

Mit ihrer tiefen, ruhigen Stimme erklärte sie: »Ich werde Sie jetzt einwickeln, Miss Blacklock, damit der Schlamm einwirken kann. In einer halben Stunde komme ich zurück, um die Packung abzunehmen, und danach können Sie duschen. Sollten Sie irgendetwas brauchen, befindet sich hier rechts eine Ruftaste.« Sie nahm meine Hand und legte sie auf einen Knopf an der Seite der Liege. »Ist so weit alles in Ordnung?«

»So weit ja«, antwortete ich müde. Die Wärme und sanften Klänge hatten eine außerordentlich einschläfernde Wirkung. Es fiel mir schwer, mich an die Ereignisse der vergangenen Nacht zu erinnern. Und noch schwerer, mich darum zu scheren. Ich wollte nur noch schlafen …

Ich spürte, wie sich die Frischhaltefolie um meinen Körper schmiegte und wie etwas Schweres und Warmes daraufgelegt wurde – ein Handtuch vermutlich. Hinter meinen geschlossenen Lidern registrierte ich, dass die Beleuchtung im Raum noch weiter gedimmt worden war.

»Ich bin direkt hier draußen«, sagte Ulla, bevor sie die Tür mit einem leisen Klick zuzog. Ich gab den Kampf gegen die Müdigkeit auf und ließ mich von der Wärme und der Dunkelheit einlullen.

Ich träumte von der jungen Frau, wie sie meilenweit unter uns in den kalten, lichtlosen Tiefen der Nordsee trieb.

Ich träumte von ihren lachenden Augen, die jetzt weiß und vom Salzwasser aufgequollen waren, von ihrer weichen Haut, nun ganz runzlig und verschorft, von dem T-Shirt, das ihr, von spitzen Felsen zerrissen, in Fetzen vom Leib hing.

Ich sah ihre langen schwarzen Haare, die im Wasser wie dunkles Seegras wogten, sich in Muscheln und Fischernetzen verfingen und von der Strömung ans Ufer gespült wurden. Wie schlaffe, zerfranste Seile lagen sie vor mir am Strand, während das Getöse der Wellen, die unablässig gegen den Kies schlugen, in meinen Ohren dröhnte.

Als ich aufwachte, fühlte ich mich beklommen und vor Angst wie gelähmt. Ich brauchte eine Weile, bis ich wieder wusste, wo ich war, und noch länger, um zu begreifen, dass das Rauschen in meinen Ohren nicht Teil meines Traums war. Es war real.

Zitternd stieg ich aus dem Bett und fragte mich, wie lang ich wohl dort gelegen hatte. Das warme Handtuch war inzwischen abgekühlt, der Schlamm auf meiner Haut trocken und bröcklig. Das Geräusch schien aus dem Bad zu kommen.

Mit hämmerndem Herzen näherte ich mich der geschlossenen Tür, nahm meinen ganzen Mut zusammen, drückte die Klinke herunter und stieß die Tür auf, worauf mir eine heiße Dampfwolke entgegenschlug. Keuchend kämpfte ich mich durch den Nebel zur Dusche vor, um das Wasser abzustellen, wobei ich fast völlig durchnässt wurde. War Ulla hereingekommen und hatte sie angemacht? Aber warum hatte sie mich nicht geweckt?

Während das Wasser plätschernd und tröpfelnd versiegte, tastete ich mich, die nassen Haare ans Gesicht geklebt, zum Lichtschalter vor.

Ich drückte ihn, grelles Licht flutete das kleine Bad – und dann sah ich es.

Auf dem beschlagenen Spiegel stand in riesigen Buchstaben: HALT DICH RAUS.«

*BBC NEWS*, Montag, 28. September

**Vermisste Britin Laura Blacklock: Leichenfund an norwegischer Küste**

In der Nordsee vor der norwegischen Küste haben dänische Fischer eine Frauenleiche gefunden.
Inzwischen wurde Scotland Yard eingeschaltet, um die norwegische Polizei bei ihren Ermittlungen zum Fund der Leiche, die am frühen Montagmorgen von einem dänischen Fischerboot aus dem Wasser gezogen wurde, zu unterstützen. Dies heizt Spekulationen weiter an, es könne sich um die britische Journalistin Laura Blacklock (32) handeln, die vergangene Woche während einer Reise nach Norwegen als vermisst gemeldet wurde. Ein Sprecher von Scotland Yard bestätigte die Zusammenarbeit mit den örtlichen Behörden, äußerte sich aber nicht zu einem möglichen Zusammenhang mit dem Vermisstenfall. Norwegischen Polizeikräften zufolge handelt es sich bei der Toten um eine junge hellhäutige Frau, deren Identität zurzeit untersucht werde.
Der Lebensgefährte Blacklocks, Judah Lewis, wollte sich am Telefon nicht zu den Entwicklungen äußern, sondern gab lediglich an, er sei in großer Sorge um die nach wie vor Vermisste.

# Fünfter Teil

# 17

Ein paar Sekunden lang konnte ich gar nichts tun. Ich stand nur da und starrte die tropfenden Buchstaben an, während mein Herz so heftig schlug, dass mir übel wurde. Ein seltsames Schluchzen drang mir ins Ohr, dazwischen japsende Laute wie bei einem verängstigten Tier – es war ein schauriges Geräusch, das von Schrecken und Schmerz sprach, und irgendein ferner, losgelöster Teil von mir wusste, dass diese Laute von mir selbst stammten.

Dann, als der Raum sich zu drehen begann und die Wände sich bedrohlich auf mich zuneigten, begriff ich, dass eine Panikattacke im Anzug war und dass ich ohnmächtig würde, wenn ich mich nicht in Sicherheit brachte. Halb kriechend begab ich mich zurück auf die Liege, wo ich mich in Embryonalhaltung einrollte und versuchte, meine Atmung zu beruhigen. Die Worte meines Therapeuten kamen mir in den Sinn: *Ruhig und bewusst atmen, Lo. Entspannen Sie Ihre Muskeln, einen nach dem anderen. Ruhig atmen … bewusste Entspannung. Ruhig … und bewusst. Bewusst … und … ruhig …*

Ich konnte ihn damals schon nicht ausstehen. Selbst damals konnten seine Tricks gegen meine Panikattacken kaum etwas ausrichten, und jetzt, wo es tatsächlich einen guten Grund für Panik gab, verpufften sie nahezu wirkungslos.

*Ruhig … und bewusst …* Sein säuselnder, selbstgefälliger Tenor klang mir in den Ohren und entfachte eine altbekannte Wut, die mich schlagartig ins Hier und Jetzt zurückholte und mir die Kraft gab, meine flache, panische Atmung so weit in den Griff zu bekommen, dass ich in der Lage war, mich aufzusetzen. Ich fuhr mir mit den Händen durch die feuchten Haare und sah mich nach einem Telefon um.

Auf dem Tresen, neben einer leeren Packung Heilschlamm, stand tatsächlich eins. Mit meinen zitternden, schlammverkrusteten Händen hatte ich Mühe, den Hörer zu halten und die Null zu wählen, doch schließlich hörte ich eine Stimme mit skandinavischem Akzent sagen: »Hallo, kann ich Ihnen helfen?« Ich saß nur schweigend da, meine Finger waren über den Tasten erstarrt.

Dann legte ich auf.

Die Botschaft war verschwunden. Von der Liege aus konnte ich den Badezimmerspiegel sehen, von dem sich nun, da die Dusche aus war und die Lüftung lief, der kondensierte Dampf verflüchtigt hatte. Alles, was ich noch sehen konnte, waren zwei kleine Rinnsale, wo das T und das I gewesen waren, mehr nicht.

Nilsson würde mir niemals glauben.

Sobald ich geduscht und angezogen war, lief ich durch den Korridor zurück. Die Türen zu den beiden anderen Behandlungszimmern standen offen, und ich warf im Vorbeigehen einen Blick hinein, doch sie waren leer, die Liegen bereits für den nächsten Klienten gereinigt und frisch bezogen. Wie lange hatte ich geschlafen?

Ich stieg die Treppe zum Empfangsraum hoch. Auch er war leer; nur Eva saß an der Rezeption und tippte etwas in ihren Laptop. Als ich durch die versteckte Tür eintrat, blickte sie auf und lächelte mich an.

»Ah, Miss Blacklock! Hat Ihnen die Behandlung gefallen? Ulla war schon vor einiger Zeit bei Ihnen, um die Packung zu entfernen, aber Sie haben tief geschlafen. Sie wollte in einer Viertelstunde wieder nach Ihnen sehen. Ich hoffe, Sie waren beim Aufwachen nicht allzu desorientiert.«

»Schon in Ordnung«, erwiderte ich knapp. »Wann sind Chloe und Tina gegangen?«

»Vor etwa zwanzig Minuten, glaube ich.«

Mit einer Kopfbewegung deutete ich auf die nun geschlossene und für nicht Eingeweihte unsichtbare Spiegeltür.

»Ist das hier der einzige Zugang zum Spa?«

»Das kommt darauf an, was Sie mit ›Zugang‹ meinen«, antwortete sie zögernd, sichtlich verwirrt von meiner Frage. »Es ist der einzige Eingang, aber nicht der einzige Ausgang. Unten befindet sich noch ein Notausgang, der zu den Mannschaftsunterkünften führt, aber das ist eine … wie sagt man … Einbahnstraße? Er lässt sich nur in eine Richtung öffnen. Er ist alarmgesichert, also benutzen Sie ihn besser nicht, sonst gibt es eine Evakuierung! Warum fragen Sie?«

»Nur so.«

Dass ich heute Morgen bei Nilsson alles ausgeplaudert hatte, war ein Fehler gewesen, den ich nicht wiederholen würde.

»In der Lindgren-Lounge wird gerade das Mittagessen serviert«, sagte Eva, »aber keine Sorge, es ist ein Büffet, wo die Gäste kommen und gehen können, wann sie wollen. Und ach, das hätte ich beinahe vergessen«, fügte sie hinzu, als ich mich zum Gehen wandte. »Hat Mr Howard Sie gefunden?«

»Nein.« Abrupt blieb ich stehen, die Hand schon an der Tür. »Warum?«

»Er hat nach Ihnen gefragt. Ich habe ihm gesagt, dass er Sie während der Behandlung nicht persönlich sprechen kann, aber er ist trotzdem nach unten gegangen, um bei Ulla eine Nachricht zu hinterlassen. Soll ich mal nachsehen, ob ich sie finden kann?«

Ich wehrte ab. »Nein, ich rede selbst mit ihm. Ist sonst noch jemand nach unten gegangen?«

Sie schüttelte den Kopf. »Nein. Ich war die ganze Zeit hier. Miss Blacklock, sind Sie sicher, dass alles in Ordnung ist?«

Ich antwortete nicht. Als ich mich umdrehte und den Wellnessbereich verließ, spürte ich unter der Kleidung die klamme Kälte meiner Haut und ein kaltes Grauen, das viel tiefer saß.

In der Lindgren-Lounge war nicht viel los. An einem der Tische saß Cole mit seiner Kamera, und ihm gegenüber blickte Chloe aus dem Fenster und schaufelte sich gedankenverloren Salat in den Mund. Als ich hereinkam, sah Chloe auf und deutete mit einem Nicken auf den Platz neben sich.

»Hey! War das Spa nicht toll?«

»Ja, ganz gut«, antwortete ich, während ich einen Stuhl heranzog, doch dann merkte ich, wie merkwürdig und unhöflich meine Antwort klingen musste, und nahm einen neuen Anlauf. »Ja, doch, die Behandlung war echt gut. Es ist nur – ich komme mit beengten Räumen nicht gut klar. Ich habe Klaustrophobie.«

»Oh!« Ihr Gesicht hellte sich auf. »Ich habe mich schon gewundert, warum du unten so angespannt aussahst. Ich dachte, du wärst verkatert.«

»Na ja«, lachte ich ein wenig verkrampft, »das wohl auch.«

Konnte sie es gewesen sein, unten im Spa? Möglich war es auf jeden Fall. Aber Ben war sich so sicher gewesen, dass sie die Kabine letzte Nacht nicht verlassen hatte.

Und was war mit Tina? Ich musste an ihre drahtige Kraft denken, ihre heftige Reaktion auf meine Frage, und ich konnte mir sehr gut vorstellen, dass sie dazu fähig wäre, jemanden über Bord zu stoßen.

Und *Ben*? Er war unten im Wellnessbereich gewesen, und was sein Alibi für letzte Nacht anging, hatte ich nur seine eigene Aussage.

Ich hätte schreien können. Das hier machte mich noch wahnsinnig.

»Hör mal«, sagte ich wie beiläufig zu Chloe, »du hast doch gestern Abend Poker gespielt, oder?«

»Ich habe nicht gespielt. Aber ich war da, ja. Der arme Lars wurde ausgenommen wie eine Weihnachtsgans, aber er kann es sich ja leisten.« Sie stieß ein kurzes, eher mitleidloses Lachen aus, worauf Cole vom anderen Tisch aufblickte und grinste.

»Das klingt jetzt vielleicht ein bisschen komisch … aber hat irgendjemand von den anderen zwischendurch die Kabine verlassen?«

»Das kann ich nicht sagen«, meinte Chloe. »Ich bin nach einer Weile ins Schlafzimmer gegangen. Kaum ein Spiel ist so langweilig zum Zuschauen wie Poker. Cole war auch eine Zeit lang dabei, stimmt's, Cole?«

»Nur etwa eine halbe Stunde«, erwiderte Cole. »Wie Chloe schon sagte, ist Poker nicht wirklich ein Publikumssport. Ich erinnere mich aber, dass Howard rausgegangen ist. Er musste sein Portemonnaie holen.« Mein Mund war plötzlich ganz trocken. »Warum fragen Sie?«

»Nicht so wichtig.« Ich rang mir ein Lächeln ab und wechselte das Thema, bevor er nachhaken konnte. »Wie sind die Bilder geworden?«

»Sie können sie sich ansehen, wenn Sie möchten«, sagte er und warf mir die Kamera so lässig zu, dass ich nach Luft schnappte und sie beinahe fallen ließ. »Drücken Sie die Play-Taste hinten, dann laufen sie durch. Ich kann Ihnen gern Ausdrucke schicken.«

Ich sah mir die Aufnahmen der Reihe nach an. Es war wie eine Zeitreise zurück zum Beginn der Kreuzfahrt, vorbei an stimmungsvollen Bildern von Wolken und kreisenden Möwen, vorbei am nächtlichen Pokerspiel, an einem lachenden Bullmer, der mit beiden Armen Bens Chips an sich raffte, und an Lars, der mit gepeinigtem Ausdruck sein Zweierpaar Bens drei Fünfen gegenüberlegte. Eine Aufnahme vom gestrigen Abend verschlug mir fast den Atem: ein Porträt von Chloe, seitlich aus nächster Nähe aufgenommen. Cole hatte genau den Moment erwischt, in dem sie sich zur Kamera umdrehte.

Auf ihrer Wange waren die feinen, goldschimmernden Härchen zu erkennen, und in ihrem Mundwinkel deutete sich die Spur eines Lächelns an. In all dem lag etwas so Intimes, so Zärtliches, dass ich mir schon beim Betrachten des Bildes wie ein Eindringling vorkam. Unwillkürlich wanderte mein Blick zu Chloe, während ich mich fragte, was es wohl mit ihr und Cole auf sich hatte. Sie sah auf.

»Was ist los? Hast du eins von mir gefunden?«

Hastig schüttelte ich den Kopf und klickte weiter, bevor sie Gelegenheit hatte, mir über die Schulter zu sehen. Das nächste Bild war das von mir, als ich von Cole überrumpelt wurde und meinen Kaffee verschüttete. Das Foto zeigte den Moment, wie ich vor Schreck den Kopf hochriss, und als ich meinen Gesichtsausdruck darauf sah, zuckte ich zusammen.

Ich klickte weiter.

Es folgten weitere Aufnahmen vom Schiff ... eine von Tina an Deck, ihr bohrender, raubvogelartiger Blick direkt in die Kamera gerichtet, eine von Ben, der einen überdimensionierten Rucksack die Gangway hochschleppte. Ich musste an Cole und seinen riesigen Koffer denken. Was war da eigentlich drin gewesen? Seine Fotoausrüstung, hatte er gesagt, aber bislang hatte ich ihn nur diese eine Kompaktkamera benutzen sehen.

Und dann war ich mit den Schiffsbildern durch und mitten in einer High-Society-Party. Gerade wollte ich Cole die Kamera zurückgeben, als mir plötzlich fast das Herz stehen blieb. Ich wurde starr vor Schreck. Auf dem Display war ein Mann zu sehen, der ein Kanapee aß.

»Wer ist das?«, fragte Chloe über meine Schulter hinweg. Und dann: »Moment, ist das nicht Alexander Belhomme im Hintergrund, zusammen mit Archer?«

So war es. Aber es waren nicht Alexander und Archer, an denen mein Blick hängen geblieben war.

Es war die Kellnerin, die das Tablett mit den Kanapees hielt.

Ihr Gesicht war halb abgewandt und verschwand fast hinter

einem Vorhang aus dunklen Haarsträhnen, die sich aus ihrer Spange gelöst hatten.

Doch ich war mir so gut wie sicher: Das hier war die Frau aus Kabine 10.

# 18

Vorsichtig, mit zitternden Händen, gab ich die Kamera zurück und überlegte, ob ich ihn darauf ansprechen sollte. Das Foto war ein Beweis – ein unumstößlicher Beweis – dafür, dass Cole, Archer und Alexander sich mit dieser Frau in einem Raum aufgehalten hatten. Sollte ich Cole fragen, ob er sie kannte?

In quälender Unentschlossenheit saß ich da, während er die Kamera ausschaltete und wegpackte.

Fuck. *Fuck.* Sollte ich etwas sagen?

Ich war völlig ratlos. Es war möglich, dass Cole nichts von der Bedeutsamkeit des Fotos ahnte. Die Frau war halb abgeschnitten, im Fokus eine ganz andere Person, ein Mann, den ich nie gesehen hatte.

Hätte Cole etwas zu verbergen, wäre es das Dümmste, jetzt Alarm zu schlagen. Er würde es leugnen und dann das Bild vermutlich löschen.

Andererseits war es auch sehr gut möglich, dass er keine Ahnung hatte, wer die Frau war, und vielleicht bereit wäre, mir das Bild zu geben. Aber das Ganze jetzt vor Chloe anzusprechen, ohne zu wissen, wer uns vielleicht sonst noch alles belauschte …

Ich musste wieder daran denken, wie Björn plötzlich beim Frühstück hinter der Holzwand hervorgekommen war, und warf unwillkürlich einen Blick über die Schulter. Das Letzte, was ich wollte, war, dass dieses Foto das gleiche Schicksal ereilte wie die Wimperntusche. Den Fehler würde ich kein zweites Mal begehen. Sollte ich Cole doch noch darauf ansprechen, würde ich es unter vier Augen tun. Das Bild war bislang auf Coles Kamera sicher gewesen und würde es noch eine Weile bleiben.

Ich stand auf; meine Knie waren plötzlich ganz weich.

»Ich – ich habe eigentlich kaum Hunger«, sagte ich zu Chloe. »Außerdem bin ich noch mit Ben Howard verabredet.«

»Ach, das hatte ich ganz vergessen«, erwiderte sie beiläufig, »er hat hier nach dir gesucht. Und ich habe ihn gesehen, als ich aus dem Spa kam. Er meinte, er müsse dir etwas Wichtiges sagen.«

»Hat er gesagt, wo er hinwollte?«

»Zurück in seine Kabine zum Arbeiten, glaube ich.«

»Danke.«

Wieder erschien Björn wie ein Gespenst durch die versteckte Wandtür.

»Kann ich Ihnen etwas zu trinken bringen, Miss Blacklock?«

Ich schüttelte den Kopf. »Nein, mir ist gerade eingefallen, dass ich noch verabredet bin. Könnten Sie mir vielleicht ein Sandwich in die Kabine bringen lassen?«

»Selbstverständlich.« Er nickte. Ich warf Cole und Chloe einen entschuldigenden Blick zu und schlüpfte aus dem Raum.

Ich eilte durch den Flur in Richtung der hinteren Kabinen und bog gerade um eine Ecke, als ich Ben in die Arme lief – und zwar mit solcher Wucht, dass es mir den Atem verschlug.

»Lo!« Er fasste mich am Arm. »Ich habe dich schon überall gesucht.«

»Ich weiß. Was hast du unten im Spa gemacht?«

»Sag ich doch – nach dir gesucht.«

Ich musterte ihn. Sein Gesicht war ein Inbild der Unschuld, die Augen über dem dunklen Bart weit aufgerissen, der Blick eindringlich. Konnte ich ihm vertrauen? Ich hatte nicht die leiseste Ahnung. Vor ein paar Jahren noch hätte ich behauptet, ihn in- und auswendig zu kennen – bis zu dem Moment, als er gegangen war. Inzwischen hatte ich gelernt, dass ich sogar mir selbst nicht vollkommen vertrauen konnte, geschweige denn einem anderen Menschen.

»Bist du in meinen Behandlungsraum gekommen?«, fragte ich abrupt.

»Was?« Einen Moment lang schien er verwirrt. »Nein, natürlich nicht. Die meinten, du seist gerade mitten in einer Schlammkur, und ich dachte, du fändest es vermutlich nicht so toll, wenn ich da einfach reinplatze. Oben sagte man mir, ich solle nach einer Ulla fragen, aber sie war nirgends zu sehen, also habe ich einfach einen Zettel unter deiner Tür durchgeschoben und bin wieder hochgegangen.«

»Ich habe keinen Zettel gesehen.«

»Ich habe aber einen hinterlassen. Was ist denn los?«

Ich fühlte eine Enge in der Brust – eine beklemmende Mischung aus Angst und Frust. Woher zur Hölle sollte ich wissen, ob Ben die Wahrheit sagte? Über den Zettel zu lügen, wäre albern – selbst wenn er die Nachricht auf den Spiegel geschrieben hatte, warum sollte er sich den Zettel ausdenken? Vielleicht war der Zettel wirklich da gewesen, und ich hatte ihn in meiner Panik nur übersehen.

»Mir hat noch jemand eine Nachricht hinterlassen«, erklärte ich schließlich. »Auf dem beschlagenen Spiegel im Bad, während meiner Schlammbehandlung. Sie lautete ›Halt dich raus‹.«

»*Was?*« Sein rosiges Gesicht wurde ganz fahl, und er starrte mich mit offenem Mund an. Wenn das gespielt war, lieferte er gerade die beste Darbietung aller Zeiten ab. »Im Ernst?«

»Hundertprozentig.«

»Aber – hast du denn niemanden reinkommen sehen? Gibt es einen anderen Eingang zum Bad?«

»Nein, jemand muss durch den Raum gegangen sein. Ich …« Irgendwie schämte ich mich, es einzugestehen, auch wenn es dafür keinen Grund gab. Mich traf schließlich keine Schuld.

»Ich bin eingeschlafen. Es gibt nur einen Eingang zum Spa, und Eva meinte, es sei niemand unten gewesen außer Tina und Chloe … und dir.«

»Und den Mitarbeiterinnen«, erinnerte mich Ben. »Außerdem gibt es unten doch bestimmt einen Notausgang?«

»Den gibt es, aber er führt nur in eine Richtung. Von da kommt man zu den Mannschaftsunterkünften, aber man kann die Tür von der anderen Seite nicht öffnen. Ich habe gefragt.«

Ben schien nicht überzeugt. »Sie aufzustemmen, dürfte nicht allzu schwer sein, oder?«

»Das nicht, aber sie ist alarmgesichert. Da wären überall die Sirenen losgegangen.«

»Na ja, ich schätze mal, wer sich gut genug mit dem System auskennt, weiß sicher auch, wie man den Alarm ausschaltet. Aber Eva war ja auch nicht die ganze Zeit da.«

»Wie meinst du das?«

»Als ich wieder raufkam, war sie nicht da. Anne Bullmer schon – sie wartete darauf, dass ihre Nägel trockneten. Aber Eva war weg. Wenn sie also behauptet, sie sei die ganze Zeit da gewesen, sagt sie nicht die Wahrheit.«

Oh Gott. Ich dachte daran, wie ich dort gelegen hatte, halb nackt unter den dünnen Folien und Handtüchern, und wie jemand – irgendwer – hätte reinkommen, mir die Hand über den Mund legen und mir eine Lage Folie um den Kopf wickeln können …

»Und warum wolltest du mich sprechen?« Ich versuchte, so normal wie möglich zu klingen.

Ben wirkte angespannt. »Ach so … genau. Wir hatten ja diese Tour über die Kommandobrücke, wie du weißt.«

Ich nickte.

»Archer wollte wohl eine Nachricht schreiben, aber dabei fiel ihm das Handy aus der Hand. Ich hob es auf, und es zeigte einen Kontakt an.«

»Und?«

»Als Name stand nur ›Jess‹ da, aber das Foto war von einer Frau, die deiner Beschreibung sehr ähnlich sah. Ende zwanzig, lange dunkle Haare, dunkle Augen und vor allem – sie trug ein Pink-Floyd-T-Shirt.«

Ein kalter Schauer lief mir über den Rücken. Ich sah Archer vor mir, wie er mir beim Abendessen den Arm hinter dem Rücken verdreht hatte, und dachte an Chloes abfällige Bemerkung: »Langsam glaube ich, dass an den Gerüchten um seine erste Frau etwas dran ist …«

»War sie diejenige, der er eine SMS schreiben wollte?«, fragte ich.

Ben schüttelte den Kopf. »Das weiß ich nicht. Vielleicht ist er versehentlich auf ein paar Tasten gekommen, als er mit dem Handy herumhantiert hat.«

Ohne nachzudenken zog ich mein eigenes Handy hervor und tippte *Jess Archer Fenlan* in die Suchmaske, doch vergeblich. Es gab nach wie vor kein Netz, und auch meine E-Mails wurden immer noch nicht geladen.

»Funktioniert es bei dir?«, fragte ich Ben. Er schüttelte den Kopf.

»Nein, es gibt anscheinend ein Problem mit dem Router. Solche Kinderkrankheiten sind auf Jungfernfahrten vermutlich nichts Ungewöhnliches, aber es nervt echt. Archer hat sich während des Mittagessens darüber aufgeregt und bei der armen Hanni ganz schön Stunk gemacht. Zwischendurch dachte ich, sie bricht jeden Moment in Tränen aus. Jedenfalls ist sie dann los, um Camilla Dingsbums zu fragen, und angeblich wird es bald behoben. Das will ich auch hoffen – ich muss einen Beitrag abschicken.«

Ich runzelte die Stirn, als ich das Handy wieder wegsteckte. Konnte Archer die Nachricht auf dem Spiegel hinterlassen haben? Ich musste an seine Kraft denken, an die Spur von Grausamkeit in seinem Lächeln, und schauderte bei der

Vorstellung, er könnte sich auf Zehenspitzen an mir vorbeigeschlichen haben, während ich schlief.

»Wir sind auch runter in den Maschinenraum gegangen«, fuhr Ben fort, als könnte er meine Gedanken lesen. »Im dritten Unterdeck. Vermutlich waren wir nicht weit weg von besagtem Notausgang.«

»Hättest du es gemerkt, wenn sich jemand von der Gruppe abgesondert hätte?«

Ben schüttelte den Kopf. »Nicht unbedingt. Es war total eng, wir standen überall verteilt und haben uns dort reingezwängt, wo gerade etwas Platz war. Erst oben hat sich die Gruppe wieder zusammengefunden.«

Plötzlich schlug meine Platzangst mit voller Wucht zu. Ich fühlte mich, als würde sich die drückende Opulenz des Schiffs wie eine Schlinge um mich herum zusammenziehen.

»Ich muss hier raus«, sagte ich. »Irgendwohin.«

»Lo.« Ben streckte die Hand nach meiner Schulter aus, doch ich schreckte vor seinem Griff zurück und taumelte rückwärts gegen die Tür zum Deck. Ich stemmte mich dagegen, bis sie trotz des starken Windes aufsprang.

Der Wind traf mich wie ein Faustschlag ins Gesicht, und ich stolperte zur Reling, lehnte mich darüber, spürte das Auf und Ab des Seegangs. Meile um Meile, bis zum Horizont, erstreckten sich die grauen Wellen wie eine endlose Wüste, weit und breit war kein Land in Sicht, kein Schiff. Ich schloss die Augen und sah im Geiste das vergeblich rotierende WLAN-Symbol vor mir. Es gab tatsächlich keine Möglichkeit, Hilfe zu rufen.

»Alles in Ordnung?«, hörte ich eine Stimme hinter mir, bevor sich der Wind die Worte schnappte. Ben war mir gefolgt. Ich kniff die Augen zusammen, um sie vor der salzigen, peitschenden Gischt zu schützen, und schüttelte den Kopf.

»Lo …?«

»Fass mich nicht an«, brachte ich mit zusammengebissenen Zähnen hervor. Im nächsten Moment wurde das Schiff von einer besonders hohen Welle ergriffen. Mein Magen krampfte sich zusammen, und ich übergab mich über die Reling, würgte und würgte, bis mir die Tränen in die Augen traten und nichts mehr kam als Galle. Mit einer gewissen Schadenfreude stellte ich fest, dass Kotze auf Rumpf und Bullauge gelandet war. *Ist der schöne Anstrich doch nicht mehr perfekt,* dachte ich, als ich mir mit dem Ärmel über den Mund wischte.

»Alles okay?«, wiederholte Ben in meinem Rücken, und ich ballte meine Finger an der Reling zu Fäusten. *Sei nett, Lo …*

Ich drehte mich um und zwang mich zu einem Nicken. »Geht schon wieder. Ich bin einfach nicht besonders seetauglich.«

»Ach, Lo.« Er legte einen Arm um mich und drückte mich, und ich widerstand dem Drang, mich aus der Umarmung zu winden. Ich brauchte Ben auf meiner Seite. Ich brauchte sein Vertrauen, und noch mehr brauchte ich das Gefühl, ihm vertrauen zu können …

Eine Wolke von Zigarettenrauch drang mir in die Nase und kurz darauf hörte ich auf dem Deck das Klick-Klack hoher Absätze.

»Oh Gott.« Ich stellte mich gerade hin und trat wie beiläufig einen Schritt weg von Ben. »Das ist Tina, können wir reingehen? Ich kann gerade nicht mit ihr sprechen.«

Nicht jetzt. Nicht mit Tränen auf den Wangen und Erbrochenem auf dem Ärmel. Dies war nicht das professionelle, ambitionierte Bild, das ich von mir vermitteln wollte.

»Klar.« Fürsorglich hielt er die Tür auf, durch die wir uns eilig aus dem Staub machten, gerade als Tina um die Ecke bog.

Nach dem tosenden Wind kam mir der Flur nun totenstill und drückend heiß vor. Schweigend sahen wir zu, wie Tina das Deck entlangschlenderte und sich dann unweit der Stelle, an der ich mich soeben übergeben hatte, über die Reling lehnte.

»Wenn du mich fragst …«, sagte Ben, während er Tina durch die Glastür musterte, »ich würde wetten, dass sie es war. Sie ist ein eiskaltes Biest.«

Das war ein Schock. Zwar hatte sich Ben auch früher schon mal abfällig über Frauen geäußert, mit denen er zusammenarbeitete, aber solch offene Feindseligkeit hatte ich noch nie in seiner Stimme gehört.

»*Wie bitte?* Weil sie eine ehrgeizige Frau ist?«

»Nicht nur deswegen. Du hast ja noch nicht mit ihr gearbeitet. Mir sind schon viele Karrierefrauen begegnet, aber Tina spielt in einer anderen Liga. Ernsthaft, für eine gute Story oder eine Beförderung würde sie über Leichen gehen, und auf andere Frauen scheint sie es besonders abgesehen zu haben. Solche Frauen kann ich nicht ausstehen. Sie sind sich selbst der größte Feind.«

Ich sagte nichts. So frauenverachtend das auch klang, waren seine Worte dem, was Rowan gesagt hatte, doch so bedrückend ähnlich, dass ich sie nicht einfach als bloßen Sexismus abtun konnte.

Tina *war* unten im Wellnessbereich gewesen, als die Botschaft auf dem Spiegel erschienen war. Und dann ihre Überreaktion heute Morgen an Deck …

»Ich habe sie gefragt, wo sie gestern Nacht war«, berichtete ich zögernd. »Sie hat total komisch reagiert, richtig aggressiv. Sie meinte, ich solle aufpassen, dass ich mir keine Feinde mache.«

»Ach das …« Ben lächelte, aber es war kein wirklich freundliches Lächeln, sondern hatte etwas Gemeines. »Das wird sie sicher nicht zugeben, aber ich weiß zufällig, dass sie mit Josef zusammen war.«

»*Josef? Dem* Josef, unserem Kabinensteward? Machst du Witze?«

»Nein, Alexander hat es mir während der Tour gesteckt. Er hat einen, sagen wir, dürftig bekleideten Josef dabei beobachtet, wie er in den frühen Morgenstunden Tinas Kabine verlassen hat.«

»Alter Schwede.«

»Du sagst es. Wer hätte gedacht, dass sein Einsatz für die Zufriedenheit der Passagiere so weit gehen würde? Er ist zwar nicht mein Typ, aber falls Ulla ähnlich gestrickt ist ...«

Ich lachte nicht. Dazu hatte ich die engen, lichtlosen Mannschaftsunterkünfte nur zwei Decks unter uns noch zu deutlich vor Augen.

Wie weit würde jemand wohl gehen, um da rauszukommen?

In dem Moment drehte sich Tina an der Reling um und erblickte Ben und mich hinter der Glastür. Sie schnippte die Zigarette über Bord und zwinkerte mir zu, bevor sie über das Deck zurücklief, und plötzlich überkam mich regelrechter Ekel bei der Vorstellung, wie sich die Männertruppe hinter ihrem Rücken über ihr kleines Abenteuer amüsierte.

»Wo wir gerade dabei sind, was ist denn mit Alexander?«, fragte ich vorwurfsvoll. »Seine Kabine ist ja auch bei uns hinten. Und wie kommt er überhaupt dazu, nachts hinter Tina herzuspionieren?«

Ben schnaubte abfällig. »Hallo? Der Mann wiegt sicher über hundertfünfzig Kilo. Ich kann mir nicht vorstellen, wie der eine erwachsene Frau über ein Geländer hievt.«

»Beim Poker war er nicht dabei, also wissen wir nichts darüber, was er letzte Nacht so getrieben hat, außer dass er am frühen Morgen auf dem Gang herumgestreunt ist.« Ich erinnerte mich, dass er auch auf Coles Foto zu sehen gewesen war, und bekam eine Gänsehaut.

»Er hat die Figur eines Walrosses und noch dazu eine Herzerkrankung. Hast du ihn schon mal beim Treppensteigen gesehen – oder besser gesagt: gehört? Er klingt wie eine Dampflok. Man fängt zwangsläufig an, sich Sorgen zu machen, dass er oben abkratzt, runterplumpst und einen unter sich begräbt. Der zieht sicher in jedem Zweikampf den Kürzeren.«

»Vielleicht war sie ja sehr betrunken oder betäubt. Eine bewusstlose Frau könnte doch eigentlich jeder über Bord schubsen – alles eine Frage der Hebelwirkung.«

»Wenn sie bewusstlos war, wie konnte sie dann schreien?«, fragte Ben, und plötzlich spürte ich eine unbändige Wut in mir hochkochen.

»Gott, weißt du was, ich habe so die Nase voll davon, dass jeder hier auf mir rumhackt und mich löchert, als müsste ich die Antworten auf alles haben. Ich *weiß* es nicht, Ben. Ich weiß nicht mehr, was ich glauben soll. Okay?«

»Okay«, erwiderte er sanft. »Tut mir leid, das sollte keine Kritik sein. Ich habe nur laut gedacht. Alexander …«

»Höre ich da etwa meinen Namen?«, meldete sich eine Stimme vom anderen Ende des Flurs, und wir beide fuhren herum. Ich spürte, wie meine Wangen puterrot anliefen. Wie lang hatte Alexander da schon gestanden? Hatte er meine Spekulationen gehört?

»Oh, Belhomme, hallo!«, grüßte Ben gelassen. Er schien völlig unbekümmert. »Wir haben gerade über Sie geredet.«

»Das ist mir nicht entgangen.« Er schloss unter leichtem Schnaufen zu uns auf. Ben hatte wohl recht. Die leiseste Anstrengung brachte ihn außer Atem. »Nur Gutes, hoffe ich?«

»Selbstverständlich«, antwortete Ben. »Wir haben uns über das Abendessen gestern unterhalten, und Lo hat mir von Ihrer kulinarischen Expertise erzählt.«

Einen Moment war ich sprachlos. Es war erstaunlich, zu was für einem begnadeten Lügner Ben sich seit unserer Trennung gemausert hatte. Oder war er schon immer ein solch aalglatter Heuchler gewesen, und mir war es einfach nicht aufgefallen?

Ich merkte, dass sowohl Ben als auch Alexander mich erwartungsvoll ansahen, und stammelte: »Ach ja, genau. Erinnern Sie sich? Sie haben mich über die Zubereitung von Kugelfisch aufgeklärt.«

»Aber natürlich. Was für ein Nervenkitzel. Meiner Meinung nach hat der Mensch geradezu die Pflicht, jeden noch so kleinen Augenblick der Sinnesfreude auszunutzen, finden Sie nicht auch? Sonst bleibt das Leben nichts als ein kurzes, hässliches und brutales Vorspiel zum Tod.«

Ein breites, leicht krokodilhaftes Lächeln legte sich über sein Gesicht, und als er den Arm bewegte, merkte ich, dass er etwas daruntergeklemmt hatte. Es war ein Buch, ein Krimi von Patricia Highsmith.

»Was haben Sie jetzt vor?«, erkundigte sich Ben. »Wir haben doch bis zum Abendessen ein paar Stunden frei, oder?«

»Nicht weitersagen«, raunte er mit verschwörerischem Ton, »aber diese Farbe ist nicht *vollkommen* natürlich.« Dabei fasste er sich an die Wange, die bei genauerer Betrachtung in der Tat ein bisschen arg walnussbraun erschien. »Daher begebe ich mich nun zu einer kleinen Auffrischung ins Spa. Meine Frau sagt immer, etwas Farbe stünde mir gut zu Gesicht.«

»Ich wusste gar nicht, dass Sie verheiratet sind.« Ich hoffte, nicht allzu überrascht zu klingen.

Alexander nickte. »Wohl oder übel. Seit nunmehr fast achtunddreißig Jahren. Für Mord kriegt man weniger, habe ich mir sagen lassen.«

Er stieß ein heiseres Lachen aus, das mich innerlich erschaudern ließ. Falls er unser Gespräch nicht mit angehört hatte, war dies eine seltsame Bemerkung. Falls doch, war sie äußerst geschmacklos.

»Dann viel Spaß im Spa!«, wünschte ich wenig einfallsreich.

Er lächelte wieder. »Danke. Bis heute Abend!«

Dann wandte er sich zum Gehen. Von einem plötzlichen Impuls getrieben, den ich selbst nicht ganz verstand, hielt ich ihn zurück: »Alexander, warten Sie …«

Er drehte den Kopf und hob fragend eine Augenbraue. Mir sank der Mut, doch ich fuhr fort.

»Ähm … das klingt jetzt vielleicht etwas komisch, aber letzte

Nacht habe ich Geräusche aus Kabine 10 gehört, am hinteren Ende des Schiffs. Eigentlich sollte sie leer sein, aber gestern habe ich eine Frau darin gesehen – und jetzt können wir sie nirgends finden. Haben Sie gestern Nacht zufällig irgendetwas gesehen oder gehört? Ein Platschen? Irgendein Geräusch? Ben sagte, Sie waren nachts auf.«

»Das war ich in der Tat«, erwiderte Alexander trocken. »Ich habe Schlafprobleme – das ist eben so in meinem Alter, und ein neues Bett macht alles schlimmer. Also bin ich in der Nacht an Deck ein bisschen spazieren gegangen. Unterwegs habe ich so einige Leutchen kommen und gehen sehen. Unsere liebe Tina hatte Besuch von unserem äußerst attraktiven Kabinensteward. Und der ansehnliche Mr Lederer hat sich zwischendurch auch hier herumgetrieben. Was er in unserem Revier zu suchen hatte, weiß ich nicht, seine Kabine ist ja ganz am anderen Ende des Schiffs. Ich habe mich schon gefragt, ob er vielleicht Ihnen eine Visite abgestattet hat …?«

Vielsagend zog er eine Braue hoch, und ich spürte, wie ich feuerrot anlief.

»Nein, definitiv nicht. Könnte er in Kabine 10 gegangen sein?«

»Das konnte ich nicht erkennen«, erwiderte Alexander bedauernd. »Ich habe ihn nur aus dem Augenwinkel gesehen, als er um die Ecke bog. Vielleicht war er auf dem Weg zurück in seine Kabine, um sich ein Alibi für seine Taten zu verschaffen?«

»Um wie viel Uhr war das?«, erkundigte sich Ben.

Alexander schürzte die Lippen. »Hmm … das muss wohl so gegen vier, halb fünf gewesen sein.«

Ben und ich wechselten einen Blick. Ich war um 3:04 Uhr aufgewacht. Wenn Josef tatsächlich gegen vier Uhr aus Tinas Kabine gekommen war, schloss sie das als Täterin vermutlich eher aus – sofern man davon ausging, dass Josef die ganze Nacht bei ihr gewesen war. Doch Cole … welchen Grund konnte er wohl gehabt haben, sich in diesem Teil des Schiffs aufzuhalten?

Wieder dachte ich daran, wie der Matrose seinen riesigen Koffer die Gangway hochgeschleppt hatte.

»Und wer war die Dame, die ich aus *Ihrer* Kabine kommen sah?«, fragte Alexander Ben mit verschlagenem Grinsen.

Ben verzog irritiert das Gesicht. »Was? Sind Sie sicher, dass es meine Kabine war?«

»Nummer 8, oder?«

»Das ist meine«, bestätigte Ben mit einem unbehaglichen Lachen. »Aber ich kann Ihnen versichern, dass niemand außer mir in meiner Kabine war.«

»Ist das so?« Alexander zog erneut die Augenbraue hoch und gluckste. »Wenn Sie das sagen. Es war ja dunkel, vielleicht habe ich mich in der Kabine geirrt.« Er schob das Buch unter seinem Arm zurecht. »Nun meine Lieben, wenn Sie dann keine weiteren Fragen haben?«

»N-nein …«, antwortete ich mit leisem Widerwillen. »Jedenfalls im Moment nicht. Darf ich Sie wieder ansprechen, wenn mir noch etwas einfällt?«

»Selbstverständlich. Dann also adieu! Wir sehen uns beim Abendessen, zu dem ich mich mit dem bronzenen Teint des jungen Adonis und dem öligen Glanz einer Weihnachtsgans einfinden werde. Tüdelü …«

Ben und ich sahen ihm nach, als er um die Ecke verschwand.

»Ein recht schräger Typ, was?«, fragte Ben, als er außer Sichtweite war.

»Er ist … einfach völlig schmerzfrei. Glaubst du, das ist eine Rolle, die er spielt? Oder ist er wirklich die ganze Zeit so?«

»Keine Ahnung. Vielleicht war es anfangs eine Rolle und ist ihm inzwischen in Fleisch und Blut übergegangen.«

»Und seine Frau – hast du sie jemals getroffen?«

»Nein, aber sie existiert anscheinend wirklich. Sie soll ein ziemlicher Drache sein – Tochter eines deutschen Grafen und in ihrer Jugend angeblich eine wahre Schönheit. Sie haben in South Kensington dieses unglaubliche Haus voller Meisterwerke – einen Rubens und ein oder zwei Tizians, absolut unglaubliches Zeug. *Hello!* hat vor einiger Zeit mal eine Reportage darüber gebracht, worauf Gerüchte aufkamen, das alles sei Nazi-Raubkunst und die IFAR hätte schon bei ihnen an die Tür geklopft, aber ich halte das für Quatsch.«

»Ich weiß nicht, ob er irgendetwas Brauchbares gesagt hat.« Ich rieb mir das Gesicht, um die Müdigkeit wegzurubbeln, die mich wie eine finstere Wolke umwaberte. »Das mit Cole war seltsam, oder?«

»Ja … irgendwie schon. Aber wenn es gegen vier war, würde das überhaupt helfen? Und ehrlich gesagt frage ich mich, ob er sich nicht einfach Geschichten ausdenkt. Das mit der Frau in meiner Kabine war völliger Blödsinn. Das weißt du, oder?«

»Ich …« Ich hatte einen Kloß im Hals. Ich war so müde, so unerträglich müde. Gott, dieser Trip hatte mal ein Karrieresprungbrett sein sollen. Wenn ich weiter so für Ärger sorgte, würde ich mit einem Adressbuch voller Feinde anstatt neuer Geschäftskontakte zurückkommen. »Ja, klar«, brachte ich hervor. Ben musterte mich, als wollte er abschätzen, ob ich die Wahrheit sagte.

»Gut«, sagte er schließlich. »Es war nämlich definitiv niemand da. Es sei denn, jemand wäre während meiner Abwesenheit reingegangen.«

»Glaubst du eigentlich, dass er etwas mitbekommen hat?«, fragte ich, hauptsächlich, um das Thema zu wechseln. »Von unserem Gespräch, meine ich? Wie er um die Ecke gebogen ist – man würde nicht denken, dass so ein schwerer Mann sich so leise heranpirschen kann.«

Ben zuckte mit den Schultern. »Ich glaube nicht. Und selbst wenn, ist er, glaube ich, nicht besonders nachtragend.«

Ich schwieg, aber insgeheim war ich nicht sicher, ob ich ihm recht gab. Mir kam Alexander wie jemand vor, der ausgesprochen nachtragend sein konnte, und das mit Genuss.

»Was willst du jetzt machen?«, fragte Ben. »Sollen wir zusammen zu Bullmer gehen?«

Ich schüttelte den Kopf. Ich musste zurück in die Kabine, vielleicht etwas essen. Und außerdem war ich mir nicht sicher, ob ich Ben überhaupt dabeihaben wollte, wenn ich mit Bullmer sprach.

# 19

Die Tür zu meiner Kabine war verschlossen, doch drinnen warteten auf der Kommode zwei üppig belegte Scheiben Brot und eine Flasche Mineralwasser. Die Feuchtigkeit an der Flaschenwand ließ darauf schließen, dass sie schon eine Weile dort stand.

Ich hatte zwar keinen Hunger, aber da ich seit dem Frühstück nichts zu mir genommen und davon das meiste erbrochen hatte, zwang ich mich zum Essen. Die dicken Roggenbrotscheiben waren mit Krabben und hartgekochtem Ei belegt, und während ich darauf herumkaute, betrachtete ich durch das Fenster das stete Auf und Ab der See, die rastlosen Wellen wie ein Sinnbild meiner unermüdlich kreisenden Gedanken.

Cole, Alexander und Archer waren tatsächlich mit der jungen Frau in einem Raum gewesen – davon war ich überzeugt. Auch wenn sie auf dem Bild nicht in die Kamera blickte und ich mir ihre Züge nach unserer kurzen Begegnung zwischen Tür und Angel nur mit Mühe in Erinnerung rufen konnte: der Schock des Wiedererkennens beim Anblick des Fotos hatte mich wie der Blitz getroffen – an dieser Gewissheit *musste* ich mich festhalten.

Zumindest Archer hatte ein Alibi – allerdings wurde mir langsam bewusst, dass dieses Alibi ausschließlich auf Bens Aussage beruhte, dem selbst daran gelegen war, die Geschichte wasserdicht erscheinen zu lassen. Und wie man es auch drehte und wendete: Er hatte mich nun einmal wissentlich angelogen. Hätte Cole es nicht zufällig erwähnt, hätte ich nicht erfahren, dass Ben selbst zwischendurch die Kabine verlassen hatte.

Aber ... *Ben?* Ben doch nicht. Wenn es auf diesem Schiff irgendjemanden gab, dem ich trauen konnte, dann war er es ja wohl, oder?

Ich war mir nicht mehr sicher.

Ich schluckte den letzten Bissen runter, wischte die Finger an der Serviette ab und stand auf. Unter meinen Füßen schaukelte das Schiff unvermindert weiter. In den letzten Minuten hatte sich ein Nebelschleier über das Meer gelegt und die Kabine verdunkelt, weshalb ich das Licht einschaltete, bevor ich einen Blick auf mein Handy warf. Nichts. Trotzdem klickte ich auf »Aktualisieren«, in der verzweifelten Hoffnung, jemand, irgendjemand, hätte mir eine E-Mail geschrieben. Ich wagte es kaum, an Judah zu denken – daran, was sein Schweigen wohl bedeutete.

Als das Display anzeigte, dass die »Verbindung fehlgeschlagen« war, spürte ich einen leisen Stich in der Magengrube, eine seltsame Mischung aus Angst und Erleichterung. Erleichterung, denn so bestand der Hauch einer Chance, dass Judah versucht hatte, mich zu erreichen. Dass sein Schweigen nicht das bedeutete, was ich befürchtete.

Doch auch Angst, denn je länger die Verbindung nicht funktionierte, desto mehr ging ich davon aus, dass jemand mir mit Absicht den Zugang zum Internet verwehrte. Und das verursachte mir ein sehr mulmiges Gefühl.

Die Tür zu Kabine 1, der Nobel-Suite, war zwar aus demselben nichtssagenden weißen Holz wie die anderen Kabinentüren, aber schon die Tatsache, dass sie sich als Einzige ganz vorne am Bug des Schiffs befand und man ein ziemliches Stück Flur hinter sich bringen musste, um sie zu erreichen, ließ erahnen, dass sich dahinter etwas Besonderes verbarg.

Ich klopfte vorsichtig. Keine Ahnung, was ich erwartet hatte – dass Richard Bullmer selbst mir öffnete? Oder ein Zimmermädchen? Keins von beiden hätte mich überrascht. Doch zu meiner völligen Verblüffung stand plötzlich Anne Bullmer vor mir in der Tür.

Sie hatte offensichtlich geweint; tiefe Schatten lagen unter ihren dunklen, rot geränderten Augen, und auf ihren eingefallenen Wangen waren Spuren von Tränen zu erkennen.

Ich blinzelte nervös. Natürlich hatte ich mir vorher sorgfältig überlegt, was ich sagen wollte, aber bei ihrem Anblick hatte ich den Faden verloren. Hohle Phrasen, eine schrecklicher und unpassender als die andere, schossen mir durch den Kopf – *Geht es Ihnen gut? Was ist los? Kann ich irgendwas tun?*

Statt eine davon auszusprechen, schluckte ich bloß.

»Ja?«, fragte sie, einen Hauch von Trotz in der Stimme. Mit dem Ärmel ihres Seidenmantels tupfte sie sich die Augen trocken, dann reckte sie das Kinn vor. »Kann ich Ihnen helfen?«

Ich schluckte wieder, bevor ich weitersprechen konnte. »Ich … ja. Das hoffe ich doch. Bitte entschuldigen Sie die Störung, Sie müssen müde sein nach dem Wellnessprogramm.«

»Nicht besonders«, erwiderte sie fast schnippisch. Ich biss mir auf die Zunge. Auf ihre Erkrankung anzuspielen war vielleicht nicht sehr taktvoll gewesen.

»Ich wollte eigentlich Ihren Mann sprechen.«

»Richard? Er ist leider beschäftigt. Kann ich Ihnen vielleicht weiterhelfen?«

»Ich … ich fürchte nicht«, druckste ich verlegen herum und überlegte, ob ich mich einfach entschuldigen und gehen oder dableiben und mich erklären sollte. Es war mir unangenehm, sie zu stören, aber genauso unangebracht erschien es mir, erst anzuklopfen und dann so abrupt zu verschwinden. Zum einen lag mein Unbehagen an ihren Tränen – sollte ich sie mit ihrer Traurigkeit alleine lassen oder versuchen, sie zu trösten? Aber zum anderen war es auch ihr zartes, ausgezehrtes Gesicht, das mich verstörte. Zu sehen, dass jemand wie Anne Bullmer, die immer auf der Sonnenseite des Lebens gestanden hatte und auf sämtliche Privilegien, die man mit Geld kaufen konnte, zugreifen konnte – die neuesten Medikamente, die besten Ärzte und Behandlungsmethoden, die es überhaupt gab –, derart ums Überleben kämpfen musste, war schier unerträglich.

Ich wollte weglaufen, doch mein Gewissen zwang mich, standhaft zu bleiben.

»Nun, das tut mir leid«, sagte sie. »Kann es bis später warten? Soll ich ihm etwas ausrichten?«

»Ich wollte ...« Nervös verschlang ich die Hände ineinander. Was sollte ich bloß sagen? Auf keinen Fall würde ich diese zerbrechliche, verängstigte Frau mit meinen Verdächtigungen konfrontieren. »Er hatte mir ein Interview versprochen«, erklärte ich schließlich, als mir sein Angebot von gestern Abend wieder einfiel. Das war zumindest nicht gelogen. »Er hat mich gebeten, am Nachmittag vorbeizukommen.«

»Oh!« Ihr Gesicht hellte sich auf. »Ach, das tut mir leid. Das muss er vergessen haben. Ich glaube, er ist mit Lars und ein paar anderen in den Whirlpool gegangen. Hoffentlich erwischen Sie ihn nachher beim Abendessen.«

So lange wollte ich zwar nicht warten, aber das sagte ich nicht, sondern nickte nur schweigend.

»Werden Sie ... werden wir Sie beim Essen sehen?«, fragte ich und schämte mich für mein Gestammel. *Um Himmels willen, sie ist krank, aber doch keine Aussätzige.*

Sie nickte. »Das hoffe ich. Ich fühle mich heute schon etwas besser. Ich werde oft einfach sehr müde, aber ich habe nicht vor, ständig vor meinem Körper zu kapitulieren.«

»Sind Sie denn noch in Behandlung?«, wollte ich wissen. Sie schüttelte den Kopf, wobei das seidene Kopftuch raschelte.

»Im Moment nicht. Die letzte Chemo habe ich hinter mir, jedenfalls vorläufig. Nach unserer Rückkehr fange ich mit der Strahlenbehandlung an, und dann sehen wir weiter.«

»Ja, dann viel Glück«, sagte ich, bereute es jedoch sofort, als mir aufging, dass diese kleine, unbedachte Bemerkung ihren Überlebenskampf kurzerhand zum Lotteriespiel degradierte. »Und, äh, danke.«

»Gar kein Problem.«

Sie schloss die Tür. Ich drehte mich um und lief zu den Treppen, die zum Oberdeck führten, während meine Wangen vor Scham brannten.

Den Whirlpool hatte ich noch nicht besucht, aber ich wusste, wo er sein musste – auf dem Oberdeck über der Lindgren-Lounge, direkt vor dem Wellnessbereich. Ich nahm die weichen, mit dickem Teppich verkleideten Stufen hinauf zum Restaurantdeck, voller Vorfreude auf das Gefühl von Licht und Weite von vorhin – nur leider hatte ich den Nebel vergessen. Hinter der Glastür nach draußen empfing mich eine graue Wand, die das gesamte Schiff einhüllte, sodass man kaum von einem zum anderen Ende sehen konnte, wodurch sich die ganze Umgebung merkwürdig gedämpft anfühlte.

Der Nebel brachte eine feuchte, kühle Luft mit sich, die sich in feinsten Tropfen an den Härchen auf meinen Armen absetzte. Während ich unschlüssig und orientierungslos im Schutz des Türrahmens stand und vor mich hinfröstelte, hörte ich das langgezogene, klagende Tuten eines Nebelhorns.

Das Grau ließ alles fremd erscheinen, und so dauerte es eine Weile, bis ich die Stufen zum Sonnendeck fand, aber schließlich ging mir auf, dass sie sich rechts von mir befinden mussten, und zwar weiter vorne, in der Nähe des Bugs. Ich konnte mir kaum vorstellen, dass es sich jemand bei diesem Wetter im Whirlpool gemütlich machen wollte, und fragte mich, ob Anne Bullmer sich vielleicht geirrt hatte. Doch als ich um die gläserne Front des Restaurants bog, hörte ich plötzlich Gelächter, und im Nebel über meinem Kopf konnte ich Lichter ausmachen, die offenbar vom Deck darüber kamen. Offenbar gab es doch Menschen, die verrückt genug waren, sich selbst in dieser Kälte zu entblößen.

Ich wünschte mir meinen Mantel herbei, aber anstatt umzukehren und ihn zu holen, schlang ich meine Arme fest um den Oberkörper und folgte dem Klang der lachenden Stimmen die steilen, rutschigen Stufen hinauf.

Eine Glaswand befand sich in der Mitte des Sonnendecks, und dahinter fand ich Lars, Chloe, Richard Bullmer und Cole in dem größten Whirlpool, den ich je gesehen hatte. Sie lehnten an der Wand des Beckens, dessen Durchmesser gut und gerne drei Meter betrug. Nur ihre Schultern und Köpfe waren zu sehen, und durch den dichten Dampf des sprudelnden Wassers brauchte ich einen Moment, um zu erkennen, wer hier wer war.

»Miss Blacklock!«, rief Richard Bullmer herzlich, wobei seine kräftige Stimme die Worte mühelos über das Rauschen der Wasserdüsen hinwegtrug. »Haben Sie sich von gestern Abend erholt?«

Er streckte einen gebräunten, muskulösen Arm aus, der in der kalten Luft regelrecht dampfte und sich augenblicklich mit Gänsehaut überzog. Ich schüttelte die tropfende Hand und schlang dann wieder meine Arme um mich, während ich spürte, wie die Wärme des Händedrucks verflog und meine nun feuchte Hand im beißenden Wind auskühlte.

»Lust auf ein Bad?«, fragte Chloe lachend und deutete mit einer einladenden Geste auf den dampfenden, brodelnden Kessel.

»Danke.« Ich schüttelte den Kopf und unterdrückte nur mit Mühe mein Schlottern. »Aber mir ist ein bisschen zu kalt.«

»Hier drin ist es wärmer, versprochen!« Bullmer zwinkerte mir zu. »Heißer Whirlpool, kalte Dusche …« Er zeigte auf die Wand neben dem Becken, wo ein riesiger Duschkopf hing. Einen Temperaturregler gab es nicht, sondern bloß einen Druckknopf mit einem blauen Punkt in der Mitte, dessen Anblick mich unwillkürlich frösteln ließ. »... und dann direkt in die Sauna«, fuhr er fort, während er mit dem Daumen auf eine Holzhütte hinter der Glaswand wies. Ich drehte den Kopf. Tatsächlich konnte ich eine gläserne Tür erkennen, und durch die Tropfen auf der beschlagenen Scheibe sah ich die Glut einer Kohlepfanne. »Danach abbrausen und so lange wiederholen, wie das Herz es mitmacht.«

»Das ist eher nichts für mich«, wehrte ich verlegen ab.

»Erst probieren, dann urteilen«, grinste Cole, wobei er seine spitzen Zähne fletschte. »Ich muss sagen, aus der Sauna unter die kalte Dusche zu springen war eine ziemlich tolle Erfahrung. Was dich nicht umbringt, härtet dich ab, stimmt's?«

Ich verzog das Gesicht. »Danke, aber heute nicht.«

»Ganz, wie du willst.« Chloe lächelte und nahm sich von einem kleinen Tisch ein Champagnerglas, ohne darauf zu achten, dass von ihrem Arm Wasser auf Coles Kamera tropfte, die neben dem Pool auf dem Boden stand.

»Also ...« Ich holte tief Luft und wandte mich direkt an Bullmer, bemüht, die neugierigen Gesichter der anderen zu ignorieren. »Lord Bullmer ...«

»Nennen Sie mich Richard«, unterbrach er mich.

Ich biss mir auf die Lippe und nickte, während ich versuchte, mich nicht durcheinanderbringen zu lassen.

»Richard, ich hatte gehofft, kurz mit Ihnen sprechen zu können, aber jetzt gerade scheint es nicht der richtige Moment zu sein. Dürfte ich später bei Ihnen vorbeikommen, in Ihrer Suite?«

»Wozu warten?« Bullmer zuckte mit den Schultern. »Wenn ich eins im Geschäftsleben gelernt habe, dann, dass ›jetzt gerade‹ fast immer der richtige Moment ist. Hinter vermeintlicher Vorsicht steckt meist nichts anderes als Feigheit – und ehe Sie sich's versehen, ist Ihnen jemand zuvorgekommen.«

»Na ja ...«, setzte ich an und verstummte dann unschlüssig. Vor den anderen wollte ich wirklich nichts sagen. Andererseits war die Vorstellung, jemand könnte mir »zuvorkommen«, auch nicht gerade tröstlich.

»Trinken Sie ein Glas mit uns«, forderte Bullmer mich auf. Er drückte einen Knopf im Beckenrand, woraufhin wie aus dem Nichts eine Frau erschien. Es war Ulla.

»Sie wünschen, Sir?«, fragte sie höflich.

»Champagner für Miss Blacklock.«

»Selbstverständlich, Sir.« Sie verschwand so gräuschlos, wie sie gekommen war.

Noch einmal holte ich tief Luft. Es gab keinen Ausweg. Niemand außer Bullmer konnte die Reiseroute des Schiffs ändern, und wenn ich jetzt nichts sagte, würde ich vielleicht keine Chance mehr bekommen. Besser also jetzt, vor Publikum, als zu riskieren ... Ich spürte, wie meine Finger sich in meine Handflächen bohrten, während ich den Gedanken mit aller Macht von mir schob.

Ich öffnete den Mund. *Halt dich raus,* zischte die Stimme in meinem Kopf, doch ich zwang mich zum Sprechen. »Lord Bullmer ...«

»Richard.«

»Richard – ich weiß nicht, ob Sie schon mit Ihrem Sicherheitschef Johan Nilsson gesprochen haben. Sind Sie ihm heute begegnet?«

»Nilsson? Nein.« Er runzelte die Stirn. »Er ist dem Kapitän unterstellt, nicht mir. Warum fragen Sie?«

»Nun ...«, begann ich, wurde jedoch von Ulla unterbrochen, die plötzlich mit einem Tablett mit einer Flasche Champagner in einem Eiskübel und einem einzelnen Glas neben mir stand.

»Äh, danke«, stammelte ich. Ich war nicht sicher, ob ich etwas trinken sollte – nach Nilssons beißenden Kommentaren und dem schrecklichen Kater heute Morgen stand mir irgendwie nicht der Sinn danach. Außerdem schien Champagner mit meinem Anliegen kaum vereinbar. Gleichzeitig befand ich mich in einer fürchterlichen Zwickmühle – schließlich war ich hier als Bullmers Gast und sollte im Auftrag des Magazins all diese Leute mit meiner Kompetenz beeindrucken und mit meinem Charme verzaubern. Stattdessen war ich kurz davor, seine Mitarbeiter und Gäste mit der schlimmsten aller Anschuldigungen zu konfrontieren. Da sollte ich wohl wenigstens den Anstand haben, seinen Champagner anzunehmen.

Ich griff also nach dem Glas und nippte vorsichtig daran, während ich versuchte, meine Gedanken zu ordnen. Der Champagner war so sauer, dass es mich schüttelte. Um ein Haar hätte ich das Gesicht verzogen, doch ich konnte mich gerade noch zurückhalten, als mir klar wurde, wie unverschämt das erscheinen würde.

»Ich, äh … Das ist nicht ganz einfach.«

»Nilsson«, half Bullmer mir auf die Sprünge. »Sie wollten wissen, ob ich schon mit ihm gesprochen habe.«

»Genau. Also, letzte Nacht musste ich ihn rufen. Ich … ich hatte Geräusche gehört, aus der Kabine nebenan. Nummer 10«, sagte ich und hielt dann inne.

Richard hörte zu, aber ebenso die drei anderen. Vor allem Lars wirkte ziemlich aufmerksam. Wenn ich ohnehin keine Wahl hatte, konnte ich dies vielleicht zu meinem Vorteil nutzen. Kurz ließ ich den Blick durch die Runde schweifen, um zu sehen, wie sie reagierten. Waren Spuren von Schuld oder Nervosität in ihren Gesichtern zu erkennen? Lars hatte die feuchten roten Lippen geschürzt und musterte mich skeptisch. Aus Chloes großen grünen Augen sprach unverhohlene Neugier. Nur Cole sah besorgt aus.

»Die Palmgren-Suite, ja«, sagte Bullmer. Er runzelte die Stirn und wirkte verdutzt. »Ich dachte, die wäre leer. Solberg hatte doch abgesagt.«

»Dann bin ich auf die Veranda gegangen«, fuhr ich fort. Ich spürte, wie ich langsam in Fahrt kam. Wieder betrachtete ich die Mienen meiner Zuhörer. »Als ich hinüberschaute, war niemand zu sehen, aber auf dem Glas der Reling war Blut.«

»Gütiger Himmel!«, rief Lars, der inzwischen nur noch grinste und nicht mal mehr versuchte, seine Skepsis zu verbergen. »Das ist ja wie im Krimi.«

Versuchte er absichtlich, meine Geschichte zu untergraben und mich aus der Fassung zu bringen? Oder war das einfach seine Art? Schwer zu sagen.

»Erzählen Sie weiter«, forderte er mich auf. Es klang ziemlich sarkastisch. »Ich bin zum Zerreißen gespannt, wie es zu Ende geht.«

»Ihr Sicherheitschef hat mich dann reingelassen«, fuhr ich an Richard gewandt fort. Ich sprach jetzt schneller und mit einem schneidenden Unterton. »Aber die Kabine war leer. Und das Blut auf dem Geländer …«

Etwas klirrte, dann ertönte ein Platschen, und ich verstummte.

Wir alle wandten den Kopf und sahen Cole an, der seine Hand über den Rand des Pools hielt. Blut tropfte von seinen Fingern auf den hellen Holzboden.

»Alles in Ordnung, glaube ich«, sagte er mit leicht zittriger Stimme. »Es tut mir leid, Richard, ich weiß nicht wie, aber ich habe mein Glas umgeworfen und …«

Er hielt uns einige blutbeschmierte Scherben hin.

Chloe kniff die Augen zu. »Uh!« Ihr Gesicht hatte eine grünlichweiße Färbung angenommen. »Oh Gott, Lars …«

Richard setzte sein Glas ab, hievte seinen fast nackten, von der kalten Luft dampfenden Körper aus dem Whirlpool und nahm sich einen weißen Bademantel von einem Stapel auf der Bank. Einen Moment lang schwieg er bloß und betrachtete Coles Hand und das herabtropfende Blut ohne erkennbare Regung. Dann sah er zu Chloe, die kurz vor der Ohnmacht zu stehen schien. Mit der Nüchternheit eines Chirurgen im OP begann er, eine Reihe von Anweisungen zu geben.

»Cole, jetzt stell in Gottes Namen endlich das Glas ab. Ich rufe Ulla, die wird sich um dich kümmern. Lars, Chloe muss sich hinlegen, sie ist ja kreidebleich. Gib ihr Valium, wenn nötig. Eva hat den Schlüssel zum Medizinschrank. Und Miss Blacklock …« Er drehte sich zu mir um und hielt nachdenklich inne, als müsse er jedes Wort sorgfältig abwägen, während er sich den Bademantel zuband. »Miss Blacklock, Sie nehmen bitte im Restaurant Platz, und sobald das hier erledigt ist, setzen wir uns hin, und Sie erzählen mir, was genau Sie gesehen und gehört haben.«

# 20

Eine Stunde später hatte ich verstanden, wie Bullmer es im Leben so weit gebracht hatte.

Er ging nicht nur meine Geschichte mit mir durch; er zerpflückte sie Wort für Wort, nagelte mich auf Uhrzeiten und Einzelheiten fest und entlockte mir Details, von denen ich nicht geglaubt hatte, sie zu kennen – wie etwa die genaue Form der Blutspur auf der Scheibe, und dass es offensichtlich verschmiert und nicht verspritzt war.

Er versuchte weder, die Lücken in meinen Schilderungen mit eigenen Vermutungen auszufüllen, noch mich in eine bestimmte Richtung zu lenken oder mir irgendetwas einzureden, dessen ich mir nicht sicher war. Stattdessen nippte er nur ab und zu an seinem schwarzen Kaffee, fixierte mich mit seinen strahlend blauen Augen und bombardierte mich mit Fragen: Wie viel Uhr? Wie lange? Und wann war das? Wie laut? Wie sah sie aus? Während er redete, verschwand der aufgesetzte Londoner Arbeiterakzent allmählich aus seiner Stimme, und sein Tonfall wurde ganz Eton und durch und durch geschäftsmäßig. Hochkonzentriert lauschte er meinen Ausführungen, ohne dass sich auch nur die leiseste Regung auf seinem Gesicht zeigte.

Hätte jemand von außen durchs Fenster geblickt und uns im Restaurant gesehen, wäre er niemals auf die Idee gekommen, dass ich Richard gerade etwas erzählt hatte, was sein Unternehmen ruinieren konnte und noch dazu auf die Anwesenheit eines Psychopathen an Bord des winzigen Schiffs schließen ließ. Ich hatte eigentlich erwartet, dass er ähnlich besorgt reagieren würde wie Nilsson, oder wie die Stewardessen alles abwehren würde, doch obwohl ich Bullmers Gesicht eingehend beobachtete, fand ich darin nichts davon, keine Spur von Vorwurf oder Missbilligung. Seiner emotionalen Anteilnahme nach zu urteilen, hätten wir ebenso gut mit einem Kreuzworträtsel beschäftigt sein können, und ich kam nicht umhin, ihn für seinen Stoizismus ein wenig zu bewundern, auch wenn es seltsam war, wenn man selbst damit bedacht wurde. Die Mischung aus Skepsis und Verärgerung, mit der ich es bei Nilsson zu tun gehabt hatte, war zwar nicht angenehm gewesen, aber wenigstens hatte sie sich wie eine menschliche Reaktion angefühlt. Bei Bullmer dagegen konnte ich überhaupt nicht einschätzen, was in ihm vorging. War er wütend oder panisch und versteckte es nur gut? Oder war er tatsächlich so ruhig und gelassen, wie er sich gab?

Vielleicht, überlegte ich, während er mich über meine Unterhaltung mit der jungen Frau ausfragte, war seine Besonnenheit genau das, was nötig war, um so weit zu kommen wie er, der sich aus eigener Kraft auf eine Position hochgearbeitet hatte, wo er die Verantwortung für Hunderte von Jobs und Investitionssummen in Millionenhöhe trug.

Nachdem wir meine Geschichte aus allen nur erdenklichen Blickwinkeln beleuchtet hatten und ich absolut nichts Neues mehr dazu beitragen konnte, saß Bullmer einen Moment lang still da, den Kopf gesenkt, die Stirn in Falten, und dachte nach. Dann warf er einen raschen Blick auf die Rolex an seinem gebräunten Handgelenk und sagte: »Danke, Miss Blacklock. Mir scheint, wir haben so weit alles besprochen, was es zu besprechen gibt, und ich sehe, dass das Servicepersonal bereits in den Startlöchern steht, um die Tische fürs Abendessen zu decken. Es tut mir wirklich leid, das muss eine erschütternde und beängstigende Situation für Sie sein. Wenn Sie nichts dagegen haben, würde ich die Angelegenheit gerne mit Nilsson und Kapitän Larsen bereden, um sicherzustellen, dass auch wirklich alles unternommen wird, was zum jetzigen Zeitpunkt machbar ist. Ich schlage vor, dass wir beide uns morgen früh wieder zusammensetzen, um zu überlegen, wie wir weiter vorgehen. Und in der Zwischenzeit hoffe ich sehr, dass Sie trotz der Vorfälle nun zumindest etwas beruhigter das bevorstehende Abendessen und den Rest des Abends genießen können.«

»Was ist denn jetzt der nächste Schritt?«, fragte ich. »Wie ich gehört habe, sind wir auf dem Weg nach Trondheim – aber können wir nicht vielleicht vorher irgendwo haltmachen? Ich denke, wir sollten die Polizei so schnell wie möglich einschalten.«

»Kann schon sein, dass es noch einen früheren Anlegepunkt gibt«, antwortete Bullmer, während er sich erhob. »Aber da wir schon am frühen Morgen in Trondheim ankommen, scheint mir das eigentlich nach wie vor das beste Ziel. Falls wir mitten in der Nacht irgendwo anlegen, halte ich unsere Chancen, eine offene Polizeiwache zu finden, für eher gering. Allerdings muss ich ohnehin erst mit dem Kapitän sprechen, bevor ich weiß, wie wir am sinnvollsten vorgehen. Wenn sich der Vorfall in britischen oder internationalen Gewässern ereignet hat, sind der norwegischen Polizei die Hände gebunden – dabei geht es ja um rechtliche Zuständigkeit, nicht um deren Bereitschaft, einen Fall zu untersuchen. Das hängt alles davon ab.«

»Und was, wenn? Was, wenn es in internationalen Gewässern passiert ist?«

»Das Schiff ist auf den Cayman-Inseln registriert. Ich muss mich beim Kapitän erkundigen, wie sich das auswirken würde.«

Ein ungutes Gefühl beschlich mich. Ich hatte von Ermittlungen auf Schiffen gelesen, die zum Beispiel auf den Bahamas registriert waren – da wurde ein einzelner Polizist von der Insel entsandt, um pro forma einen Bericht abzufassen und die Angelegenheit so schnell wie möglich vom Tisch zu schaffen.

Und das galt nur, wenn es sich um einen eindeutigen Vermisstenfall handelte. Was wäre wohl in diesem Fall, wo der einzige Hinweis auf die Existenz der jungen Frau verschwunden war?

Trotzdem fühlte ich mich nach dem Gespräch mit Bullmer besser. Anders als Nilsson schien er mir zumindest zu glauben.

Als er mir zum Abschied die Hand hinhielt und mich mit seinen durchdringenden blauen Augen direkt anblickte, lächelte er zum ersten Mal. Ein seltsam asymmetrisches Lächeln, bei dem eine Gesichtshälfte deutlich höher gezogen wurde als die andere, doch irgendwie passte es zu ihm, und es wirkte auf trockene Art mitfühlend.

»Da ist noch etwas, was Sie wissen sollten«, brach es plötzlich aus mir heraus.

Bullmer zog die Augenbrauen hoch und ließ seine Hand wieder sinken. »Ja?«

»Ich …« Ich stockte. Ich wollte es nicht ansprechen, doch wenn er mit Nilsson redete, würde es ohnehin herauskommen. Also sollte er es lieber von mir hören. »Am Abend davor hatte ich getrunken … ich meine, bevor es passiert ist. Und ich nehme Antidepressiva, seit vielen Jahren, etwa seit ich fünfundzwanzig war. Ich … ich hatte einen Nervenzusammenbruch. Und Nilsson – ich glaube, er dachte …« Ich musste schlucken.

Bullmers Brauen schoben sich noch weiter in die Höhe. »Wollen Sie etwa sagen, dass Nilsson Ihre Aussage in Zweifel zieht, weil Sie Medikamente gegen Depression einnehmen?«

Es tat weh, ihn das so offen aussprechen zu hören, aber ich nickte. »Er hat es nicht so direkt gesagt – aber ja. Er hat eine Bemerkung über die Wechselwirkung zwischen den Medikamenten und Alkohol gemacht, und es klang eben so, als ob er dachte …«

Bullmer sah mich schweigend und ausdruckslos an, was dazu führte, dass die Worte nur so aus mir heraussprudelten, fast als wollte ich Nilsson verteidigen.

»Es ist nur so, dass bei mir zu Hause eingebrochen wurde, kurz bevor ich an Bord gegangen bin. Da war ein Mann – er ist in meine Wohnung eingedrungen und hat mich angegriffen. Nilsson hat davon erfahren, und er hatte wohl den Eindruck, dass ich … na ja, nicht, dass ich mir die ganze Sache ausgedacht hätte, aber dass ich … eventuell überreagiert haben könnte.«

»Es beschämt mich zutiefst, dass ein Mitglied unserer Crew Ihnen dieses Gefühl vermittelt hat«, sagte Bullmer. Er nahm meine Hand und hielt sie in einem eisernen Griff. »Glauben Sie mir, Miss Blacklock, ich nehme Ihre Aussage ausgesprochen ernst.«

»Danke«, erwiderte ich, auch wenn das kleine Wort kaum ausreichte, um zum Ausdruck zu bringen, wie erleichtert ich war, dass mir endlich, endlich jemand glaubte. Und nicht bloß irgendjemand, sondern Richard Bullmer, der Schiffseigner persönlich. Wenn es jemand in der Hand hatte, das Ganze in Ordnung zu bringen, dann er.

Auf dem Weg zurück in die Kabine rieb ich mir die Augen, die vor Müdigkeit brannten, und zog dann mein Handy heraus, um auf die Uhr zu sehen. Schon fast fünf. Wo war die Zeit geblieben?

Aus Gewohnheit öffnete ich mein Mailprogramm und versucht das Postfach zu aktualisieren – aber es gab immer noch keine Verbindung. Mein Unbehagen wuchs. Der Netzausfall hielt jetzt wirklich schon etwas zu lange an. Ich hätte Bullmer darauf ansprechen sollen, aber jetzt war es zu spät. Er war weg – verschwunden durch einen dieser verstörenden Geheimausgänge, vermutlich um mit dem Kapitän zu sprechen oder jemanden an Land anzufunken.

Was, wenn Judah mir gemailt hatte? Vielleicht hatte er sogar angerufen, und wir waren bloß zu weit weg vom Festland, weshalb mein Handy keinen Empfang hatte. Oder ignorierte er mich weiterhin? Mich überfiel eine plötzliche Erinnerung:

seine Hände auf meinem Rücken, mein Kopf an seiner Brust, sein warmes T-Shirt an meiner Wange. Mit einem Mal spürte ich eine solch unbändige Sehnsucht, dass ich unter ihrer Last beinahe ins Straucheln geriet.

Wenigstens würden wir morgen in Trondheim ankommen. Dort konnte mich niemand davon abhalten, ins Internet zu gehen.

»Lo!«, rief eine Stimme hinter mir, und als ich mich umdrehte, sah ich Ben den schmalen Flur entlangkommen. Obwohl er nicht besonders groß war, schien er den Raum vollständig auszufüllen, eine optische Täuschung im Stil von ›Alice im Wunderland‹, bei der der Flur auf ein Nichts zusammenschrumpfte, während Ben beim Näherkommen wuchs und wuchs.

»Ben«, grüßte ich, bemüht, erfreut zu klingen.

»Wie ist es gelaufen?« Wir gingen nebeneinanderher in Richtung unserer Kabinen. »Hast du mit Bullmer gesprochen?«

»Ja … ich glaube, es lief ganz okay. Zumindest schien er mir zu glauben.« Ich sagte nicht, was mir nach unserem Gespräch durch den Kopf gegangen war, nämlich dass er im Leben nicht so weit gekommen wäre, wenn er stets all seine Karten auf den Tisch gelegt hätte. Zwar war ich nach dem Treffen beruhigt und zuversichtlich gewesen, aber als ich dann erneut über seine Worte nachdachte, fiel mir auf, dass er im Grunde keine Versprechungen gemacht hatte – eigentlich hatte er gar nichts gesagt, was sich aus dem Kontext genommen als volle Rückendeckung deuten ließe. Es hatte viele *Wenn das wahr ist …* und *Wenn das, was Sie sagen …* gegeben. Aber nichts wirklich Handfestes.

»Das ist doch super«, meinte Ben. »Heißt das, er sucht jetzt eine Möglichkeit, schon früher irgendwo anzulegen?«

»Keine Ahnung. Er schien der Meinung zu sein, dass eine Kursänderung jetzt keinen Unterschied machen würde und dass es sinnvoller wäre, Trondheim anzusteuern und morgen so früh wie möglich dort festzumachen.«

Wir waren vor den Kabinen angelangt, und ich zog meine Schlüsselkarte aus der Tasche.

»Gott, ich hoffe, das wird heute Abend nicht wieder ein Achtgängemenü«, sagte ich, während ich aufschloss. »Ich muss dringend ausschlafen, damit ich morgen bei der Polizei in Trondheim eine zusammenhängende Aussage machen kann.«

»Das ist also immer noch dein Plan?«, fragte Ben. Er hatte sich mit einer Hand an meinem Türrahmen abgestützt und hinderte mich so am Reingehen, aber es schien keine Absicht zu sein.

»Ja. Sobald wir anlegen.«

»Kommt es nicht darauf an, was der Kapitän über den rechtlichten Status des Schiffs sagt?«

»Wahrscheinlich schon. Ich glaube, Bullmer spricht gerade mit ihm. Aber unabhängig davon möchte ich, dass es irgendwo offiziell festgehalten wird, selbst wenn sie nicht ermitteln können.« Je eher meine Worte in einem offiziellen Dokument vermerkt waren, desto sicherer würde ich mich fühlen.

»Ja, verstehe«, sagte Ben. »Na ja, was auch immer morgen passiert: Für die Polizei bist du erst mal ein unbeschriebenes Blatt. Halte dich an die Fakten – sprich so deutlich und unaufgeregt, wie du es mit Bullmer getan hast. Sie werden dir glauben. Du hast keinen Grund zu lügen.« Er ließ seinen Arm sinken und trat einen Schritt zurück. »Und wenn du mich brauchst, weißt du, wo du mich findest.«

»Genau.« Ich brachte ein müdes Lächeln zustande und wollte gerade die Tür hinter mir schließen, als er wieder nach dem Rahmen griff, sodass ich sie nicht zuziehen konnte, ohne seine Finger einzuklemmen.

»Ach so, das hätte ich fast vergessen«, bemerkte er wie beiläufig. »Hast du das von Cole gehört?«

»Das mit seiner Hand?« Ich hatte schon gar nicht mehr daran gedacht, doch jetzt trat mir das Bild erschreckend plastisch wieder vor Augen: das Blut, das langsam auf den Boden tropfte, Chloes grünliches Gesicht. »Der Arme. Muss er genäht werden?«

»Das weiß ich nicht, aber ich meine etwas anderes. Er hat es irgendwie geschafft, dabei seine Kamera in den Whirlpool zu stoßen – er ist völlig außer sich und behauptet, er könne sich nicht erklären, wie er die Kamera am Beckenrand ablegen konnte.«

»Das ist nicht wahr, oder?«

»Doch. Das Objektiv wird es wohl überstehen, aber das Gehäuse und die SD-Karte sind hinüber.«

Auf einmal schien sich der Raum um mich herum zu drehen, und für einen kurzen Moment wurde alles ganz unscharf und verschwommen. Wie ein Blitz flackerte das Foto der jungen Frau vor meinem inneren Auge auf – das Foto, das ich auf Coles Kamera gesehen hatte und das nun wohl unwiederbringlich zerstört war.

»Hey«, meinte Ben mit einem Lachen, »jetzt guck doch nicht so entsetzt! Er ist garantiert versichert. Nur um die Fotos ist es natürlich schade. Er hat sie uns beim Mittagessen gezeigt; da waren schon ein paar tolle Bilder darunter. Auch von dir übrigens.« Er streckte die Hand aus und berührte mich am Kinn. »Ist alles in Ordnung?«

»Mir geht's gut.« Reflexartig zog ich den Kopf weg und rang mir ein Lächeln ab. »Es ist nur … Ich glaube, hiernach werde ich erst mal keine Kreuzfahrt mehr machen. Es bekommt mir irgendwie nicht … der Seegang … dieses Eingepferchtsein. Im Moment möchte ich nur noch in Trondheim ankommen.«

Mein Herz raste, und ich konnte es kaum erwarten, bis Ben endlich seine Hand von der Tür nahm und ging. Ich musste meine Gedanken sortieren – ich musste das Rätsel lösen.

»Darf ich …?« Ich deutete mit dem Kopf auf seine Hand, die immer noch auf dem Türrahmen lag. Er lächelte und richtete sich auf.

»Klar, sorry! Ich wollte dich nicht vollquatschen. Du musst

dich wahrscheinlich noch fürs Abendessen frisch machen, oder?«

»Ja, genau.« Meine Stimme klang hoch und unecht. Er zog die Hand weg, und ich schloss mit einem entschuldigenden Lächeln die Tür.

Drinnen schob ich den Riegel vor, lehnte mich mit dem Rücken gegen die Holztür und ließ mich daran zu Boden gleiten, zog die Knie an und legte meinen Kopf darauf. Vor meinem inneren Auge stand ein deutliches Bild: Chloe, die zum Champagnerglas griff, während Wasser von ihrem ausgestreckten Arm auf die Kamera tropfte.

Cole oder wer auch immer es sonst gewesen war, konnte die Kamera unmöglich aus Versehen hineingestoßen haben. Sie hatte nicht am Beckenrand gelegen. Jemand musste den Moment des Durcheinanders um meine Enthüllungen und das zerbrochene Glas genutzt, die Kamera genommen und sie in den Pool geworfen haben. Und es gab keinen Weg, wie ich herausfinden konnte, wer es gewesen war. Es konnte ja jederzeit passiert sein – auch später noch, nachdem wir alle das Deck verlassen hatten. Unter den Gästen und der Crew kamen fast alle infrage – sogar Cole selbst.

Der Raum war drückend warm und stickig und schien sich um mich herum zusammenzuziehen. Ich musste hier raus.

Draußen auf der Veranda waberte immer noch derselbe dichte Nebel, der das gesamte Schiff einhüllte, aber ich nahm ein paar tiefe, gierige Züge von der kalten Luft und spürte, wie sie mich erfrischte und aus meiner Benommenheit riss. Ich musste klar denken. Mir war, als hätte ich alle Puzzleteile vor mir liegen und müsste sie bloß noch zusammensetzen. Wenn nur mein Kopf nicht so schmerzen würde.

Ich lehnte mich über die Reling, wie ich es in der Nacht zuvor getan hatte, und rief mir die Ereignisse noch einmal ins Gedächtnis – die Verandatür, die leise schabend aufgeschoben wurde, das Platschen, das die Stille durchbrach, das verschmierte Blut auf der Scheibe – und mit einem Mal war ich mir absolut und unumstößlich sicher, dass ich es mir nicht eingebildet hatte. Nichts von alldem. Nicht die Wimperntusche. Nicht das Blut. Nicht das Gesicht der Frau in Kabine 10. Vor allem sie hatte ich mir nicht eingebildet. Sie war der Grund, weswegen ich all das nicht einfach auf sich beruhen lassen konnte. Weil ich wusste, wie es war, an ihrer Stelle zu sein – wie es war, mitten in der Nacht aufzuwachen und sich einem Eindringling gegenüberzusehen, und wie sie sich anfühlte, diese absolute, ohnmächtige Gewissheit, dass etwas Schlimmes passieren würde und man selbst nichts tun konnte, um es zu verhindern.

Die Luft der Septembernacht fühlte sich plötzlich kalt, eisig kalt an, und mir wurde klar, wie weit nördlich wir uns befanden – inzwischen fast auf Höhe des Polarkreises. Ich zitterte wie Espenlaub. Ich holte mein Handy hervor und prüfte erneut die Verbindung, hielt es hoch, als ließe sich so auf magische Art der Empfang verbessern, doch es gab kein Netz.

Morgen aber. Morgen würden wir in Trondheim sein, und ganz gleich, was auch passierte – ich würde dieses Schiff verlassen und schnurstracks die nächste Polizeiwache aufsuchen.

# 21

Als ich mich fürs Abendessen zurechtmachte, kam ich mir vor, als legte ich eine Kriegsbemalung an – Schicht für Schicht trug ich die ruhige, professionelle Maske auf, die mir helfen würde, den Abend zu überstehen.

Ein Teil von mir, ein großer Teil, wollte sich unter der Bettdecke verkriechen. Die Vorstellung, mit einer Gruppe von Menschen Small Talk zu betreiben, unter denen sich womöglich ein Mörder befand, oder meine Mahlzeit von einer Bedienung entgegenzunehmen, die vergangene Nacht eine Frau getötet hatte – diese Vorstellung war nicht nur zutiefst surreal, sondern furchteinflößend.

Aber ein anderer, dickköpfigerer Teil von mir weigerte sich, aufzugeben. Während ich die Wimperntusche auftrug, die Chloe mir geliehen hatte, suchte ich in meinem Spiegelbild nach dem zornigen, idealistischen Mädchen, das vor fünfzehn Jahren mit dem Traum, als investigative Reporterin die Welt zu verändern, ein Journalismus-Studium begonnen hatte. Stattdessen war ich in die Reisesparte hineingerutscht; anfangs nur, um über die Runden zu kommen, doch dann hatte ich fast gegen meinen Willen allmählich Freude daran gefunden. Ich genoss die Vorzüge und träumte bald davon, wie Rowan mein eigenes Magazin herauszugeben. Und das war in Ordnung – ich schämte mich nicht für das, was ich schrieb. Wie die meisten Menschen hatte ich einfach dort Arbeit angenommen, wo sie sich mir geboten hatte, und versucht, in meinem Job mein Bestes zu geben. Aber wie sollte ich der Frau im Spiegel jemals wieder in die Augen blicken, wenn ich nicht den Mut aufbrachte, aktiv zu werden und einer Story nachzugehen, die direkt vor meiner Nase lag?

Ich dachte an all die Frauen, die aus den Kriegsgebieten dieser Welt berichteten, die korrupte Regimes anklagten oder ins Gefängnis gingen, um ihre Informanten zu schützen. Eine Martha Gellhorn hätte sich wohl kaum von einer billigen Drohung einschüchtern lassen, und Kate Adie würde sich nicht aus lauter Angst vor dem, was sie herausfinden könnte, in ihrem Hotelzimmer verkriechen.

HALT DICH RAUS. Die Worte auf dem Spiegel hatten sich mir ins Gedächtnis gebrannt. Mit einer Schicht Lipgloss vervollständigte ich mein Make-up, dann hauchte ich auf das Glas und schrieb mit dem Finger dort, wo mein Gesicht nur noch schemenhaft zu erkennen war, ein einziges Wort auf die beschlagene Scheibe: NEIN.

Zusätzlich zu den hehren Selbstansprüchen meldete sich nun, als ich die Badezimmertür schloss und meine Abendschuhe anzog, ein kleinerer, egoistischer Teil von mir, der mir zuflüsterte, dass ich in Gesellschaft am sichersten wäre. In einem Raum voller Zeugen würde mir niemand etwas antun.

Ich strich gerade mein Kleid glatt, als es an der Tür klopfte.

»Wer ist da?«, fragte ich.

»Hier ist Karla, Miss Blacklock.«

Ich machte auf. Karla stand draußen und lächelte mir mit dem ihr eigenen Ausdruck permanenten, leicht besorgten Staunens entgegen.

»Guten Abend, Miss Blacklock. Ich wollte Sie nur daran erinnern, dass es in zehn Minuten Abendessen gibt und jetzt gerade in der Lindgren-Lounge ein Aperitif serviert wird. Kommen Sie jederzeit dazu, wenn Sie so weit sind.«

Ich bedankte mich, und sie wandte sich zum Gehen. Doch dann, wie aus einem Reflex heraus, rief ich sie zurück. »Karla?«

»Ja?« Sie drehte sich um, zog die Brauen so hoch, dass es ihr einen fast panischen Ausdruck verlieh, und fragte: »Kann ich etwas für Sie tun?«

»Ich … ich weiß es nicht. Es ist nur …« Ich atmete tief durch, während ich mir im Geiste die Worte zurechtlegte. »Heute Morgen, als ich bei Ihnen in den Mannschaftsunterkünften war, dachte ich … da hatte ich den Eindruck, dass Sie vielleicht noch etwas mehr wissen. Etwas, was Sie vielleicht vor Miss Lidman nicht erwähnen wollten. Und ich wollte nur sagen, dass ich morgen in Trondheim zur Polizei gehen und eine Aussage machen werde – falls Sie also noch irgendetwas loswerden wollen, wäre nun der ideale Zeitpunkt dafür. Ich würde natürlich dafür sorgen, dass Sie anonym bleiben.« Wieder dachte ich an meine großen Vorbilder Martha Gellhorn und Kate Adie. »Ich bin schließlich Journalistin«, ergänzte ich mit der größtmöglichen Überzeugungskraft. »Wir schützen unsere Quellen – das ist Teil der Vereinbarung.«

Karla antwortete nicht, sondern verschränkte nur nervös ihre Finger.

»Karla?«, hakte ich nach. Kurz glaubte ich, eine Träne in ihren blauen Augen zu sehen, doch sie blinzelte sie weg.

»Ich weiß nicht …«, fing sie an und murmelte dann etwas in ihrer Sprache.

»Sie können es mir ruhig sagen. Es bleibt unter uns, versprochen. Haben Sie Angst vor jemandem?«

»Das ist es nicht«, antwortete sie kläglich. »Es tut mir nur für Sie so leid. Johan denkt, dass Sie sich all das ausgedacht haben, dass Sie … wie sagt man … paranoid sind und Geschichten erfinden, um Aufmerksamkeit zu bekommen. Ich denke das nicht. Ich denke, dass Sie es gut meinen und selbst glauben, dass es wahr ist. Aber wir wollen unsere Jobs nicht verlieren, Miss Blacklock. Wenn die Polizei sagt, hier auf dem Schiff sei etwas Schlimmes passiert, wird niemand mehr unsere Reisen buchen, und wir werden Schwierigkeiten haben, einen neuen Job zu finden. Aber ich muss Geld verdienen.

Ich habe einen kleinen Sohn, Erik, der zu Hause bei meiner Mutter lebt, und die beiden brauchen das Geld, das ich ihnen schicke. Und nur weil jemand vielleicht eine Freundin in der leeren Kabine hat übernachten lassen, heißt das ja noch nicht, dass sie umgebracht wurde, oder?«

Sie wandte sich zum Gehen.

»Moment …« Ich legte ihr die Hand auf den Arm, um sie aufzuhalten. »Was sagen Sie da? Da war also doch eine Frau? Hat jemand sie reingeschmuggelt?«

»Ich sage gar nichts.« Sie entzog sich meinem Griff. »Ich bitte Sie nur, Miss Blacklock, sorgen Sie nicht grundlos für Ärger.«

Und damit rannte sie durch den Flur davon, tippte den Code in das Schloss an der Tür zu den Mannschaftsunterkünften und war weg.

Auf dem Weg in die Lindgren-Lounge ließ ich mir unser Gespräch durch den Kopf gehen und versuchte zu verstehen, was sie mir erzählt hatte. Hatte sie tatsächlich jemanden in der Kabine gesehen oder vermutete zumindest, dass jemand darin gewohnt hatte? Oder war sie schlicht hin- und hergerissen zwischen Mitleid mit mir und Angst vor den Konsequenzen, falls ich doch recht hatte?

Vor der Lounge warf ich noch einen letzten, verstohlenen Blick auf mein Handy, weil ich wider besseres Wissen hoffte, dass wir der Küste schon nah genug waren, um ein Signal zu empfangen. Doch vergeblich. Als ich es wieder in meine Handtasche steckte, tauchte Camilla Lidman neben mir auf.

Sie deutete mit dem Kopf auf die Tasche. »Darf ich Ihnen das abnehmen, Miss Blacklock?«

Ich schüttelte den Kopf. »Nein, danke.« Ich hatte das Handy so eingestellt, dass es piepsen würde, sobald es sich mit einem Netz verband. In dem Fall wollte ich es bei mir haben, um sofort reagieren zu können.

»Wie Sie wünschen. Darf ich Ihnen ein Glas Champagner anbieten?« Sie wies auf ein Tablett auf einem kleinen Tisch beim Eingang, und ich nickte und nahm mir ein Glas. Ich musste zwar für morgen einen klaren Kopf bewahren, aber mir ein bisschen Mut anzutrinken konnte nicht schaden.

»Zu Ihrer Information, Miss Blacklock«, fuhr Camilla fort, »der Vortrag über das Nordlicht fällt heute Abend leider aus.«

Erst sah ich sie irritiert an, doch dann dämmerte mir, dass ich erneut vergessen hatte, mir das Programm anzusehen.

»Nach dem Abendessen sollte es einen Vortrag geben«, erklärte sie, als sie meine Verwirrung bemerkte. »Lord Bullmer wollte etwas über das Nordlicht erzählen und dazu einige Aufnahmen von Mr Lederer zeigen, aber da Lord Bullmer sich leider dringend um einen Notfall kümmern musste und Mr Lederer sich die Hand verletzt hat, ist das Ganze auf morgen verschoben worden, nach unserer Abfahrt aus Trondheim.«

Ich nickte und sah mich im Raum um, um herauszufinden, wer sonst noch fehlte.

Bullmer und Cole waren abwesend, wie Camilla gesagt hatte. Chloe war auch nicht da, und als ich Lars fragte, erklärte er, dass sie sich nicht gut fühle und sich ein wenig hingelegt habe.

Dafür war Anne da. Sie wirkte sehr blass, und als sie ihr Glas zu den Lippen führte, rutschte ihr die Stola von der Schulter und gab den Blick auf einen tiefblauen Bluterguss auf ihrem Schlüsselbein frei. Als sie bemerkte, wie ich sie an- und sofort wieder wegsah, lachte sie verlegen. »Das sieht schon übel aus, oder? Ich bin in der Dusche ausgerutscht, aber weil ich so schnell blaue Flecken bekomme, sieht es schlimmer aus, als es ist. Das ist leider eine der Nebenwirkungen der Chemo.«

Als wir uns zum Essen setzten, deutete Ben auf den freien Stuhl neben sich und gegenüber von Archer, doch ich tat, als hätte ich es nicht gesehen, und ließ mich stattdessen auf dem nächstbesten Platz nieder, direkt neben Owen White. Er klärte Tina gerade in epischer Breite über seine diversen Firmenbeteiligungen auf, und seine Rolle in der Investmentgesellschaft, für die er arbeitete.

Mit einem Ohr lauschte ich ihrer Unterhaltung, mit dem anderen den restlichen Gesprächen am Tisch. Irgendwann fiel mir auf, dass sie inzwischen bei einem anderen Thema waren und er plötzlich leiser sprach, als wollte er nicht, dass jemand mithörte.

»... ganz ehrlich, nein«, vertraute er Tina an. »Ich bin einfach nicht hundertprozentig überzeugt, dass das Konzept wirtschaftlich ist – es ist so ein kleiner Investitionsmarkt. Aber ich bin sicher, dass er irgendwo Interessenten auftreiben kann. Und natürlich hat er selbst, oder besser gesagt Anne, ziemlich viel auf der hohen Kante, also kann er sich bestimmt erlauben, auf den richtigen Partner zu warten. Es ist schon schade, dass Solberg nicht kommen konnte, für ihn wäre das hier genau das Richtige gewesen.«

Tina nickte sachkundig, bevor sich das Gespräch anderen Themen zuwandte – Reisezielen, die sie gemeinsam hatten, gefolgt von dem Versuch, die neongrünen Geleewürfel zu identifizieren, welche man uns soeben aufgetischt hatte, flankiert von kleinen Häufchen, bei denen es sich möglicherweise um Algen handelte. Ich ließ den Blick durch den Raum schweifen. Gerade erzählte Archer Ben irgendetwas und konnte sich dabei vor Lachen kaum halten. Er sah betrunken aus, die Fliege hing bereits schief. Anne sprach am gleichen Tisch mit Lars. Von den Tränen, die ich am Nachmittag gesehen hatte, war nichts mehr zu erahnen, doch es lag eine innere Unruhe in ihrem Ausdruck, und ihr Lächeln, mit dem sie zu Lars Worten nickte, wirkte gequält.

»Grübeln Sie auch über unsere Gastgeberin nach?«, fragte eine tiefe Stimme von schräg gegenüber, und als ich mich umdrehte, sah ich dort Alexander an seinem Glas nippen. »Sie gibt einem Rätsel auf, nicht wahr? Sie wirkt so zerbrechlich, dabei soll sie die treibende Kraft hinter Richards Imperium sein. Eine eiserne Faust im Seidenhandschuh, wenn man so will. Vermutlich stählt es den Charakter, wenn man in einem Alter, in dem andere Kinder noch in ihre Cornflakes sabbern, zu so viel Geld kommt.«

»Kennen Sie sie gut?«, fragte ich.

Alexander schüttelte den Kopf. »Ich bin ihr noch nie zuvor begegnet. Während Richard sein halbes Leben im Flugzeug verbringt, verlässt sie Norwegen so gut wie nie. Mir ist das völlig fremd – Reisen ist mein Leben, und ich könnte mir nicht vorstellen, mich auf so ein mickriges Land wie Norwegen zu beschränken, wenn die Metropolen und Spitzenrestaurants der Welt auf mich warten. Niemals Milchferkel im El Bulli zu probieren oder das Gaggan in Bangkok zu erleben, diesen herrlichen Schmelztiegel der Kulturen – was für ein Gedanke! Vermutlich ist es aber eine Art Rebellion gegen ihre Erziehung – soweit ich weiß, sind ihre Eltern bei einem Flugzeugabsturz ums Leben gekommen, als sie acht oder neun war, und von da an wurde sie von ihren Großeltern jahrelang quer durch Europa von Internat zu Internat geschickt. Da will man vielleicht als Erwachsene einen anderen Weg einschlagen.«

Er griff nach seiner Gabel, und wir begannen mit dem Essen, als an der Tür plötzlich Unruhe entstand. Im nächsten Moment sah ich Cole mit unsicheren Schritten auf unseren Tisch zukommen.

»Mr Lederer!« Eine Bedienung eilte herbei, um von der Wand einen zusätzlichen Stuhl heranzuschaffen. »Miss Blacklock, dürfte ich Sie bitten, hier kurz …«

Ich rückte ein Stück zur Seite, sodass genug Platz war, damit sie den Stuhl am Kopfende des Tisches abstellen konnte. Cole ließ sich schwerfällig draufplumpsen. Er trug einen Verband um die Hand und hatte wohl schon den einen oder anderen Drink intus.

»Nein, keinen Champagner«, wimmelte er Hanni ab, die mit einem Tablett ankam. »Ich nehme einen Whisky.«

Hanni nickte und eilte davon, während Cole sich auf seinem Stuhl zurücklehnte und mit der Hand über sein unrasiertes Gesicht strich.

»Das mit Ihrer Kamera tut mir leid«, sagte ich vorsichtig. Er bedachte mich mit einem finsteren Blick, und ich merkte, dass er bereits sehr betrunken war.

»Ein Albtraum«, erwiderte er. »Und das Schlimmste ist, dass ich verflucht noch mal selbst schuld bin. Ich hätte alles sichern müssen.«

»Sind alle Aufnahmen weg?«, fragte ich.

Er zuckte mit den Schultern. »Wahrscheinlich ja. In London kenne ich einen, der vielleicht ein paar der Daten retten könnte, aber wenn ich die Kamera mit dem Laptop verbinde, ist absolut nichts zu sehen. Die Karte wird nicht mal erkannt.«

»Das tut mir wirklich leid.« Das Herz schlug mir bis zum Hals. Es war vielleicht keine kluge Idee, aber da ich nichts zu verlieren hatte, fragte ich: »Waren nur Bilder von dieser Reise darauf? Ich dachte, ich hätte noch ein anderes gesehen ...«

»Ach ja, ich hatte die Karte ausgetauscht, da waren noch ein paar Bilder von einem Shooting im Magellan vor zwei Wochen drauf.«

Ich kannte das Magellan – ein hochexklusiver Herrenclub in Picadilly, der ursprünglich als Treffpunkt für Diplomaten und den vom Club so bezeichneten »Mann von Welt« konzipiert worden war. Frauen waren als Mitglieder nicht zugelassen, konnten aber als Gäste teilnehmen – ich selbst hatte ein- oder zweimal Rowan bei einer Veranstaltung vertreten.

»Sind Sie da Mitglied?«, wollte ich wissen.

Er schnaubte verächtlich. »Sicher nicht. Nicht mein Stil, selbst wenn sie mich wider Erwarten dort aufnehmen würden. Der Laden ist mir zu verkrustet – jeder Ort, an dem Jeans nicht erlaubt sind, ist mir von vorneherein suspekt. Da ist das Frontline schon eher mein Fall. Aber Alexander ist Mitglied. Und Bullmer auch, glaube ich. Sie kennen ja das Spiel:

Entweder man hat den passenden Stammbaum, oder man ist scheißreich, und leider trifft beides nicht auf mich zu.«

Während er sprach, erstarben um uns herum die anderen Gespräche, und in der plötzlichen Stille klang seine letzte Bemerkung unangenehm laut, zumal nun deutlich das Lallen in seiner Aussprache zu hören war. Einige Köpfe drehten sich zu uns um, und Anne warf der Bedienung einen Blick zu, der besagte: *Sieh zu, dass er vor dem Whisky sein Essen bekommt.*

»Was haben Sie dann da gemacht?«, fragte ich bewusst leise, als könnte ich ihn auf diese Weise dazu bringen, ebenfalls die Stimme zu senken.

»Fotos für ›Harpers‹.« Sein Essen kam, und er begann, wahllos einzelne der fragilen architektonischen Gebilde aufzuspießen und sich in den Mund zu schieben. Ich bezweifelte, dass er überhaupt etwas davon schmeckte. »Irgendeine Launch-Party, glaube ich. Habe ich vergessen. Verdammt!« Er sah auf seine Hand, wo die Gabel in schrägem Winkel auf dem Verband auflag. »Das tut sauweh. Ich werde morgen in Trondheim auf keinen Fall stundenlang durch den Nidarosdom spazieren, sondern einen Arzt finden, der mir das untersucht und ein anständiges Schmerzmittel verschreibt.«

Nach dem Essen nahmen wir unseren Kaffee mit in die Lounge, wo ich durch das große Fenster hinaus in den Nebel starrte und mich plötzlich neben Owen White wiederfand, der das Gleiche tat. Er nickte zwar höflich, machte aber keine Anstalten, ein Gespräch zu beginnen. Ich überlegte, was Rowan wohl tun würde. Ihn bezirzen? Oder würde sie ihn ignorieren und sich jemand anderen suchen, der ›Velocity‹ eher von Nutzen sein könnte? Archer vielleicht?

Über die Schulter blickte ich mich zu Archer um, der extrem betrunken schien und gerade Hanni in Beschlag nahm, die mit dem Rücken zum Fenster in einer Ecke stand und der er dank seiner breiten Statur praktisch den Weg versperrte. Hanni hielt eine Kaffeekanne in der Hand und schenkte ihm ein höfliches, aber mattes Lächeln. Gerade sagte sie irgendetwas und deutete auf die Kanne, offenkundig um sich von ihm loszueisen, aber er lachte nur und legte ihr in unappetitlich onkelhafter, besitzergreifender Manier einen schweren Arm um die Schultern.

Hanni sagte noch etwas, das ich nicht verstand, und entzog sich dann mit geübter Wendigkeit seinem Griff. Archer wirkte erst verwirrt, dann verärgert, doch schon einen Moment später schien er es offenbar vergessen zu haben und machte sich auf, um mit Ben zu reden.

Ich wandte mich wieder Owen White zu und stieß einen Seufzer aus, aber ich wusste nicht, ob aus Erleichterung wegen Hanni oder als Zeichen der Resignation über meine eigene Unfähigkeit, mit unangenehmen Leuten umzugehen, selbst wenn meine Karriere auf dem Spiel stand.

Im Gegensatz dazu wirkte Owen zwar beruhigend harmlos, aber während ich sein Profil im nun fast dunklen, vom Nebel getrübten Fenster betrachtete, wurde ich mir bewusst, dass ich keine Ahnung hatte, ob er ›Velocity‹ irgendeinen Nutzen bringen könnte. Laut Ben war er Investor, aber er hatte sich während der ganzen Reise bisher so zurückgezogen, dass ich keine klare Vorstellung davon hatte, was er eigentlich beruflich tat. Vielleicht war er ja der perfekte Geldgeber für die ›Velocity‹-Gruppe, sollte unser Verleger je expandieren wollen. So oder so hatte ich jetzt nicht das Bedürfnis, mich woanders dazuzustellen.

»Also, ähm …«, begann ich umständlich. »Ich glaube, wir wurden einander noch nicht vorgestellt. Mein Name ist Laura Blacklock, und ich bin Reisejournalistin.«

»Owen White«, erwiderte er knapp, aber es klang nicht abweisend; er schien einfach kein Mann vieler Worte zu sein. Er streckte die Hand aus, die ich ungeschickt mit meiner Linken ergriff, in der sich zwar ein Petit Four befand, die aber der rechten Hand mit der heißen Tasse Kaffee darin vorzuziehen war.

»Was führt Sie auf die *Aurora*, Mr White?«

»Ich bin für eine Investmentfirma tätig«, antwortete er und nahm einen großen Schluck von seinem Kaffee. »Ich glaube, Bullmer hatte gehofft, ich würde die *Aurora* als Investitionsmöglichkeit weiterempfehlen.«

»Aber … wenn ich Sie vorhin bei Tisch richtig verstanden habe, haben Sie das nicht vor?«, fragte ich, unsicher, ob es vielleicht von schlechten Manieren zeugte, wenn ich zugab, dass ich sein Gespräch mit Tina mit angehört hatte, auch wenn ich es kaum hätte vermeiden können.

Er nickte, offenbar ungerührt. »Das ist richtig. Zugegeben, es ist nicht wirklich mein Gebiet, aber ich war schon ein wenig geschmeichelt über die Einladung und leider nicht unbestechlich genug, um mir eine geschenkte Reise entgehen zu lassen. Wie ich schon zu Tina sagte: Es ist wirklich bedauerlich, dass Solberg nicht mitkommen konnte.«

»Der sollte eigentlich in Kabine 10 wohnen, oder?«, fragte ich. Owen White nickte. Mir wurde schlagartig bewusst, dass ich keine Ahnung hatte, wer Solberg eigentlich war und weshalb er fehlte. »Kannten – ich meine, kennen Sie ihn gut?«

»Ja, relativ gut. Wir arbeiten im selben Bereich. Seine Firma sitzt zwar in Norwegen und unsere in London, aber wir bewegen uns in überschaubaren Kreisen – man lernt schnell alle seine Konkurrenten kennen. Ich nehme an, im Reisejournalismus ist das genauso.« Lächelnd schob er sich noch ein Petit Four in den Mund, und ich lächelte bestätigend zurück.

»Wenn es ihm viel eher liegt, wie kommt es dann, dass er nicht hier ist?«, wollte ich wissen.

Owen White schwieg, und ich begann, mich zu fragen, ob ich zu weit gegangen, mit meinen Nachfragen zu forsch gewesen war, doch dann schluckte er und ich erkannte, dass er bloß mit seinem Petit Four zu kämpfen hatte.

»Bei ihm wurde eingebrochen …«, antwortete er, den Mund voller klebriger Creme. »Sein Pass wurde gestohlen, aber ich glaube, das ist nicht der Hauptgrund für sein Fehlen – wenn ich es richtig verstanden habe, waren seine Frau und die Kinder im Haus, und es hat ihnen ziemlich zugesetzt. Und man kann über skandinavische Unternehmen sagen, was man will …« Er brach ab und mühte sich, die Masse in seinem Mund runterzuschlucken. »Aber sie wissen zumindest, dass im Zweifelsfall die Familie Vorrang hat. Himmel, diesen Nougat sollten Sie nur probieren, wenn Sie sehr gute Zähne haben. Ich glaube, mir ist gerade eine Füllung rausgebrochen.«

»Nicht den Nougat!«, ertönte eine Stimme hinter uns, während ich noch dabei war, das Gehörte zu verarbeiten. Ich drehte mich um und sah Alexander, der sich vor uns beiden aufbaute. »Owen, bitte sag mir, du hast den nicht probiert.«

»Doch, das habe ich.« Owen nahm einen Schluck Kaffee, spülte sich damit den Mund und verzog das Gesicht. »Zu meinem großen Bedauern.«

»Man sollte die Dinger allermindestens mit einem Warnhinweis versehen. Sie!« Alexander zeigte mit dem Finger auf mich. »Ein investigativer Bericht ist genau das, was wir brauchen. ›Velocity‹ enthüllt die ungeschminkte Wahrheit über Richard Bullmers zwielichtige Verstrickungen mit der Zahnkosmetik-Branche. Dank diesem Nougat und dem anderen *Vorfall* werden zukünftige Passagiere es sicher schwer haben, für ihre Kreuzfahrt eine Reisekrankenversicherung abzuschließen.«

»Welcher andere Vorfall?«, fragte ich spitz und überlegte, was ich Alexander gegenüber erwähnt hatte. Ich hatte ihm sicher nicht die ganze Geschichte erzählt. Hatte Lars ihn vielleicht über das Gespräch am Whirlpool unterrichtet? »Was meinen Sie damit?«

»Wieso?«, fragte Alexander mit theatralisch aufgerissenen Augen. »Coles Hand natürlich. Was dachten Sie denn?«

Nach dem Kaffee löste sich die Gruppe auf, wobei Owen ohne ein Wort des Abschieds verschwand, während Lars seinen

Abgang lautstark mit einem Witz über Chloe inszenierte. Bullmer war immer noch nicht zu sehen, und Anne ebenfalls nicht.

»Kommst du noch auf einen Kurzen mit in die Bar?«, schlug Tina vor, als ich meine leere Tasse auf einem Beistelltisch absetzte. »Alexander will dort ein bisschen auf dem Stutzflügel klimpern.«

»Ich … ich weiß nicht.« Ich war in Gedanken immer noch mit dem beschäftigt, was Owen mir beim Kaffee über den Einbruch bei Solberg erzählt hatte. Was hatte das zu bedeuten? »Ich glaube, ich lege mich lieber hin.«

»Ben?«, schnurrte Tina.

Er sah mich an. »Lo? Soll ich dich auf deine Kabine bringen?«

»Nicht nötig, danke«, antwortete ich und wandte mich zum Gehen. Ich war schon fast an der Tür, als mich jemand am Handgelenk fasste. Es war Ben.

»Hey«, sagte er leise. »Was ist denn los?«

»Ben.« Ich blickte über seine Schulter hinweg zu den anderen Gästen hinüber, die lachend und plaudernd zusammenstanden und nicht mitbekamen, dass um sie herum die Stewards abräumten. »Lass uns das nicht hier besprechen. Es ist gar nichts los.«

»Warum warst du dann während des ganzen Abendessens so komisch? Ich hatte dir einen Platz frei gehalten, und du hast mich ignoriert.«

»Nichts ist los.« Ich spürte einen schmerzhaften Druck auf den Schläfen, als wollte der Zorn, den ich schon den ganzen Abend zu unterdrücken versuchte, sich einen Weg bahnen.

»Ich glaube dir kein Wort. Komm schon, spuck's aus.«

»Du hast mich angelogen!« Der Vorwurf platzte in einem wütenden Zischen aus mir heraus, bevor ich dazu kam, mich zu fragen, ob es klug war, ihn damit zu konfrontieren. Ben sah mich verdutzt an.

»Wie bitte? Habe ich nicht!«

»Ach nein?«, fauchte ich. »Du hast also die Kabine während des Pokerspiels kein einziges Mal verlassen?«

»Nein!« Nun war er es, der sich verstohlen nach den anderen Gästen umsah. Tatsächlich blickte Tina gerade zu uns herüber, und so fuhr er mit deutlich leiserer Stimme fort: »Habe ich nicht – ach so, Moment, ich bin einmal kurz raus, um mein Portemonnaie zu holen. Aber das war doch keine Lüge – keine richtige.«

»Keine Lüge? Du hast kategorisch ausgeschlossen, dass irgendjemand die Kabine verlassen hat. Und dann erfahre ich von Cole, dass du doch rausgegangen bist, und natürlich könnte in deiner Abwesenheit wer weiß wer noch alles die Kabine verlassen haben.«

»Aber das ist doch etwas anderes«, stammelte er. »Ich bin um … was weiß ich, wann, rausgegangen, aber es war noch früh am Abend. Nicht um die Zeit, um die es geht.«

»Und warum hast du dann gelogen?«

»Es war doch keine Lüge! Ich habe nur nicht dran gedacht. Mensch, Lo, jetzt …«

Ich ließ ihn nicht ausreden. Ich zog meine Hand aus seinem Griff, stürmte durch die Tür hinaus in den Flur und ließ ihn mit offenem Mund stehen.

Ich war so in meine Gedanken vertieft, dass ich an der nächsten Ecke mit jemandem zusammenstieß. Es war Anne. Sie stand an die Wand gelehnt da, als müsste sie sich für etwas wappnen, aber ob für die Gesellschaft oder den Rückweg in die Kabine, war schwer zu sagen. Sie sah extrem müde aus, und ihr Gesicht war grau, die Schatten um ihre Augen waren dunkler als je zuvor.

»Oh Gott, Entschuldigung!«, japste ich und fügte, als mir die Prellung auf ihrem Schlüsselbein einfiel, besorgt hinzu: »Habe ich Ihnen wehgetan?«

Ein Lächeln legte die feine Haut um ihren Mund in Fältchen, doch es war zu schwach, um auch die Augen zu erreichen.

»Nichts passiert. Ich bin einfach nur sehr müde. Manchmal …« Sie schluckte. Kurz klang ihre Stimme brüchig und ihr geschliffenes Englisch wirkte unscharf und verwaschen. »Manchmal habe ich das Gefühl, dass mir das alles zu viel wird – verstehen Sie? Diese ganze Scharade.«

»Ja, das kann ich mir vorstellen«, erwiderte ich mitfühlend.

»Wenn Sie mich bitte entschuldigen; ich würde jetzt gerne ins Bett gehen«, sagte sie. Ich nickte, drehte mich um und nahm die Treppe hinunter zu den hinteren Kabinen.

Ich war schon fast an meiner Tür, als ich hinter mir eine wütende Stimme hörte.

»Lo! Warte! Du kannst hier doch nicht einfach mit Anschuldigungen um dich werfen und dann abhauen.«

Ben. Verdammt. Ich verspürte den unbändigen Drang, in die Kabine zu laufen und die Tür hinter mir zuzuknallen, aber ich kämpfte dagegen an und wandte mich zu ihm um, den Rücken gegen die Wandvertäfelung gelehnt.

»Von Anschuldigungen kann keine Rede sein. Ich habe nur wiedergegeben, was ich gehört habe.«

»Du hast quasi durchblicken lassen, dass du mich jetzt verdächtigst. Mann! Wir kennen uns seit über zehn Jahren! Hast du eine Ahnung, wie sich das anfühlt – dass du mich einfach so als Lügner beschuldigst?«

Er klang ehrlich verletzt, aber ich wehrte mich dagegen, weich zu werden. Während unserer Beziehung war dies Bens Lieblingsstrategie gewesen, wenn wir uns stritten: die Diskussion weg von dem zu führen, worüber ich mich geärgert hatte, und stattdessen darauf zu lenken, wie sich mein irrationales Verhalten auf seine Gefühle auswirkte. Wieder und wieder hatte ich mich am Ende dafür entschuldigt, dass ich ihn verletzt hatte, und dabei meine eigenen Gefühle völlig außer Acht gelassen – und jedes Mal hatten wir dabei den eigentlichen Auslöser des Streits aus den Augen verloren. Diesmal würde ich nicht darauf reinfallen.

Ich versuchte, ruhig zu bleiben. »Für deine Gefühle kann ich nichts. Ich beschreibe nur die Fakten.«

»Fakten? Mach dich nicht lächerlich.«

Ich verschränkte die Arme vor der Brust. »Lächerlich? Wie meinst du das?«

»Ich meine«, fuhr er mich an, »dass du komplett paranoid geworden bist. Hinter jeder Ecke vermutest du einen Feind! Vielleicht hat Nilsson ja …«

Er stockte. Ich krampfte meine Finger um die zierliche Abendtasche, bis ich die harte Schale meines Handys unter den glatten Pailletten fühlte.

»Ja? Vielleicht hat Nilsson was?«

»Ach, nichts.«

»Vielleicht hat Nilsson recht? Vielleicht bilde ich mir das alles bloß ein?«

»Das habe ich nicht gesagt.«

»Aber das hast du gemeint, stimmt's?«

»Ich möchte doch nur, dass du mal einen Schritt zurücktrittst und in Ruhe darüber nachdenkst, Lo. Rational, meine ich.«

Ich zwang mich, gelassen zu bleiben, und setzte ein Lächeln auf. »Ich bin vollkommen rational. Aber ich trete sehr gerne einen Schritt zurück.« Mit diesen Worten öffnete ich die Tür, ging in meine Kabine und knallte ihm die Tür vor der Nase zu.

»Lo!«, hörte ich von draußen, gefolgt von einem Klopfen. Pause. Dann rief er erneut: *»Lo!«*

Ich antwortete nicht, sondern schob nur den Riegel und die Kette vor. Ohne Rammbock würde niemand durch diese Tür kommen. Schon gar nicht Ben Howard.

»Lo!« Er klopfte erneut. »Rede gefälligst mit mir. Das geht jetzt wirklich zu weit. Kannst du mir wenigstens sagen, was du morgen der Polizei erzählen willst?« Er verstummte und wartete auf eine Antwort. »Hörst du mir überhaupt zu?«

Ich ließ mich nicht weiter darauf ein, sondern warf meine

Tasche aufs Bett, zog das Kleid aus und ging ins Bad, schloss die Tür und drehte die Hähne an der Badewanne auf, um seine Stimme zu übertönen. Als ich schließlich ins siedend heiße Wasser stieg und die Hähne zudrehte, hörte ich nichts außer dem leisen Summen der Lüftung. Gott sei Dank. Er hatte endlich aufgegeben.

Da ich das Handy im Schlafzimmer gelassen hatte, wusste ich nicht, wie spät es war, als ich wieder aus der Wanne stieg, aber meine Finger waren vom Wasser schon ganz schrumpelig geworden, und ich spürte eine bleierne, aber angenehme Müdigkeit, die nichts mit der nervösen, überreizten Erschöpfung der letzten Tage gemein hatte. Während ich mir die Zähne putzte, die Haare föhnte und in den weißen Bademantel schlüpfte, dachte ich mit Vorfreude an die bevorstehende Nachtruhe und die kohärente, sorgfältig durchdachte Aussage, die ich morgen bei der Polizei machen würde.

Und dann … oh, allein bei dem Gedanken bekam ich vor Erleichterung weiche Knie. Dann würde ich einen Bus oder einen Zug oder irgendein anderes Trondheimer Verkehrsmittel zum nächstgelegenen Flughafen nehmen und nach Hause fliegen.

Als ich die Tür zum Zimmer öffnete, hielt ich den Atem an und horchte, ob Ben von Neuem zu klopfen und schreien beginnen würde, doch es blieb still. Lautlos schlich ich über den dicken weißen Teppichboden zur Tür, öffnete vorsichtig die Klappe des Spions und sah hinaus in den Flur. Da war niemand, jedenfalls soweit ich das erkennen konnte. Durch den Spion überblickte ich zwar nur einen Teil des Flurs, aber sofern Ben sich nicht vor meiner Tür auf den Boden gelegt hatte, war die Luft rein.

Mit einem Seufzer nahm ich die Handtasche vom Bett, um auf dem Handy nach der Uhrzeit zu sehen und den Wecker für den nächsten Tag zu stellen. Auf einen Anruf von Karla würde ich nicht warten – ich wollte so schnell wie möglich von diesem Schiff runter.

Doch mein Handy war nicht da.

Ich drehte die Tasche um und schüttelte sie, obwohl ich wusste, dass es vergeblich war – die Tasche war so klein und leicht, dass sich nichts, was schwerer als eine Postkarte war, unbemerkt darin verbergen konnte. Auf dem Bett lag es auch nicht. War es auf den Boden gefallen?

Ich versuchte, meine Gedanken zu sortieren.

Hatte ich es vielleicht beim Abendessen liegen lassen? Nein, da hatte ich es gar nicht rausgenommen. Außerdem erinnerte ich mich deutlich daran, dass ich es während des Streits mit Ben in der Tasche gefühlt hatte. Und ich hätte das fehlende Gewicht bemerkt, als ich die Tasche aufs Bett warf.

Ich sah im Bad nach, für den Fall, dass ich es geistesabwesend doch mit hineingenommen hatte, aber da war es auch nicht.

Fieberhaft suchte ich weiter, riss die Bettdecke herunter, schob das Bett zur Seite – und dann sah ich es.

Da war ein Fußabdruck, ein nasser Fußabdruck auf dem Teppich neben der Verandatür.

Ich erstarrte.

War ich das gewesen? Als ich aus dem Bad gekommen war?

Aber ich wusste, dass das nicht sein konnte. Ich hatte mir die Füße noch im Bad abgetrocknet und war nicht mal in der Nähe des Fensters gewesen. Ich trat einen Schritt näher, berührte die kalte, feuchte Spur mit den Fingerspitzen, und erkannte, dass es ein Schuhabdruck war. Die Form des Absatzes war klar zu erkennen.

Es gab nur eine Erklärung.

Ich stand auf, öffnete die Verandatür und ging hinaus. Draußen beugte ich mich über die Reling und warf einen Blick auf die verlassene Veranda zu meiner Linken. Die Trennwand war zwar glatt und recht hoch, aber wer mutig und schwindelfrei war und kein Problem mit dem Risiko hatte, dort unten den nassen Tod zu finden, konnte sie vermutlich überwinden.

Mein Bademantel bot keinen Schutz gegen den kalten Nordseewind, und ich schlotterte am ganzen Körper, doch eine Sache musste ich noch ausprobieren, auch wenn ich es zutiefst bereuen und mir extrem blöd vorkommen würde, wenn ich mich irrte.

Vorsichtig zog ich die Verandatür zu und ließ sie einrasten. Dann versuchte ich, sie wieder zu öffnen.

Sie glitt auf – völlig widerstandslos.

Ich ging hinein, wiederholte den Vorgang und sah mir dann das Schloss an. Wie erwartet gab es keine Möglichkeit, die Verandatür so zu schließen, dass man von außen nicht reinkam. Genau betrachtet war das ja auch logisch. Die einzige Person, die sich auf der Veranda aufhalten sollte, war der Bewohner der Kabine. Als Schiffsbauer wollte man sicher nicht riskieren, dass sich jemand bei schlechtem Wetter versehentlich ausschloss und nicht mehr reinkam oder dass ein aufmüpfiges Kind seine Eltern aussperrte und dann die Tür nicht mehr aufbekam.

Und was sprach auch dagegen? Die Veranda ging aufs Meer hinaus – es gab keine Möglichkeit, dass sich jemand von außen Zugang verschaffte.

Nur, dass es die eben doch gab. Falls man sehr wagemutig war, und sehr, sehr leichtsinnig.

Mit einem Mal wurde mir alles klar. Sämtliche Schlösser und Riegel und »Bitte nicht stören«-Schilder der Welt konnten nichts ausrichten, solange der Balkon jedem Einlass gewährte, der Zugang zur leeren Nachbarkabine hatte und über ausreichend Kraft in den Armen verfügte.

Meine Kabine war nicht sicher, und sie war es nie gewesen.

Zurück im Zimmer zog ich mir Jeans, Stiefel und meinen Lieblings-Hoodie an. Dann überprüfte ich das Schloss der Kabinentür, bevor ich mich mit einem Kissen vor der Brust aufs Sofa kauerte.

An Schlaf war nicht zu denken.

Jeder konnte die leere Kabine betreten haben. Und von dort brauchte es nur einen kräftigen Klimmzug, um über die Trennwand auf meine Veranda zu gelangen. Die Besatzungsmitglieder besaßen alle Schlüsselkarten, mit denen sie sich mühelos Zutritt zu der leeren Kabine verschaffen konnten. Und die Gäste …?

In Gedanken ging ich die Anordnung der Kabinen durch. Rechts von mir war Archer untergebracht, ein ehemaliger Marinesoldat mit einer Kraft im Oberkörper, die mich jedes Mal erschrecken ließ, wenn ich nur daran dachte. Und links … links war die leere Kabine, und dahinter, da lag Bens.

Ben. Der bei Nilsson absichtlich Zweifel an meiner Geschichte gesät hatte.

Ben, der bei seinem Alibi gelogen hatte.

Und er hatte von Coles Fotos gewusst, bevor ich sie gesehen hatte. Wie im Traum klangen mir seine Worte in den Ohren: *Er hat sie uns beim Mittagessen gezeigt; da waren schon ein paar tolle Bilder darunter …*

Ben Howard. Der einzige Mensch an Bord dieses Schiffs, dem ich glaubte, vertrauen zu können.

Ich dachte an mein Handy und daran, welche Dummheit und Dreistigkeit es erforderte, es zu stehlen, während ich in der Badewanne lag. Er hatte viel riskiert, um daran zu kommen, und es stellte sich die Frage: Warum? Warum jetzt? Aber ich glaubte, die Antwort zu kennen.

Die Antwort lautete: Trondheim. Solange das Internet auf dem Schiff nicht funktionierte, hatte der Täter nichts zu befürchten. Ich konnte nicht telefonieren, ohne dass Camilla Lidman mich durchstellte. Aber wenn wir uns erst einmal der Küste näherten …

Ich presste mir das Kissen noch fester an die Brust und dachte an Trondheim, an Judah und die Polizei.

Ich musste nur bis zum Morgengrauen durchhalten.

**Alibi: Diskussionsforum für Sessel-Detektive**

Bitte lesen Sie sich vor dem Erstellen eines Threads die Forenregeln durch und sehen Sie von der Veröffentlichung von Informationen, die sich nachteilig auf laufende Verfahren auswirken könnten, sowie von potentiell verleumderischen Beiträgen ab. Beiträge, die diese Richtlinien verletzen, werden entfernt.

**Montag, 28. September, 10:03: Vermisste Britin**

**IamSherlocked:** Hallo zusammen, verfolgt ihr auch die Lorna-Blacklock-Sache? Sie haben jetzt anscheinend ne Leiche gefunden.

**MeinNameistMarpleJaneMarple:** Die heißt Laura Blacklock, nur so zur Info. Ja, ich verfolge es. Echt tragisch und leider auch nicht so ungewöhnlich, ich hab irgendwo gelesen, dass in den letzten Jahren mehr als 160 Menschen nach einer Kreuzfahrt vermisst gemeldet wurden und dass fast keiner dieser Fälle aufgeklärt wurde.

**IamSherlocked:** Ja, das habe ich auch gehört. Laut ›Daily Mail‹ war ihr Ex auch an Bord. Die haben ein langes krokodilträniges Interview mit ihm gedruckt, wie besorgt er doch ist. Er behauptet, sie wäre einfach von sich aus von Bord gegangen. Etwas dubios, wenn ihr mich fragt. Es heißt doch immer, ein Drittel der Frauen wird von Exfreunden oder Partnern umgebracht oder so …

**MeinNameistMarpleJaneMarple:** *»ein Drittel der Frauen wird von Exfreunden oder Partnern umgebracht oder so …«* Ich nehme mal an, du meinst weibliche Mordopfer, von denen wird ein Drittel vom Partner oder vom Ex umgebracht, nicht ein Drittel aller Frauen! Aber ja, dieser Anteil klingt plausibel.

Und dann ist da noch ihr aktueller Freund. Etwas an seiner Aussage kommt mir komisch vor und angeblich war er zu der Zeit auch im Ausland … hmm … wie praktisch für ihn. So schwer ist es ja nicht, mal eben in 'nen Flieger nach Norwegen zu steigen …

**InsiderAnonym:** Ich bin regelmäßig hier im Forum unterwegs (mit wechselnden Namen, weil ich mich nicht outen will) und ich habe ein bisschen Einblick in diesen Fall, ich kenne nämlich die Familie. Zu viel kann ich nicht verraten, um anonym zu bleiben und die Privatsphäre der Familie zu schützen, aber ich kann euch sagen, Judah ist völlig am Ende wegen Los Verschwinden und ich wäre an eurer Stelle sehr vorsichtig, hier irgendwelche anders gearteten Anschuldigungen zu machen, sonst wird der Thread hier bald entfernt.

**MeinNameistMarpleJaneMarple:** Lieber Anonym, deine Behauptungen wären glaubwürdiger, wenn du die Maske fallen lassen würdest, und abgesehen davon war nichts von dem, was ich geschrieben habe, in irgendeiner Weise verleumderisch. Ich hab bloß gesagt, dass ich persönlich seine Aussage nicht überzeugend fand. Was bitte ist daran verleumderisch?

**InsiderAnonym:** Also MJM, ich habe eigentlich nicht vor, das mit dir zu diskutieren, aber ich kenne die betreffenden Personen gut. Ich war mit Laura auf der Schule und ich kann dir sagen, du bist wirklich auf dem Holzweg. Wenn du es genau wissen willst: Lo hat ernste Probleme, sie nimmt seit Jahren Antidepressiva und war schon immer … na ja, labil wäre noch sehr vorsichtig ausgedrückt. Ich schätze mal, die Polizei wird in diese Richtung ermitteln.

**IamSherlocked:** Meinst du Selbstmord oder was?

**InsiderAnonym:** Ich will hier nicht weiter über die Ermittlungen spekulieren – aber ja, das lese ich zwischen den Zeilen. Vielleicht ist euch schon aufgefallen: Sie hüten sich davor, es in den Medien als Mordermittlung zu bezeichnen.

**JudahLewis01:** Ich habe durch einen Freund von diesem Thread erfahren und mich jetzt registriert, um diesen Beitrag zu posten – und im Gegensatz zu InsiderAnonym unter meinem wahren Namen. Anonym, ich habe keine Ahnung, wer du bist, und ehrlich gesagt kannst du mich mal kreuzweise. Ja, Lo nimmt Tabletten (übrigens gegen Angstzustände und nicht Depression, und wenn du wirklich ein Freund wärst, wüsstest du das) und zwar genauso wie Hunderttausende anderer Leute auch, und zu implizieren, das mache sie, um bei deiner Wortwahl zu bleiben, automatisch »labil« oder gar suizidal, ist absolut widerlich. Ja, ich war im Ausland. Ich war beruflich in Russland. Und ja, sie haben eine Leiche gefunden, aber sie ist bisher nicht als Lo identifiziert, also ist es zurzeit ein Vermisstenfall, weshalb man in der Presse auch nichts von Mordermittlungen liest. Könnt ihr vielleicht mal daran denken, dass es hier um einen echten Menschen geht und nicht um irgendeine Folge von ›Mord ist ihr Hobby‹? Ich weiß nicht, wer diese Drecksseite hier verwaltet, aber ich werde den Thread melden.

**IamSherlocked:** *»im Gegensatz zu InsiderAnonym unter meinem wahren Namen«* – ohne dir zu nahe treten zu wollen, das kann ja auch jeder behaupten

**MrsRaisin (Admin):** Hallo an alle, wir müssen Mr Lewis leider recht geben, dass die Diskussion hier einige unschöne Spekulationen entfacht hat, weshalb wir den Thread jetzt löschen. Selbstverständlich wollen wir euch weiterhin ermöglichen, euch hier über aktuelle Nachrichten auszutauschen, aber bitte haltet euch an die bestätigten Fakten.

**InspektörWallander:** Was ist eigentlich mit diesem norwegischen Polizeiscanner-Blog, wo steht, dass die Leiche als Laura identifiziert wurde?

**MrsRaisin (Admin):** Dieser Thread wird jetzt geschlossen.

# Sechster Teil

# 22

Ich saß in der Falle. Ich wusste zwar nicht genau, wo oder warum, aber ich hatte eine ungefähre Ahnung.

Der fensterlose Raum war eng und stickig, und ich lag auf der Koje, hatte die Augen geschlossen und die Arme um den Kopf geschlungen und versuchte, die aufwallende Panik zu unterdrücken.

Während der Nebel der Angst in meinem Kopf immer dichter wurde, ging ich die Ereignisse in Gedanken zum tausendsten Mal durch – wieder und wieder durchlebte ich, wie ich am Rand des Sofas saß und auf den Morgen, auf die Ankunft in Trondheim wartete, und wie es plötzlich, unvermittelt an der Tür klopfte.

Das Geräusch war nicht besonders laut, doch in der Stille der Kabine wirkte es wie ein Pistolenschuss. Ich fuhr hoch, ließ das Kissen fallen und spürte, wie mein Herz zu rasen begann. Oh Gott. Ich merkte, dass ich den Atem anhielt, und zwang mich, langsam auszuatmen, bevor ich wieder Luft holte, tief und gleichmäßig, und dabei die Sekunden zählte.

Da war es wieder, kein wütendes Hämmern, nur ein leises Tock-Tock-Tock. Dann kehrte eine längere Pause ein, auf die ein letztes Tock folgte, das etwas lauter war als die vorherigen. Bei diesem letzten »Tock« rappelte ich mich auf und schlich so lautlos wie möglich zur Tür.

Bevor ich die Klappe des Türspions beiseiteschob, legte ich die Hand über das Guckloch, um zu verhindern, dass Licht hindurchsickerte und meine Anwesenheit verriet. Dann, als mein Gesicht nah genug war, um jedes noch so trübe, vom Fenster her einfallende Licht der Morgendämmerung abzuschirmen, zog ich die Finger weg und spähte durch den Spion.

Ich weiß nicht, wen ich dort erwartet hatte. Nilsson vielleicht. Ben Howard. Selbst Bullmer hätte mich nicht überrascht.

Aber nie im Leben hätte ich die Person erwartet, die tatsächlich vor der Tür stand.

*Sie.*

Es war die junge Frau aus Kabine 10. Die Vermisste. Sie stand vor der Tür, als wäre überhaupt nichts vorgefallen.

Einen Moment lang stand ich nur da und schnappte nach Luft, als hätte mich jemand in die Magengrube getreten. Sie *lebte*. Nilsson hatte recht gehabt – und ich hatte mich die ganze Zeit geirrt.

Dann machte sie auf dem Absatz kehrt und lief durch den Flur in Richtung der Tür zu den Mannschaftsunterkünften. Ich musste hinter ihr her. Ich musste sie einholen, bevor sie hinter dieser Tür verschwand.

Hastig löste ich Riegel und Kette und riss die Tür auf.

»Hey!«, rief ich ihr nach. »Hey, warte! Ich muss mit dir reden!«

Sie lief weiter, ohne sich auch nur umzusehen. Gleich darauf war sie an der Tür angelangt und fing an, den Code einzutippen. Ich hatte keine Zeit zum Überlegen. Ich wusste nur eins: Diesmal würde ich sie nicht spurlos verschwinden lassen. Ich rannte los.

Sie war schon über die Schwelle, als ich kaum die Hälfte der Strecke zurückgelegt hatte, doch ich bekam gerade noch den Rand der zufallenden Tür zu fassen, auch wenn ich mir dabei den Finger einklemmte. Ich riss die Tür auf und stürmte hindurch.

Es war dunkel, die Glühbirne am Treppenabsatz war durchgebrannt – oder jemand hatte sie rausgeschraubt, wie mir später in den Sinn kam.

Als die Tür hinter mir zufiel, blieb ich stehen, um mich zu orientieren und die oberste Stufe zu finden. Und da passierte es – im Stockdunkeln packte mich von hinten eine Hand an den Haaren, eine andere drehte mir den Arm auf den Rücken, Gliedmaßen schlangen sich um meinen Körper. Es folgten einige Augenblicke keuchenden, panischen, blinden Um-mich-Schlagens; meine Nägel gruben sich in fremde Haut, während ich mit der freien Hand versuchte, die schmale, starke Hand zu fassen, die mich an den Haaren zerrte. Doch dann packte sie noch fester zu, zog meinen Kopf gewaltsam nach hinten und schlug ihn gleich darauf mit voller Wucht nach vorn gegen die verschlossene Tür. Ich hörte das Krachen meines Schädels auf dem Metall – und dann nichts mehr.

Als ich wieder zu mir kam, lag ich auf einer Koje, allein und mit einem dünnen Laken zugedeckt. Ich hatte quälende Kopfschmerzen und ein stetes, heftiges Pulsieren hinter den Augen, das den schwachen Schein der Glühbirne verzerrte und flirren ließ und mit einem unheimlichen Lichtkranz versah. Am gegenüberliegenden Ende hing ein Vorhang an der Wand, und mit zitternden Gliedern rutschte ich von der Liege und taumelte halb gehend, halb kriechend darauf zu. Doch als ich mich an der oberen Koje hochzog und den dünnen orangefarbenen Stoff beiseitschob, war da kein Fenster – nur die blanke, cremeweiße Wand mit einem dezenten Muster, das wohl an Raufasertapete erinnern sollte.

Mit einem Mal rückten die Wände bedrohlich näher, der Raum um mich herum wurde schmaler, und mein Atem ging immer schneller. *Eins. Zwei. Drei. Einatmen.*

Scheiße. Ich spürte ein Schluchzen in mir aufsteigen, das drohte, mich von innen zu ersticken.

*Vier. Fünf. Sechs. Ausatmen.*

Ich saß in der Falle. Oh Gott, oh Gott, oh Gott …

*Eins. Zwei. Drei. Einatmen.*

Mit einer Hand stützte ich mich an der Wand ab und stakste auf wackligen Beinen zurück zur Tür, aber schon bevor ich es versuchte, wusste ich, dass es keinen Zweck hatte. Sie war abgeschlossen.

Ich weigerte mich, darüber nachzudenken, was das im Einzelnen bedeutete, und versuchte mein Glück stattdessen an der anderen, leicht erhöhten Tür in der Wand, die jedoch nur in ein winziges Badezimmer führte, das bis auf eine vertrocknete tote Spinne im Waschbecken leer war.

Ich stolperte zur ersten Tür zurück und versuchte es wieder, fester diesmal, ich zog und rüttelte mit aller Kraft an der Klinke, bis ich Sterne sah und keuchend zu Boden sank. Nein. Nein, das konnte doch nicht sein – war ich hier wirklich gefangen?

Mühsam richtete ich mich auf und sah mich nach etwas um, womit ich die Tür aufhebeln konnte, aber da war nichts – alles in der Kabine war entweder festgenagelt, festgeschraubt oder aus Stoff. Also wandte ich mich wieder der Klinke zu und versuchte, den Gedanken zu verdrängen, dass ich mich in einer ungefähr zweieinhalb Quadratmeter großen, fensterlosen Zelle weit unter dem Meeresspiegel befand und mich nur eine dünne Stahlhülle von den gewaltigen Wassermassen dahinter trennte. Doch die Tür gab nicht nach; das Einzige, was sich veränderte, war der Kopfschmerz, der nun mit neongrellen Blitzen auf mich einstach, bis ich schließlich in die Koje zurücktaumelte und mich dort verkroch, den Gedanken an die Tausende Tonnen Wasser von mir schob und mich stattdessen ganz auf den Schmerz konzentrierte. Wieder das Hämmern, die wild pulsierenden Schläfen. Oh Gott, wie dumm ich gewesen war, aus dem Zimmer und geradewegs in die Falle zu rennen …

Ich versuchte, klar zu denken. Ich musste Ruhe bewahren,

um nicht unterzugehen, wenn die Wogen der Angst über mich hereinbrachen. Logisch denken. Die Kontrolle behalten. Ich durfte nicht aufgeben. Was für ein Tag war heute? Ich konnte nicht sagen, wie viel Zeit vergangen war. Meine Glieder waren so steif, als hätte ich eine ganze Weile in dieser Position in der Koje gelegen, aber obwohl ich Durst hatte, fühlte ich mich nicht völlig ausgetrocknet. Hätte ich dort länger als ein paar Stunden bewusstlos gelegen, wäre ich beim Aufwachen völlig dehydriert gewesen. Demnach war wohl immer noch Dienstag.

Und das bedeutete … Ben wusste, dass ich in Trondheim an Land gehen wollte. Er würde bestimmt nach mir suchen. Er würde das Schiff nicht ohne mich abfahren lassen.

Doch dann bemerkte ich den laufenden Schiffsmotor und den Wellengang unter dem Rumpf. Entweder hatten wir gar nicht angelegt oder den Hafen schon wieder verlassen.

Oh Gott. Wir fuhren zurück aufs offene Meer – und alle würden glauben, ich sei in Trondheim geblieben. Wenn sie überhaupt nach mir suchten, dann am völlig falschen Ort.

Wenn nur mein Kopf nicht so wehtun und meine Gedanken sich nicht ständig verheddern würden … wenn nur die Wände sich nicht wie ein Sargdeckel über mir schließen und mir das Atmen, das Denken unmöglich machen würden.

Mein Reisepass. Ich hatte zwar keine Ahnung, wie groß der Hafen von Trondheim war, aber es musste ja irgendeine Art von Zollabfertigung oder Passkontrolle geben. Und von der Crew würde sicher auch einer an der Gangway stehen und die Passagiere ein- und auschecken. Sie konnten nicht riskieren, jemanden zurückzulassen. Irgendwo musste es einen Beweis geben, dass ich das Schiff nie verlassen hatte. Irgendwem würde auffallen, dass ich noch da sein musste.

Daran musste ich mich festhalten.

Doch es kostete mich große Mühe – kein Wunder, wo doch die einzige Lichtquelle eine schwach flackernde Glühbirne war, die hin und wieder ganz ausging, und die Luft mit jedem Atemzug weniger wurde. Oh Gott, es war so schwer.

Ich schloss die Augen, um mich vor den bedrohlich näher rückenden Wänden und dem beklemmenden, seltsam verzerrten Licht zu schützen, und zog mir die dünne Decke über den Kopf. Ich musste mich auf etwas anderes konzentrieren. Auf das dünne, schlaffe Kissen an meiner Wange. Auf das Geräusch meiner Atemzüge.

Aber ich sah immer wieder nur das eine Bild vor mir, das Bild der jungen Frau, wie sie da lässig, die Hand in die Hüfte gestemmt, vor meiner Tür stand und dann mit wiegendem Gang zur Tür zu den Mannschaftsquartieren lief.

Wie konnte das sein? Wie?

Hatte sie sich die ganze Zeit auf dem Schiff versteckt? Womöglich hier, in diesem Raum? Doch selbst ohne mich noch einmal umzusehen wusste ich, dass die Kabine nicht bewohnt war. Es gab keine menschlichen Spuren, keine Flecken auf dem Teppich, keine Kaffeeränder auf dem Plastikregal, in der Luft hing kein abgestandener Essensgeruch, kein Schweiß, kein Menschenduft. Schon die tote Spinne im Abfluss sprach Bände. Niemals hätte sich diese junge, vor Leben und Energie strotzende Frau hier aufhalten können, ohne eine Spur zu hinterlassen. Wo auch immer sie gewesen war, hier drin jedenfalls nicht.

Das hier war ein Sarg. Vielleicht mein eigener.

# 23

Erschöpft von den Schmerzen im Kopf und dem Brummen des Motors war ich wohl irgendwann eingeschlafen, denn ich wurde von einem Klicken geweckt.

Ich fuhr hoch und krachte mit voller Wucht gegen die obere Koje. Stöhnend ließ ich mich zurückfallen und presste die Hände an die Schläfen, während das Blut in meinen Ohren rauschte und pochte und sich ein schrilles Pfeifen in meinem Hinterkopf ausbreitete.

Mit zusammengekniffenen Augen lag ich da und wartete, dass der Schmerz verebbte, bis ich mich schließlich so weit erholt hatte, dass ich mich auf die Seite drehen und die Augen vorsichtig wieder öffnen konnte. Blinzelnd blickte ich in das Neonlicht.

Auf dem Boden stand ein Teller und daneben ein Glas, das anscheinend Saft enthielt.

Ich nahm es hoch und roch daran. Dem Aussehen und Geruch nach handelte es sich um Orangensaft, doch ich wagte nicht, davon zu trinken. Stattdessen stieg ich mühsam aus dem Bett und öffnete die Tür zum kleinen Bad, wo ich das Glas im Waschbecken ausleerte und mit Leitungswasser füllte. Es schmeckte warm und abgestanden, aber inzwischen hatte ich so großen Durst, dass ich auch Schlimmeres getrunken hätte. Ich stürzte das Wasser hinunter, füllte das Glas wieder auf und nahm einen weiteren, bedächtigeren Zug, während ich zum Bett zurückging.

Mein Kopf tat höllisch weh, und ich wünschte mir Schmerztabletten herbei, aber auch sonst ging es mir schlecht – ich fühlte mich fiebrig und matt, als hätte ich mir eine Grippe eingefangen. Vermutlich war es der Hunger: Die letzte Mahlzeit lag schon viele Stunden zurück, und mein Blutzuckerspiegel musste inzwischen im Keller sein.

Am liebsten wäre ich still liegen geblieben, um meinen schmerzenden Kopf zu schonen, aber mein Magen knurrte so heftig, dass ich mich schließlich überwand, den Teller auf dem Boden genauer zu inspizieren. Auf den ersten Blick sah alles ganz normal aus – Fleischbällchen in irgendeiner Soße, Kartoffelbrei und Erbsen, dazu ein kleines Brötchen. Ich wusste, dass ich etwas essen musste – aber wie schon zuvor beim Saft stellte sich ein instinktives Ekelgefühl ein. Es fühlte sich einfach falsch an, Essen von der Person anzunehmen, die mich in einem Verlies unter Wasser eingesperrt hatte. In dem Essen konnte alles Mögliche sein – Rattengift, Schlafmittel oder noch Schlimmeres. Und ich würde es nichtsahnend zu mir nehmen.

Allein die Vorstellung, auch nur einen Löffel von der Soße zu probieren, verursachte mir Panik und Übelkeit. Ich stand auf, um das Zeug dem Saft hinterher in den Abfluss zu kippen, als mir etwas klar wurde, und ich mich auf müden, wackligen Beinen wieder hinsetzte.

Sie brauchten mich doch gar nicht zu vergiften. Warum sollten sie das tun? Wenn sie mich umbringen wollten, konnten sie mich einfach verhungern lassen.

Ich versuchte, meine Gedanken zu sortieren.

Wenn derjenige, der mich hierhergebracht hatte, mich hätte umbringen wollen, hätte er oder sie es bereits getan. Richtig?

Richtig. Man hätte problemlos noch etwas fester zuschlagen oder mir im Schlaf ein Kissen aufs Gesicht drücken können. Stattdessen hatte man mich unter beträchtlichem Aufwand hierhergeschleppt.

Also wollte man mich nicht töten. Oder zumindest *noch* nicht.

Eine Erbse. An einer einzigen vergifteten Erbse würde ich doch wohl nicht sterben, oder?

Mit der Gabel spießte ich eine auf und betrachtete sie. Völlig normal. Keine Spur von irgendeinem Pulver, keine Verfärbung.

Ich steckte sie in den Mund und rollte sie vorsichtig auf der Zunge hin und her, um eine mögliche Geschmacksveränderung auszumachen. Nichts.

Ich kaute und schluckte sie hinunter.

Nichts geschah. Nicht, dass ich etwas anderes erwartet hätte – zwar wusste ich nicht viel über Gift, aber in meiner Vorstellung waren die Sorten, die binnen Sekunden einen Menschen töten konnten, erstens sehr selten und zweitens nicht so einfach zu bekommen.

Aber dann geschah doch etwas: Ich bekam großen Hunger.

Vorsichtig schob ich mir eine weitere Portion Erbsen in den Mund, dann noch eine, schneller und schneller, als ich merkte, wie gut mir das Essen tat. Mit der Gabel spießte ich ein Fleischbällchen auf. Es roch und schmeckte normal – bis hin zu dem charakteristischen, leicht faden Beigeschmack von Kantinenkost.

Irgendwann war der Teller leer, und ich blieb sitzen und wartete darauf, dass jemand ihn abholte.

Und wartete.

Und wartete.

Zeit ist etwas sehr Dehnbares – das ist die erste Lektion, die man lernt, wenn man sich in einer Situation ohne Tageslicht, ohne Uhr und ohne jegliche Möglichkeit wiederfindet, die Länge einer Sekunde mit der der nächsten zu vergleichen. Ich hatte es mit Zählen versucht – zählte Sekunden, zählte meinen Puls, aber bei Zweitausendundnochwas musste ich aufgeben.

Mein Kopf dröhnte, aber größere Sorgen bereitete mir das leichte Zittern in den Gliedern. Anfangs hatte ich noch gedacht, es läge am niedrigen Blutzucker, und dann, als es auch nach dem Essen nicht besser wurde, dass man mir vielleicht doch etwas untergemischt hatte. Aber jetzt begann ich, mich zu fragen, wann ich eigentlich meine Tabletten zuletzt genommen hatte.

Ich erinnerte mich, wie ich mir am Morgen, kurz vor dem Treffen mit Nilsson, aus dem Blister eine in die Hand gedrückt hatte. Aber die hatte ich nicht genommen. Irgendwas – irgendein dummer innerer Drang zu beweisen, dass ich von diesen unscheinbaren weißen Kügelchen nicht abhängig war – hatte mich davon abgehalten. Ich hatte sie auf der Ablage liegen lassen, weil ich sie zwar nicht hatte nehmen wollen, es aber auch nicht über mich gebracht hatte, sie wegzuwerfen.

Ich hatte nicht vorgehabt, sie abzusetzen. Ich wollte bloß zeigen, dass … keine Ahnung. Dass ich es selbst in der Hand hatte vermutlich. Ein ausgestreckter Mittelfinger in Richtung Nilsson, eine kleine sinnlose Geste.

Aber durch den Streit mit Ben hatte ich die Tablette völlig vergessen. Ich war ins Spa gegangen, ohne sie zu nehmen, und als dann das in der Dusche passiert war …

Damit war meine letzte Dosis also mindestens achtundvierzig Stunden her. Möglicherweise eher sechzig. Bei dem Gedanken wurde mir unbehaglich zumute. Mehr als unbehaglich. Ich bekam furchtbare Angst.

Meine erste Panikattacke hatte ich mit … keine Ahnung, dreizehn vielleicht? Oder vierzehn? Jedenfalls als Teenager. Sie kam … und ging. Obwohl ich verstört und zu Tode erschrocken war, erzählte ich niemandem davon. Ich hatte Angst, dass nur Verrückte so etwas bekamen. Gingen nicht alle anderen ohne Zitteranfälle und Atemnot durchs Leben?

Eine Zeit lang hatte ich es im Griff. Ich schaffte es durch

die Mittelstufe und wollte Abitur machen. Ungefähr da geriet alles ins Wanken. Die Panikattacken kehrten zurück, erst war es eine, dann noch ein paar. Und kurze Zeit später hatten die Angstzustände sich zu einer Vollzeitbeschäftigung entwickelt, und die Schlinge um mich herum zog sich immer weiter zu.

Ich suchte einen Psychologen auf, mehrere sogar. Da war die Analytikerin, die meine Mutter aus dem Telefonbuch herausgesucht hatte, eine ernst dreinschauende Frau mit Brille und langem Haar, die ein dunkles Geheimnis aus mir herauslocken wollte, das dann der Schlüssel zu meinem Problem sein sollte – es gab aber keins. Eine Zeit lang spielte ich mit dem Gedanken, mir eins auszudenken – einfach um zu sehen, ob es mir dann besser ginge. Aber irgendwann war meine Mutter von ihr (und ihren Rechnungen) so genervt, dass es nicht mehr dazu kam.

Dann gab es die Gruppensitzungen bei diesem hippen jungen Therapeuten, bei denen ich von lauter jungen Mädchen umgeben war, die das gesamte Störungsspektrum von Magersucht bis Selbstverletzung abdeckten. Schließlich verschrieb mir mein Hausarzt eine kognitive Verhaltenstherapie, und so landete ich bei Barry, der mir das Atmen und Zählen beibrachte und eine lebenslange Allergie gegen Männer mit leicht schütterem Haar und sanfter, verständnisvoller Tenorstimme auslöste.

Aber nichts davon half. Oder jedenfalls nicht richtig. Trotzdem riss ich mich so weit zusammen, dass ich es durch die Prüfungen und an die Uni schaffte, und weil es mir etwas besser ging, nahm ich irgendwann an, die ganze … Sache hätte sich einfach ausgewachsen, wie schon meine Begeisterung für NSYNC und Erdbeer-Lipgloss. Ich glaubte, dass ich sie in meinem Zimmer im Haus meiner Eltern zurückgelassen hätte, zusammen mit all dem anderen Ballast meiner Kindheit. Während des Studiums ging es mir ziemlich gut. Ich verließ die Universität mit meinem funkelnagelneuen Abschlusszeugnis in der Tasche und war bereit, es mit der Welt aufzunehmen.

Ich lernte Ben kennen, fand eine Stelle bei ›Velocity‹ und zog in meine eigene Wohnung.

Und dann geriet alles aus den Fugen.

Einmal habe ich versucht, die Pillen abzusetzen. Es ging mir gut, über Ben war ich hinweg (aber so was von hinweg!). Der Arzt reduzierte die Dosis erst auf zwanzig Milligramm pro Tag, dann auf zehn Milligramm, und schließlich, weil es ganz gut lief, auf zehn Milligramm an jedem zweiten Tag. Schlussendlich setzte ich sie ganz ab.

Zwei Monate hielt ich durch, bevor ich zusammenbrach, und zu dem Zeitpunkt hatte ich bereits dreizehn Kilo abgenommen und mein Job bei ›Velocity‹ war in Gefahr, obwohl sie nicht wussten, warum ich nicht mehr ins Büro kam. Zu guter Letzt rief Lissie bei meiner Mutter an, die mich schnurstracks zurück zum Arzt schickte, der achselzuckend erklärte, es könne mit dem Entzug zusammenhängen und es sei vielleicht einfach nicht der richtige Moment zum Aufhören. Er stellte mich erneut auf die ursprüngliche Dosis von 40 mg pro Tag ein, und es dauerte nur ein paar Tage, bis es mir besser ging. Wir einigten uns darauf, es zu einem späteren Zeitpunkt wieder zu versuchen – und irgendwie ist dieser Zeitpunkt nie gekommen.

Jetzt war definitiv nicht der richtige Zeitpunkt. Nicht hier, eingeschlossen in einer Stahlkiste zwei Meter unter dem Meeresspiegel.

Ich versuchte mich zu erinnern, wie lange es beim letzten Mal gedauert hatte – wie viel Zeit vergangen war, bevor es mir so richtig beschissen ging. Allzu lange war es nicht gewesen, wenn ich mich recht erinnerte. Vier Tage? Vielleicht auch weniger.

Ich spürte jetzt schon, wie die Panik sich kribbelnd auf meiner Haut ausbreitete wie kleine, kalte Elektroschocks.

*Du wirst hier sterben.*

*Keiner wird davon erfahren.*

*Oh Gott. Oh Gott oh Gott oh …*

In dem Moment klopfte es, und ich erstarrte. Ich hielt meinen Atem, meine Gedanken, meine Panik an und saß bloß wie versteinert da, mit dem Rücken zur Wand. Sollte ich mich auf sie stürzen? Angreifen?

Die Klinke senkte sich.

Mir schlug das Herz bis zum Hals. Ich stand auf und wich zur hinteren Wand zurück. Ich wusste, dass ich kämpfen musste – aber ich war nicht in der Lage dazu, nicht, bevor ich wusste, wer da zur Tür reinkommen würde.

Bilder schossen mir durch den Kopf. Nilsson. Der Koch mit den Latexhandschuhen. Das Mädchen im Pink-Floyd-T-Shirt, mit einem Messer in der Hand.

Ich schluckte.

Und dann schlängelte sich ein Arm durch den Türspalt, schnappte blitzartig den Teller, und die Tür knallte zu. Das Licht ging aus, und eine tintenschwarze Dunkelheit brach über mich herein, so zäh, dass ich glaubte, sie zu schmecken.

*Verflucht.*

Ich konnte nichts tun. Gefühlt stundenlang lag ich in diesem undurchdringlichen Dunkel, aber vielleicht waren es auch Tage oder Minuten, in denen ich immer wieder wegdämmerte und aufwachte, wegdämmerte und aufwachte. Jedes Mal, wenn ich die Augen aufschlug, hoffte ich, etwas zu sehen, irgendetwas, und sei es nur ein schmaler Streifen Licht aus dem Korridor, der bewies, dass ich wirklich hier war, dass ich wirklich existierte und nicht einfach in der Hölle meiner eigenen Einbildungskraft gefangen war.

Irgendwann muss ich dann richtig eingeschlafen sein, denn plötzlich schreckte ich mit hämmerndem Herzen auf. Die Kabine war nach wie vor in völlige Dunkelheit gehüllt, und ich lag zitternd und schwitzend da und krallte mich am Bettgestell fest wie an einem Rettungsfloß, während ich mich mühsam aus den Fängen des schlimmsten Albtraums befreite, den ich seit langer Zeit gehabt hatte.

In dem Traum stand die junge Frau in dem Pink-Floyd-T-Shirt in meiner Kabine. Obwohl es stockdunkel war, konnte ich sie durch die Dunkelheit hindurch … nicht sehen, aber spüren. Ich wusste einfach, dass sie dort stand, in der Mitte des Raums, und ich konnte mich nicht bewegen, weil die Dunkelheit mich niederdrückte wie eine lebende Kreatur, die auf meinem Brustkorb saß. Die Frau kam immer näher, bis nur noch wenige Zentimeter uns trennten; der Saum des T-Shirts reichte bis zum Ansatz ihrer langen, schlanken Oberschenkel.

Sie lächelte mich an und zog sich mit einer geschmeidigen Bewegung das T-Shirt aus. Darunter war sie dürr wie ein Windhund, ein einziges Gerippe: Schlüsselbeine und Hüftknochen traten scharf hervor, die Ellbogenknochen waren breiter als die Unterarme, die Handgelenke so knubbelig wie die eines Kindes. Sie sah an sich herunter, und dann zog sie ihren BH aus, langsam wie bei einem Striptease, doch da war nichts Erotisches an dieser Szene, nichts Betörendes an ihren winzigen, flachen Brüsten und dem hohlen Bauch.

Ich lag keuchend und gelähmt vor Angst da, aber sie machte ungerührt weiter. Sie streifte die Unterhose ab und ließ sie über ihre schmalen Hüften zu Boden gleiten. Dann folgten ihre Haare, die sie an den Wurzeln ausriss. Als Nächstes zog sie die Augenbrauen ab, erst die eine, dann die andere, und danach die Lippen. Sie ließ ihre Nase zu Boden fallen. Sie zog ihre Fingernägel heraus, langsam, einen nach dem anderen, als würde sie sich Samthandschuhe abstreifen, und mit einem leisen Klacken fielen sie zu Boden, gefolgt von den Zähnen, klack … klack … klack, einer nach dem anderen. Zum Schluss – und das war das Grausigste – begann sie sich die Haut abzuziehen, so selbstverständlich, als schälte sie sich aus einem engen Abendkleid, bis sie nur noch ein blutiger Strang aus Muskeln, Knochen und Sehnen war, wie ein gehäutetes Kaninchen.

Sie ging auf alle viere und kroch langsam auf mich zu, den offenen, lippenlosen Mund zu einem schaurig-makabren Lächeln verzogen.

Immer näher kroch sie heran, und ich wich immer weiter zurück, bis ich schließlich an die Wand stieß und nicht weiterkonnte.

Ich hörte mich wimmern. Ich wollte etwas sagen, aber ich war stumm. Ich wollte mich bewegen, aber ich war vor Angst erstarrt.

Sie machte den Mund auf, und ich wusste, dass sie mir etwas sagen wollte – doch dann griff sie hinein und zog ihre Zunge heraus.

Ich wachte auf, schnappte voller Panik nach Luft und schlug wie wild um mich, aber das Dunkel hielt mich fest in der geballten Faust.

Ich wollte schreien. Panik brodelte in mir hoch wie Lava, drängte nach oben, wollte sich einen Weg durch den zugeschnürten Hals, die zusammengepressten Zähne bahnen. Doch dann, wie im Fieberwahn, kam mir ein Gedanke: Was wäre das Schlimmste, was passieren konnte, wenn ich jetzt schrie? Dass mich jemand hörte? Sollten sie doch. Sollten sie mich ruhig hören, vielleicht würde mir dann jemand zu Hilfe kommen.

Also ließ ich ihn raus, den Schrei, der sich so lange angestaut hatte, der in mir gewachsen, aufgequollen war und nun hinausdrängte.

Und ich schrie und schrie und schrie.

Ich weiß nicht, wie lang ich dort so lag und am ganzen Leib zitterte, mich am dünnen, schlaffen Kissen festkrallte, die Nägel tief in die Matratze bohrte.

Ich weiß nur, dass es irgendwann still wurde in der kleinen

Kabine, bis auf das tiefe Brummen des Motors und meinen eigenen Atem, der heiser aus meiner wunden Kehle drang.

Es war niemand gekommen.

Niemand hatte gegen die Tür gehämmert und gefragt, was los sei, oder mir mit dem Tod gedroht, falls ich nicht Ruhe gäbe. Niemand hatte irgendetwas getan. Ich hätte mich ebenso gut im Weltraum befinden und in ein Vakuum brüllen können.

Meine Hände zitterten. Die Frau aus dem Traum ging mir nicht aus dem Kopf, das Bild der rohen, blutigen Kreatur, wie sie auf mich zukroch, klammernd, *fordernd*.

Was hatte ich nur getan? Oh Gott, warum hatte ich immer weitergebohrt, warum hatte ich mich geweigert, den Mund zu halten? Ich hatte mich selbst zur Zielscheibe gemacht, weil ich nicht bereit gewesen war, über das, was geschehen war, zu schweigen. Aber … was war denn eigentlich passiert?

Ich lag da, presste die Hände auf die Augen, um das stickige Dunkel der Kabine nicht sehen zu müssen, und mühte mich, mir auf das alles einen Reim zu machen. Die Frau lebte also. Was immer ich gehört hatte, was immer ich meinte, gesehen zu haben: Mord war es nicht.

Sie musste die ganze Zeit auf dem Schiff gewesen sein. Wir hatten nirgendwo haltgemacht. Wir waren nicht einmal nah genug ans Festland herangekommen, dass die Küste zu sehen gewesen wäre. Aber wer war sie, und warum versteckte sie sich auf dem Schiff? Und wessen Blut hatte ich auf der Scheibe gesehen?

Ich versuchte, die Kopfschmerzen zu ignorieren und logisch zu denken. Gehörte sie zur Crew? Immerhin hatte sie Zugang zu den Mannschaftsunterkünften. Andererseits hatte ich hinter Nilsson gestanden, während er den Code eingab, und er hatte keine Anstalten gemacht, ihn abzuschirmen. Hätte ich es darauf angelegt, wäre es ein Kinderspiel gewesen, die Ziffern heimlich mitzuschreiben. Und wenn man erst einmal im Unterdeck war, gab es nicht viele andere Schlösser.

Aber sie hatte Zugang zur leeren Kabine gehabt – und dafür brauchte man schon eine Schlüsselkarte, entweder eine für Gäste, die nur auf diese Tür programmiert war, oder eine für alle Kabinentüren, wie die Crewmitglieder sie besaßen. Ich dachte an die Putzkräfte in ihren käfigähnlichen Kabinen unter Deck, ihre verängstigten Gesichter, bevor die Tür zugefallen war. Für wie viel würde eine von ihnen wohl eine Schlüsselkarte verkaufen? Einhundert Kronen? Tausend? Sie mussten sie eigentlich nicht einmal verkaufen; man konnte die Karte schließlich kopieren. Sie hätten sie nur kurz ausleihen müssen, da würde überhaupt kein Verdacht entstehen. Ich musste an Karla denken – sie hatte mir ja praktisch schon erzählt, was vor sich ging, dass vielleicht jemand die Kabine einer Freundin zur Verfügung gestellt hatte.

Aber auch das musste nicht unbedingt der Fall sein. Sie konnte die Schlüsselkarte genauso gut gestohlen oder übers Internet erworben haben – ich hatte keine Ahnung, wie diese elektronischen Schlösser funktionierten. Vielleicht war überhaupt niemand anders beteiligt.

Konnte es sein, dass ich den Täter die ganze Zeit unter Passagieren und Crew vermutet hatte – und sie alle völlig unschuldig waren? Ich dachte an die Anschuldigungen, mit denen ich Ben konfrontiert hatte, die Verdächtigungen gegen Cole, Nilsson und alle anderen, und mir wurde ganz schlecht.

Allerdings bedeutete die Tatsache, dass die Frau existierte und am Leben war, noch nicht automatisch, dass niemand anders seine Finger im Spiel hatte. Je länger ich darüber nachdachte, desto stärker wuchs in mir die Überzeugung, dass ihr jemand geholfen haben musste – jemand hatte die Nachricht auf dem Spiegel hinterlassen, Coles Kamera ins Wasser geworfen und mein Handy gestohlen. Das konnte sie nicht alles selbst gemacht haben. Wäre sie die ganze Zeit auf dem Schiff herumspaziert, hätte jemand die junge Frau, von der ich seit zwei Tagen allen erzählte, gesehen und wiedererkannt.

Mir brummte der Schädel vor lauter Grübeln. Warum das alles? Das war die Frage, die ich nicht beantworten konnte. Warum der ganze Aufwand, sich auf dem Schiff zu verstecken, und mich dann zum Schweigen zu bringen? Wäre die Frau tot gewesen, hätte ich die Vertuschungsaktionen noch irgendwie nachvollziehen können. Aber sie war offensichtlich quicklebendig. Vielleicht lag es also daran, *wer* sie war. Vielleicht die Frau von jemandem? Die Tochter? Geliebte? Jemand, der unbemerkt das Land verlassen wollte?

Ich dachte an Cole und seine Exfrau, an Archer und seine mysteriöse »Jess«. Ich dachte an das Foto, das von der Kamera verschwunden war.

Nichts davon ergab Sinn.

Ich rollte mich auf die Seite, fühlte das drückende Gewicht der Dunkelheit, die mich umgab. Wo immer ich mich befand, es musste tief im Innern des Schiffs sein, davon war ich überzeugt. Der Motor war hier viel lauter als auf dem Passagierdeck, lauter noch, als ich ihn in den Mannschaftsunterkünften wahrgenommen hatte. Ich war woanders, vielleicht in der Nähe des Maschinenraums, weit unter der Meeresoberfläche, tief im Bauch des Schiffs.

Bei diesem Gedanken packte mich das Entsetzen von Neuem. Ich spürte, wie die Tonnen von Wasser mich niederdrückten, wie sie gegen die Bordwand pressten und die Luft in der Kabine dünner und dünner wurde, während die Panik mich langsam erstickte …

Mit zitternden Beinen kletterte ich aus der Koje und tastete mich mit ausgestreckten Armen vor. Mit Grausen malte ich mir aus, was in der undurchdringlichen Dunkelheit auf mich lauern mochte. Meine Fantasie beschwor die Schreckgespenster meiner Kindheit herauf – riesige Spinnennetze, die sich über mein Gesicht legten, Männer, die mit unerbittlich starken Armen nach mir griffen, und dann wieder das Bild der jungen Frau, lidlos, lippenlos, zungenlos. Gleichzeitig wusste ein anderer Teil von mir, dass hier niemand außer mir selbst war – auf solch beengtem Raum hätte ich einen anderen Menschen hören, riechen, spüren müssen.

Nachdem ich mich eine Weile zaghaft vorwärtsgetastet hatte, stießen meine Finger gegen die Tür, und ich fuhr mit der Hand darüber. Ich drückte die Klinke herunter, aber es war immer noch abgeschlossen – etwas anderes hatte ich auch nicht erwartet. Ich tastete die Tür nach einem Spion ab, doch es gab keinen, oder zumindest konnte ich auf der glatten Plastikoberfläche keinen ausmachen. Ich erinnerte mich ohnehin nicht daran, einen gesehen zu haben. Woran ich mich aber sehr wohl erinnerte und wonach ich als Nächstes tastete, war der flache, beigefarbene Lichtschalter links von der Tür. Als meine Finger ihn im Dunkeln endlich aufgespürt hatten, schlug mir das Herz bis zum Hals. Ich drückte darauf.

Nichts passierte.

Ich versuchte es in die andere Richtung, machte mir aber keine Hoffnung mehr, denn die Sache war klar. Im Gang musste sich ein Hauptschalter oder eine Sicherung befinden, wodurch sich die Stromzufuhr unterbrechen ließ. Erstens war die Tür schon zu gewesen, als das Licht ausging, und zweitens hatte es in jeder Kabine, in der ich je gewesen war, immer irgendeine Art von Notbeleuchtung gegeben – selbst bei ausgeschalteten Lampen herrschte niemals völlige Dunkelheit. Das hier war etwas anderes – eine tiefe, pechschwarze Finsternis, die man nur erreichte, wenn man den Strom komplett abstellte.

Zitternd, mit einer Mischung aus Panik und dem flauen, grippeähnlichen Gefühl von vorhin, kroch ich zurück in die Koje und unter die Decke. Eine Leere breitete sich in meinem Kopf aus, so als wäre das Dunkel durch die Schädeldecke gedrungen und durch die Synapsen gesickert, um nun im Innern alles zu dämpfen, alles zu ersticken, bis nur die blanke Panik blieb.

Oh Gott. Nein. Nicht nachgeben, nicht jetzt.

Ich konnte, durfte das nicht zulassen. Ich würde sie nicht gewinnen lassen.

An der Wut, die auf einmal in mir hochkochte, konnte ich mich festhalten, sie war etwas Greifbares in der Stille und Schwärze dieser winzigen Schuhschachtel. Dieses Miststück. Was für eine Verräterin. So viel zum Thema »Frauen müssen zusammenhalten«. Ich hatte mich für sie eingesetzt, meine Glaubwürdigkeit aufs Spiel gesetzt, Nilssons Zweifel und Bens Verhör ertragen – und wofür all das? Damit sie mich hintergehen, meinen Kopf in eine Stahltür rammen und mich in diesem verdammten Sarg einsperren konnte.

Was immer hier vor sich ging – sie steckte mit drin.

Es war definitiv sie gewesen, die mich auf dem Treppenabsatz aus dem Hinterhalt angegriffen hatte. Je länger ich darüber nachdachte, desto sicherer war ich mir, dass die Hand, die sich durch den Türspalt geschoben und mein Tablett herausgezogen hatte, auch ihre gewesen war, eine schlanke, geschmeidige, starke Hand. Eine Hand, die kratzen und zuschlagen und einen Kopf gegen die Wand schmettern konnte.

Es musste einen Grund für all das geben – niemand würde ohne Grund so ein makabres Schauspiel inszenieren. Hatte sie ihren eigenen Tod vorgetäuscht? Hatte ich das Ganze etwa mit ansehen *sollen*? Aber falls ja, warum dann all der Aufwand, so zu tun, als hätte es sie nie gegeben? Warum war die Kabine leergeräumt, das Blut weggewischt, die Wimperntusche entfernt und überhaupt meine ganze Aussage absichtlich diskreditiert worden?

Nein, sie wollte nicht gesehen werden. Etwas war in der Kabine vorgefallen, und was auch immer es war, es war nicht für meine Augen bestimmt gewesen.

So lag ich da und zermarterte mir das mitgenommene Hirn, doch je angestrengter ich versuchte, die einzelnen Informationen zusammenfügen, desto mehr fühlte es sich an wie ein Puzzle mit zahllosen überflüssigen Teilen.

In Gedanken spielte ich verschiedene Szenarien durch, in denen sich der Schrei, das Blut und die Vertuschungsmaßnahmen unter einen Hut bringen ließen. Ein Kampf? Ein Schlag auf die Nase, ein Schmerzensschrei, jemand blutete heftig und eilte auf die Veranda, um ins Meer statt auf den Teppich zu bluten, und hinterließ dabei die Spur auf dem Glas … und keine Leiche. Wenn die junge Frau wirklich eine Art blinder Passagier war, hätte das zumindest erklärt, warum das Ganze vertuscht werden sollte – warum sie woanders hingebracht und das Blut so schnell entfernt worden war.

Aber andere Teile passten nicht ins Bild. Wie hätten sie nach einer unbeabsichtigten, spontanen Handgreiflichkeit die Kabine so rasch saubermachen können? Am Nachmittag, als ich die junge Frau dort gesehen hatte, war der ganze Raum mit ihren Sachen übersät gewesen. Falls die Aktion nicht geplant gewesen war, hätten sie doch in den wenigen Minuten, bevor ich mit Nilsson aufgekreuzt war, nicht die gesamte Kabine leerräumen und alle Spuren beseitigen können.

Nein. Was auch immer dort passiert war – es war geplant gewesen. Sie hatten vorher aufgeräumt und alles penibel geputzt. Und so langsam kam mir der Verdacht, dass Kabine 10 nicht zufällig leer geblieben war, sondern dass man mit Vorsatz eine Kabine hatte leer stehen lassen. Und es musste Nummer 10 sein – es war die letzte Kabine, dahinter gab es keine mehr, von der aus jemand etwas im Meer treiben und im schäumenden Kielwasser des Schiffs untergehen sehen könnte.

Es war jemand umgekommen. Ganz sicher. Nur eben nicht diese Frau. Aber wer dann bloß?

Ich wälzte mich im Dunkeln hin und her, lauschte durch das Brummen des Motors nach neuen Geräuschen und suchte nach Antworten auf die Fragen, die unaufhaltsam in meinem Kopf kreisten. Wie durch einen dichten Nebel drängte sich immer wieder eine Frage in mein Bewusstsein. Wer?

*Wer war tot?*

# 24

Ich wurde von dem gleichen metallischen Klicken geweckt, das ich vorher schon mal gehört hatte, und plötzlich ging das Licht wieder an. Ein kurzes Flackern, dazu das leise Summen der Energiesparlampe, kaum hörbar durch das Motorengeräusch und das Heulen in meinen Ohren. Mit pochendem Herzen sprang ich auf, wobei ich auf dem Boden etwas umstieß, und sah mich panisch um.

Ich hatte meine Chance verpasst.

Verflucht, ich hatte schon wieder meine Chance verpasst.

Ich musste rausfinden, was hier vor sich ging, was sie mit mir vorhatten, warum sie mich hier einsperrten. Wie lange war ich schon hier? War jetzt wieder Tag? Oder hatte die Frau, oder wer auch immer mich hier festhielt, einfach so beschlossen, dass nun der richtige Zeitpunkt war, den Strom wieder einzuschalten?

Ich versuchte, zurückzurechnen. Der Angriff war am frühen Dienstagmorgen passiert. Inzwischen musste es allermindestens Mittwochmorgen sein, wahrscheinlich später. Es kam mir länger als vierundzwanzig Stunden vor, viel länger.

Ich ging ins Bad, um mir Wasser ins Gesicht zu spritzen. Beim Abtrocknen erfasste mich ein heftiges Schwindelgefühl, alles in meinem Kopf drehte sich, der ganze Raum wankte und bebte. Es kam mir vor, als würde ich fallen. Ich suchte Halt am Türrahmen und schloss die Augen zum Schutz gegen das Gefühl, mit rasender Geschwindigkeit in ein tiefes schwarzes Meer zu stürzen.

Nach einer Weile ließ der Schwindel nach, und ich taumelte zurück zur Koje, wo ich mich hinsetzte und den Kopf zwischen die Knie steckte, während mir abwechselnd heiße und kalte Schauer über die Haut liefen. Hatte das Schiff sich bewegt? Hier, so weit unten, war es schwer zu sagen, ob ein Schwindel von innen und oder vom Seegang kam. Die Bewegungen des Schiffs waren hier unten ganz anders – kein rhythmisches Auf und Ab, sondern ein gleichmäßiges, träges Rollen, das sich mit dem konstanten Motorenbrummen zu einem unheimlichen, hypnotischen Effekt verband.

Vor dem Bett stand ein Tablett mit einem Frühstücksteilchen und einer Schüssel mit übergeschwapptem Müsli. Dagegen also war ich gestoßen, als ich aus dem Schlaf aufgeschreckt war. Ich hob die Schüssel auf und zwang mich, einen Löffel zu essen. Hungrig war ich nicht, aber bis auf die paar Fleischbällchen am Vorabend hatte ich seit Montagabend nichts mehr gegessen. Wenn ich hier rauswollte, musste ich kämpfen, und um kämpfen zu können, musste ich essen.

Doch was ich wirklich brauchte, war nicht Nahrung. Ich brauchte meine Pillen. Ich brauchte sie so dringend, dass ich ein heftiges, körperliches Verlangen nach ihnen verspürte, das mir von meinem letzten Versuch, sie abzusetzen, noch gut in Erinnerung war. Nur dass ich dieses Mal wusste, dass es mir ohne sie eben nicht besser gehen würde, wie ich mir beim letzten Mal eingeredet hatte. Ohne sie würde alles noch schlimmer werden.

*Falls du das noch erlebst*, zischte die fiese kleine Stimme in meinem Kopf. Mir blieb der Bissen im Hals stecken; ich war plötzlich unfähig zu schlucken.

Ich wollte, dass die junge Frau zurückkam. Ein brutales, erschreckend plastisches Bild schoss mir durchs Hirn – vor meinem inneren Auge sah ich mich an ihren Haaren reißen wie sie zuvor an meinen, ihr Gesicht gegen die scharfe Kante des Etagenbetts rammen, sah das Blut in Strömen fließen und fast konnte ich riechen, wie sein scharfer Geruch die stickige, enge Kabine erfüllte. Wieder dachte ich an das Blut auf der Veranda, die verwischte Spur auf dem Glas, und verspürte den übermächtigen, boshaften Wunsch, dass es ihres gewesen war.

*Ich hasse dich,* dachte ich. Unter Schmerzen schluckte ich das matschige, halbzerkaute Müsli hinunter, bevor ich mit zitternden Fingern einen weiteren Löffel zum Mund führte. *Ich hasse dich so sehr. Ich hoffe, du ertrinkst.* Das Müsli klebte wie Zement an meinem Gaumen, und jeder Bissen blieb mir buchstäblich im Halse stecken, doch ich zwang mich wieder und wieder zum Schlucken, bis die Schüssel halb leer war.

Ich wusste nicht, ob es mir gelingen würde, aber ich musste es einfach versuchen.

Ich hob das dünne Kunststofftablett auf und schmetterte es gegen die Bettkante. Es federte zurück und verfehlte nur knapp meinen Kopf. Ich erlebte einen jähen, heftigen Flashback von dem Einbruch – die Tür, die mir gegen die Wange knallte – und musste einen Moment lang die Augen schließen, um mich zu fangen.

Das versuchte ich kein zweites Mal. Stattdessen legte ich das Tablett über die Metallkante des Bettes, presste das Knie auf die untere Hälfte des Tabletts und stützte mich mit den Händen auf der oberen Hälfte ab. Dann drückte ich es mit meinem ganzen Körpergewicht nach unten. Nichts geschah. Ich drückte noch fester. Schließlich gab es einen Knall, laut wie ein Pistolenschuss, das Tablett zerbrach, und ich plumpste bäuchlings aufs Bett. Aber ich hatte, was ich wollte: zwei Plastikstücke. Und wenn die Kante auch nicht messerscharf war, vermochte sie doch sicher einigen Schaden anzurichten.

Ich hob die Teile auf und wog sie in meinen Händen, um herauszufinden, wie ich sie halten musste. Dann wählte ich den Teil mit dem größeren Einschüchterungspotential und hockte mich an die Wand neben der Tür.

Und dann wartete ich.

Die Stunden schienen unendlich an diesem Tag. Ein oder zwei Mal fühlte ich, wie mir die Augen zufielen, wie mein Körper, erschöpft von ständiger Angst und Adrenalinrausch, aufgeben wollte, doch jedes Mal riss ich sie wieder auf. *Durchhalten, Lo!*

Ich begann zu zählen. Diesmal nicht gegen die Panik, sondern um wach zu bleiben. *Eins. Zwei. Drei. Vier.* Bei eintausend fing ich auf Französisch von vorne an. *Un. Deux. Trois …* Dann in Zweierschritten. Ich spielte Spiele im Kopf – das Kinderspiel *Pingpong,* wo man immer *Ping* sagen muss, wenn eine Zahl durch fünf teilbar ist, und *Pong,* wenn sie durch sieben teilbar ist. *Eins. Zwei. Drei. Vier. Ping.* (Meine Hände zitterten.) *Sechs. Pong. Acht. Neun. Zehn* – nein falsch, *Ping.*

Ich schüttelte ungeduldig den Kopf, rieb meine schmerzenden Arme und begann von vorne. *Eins. Zwei …*

Und dann hörte ich es – ein Geräusch aus dem Flur. Eine Tür, die ins Schloss fiel. Ich hielt den Atem an.

Jemand kam näher. Mein Herz raste, mein Magen zog sich zusammen.

Ein Schlüssel im Schloss …

Die Tür ging einen Spaltbreit auf, und ich machte einen Satz nach vorn.

Sie.

Sie sah mich auf die Tür zustürzen und versuchte noch, sie zuzuziehen, doch ich war zu schnell. Ich hatte den Arm schon durch den Spalt geschoben, als die Tür mit einem schmerzhaften Knall dagegenschlug. Ich schrie vor Schmerz, aber die Tür prallte zurück, und es gelang mir, den Oberkörper durch die Öffnung zu schieben und mit der spitzen Kante des Tablettstücks auf ihren um sich schlagenden Arm einzuhacken. Anstatt nach hinten zurückzuweichen, wie ich eigentlich erwartet hatte, warf sie sich jedoch nach vorne, in die Kabine, und stieß mich gegen die Plastikwand, wobei mir das Tablett schmerzhaft in den Arm schnitt. Blut tropfte von meinem

Handrücken. Ich rappelte mich auf, doch sie war schneller. Mit einem Satz war sie an der Tür, schloss ab und stellte sich mit dem Rücken davor, den Schlüssel in der Faust.

»Lass mich gehen.« Es klang wie ein Knurren – mehr tierisch als menschlich.

Sie schüttelte den Kopf. Sie stand mit dem Rücken zur Tür und hatte mein Blut auf dem Gesicht. Angst sprach aus ihren Augen, und doch funkelten sie kampflustig. Sie wusste, dass sie die Oberhand hatte.

»Ich bring dich um«, drohte ich. Es war mein voller Ernst. Ich hielt das Tablettstück hoch, das mit meinem eigenen Blut verschmiert war. »Ich schneide dir die Kehle durch.«

»Das bringst du nicht fertig«, erwiderte sie, und ihre Stimme klang genauso, wie ich sie in Erinnerung hatte, mit demselben spöttisch-trotzigen Unterton. »Schau dich doch an, du kannst ja kaum aufrecht stehen, du armes, dummes Ding …«

»Warum?« Ich klang wie ein quengelndes Kind. »Warum tust du das?«

»Du lässt uns keine Wahl«, zischte sie, mit einem Mal wutentbrannt. »Du konntest dich ja nicht raushalten, egal wie oft ich dich gewarnt habe. Wenn du einfach für dich behalten hättest, was du in der verdammten Kabine gesehen hast …«

»Was habe ich denn gesehen?«, fragte ich, doch sie verzog nur den Mund und schüttelte den Kopf.

»Gott, du musst mich für noch dümmer halten, als ich aussehe. *Willst* du etwa sterben?«

Ich verneinte.

»Gut. Was willst du dann?«

»Ich will nur hier raus«, sagte ich. Ich ließ mich aufs Bett sinken. Meine Beine waren so schwach, dass sie mich nicht mehr lange tragen würden.

Wieder schüttelte sie den Kopf, diesmal mit Nachdruck, und wieder sah ich die Angst in ihren Augen aufflackern. »Er würde es nicht erlauben.«

Er? Das Wort sandte ein Kribbeln durch meinen Körper. Es war der erste konkrete Hinweis, dass ihr jemand geholfen hatte. Wer war *er*? Aber ich wagte nicht, sie zu fragen, nicht jetzt. Etwas anderes war gerade wichtiger.

»Dann meine Tabletten. Gib mir wenigstens meine Tabletten.«

Sie musterte mich überlegend. »Die am Waschbecken lagen? Das könnte ich machen. Warum willst du die?«

»Das sind Antidepressiva«, sagte ich bitter. »Die sind … man sollte sie nicht so plötzlich absetzen.«

»Oh …« Auf einmal schien ihr ein Licht aufzugehen. »Deshalb siehst du so fertig aus. Ich hatte mich schon gefragt. Ich dachte, ich hätte dir zu fest auf den Kopf gehauen. Okay, ich hol sie dir. Aber im Gegenzug musst du mir etwas versprechen.«

»Und was?«

»Keine weiteren Angriffsversuche. Die Pillen gibt's nur, wenn du versprichst, dich zu benehmen, verstanden?«

»Ja, okay.«

Sie richtete sich auf, hob Teller und Schüssel vom Boden auf und deutete mit der ausgestreckten Hand auf die Bruchstücke des Tabletts. Nach kurzem Zögern reichte ich sie ihr.

»Ich werde die Tür jetzt aufschließen«, erklärte sie, »aber komm nicht auf dumme Gedanken. Dahinter ist noch eine Tür, die mit einem Code gesichert ist. Weit würdest du nicht kommen. Also keine Dummheiten, in Ordnung?«

»In Ordnung«, stimmte ich widerwillig zu.

Als sie weg war, blieb ich regungslos auf dem Bett sitzen, starrte vor mich hin und überlegte.

*Er.*

Also hatte sie einen Komplizen an Bord. Und damit schieden Tina, Chloe, Anne und zwei Drittel der Crew aus.

Wer war *er?* Ich ging im Kopf die Liste durch.

Nilsson.

Bullmer.
Cole.
Ben.
Archer.

Als weniger wahrscheinlich stufte ich Owen White, Alexander und die männlichen Crewmitglieder ein.

Während meine Gedanken ziellos um die verschiedenen Möglichkeiten kreisten, kam ich immer wieder zum gleichen Punkt zurück: zum Spa und der Warnung auf dem Spiegel. Nur ein Mann war dort unten gewesen, der die Botschaft hätte schreiben können: Ben.

Ich musste aufhören, über das Motiv nachzudenken. Die Frage nach dem *Warum* konnte ich nicht beantworten, dafür fehlten mir die Informationen.

Das *Wie* dagegen … Nur sehr wenige Menschen an Bord hätten die Gelegenheit gehabt, die Botschaft auf dem Spiegel zu hinterlassen. Zum Spa gab es lediglich einen Eingang, und Ben war der einzige Mann, von dem ich wusste, dass er ihn passiert hatte.

So vieles ergab jetzt Sinn. Wie er sich beeilt hatte, meine Glaubwürdigkeit bei Nilsson zu untergraben. Dass er in der letzten Nacht versucht hatte, in meine Kabine zu kommen, und daher wusste, dass ich mich im Bad eingeschlossen hatte, wodurch er mehr als genug Zeit gehabt hatte, mein Handy zu stehlen.

Dass seine Kabine auf der anderen Seite an die leer stehende grenzte und er doch nichts gesehen oder gehört hatte.

Dass er bei seinem Alibi, dem Pokerabend, gelogen hatte.

Und dass er mich davon abbringen wollte, weitere Nachforschungen anzustellen.

Dass sich die Puzzleteile jetzt zusammenfügten, hätte mir Genugtuung verschaffen sollen, doch das tat es nicht. Denn was nutzten mir Antworten hier unten? Ich musste hier raus.

# 25

Ich lag auf der Seite und starrte auf die beigefarbene Kunststoffwand, als es klopfte.

»Herein«, antwortete ich matt und hätte mich fast selbst dafür ausgelacht, dass ich in dieser Situation noch auf Höflichkeitsfloskeln zurückgriff. Ob ich »herein« sagte oder nicht, machte herzlich wenig aus, wenn die Person kommen und gehen konnte, wie sie wollte.

»Ich bin's«, sagte die Stimme vor der Tür. »Keine Dummheiten mehr wie vorhin mit dem Tablett, ja? Sonst ist das die letzte Pille, die du von mir bekommst.«

»Okay«, willigte ich ein. Ich wollte nicht zu gierig wirken, aber ich setzte mich auf und wickelte mir die dünne Decke um. Ich hatte nicht geduscht, seit ich hier unten war, und roch nach Schweiß und Angst.

Die Tür öffnete sich langsam, und die Frau schob mit dem Fuß ein Tablett mit Essen über den Fußboden, schlüpfte dann selbst durch den Spalt und schloss die Tür hinter sich ab.

»Hier.« Sie streckte die Hand aus, in der sich eine einzelne weiße Tablette befand.

»Eine?«, fragte ich ungläubig.

»Eine. Vielleicht bringe ich dir morgen noch ein paar, wenn du dich benimmst.«

Prima, jetzt hatte ich mich also auch noch erpressbar gemacht. Trotzdem nickte ich brav und nahm ihr die Pille ab. Sie zog ein Buch aus der Hosentasche – eins von meinen Büchern, um genau zu sein, aus meiner Kabine. ›Die Glasglocke‹. Unter den gegebenen Umständen wäre das nicht gerade meine erste Wahl gewesen, aber es war besser als nichts.

»Ich dachte, du kannst vielleicht was zu lesen gebrauchen; sonst wirst du am Ende noch verrückt, so ganz ohne Beschäftigung.« Ihr Blick wanderte zu der Tablette, und sie fügte hinzu. »Nichts für ungut.«

»Danke«, sagte ich. Sie wandte sich zum Gehen, doch ich rief: »Warte!«

»Was denn?«

»Ich …« Plötzlich war ich mir nicht mehr sicher, wie ich meine Frage formulieren sollte. Meine Hand mit der Tablette darin ballte sich zur Faust. Verdammt. »Was … was wird mit mir geschehen?«

Von einem Moment auf den anderen verschloss sich ihre Miene, wie ein Vorhang, der plötzlich zufiel.

»Das liegt nicht in meiner Hand.«

»In wessen dann? Ist es Ben?«

Sie schnaubte verächtlich. »Guten Appetit.«

Als sie sich umdrehte, erhaschte sie durch den Spalt in der Badezimmertür einen Blick auf ihr Spiegelbild.

»Verdammt. Ich hab Blut im Gesicht. Warum hast du nichts gesagt? Wenn er merkt, dass du mich angegriffen hast …« Sie ging ins Bad, um sich das Blut abzuwaschen.

Doch es war nicht nur Blut, das sie abwusch. Als sie wieder herauskam, erstarrte ich. Dank dieser einen simplen Handlung begriff ich, wer sie war.

Zusammen mit dem Blut hatte sie beide Augenbrauen komplett weggewischt, wodurch eine glatte, totenkopfartige Stirn zum Vorschein trat, die ich nun mit jäher, entsetzlicher Klarheit wiedererkannte.

Die Frau aus Kabine 10 war Anne Bullmer.

# 26

Ich starrte sie mit offenem Mund an, zu perplex, um etwas zu sagen.

Sie sah von mir zurück zum Spiegel, und im nächsten Moment begriff sie, was sie getan hatte. Ein Anflug von Verärgerung huschte über ihr Gesicht, doch sie fasste sich wieder, stolzierte scheinbar ungerührt aus dem Raum und ließ die Tür hinter sich zufallen. Ich hörte noch den Schlüssel im Schloss und dann das Zuknallen einer weiteren Tür.

Anne Bullmer.

*Anne Bullmer?*

Es schien unmöglich, dass dies dieselbe ausgemergelte, bleiche, vorzeitig gealterte Frau sein sollte, mit der ich noch vor einigen Tagen gesprochen hatte. Und doch – ihr Gesicht war unverkennbar. Dieselben dunklen Augen. Dieselben hohen, hervorstehenden Wangenknochen. Das einzige Rätsel war, wieso ich es nicht früher erkannt hatte.

Hätte ich sie nicht so gesehen, mitten im Transformationsprozess, ich hätte nie geglaubt, wie sehr die Haare und fein gezogenen Augenbrauen ihr Gesicht verwandelten. Ohne sah sie merkwürdig flach und nichtssagend aus; es war unmöglich, beim Anblick der kreideweißen Haut und des fest um den kahlen Schädel gewickelten Kopftuchs, das ihre Zerbrechlichkeit, den sehnigen Hals und die hervorstehenden Knochen nur unterstrich, nicht an Krankheit und Tod zu denken.

Mit den geschwungenen schwarzen Brauen und den dichten, dunklen Haaren aber war sie nicht wiederzuerkennen. Sie machten sie jung, gesund, *lebendig*.

Ich musste mir eingestehen, dass ich bei den wenigen Gelegenheiten, zu denen ich mit Anne Bullmer gesprochen hatte, von den sichtbaren Zeichen der Krankheit so gebannt gewesen war, dass ich die Frau dahinter nicht gesehen hatte. Vielmehr hatte ich ganz bewusst versucht, *nicht* hinzusehen. Und so hatte ich nur die auffälligen, weiten Kleider wahrgenommen, die fehlenden Brauen, den verblüffend glatten Schädel unter den feinen Tüchern …

Das Haar musste eine Perücke sein – da war ich mir sicher. Unter den dünnen Seidentüchern war kein Platz für eine dicke Lockenpracht.

Aber war sie nun krank? Gesund? Rang sie mit dem Tod? Oder simulierte sie bloß? Es ergab keinen Sinn.

Ich dachte an das, was Ben erzählt hatte – vier Jahre Chemo und Strahlentherapie. Konnte man das wirklich spielen, selbst wenn man Zugang zu den besten Privatärzten hatte und einen Lebensstil pflegte, der es einem ermöglichte, alle paar Monate von einem Gesundheitssystem zum nächsten zu fliegen? Vielleicht.

Das würde zumindest eines erklären – wie sie es an Bord geschafft hatte und was nach dem Platschen in der ersten Nacht mit ihr passiert war. Sie hatte einfach die Perücke ausgezogen, das Tuch umgebunden und ihr Leben als Anne Bullmer fortgesetzt. Es erklärte auch, wie sie sich zu allen Bereichen des Schiffs Zugang verschaffen konnte – wie sie an den Generalschlüssel kam, wie sie in die Mannschaftsunterkünfte und dieses Verlies hier unten im Schiffsbauch gelangte. Wenn man mit dem Besitzer verheiratet war, hatte man überall Zutritt.

Aber eines verstand ich nicht: Warum? Warum hatte sie sich mit Perücke und Pink-Floyd-T-Shirt verkleidet und den Nachmittag in einer leeren Kabine verbracht? Was hatte sie dort verloren? Und wenn das Ganze so geheim war, warum hatte sie dann überhaupt die Tür geöffnet?

Während mir diese letzte Frage durch den Kopf ging, kam mir plötzlich der Moment in den Sinn, als ich an ihre Tür geklopft hatte – ein-, zwei-, dreimal, Pause, dann noch einmal – und wie die Tür plötzlich aufgerissen worden war, als hätte jemand genau auf dieses letzte Klopfen gewartet. Es war ein ungewöhnliches, ganz spezielles Klopfen gewesen, wie man es vielleicht als Code vereinbaren würde. War ich womöglich durch Zufall auf das zuvor verabredete Signal gestoßen, das die Frau in der Kabine, also Anne Bullmer, veranlassen sollte, die Tür zu öffnen?

Ach, hätte ich … hätte ich doch bloß zweimal geklopft wie jeder normale Mensch, oder auch nur einmal. Ich hätte nie von ihrer Anwesenheit erfahren und wäre somit auch nie in die Situation gekommen, dass man mich einsperren und zum Schweigen bringen musste …

Zum *Schweigen* bringen. Eine beängstigende Vorstellung. Die Worte blieben mir im Kopf hängen, wo sie wie ein Echo nachhallten.

Natürlich wollten sie mich zum Schweigen bringen. Aber für wie lange? Wie lange würde ich hier eingesperrt bleiben? Bis eine vereinbarte Frist verstrichen war?

Oder würde ich … für immer zum Schweigen gebracht?

Das Abendbrot bestand aus weißem Fisch in einer Art Rahmsauce und dazu gekochten Kartoffeln. Es war schon kalt und an den Rändern geronnen, aber ich hatte Hunger. Bevor ich zu essen begann, betrachtete ich unschlüssig die Pille in meiner Hand. Es war nur die Hälfte meiner normalen Dosis. Ich konnte sie jetzt ganz nehmen oder sie zerteilen, um eine Reserve aufzubauen, für den Fall … aber für welchen Fall? Weglaufen konnte ich sowieso nicht, und sollte Anne beschließen, mir keine weiteren Pillen auszuhändigen, war ich sowieso geliefert.

Am Ende schluckte ich sie ganz, schließlich hatte ich auch ein Defizit auszugleichen. Außerdem konnte ich am nächsten Tag immer noch mit dem Halbieren beginnen, falls es nötig sein sollte. Ich fühlte mich fast augenblicklich besser, obwohl mein Verstand wusste, dass es nicht an der Pille liegen konnte. So schnell konnte der Körper die Wirkstoffe nicht aufnehmen. Die Erleichterung, die ich spürte, war durch und durch Placebo-Effekt. In dem Moment war mir das aber völlig egal. Ich nahm, was ich kriegen konnte.

Dann begann ich, im Abendessen herumzustochern. Während ich auf meinem Bett saß und langsam auf einem lauwarmen, pappigen Stück Kartoffel herumkaute, versuchte ich, die mühsam zusammengesetzten Puzzleteile in meinem Kopf neu zu ordnen.

Ich wusste nun, was ihr verächtliches Schnauben bedeutet hatte.

Der arme Ben. Mich überfiel ein heftiges Schuldgefühl, weil ich ihn so rasch verdächtigt hatte, das aber bald darauf einer unbändigen Wut wich. Ich hatte mich so auf das Rätsel um ihren männlichen Komplizen eingeschossen, dass ich nicht auf die Idee gekommen war, dass Anne selbst diejenige gewesen sein könnte, die, während eigentlich ihre Nägel trocknen sollten, schnell die Treppe hinuntergeeilt war und die Worte auf den Spiegel gemalt hatte. Dumme, dumme Lo.

Aber auch dummer Ben. Hätte er nicht so viele Jahre damit zugebracht, meine Gefühle herabzusetzen, und sich nicht so beeilt, Nilsson gegenüber alles auszuplaudern anstatt mir den Rücken zu stärken, hätte ich vielleicht auch nicht gleich solche Schlüsse gezogen.

Ich wusste, wer »er« war. Es konnte nur Bullmer sein. Ihm gehörte das Schiff. Und von allen Männern auf dem Schiff traute ich ihm am ehesten die Planung und Durchführung eines Mordes zu. In jedem Fall eher als dem fetten, zimperlichen Alexander oder dem tapsigen, bärenhaften Nilsson.

Nur dass eben kein Mord geschehen war. Warum vergaß ich das immer wieder? Warum war das so schwer zu fassen?

*Weil du hier bist,* dachte ich. *Denn was auch immer du gesehen hast, was auch immer in der Kabine passiert ist, es genügt ihnen, um dich hier einzusperren und zu verhindern, dass du in Trondheim die Polizei aufsuchst.* Was war passiert? Es musste enorm viel auf dem Spiel stehen, wenn sie nicht zulassen konnten, dass ich darüber sprach. Ging es um Schmuggel? Hatten sie etwas zu einem Komplizen über Bord geworfen?

*Du bist als Nächste dran, du dummes Ding,* sagte die Stimme in meinem Kopf, und das Bild meines eigenen Körpers unter Wasser, der unaufhaltsam in die Tiefe sank, durchzuckte mich wie ein elektrischer Schock.

Ich schüttelte mich und zwang mich, noch einen klebrigen Bissen Kartoffeln hinunterzuschlucken. Das Schiff stampfte heftig, und mir wurde wieder einmal ganz flau im Magen.

Was würde jetzt mit mir passieren? Es gab nur zwei Möglichkeiten: Entweder würden sie mich irgendwann gehen lassen oder sie würden mich umbringen. Und die erste Variante kam mir allmählich nicht mehr sehr wahrscheinlich vor. Ich wusste ja schon so viel. Ich wusste von Anne, wusste, dass sie nicht annähernd so krank war, wie sie vorgab. Sie konnten nicht zulassen, dass ich rausging und meine Geschichte erzählte – eine Geschichte von Kidnapping, Freiheitsberaubung und Körperverletzung. Aber würde mir überhaupt jemand glauben?

Mit den Fingern fuhr ich mir über die Wange mit dem verkrusteten Blut, wo sie mich gegen den Türrahmen geschleudert hatte. Ich fühlte mich mit einem Mal eklig – schmutzig, verschwitzt und blutverklebt. Anne würde, wenn ich mich nach ihren bisherigen Besuchszeiten richtete, in den nächsten Stunden nicht zurückkommen.

Viel konnte ich in diesem zwei Meter langen Sarg nicht

tun, um meine Lage zu verbessern. Aber immerhin konnte ich mich sauber halten.

Der Duschstrahl hatte mit dem oben in meiner Suite nichts gemein. Selbst auf voller Stärke kam bloß ein laues Tröpfeln heraus, aber ich blieb so lange darunter stehen, bis meine Finger weich und runzlig waren. Das geronnene Blut auf der Hand hatte sich im Wasser aufgelöst, und als ich die Augen schloss, spürte ich, wie die Wärme sich in meinem Körper ausbreitete und nach und nach in meine Muskeln sickerte.

Als ich heraustrat, fühlte ich mich besser. Ich war wieder ich und hatte zumindest einen Teil der Angst und Gewalt der vergangenen Tage weggespült. Erst als ich meine Sachen wieder anzog, wurde mir klar, wie tief ich tatsächlich gesunken war. Es gab nichts zu beschönigen: Sie stanken erbärmlich und waren mit Blut und Schweiß verkrustet.

Ich legte mich in die Koje, schloss die Augen und überlegte unter dem stetigen Brummen des Motors, wo wir uns wohl befanden. Es war inzwischen Mittwochabend – oder schon Donnerstagmorgen. Soweit ich mich erinnerte, sollte die Reise in etwas mehr als vierundzwanzig Stunden zu Ende gehen. Und was dann? Das Boot würde am Freitag in Bergen anlegen, die Passagiere würden von Bord gehen und mit ihnen meine letzte Hoffnung, dass irgendjemand von dem erfuhr, was geschehen war.

Die nächsten vierundzwanzig Stunden war ich vermutlich in Sicherheit. Aber danach … oh Gott, daran durfte ich nicht denken.

Ich presste mir die Hände auf die Augen und spürte, wie das Blut in meinen Schläfen pulsierte. Was sollte ich bloß tun? Was *konnte* ich tun?

Wenn Anne die Wahrheit sagte, hatte es keinen Zweck, ihr etwas anzutun. Hinter dieser Tür befand sich eine weitere, durch einen Code gesicherte Tür, und höchstwahrscheinlich galten an den Ausgängen dahinter wieder andere Codes. Ich überlegte kurz: Wenn ich es in den Flur hinaus schaffte, konnte ich dann vielleicht einen Feuermelder finden und einschlagen, bevor sie mich stoppte? Doch es erschien mir ziemlich aussichtslos. Angesichts der Kraft und Reaktionsschnelle, die sie bisher an den Tag gelegt hatte, würde ich nicht weit kommen.

Nein. Es blieb mir nur eine Möglichkeit – ich musste Anne auf meine Seite ziehen.

Aber wie sollte ich das anstellen? Was wusste ich schon über sie?

Ich überlegte angestrengt: der immense Reichtum, die einsame Kindheit und Jugend in europäischen Eliteinternaten. Kein Wunder, dass ich so lange gebraucht hatte, um die Verbindung herzustellen. Die spindeldürre Gestalt mit den traurigen Augen, den grauen Seidenumhängen und Designerkopftüchern – ja, das passte zu dem, was man mir erzählt hatte. Aber ich konnte nichts von dem, was Ben gesagt hatte, mit der jungen Frau in dem Pink-Floyd-T-Shirt übereinbringen, mit ihren dunkel geschminkten, spöttisch dreinblickenden Augen und dem billigen Mascara. Es war, als gäbe es zwei Annes. Sie hatten zwar die gleiche Größe und Statur, aber da endeten die Gemeinsamkeiten auch schon.

Und dann … machte etwas klick.

Zwei Annes.

Zwei Frauen.

Der graue Seidenumhang passend zu ihren Augen …

Ich machte die Augen auf und schwang die Beine aus dem Bett, wobei mir ein lautes Stöhnen entfuhr. Wie hatte ich nur so blind sein können?

Natürlich – *natürlich.*

Wäre ich nicht halbtot vor Panik und Schreck und Schmerz gewesen, hätte ich es gesehen. Wieso war ich nicht vorher darauf gekommen?

Natürlich gab es zwei Annes.

Anne Bullmer war tot – schon seit der Nacht, als wir England verlassen hatten.

Die Frau im Pink-Floyd-T-Shirt hingegen war sehr lebendig und hatte seitdem Annes Rolle gespielt.

Die gleiche Größe, die gleiche Statur, die gleichen hohen Wangenknochen – nur die Augen passten nicht. Vermutlich waren sie davon ausgegangen, dass sich niemand genau an die Züge einer Frau erinnern würde, die sie nur kurz gesehen hatten. Niemand an Bord hatte Anne Bullmer vor dieser Reise gekannt. Richard hatte sogar Cole gewarnt, nur ja keine Fotos von ihr zu machen, verdammt noch mal! Jetzt verstand ich den Grund. Nicht aus Rücksicht auf das Schamgefühl einer Frau, die wegen ihrer kränklichen Erscheinung befangen war, sondern damit es keine belastenden Fotos gab, welche die Freunde und Angehörigen seiner Frau später zum Vergleich heranziehen konnten.

Ich schloss die Augen und raufte mir die Haare, so fest, dass es wehtat, während ich versuchte nachzuvollziehen, was geschehen war.

Richard Bullmer – es konnte nur er dahinterstecken – hatte die Frau an Bord und in Kabine 10 geschmuggelt. Sie war schon da gewesen, bevor irgendwer von uns das Schiff betreten hatte.

Nachdem wir abgelegt hatten, hatte sie auf das Signal gewartet, auf Richards Anweisung, die Kabine zu räumen und sich bereit zu machen. Mit einem Mal erinnerte ich mich auch wieder an das, was ich über ihre Schulter hinweg gesehen hatte: die Seidenstola auf dem Bett, das viele Make-up und die Packung Veet im Bad – *Wachsstreifen*. Gott, wie konnte ich so dumm sein? Sie hatte ihre gesamte Körperbehaarung entfernt, sodass sie eine krebskranke Frau mimen konnte. Doch anstelle von Richard war ich aufgetaucht und hatte, ohne es zu ahnen, das vereinbarte Klopfzeichen gegeben.

Was um alles in der Welt musste ihr in dem Moment durch den Kopf gegangen sein? Ich spielte die Szene noch einmal durch, den Schreck und den Ärger in ihren Augen, als sie versucht hatte, die Tür zu schließen und ich sie davon abgehalten hatte. Sie hatte mich um jeden Preis loswerden und sich dabei so unauffällig wie möglich verhalten wollen. Es war immer noch besser, wenn ich mich an eine fremde Frau erinnerte, die mir Mascara geliehen hatte, als wenn ich anfing, Geschichten über eine Passagierin zu verbreiten, die mir die Tür ins Gesicht geknallt hatte.

Und beinahe hätte es ja auch funktioniert. Beinahe.

Hatte sie Richard von mir erzählt, als er sie aufgesucht hatte? Es war nicht ausgeschlossen, aber unwahrscheinlich. Beim ersten Dinner hatte er ja ganz normal gewirkt – der perfekte Gastgeber. Außerdem hatte sie einen Fehler begangen – und er schien mir nicht zu der Art Mann zu gehören, dem man gerne einen Fehler beichtete. Wahrscheinlich hatte sie einfach gehofft, mit dem Schrecken davonzukommen.

Dann hatte sie ihre Sachen gepackt, die Kabine aufgeräumt und gewartet.

Nach den Drinks am ersten Abend musste dann irgendwie die echte Anne in Kabine 10 gebracht worden sein. Hatte sie da noch gelebt und war mit irgendeiner haarsträubenden Geschichte dorthin gelockt worden? Oder war sie bereits tot?

Letzten Endes spielte es keine Rolle, das Ergebnis war das Gleiche. Während Richard mit den anderen in Lars' Kabine war, wo er sich mit dem mehrstündigen Pokerspiel sein Alibi sicherte, hatte die Frau in Kabine 10 Anne gepackt und über Bord geworfen, in dem festen Glauben, dass die Leiche niemals gefunden würde.

Und sie wäre tatsächlich damit durchgekommen, hätte ich, noch von dem Einbruch verängstigt und traumatisiert, nicht das Platschen gehört und einen voreiligen Schluss gezogen, der so falsch war, dass er fast genau ins Schwarze traf.

Wer also war sie? Wer war diese Frau, die mich erst geschlagen, dann gefüttert und mich wie ein Tier hier unten eingesperrt hatte?

Ich hatte nicht die leiseste Ahnung. Aber eins wusste ich – sie war meine einzige Hoffnung, hier lebend rauszukommen.

# 27

Die ganze Nacht lag ich wach und überlegte fieberhaft, was ich tun sollte. Vor Freitag würden mich Judah und meine Eltern nicht zurückerwarten, womit sie derzeit keinen Grund hatten anzunehmen, dass irgendetwas nicht in Ordnung war. Aber die anderen Passagiere mussten doch glauben, dass ich nicht aufs Schiff zurückgekehrt war. Hatten sie Alarm geschlagen? Oder hatte Bullmer irgendeine Geschichte erfunden, die mein Verschwinden erklärte – war vielleicht in Trondheim etwas Dringendes dazwischengekommen? Oder hatte ich mich spontan zur Heimreise entschieden?

Es war schwer zu sagen. In Gedanken ging ich die Personen durch, die sich überhaupt ausreichend sorgen würden, um Fragen zu stellen. Bei Cole, Chloe und den meisten anderen hatte ich keine Hoffnung, dass sie viel Aufhebens um mein Verschwinden machen würden. Sie kannten mich ja nicht und standen nicht mit meiner Familie in Kontakt. Vermutlich würden sie einfach alles hinnehmen, was Bullmer ihnen erzählte.

Ben vielleicht. Er kannte mich gut genug, um zu wissen, dass es nicht meine Art war, mich in Trondheim in aller Herrgottsfrühe ohne ein Wort aus dem Staub zu machen. Aber sicher konnte ich mir nicht sein. Unter normalen Umständen hätte er sich vielleicht mit Judah oder meinen Eltern in Verbindung gesetzt, aber unsere letzte Begegnung gehörte sicher nicht zu den normalen Umständen. Ich hatte ihn praktisch der Komplizenschaft bei einem Mord bezichtigt, und mal ganz abgesehen von seinem verständlichen Ärger darüber, hätte er sich nach diesem Auftritt wohl auch nicht weiter über mein sang- und klangloses Verschwinden gewundert.

Unter den übrigen Gästen blieb eigentlich nur noch Tina. Es bestand die vage Hoffnung, dass sie Rowan kontaktieren würde, um sie über meine überstürzte Abreise zu informieren. Aber die Aussicht schien mir zu gering, als dass ich mein Überleben davon abhängig machen konnte.

Nein. Ich musste die Dinge selbst in die Hand nehmen.

Den Rest der Nacht machte ich kein Auge zu, aber schließlich wusste ich, was zu tun war. Als das Klopfen kam, war ich bereit.

»Herein«, antwortete ich. Es knarrte, und dann steckte die Frau vorsichtig den Kopf durch die Tür. Ich saß still und friedlich auf dem Bett, frisch gewaschen und mit dem Buch auf dem Schoß. »Hey«, grüßte ich.

Sie stellte das Tablett auf den Boden. Diesmal war sie als Anne gekleidet – mit Kopftuch und ohne Brauen – aber sie bewegte sich nicht wie Anne, sondern wie die junge Frau, als die ich sie kennengelernt hatte. Fast ungeduldig setzte sie das Tablett ab und richtete sich dann blitzschnell wieder auf. Von der zurückhaltenden Anmut, die sie in der Rolle von Richards Frau an den Tag gelegt hatte, fehlte jede Spur.

»Ebenfalls hey.« Sie klang auch anders – jetzt nuschelte sie die sonst so kristallklar geschliffenen Konsonanten oder verschluckte sie gleich ganz. Mit einem Nicken deutete sie auf das Buch. »Fertig damit?«

»Ja, kann ich ein anderes haben?«

»Sollte machbar sein. Was willst du denn?«

»Ist mir egal. Irgendwas. Such etwas aus.«

»Okay.« Sie streckte die Hand nach der ›Glasglocke‹ aus. Ich reichte ihr das Buch und wappnete mich innerlich für den nächsten Schritt.

»Ich wollte mich übrigens noch entschuldigen«, sagte ich hölzern. »Wegen dem Tablett.«

Da lächelte sie. Eine Reihe gerader weißer Zähne blitzte auf, und ein verschmitztes Funkeln trat in ihre Augen.

»Ist schon in Ordnung. Ich nehm dir das nicht übel, ich hätte das Gleiche getan. Diesmal hast du aber eins aus Gummi. Noch mal falle ich nicht drauf rein …«

Ich betrachtete das Frühstück auf dem Boden. Das brüchige Kunststofftablett war durch ein dickes, rutschfestes Serviertablett ersetzt worden, wie sie in Bars verwendet wurden.

»Da kann ich mich wohl nicht beschweren.« Ich rang mir ein Lächeln ab. »Ich habe es ja nicht anders verdient.«

»Deine Tablette liegt auf der Untertasse. Und nicht vergessen – schön brav sein, ja?«

Ich nickte, und sie wandte sich zum Gehen. Ich schluckte. Ich musste sie aufhalten, irgendetwas sagen. Ganz egal was. Hauptsache, es verhinderte, dass ich noch einen weiteren Tag, eine weitere Nacht hier unten verbringen musste.

»Wie heißt du?«, fragte ich in meiner Verzweiflung.

Sie drehte sich um und sah mich misstrauisch an. »Was?«

»Ich weiß, dass du nicht Anne bist. Ich habe es an den Augen erkannt. Am ersten Abend hatte Anne graue Augen. Die hast du nicht. Ansonsten ist das Ganze sehr überzeugend. Du spielst wirklich gut.«

Einen Moment lang wurde ihr Gesicht vollkommen leer, und ich fürchtete bereits, dass sie hinausstürmen, die Tür zuknallen und mich die nächsten zwölf Stunden mir selbst überlassen würde. Ich kam mir vor wie ein Angler mit einem riesigen Fisch an der dünnen Schnur. Ich spürte die Anspannung in den Muskeln. Jetzt nur keine überhastete Bewegung. Ich durfte mir die Anstrengung nicht anmerken lassen.

»Wenn ich mich geirrt habe …«, setzte ich vorsichtig an.

»Halt die Klappe«, blaffte sie. Sie wirkte völlig verwandelt, wie eine wütende Löwin, wild und rasend, die dunklen Augen voller Zorn und Misstrauen.

»Tut mir leid«, sagte ich schüchtern. »Ich wollte … hör mal, es ist doch nicht so schlimm. Ich kann ja hier sowieso nicht weg, wem sollte ich es sagen?«

»Verdammte Scheiße«, knurrte sie bitter. »Du schaufelst dir gerade dein eigenes Grab, kapierst du das eigentlich?«

Ich nickte. Aber das wusste ich schon seit ein paar Tagen. Was auch immer sie sich einredete – oder was auch immer ich mir selbst einredete –, für mich war sowieso nur ein Weg aus diesem Raum hinaus vorgesehen.

»Ich glaube eh nicht, dass Richard mich rauslässt«, erklärte ich. »Das weißt du doch auch, oder? Ob du mir deinen Namen sagst oder nicht, spielt also eigentlich keine Rolle.«

Unter dem teuren Seidentuch war ihr Gesicht ganz weiß geworden. Als sie wieder sprach, klang ihre Stimme verbittert.

»Du hast alles versaut. Warum musstest du immer weitermachen?«

»Ich wollte doch nur helfen!«, rief ich. Ich hatte es nicht beabsichtigt, aber in dem kleinen Raum klang es erschreckend laut. Ich schluckte und fuhr leiser fort: »Ich wollte *dir* helfen, verstehst du das nicht?«

»Aber warum?« Es war weniger eine Frage als ein wütender Aufschrei. »Warum? Du kennst mich doch gar nicht – warum musstest du immer weiterbohren?«

»Weil ich wusste, wie es dir ging! Ich weiß ... Ich weiß, wie das ist, in der Nacht aufzuwachen und plötzlich Todesangst zu haben.«

»Aber das war ich nicht«, fauchte sie. Sie stakste durch die kleine Kabine. Aus der Nähe konnte ich dort, wo ihre Augenbrauen gewesen waren, erste feine Stoppeln sehen. »Schon die ganze Zeit nicht.«

»Das kommt noch«, erwiderte ich und sah ihr eindringlich in die Augen. Ich musste dafür sorgen, dass ihr ein für alle Mal klar wurde, was sie da tat. »Wenn Richard erst einmal Annes Geld hat – was glaubst du, wird sein nächster Schritt sein? Er wird sich schützen.«

»Halt die Klappe! Du hast doch keine Ahnung, wovon du redest. Er ist ein guter Mensch, er liebt mich.«

Ich stand auf, sodass ich auf Augenhöhe mit ihr war. Durch die Enge des Raums berührten sich unsere Gesichter beinahe, und wir durchbohrten einander förmlich mit unseren Blicken.

»Du weißt, dass das Blödsinn ist«, sagte ich. Meine Hände zitterten. Wenn das hier schiefging, würde sie höchstwahrscheinlich die Tür abschließen und nie wieder zurückkommen, aber ich musste ihr einfach die Wahrheit vor Augen führen – unser beider Leben hing davon ab. Wenn sie jetzt wegging, bedeutete das für uns beide das Todesurteil. »Wenn er dich lieben würde, würde er dich nicht schlagen und dich zwingen, dich als seine tote Frau zu verkleiden. Was glaubst du denn, worum es bei dieser ganzen Farce geht? Darum, dass er mit dir zusammen sein will? Um dich geht es hier doch gar nicht. Sonst hätte er sich einfach scheiden lassen und wäre glücklich und zufrieden mit dir in den Sonnenuntergang geritten – aber ihr vieles Geld hätte sie behalten. Sie war Millardenerbin, solche Leute heiraten niemals ohne Ehevertrag.«

»Sei still!« Sie hielt sich die Ohren zu und schüttelte den Kopf. »Du hast doch keine Ahnung. Keiner von uns wollte, dass es so weit kommt!«

»Bist du sicher? Glaubst du, es ist Zufall, dass er sich in jemanden verliebt, der Anne wie aus dem Gesicht geschnitten ist? Er hatte es von Anfang an so geplant. Du bist nur Mittel zum Zweck.«

»Du weißt gar nichts«, zischte sie. Sie wandte sich ab, ging dahin, wo in einer normalen Kabine das Fenster gewesen wäre, und wieder zurück. Ihr Ausdruck hatte nichts mehr von Annes erschöpftem Gleichmut – da waren nur blanke Angst und Wut zu sehen.

»All das Geld, ohne die kontrollsüchtige Ehefrau – Annes Krankheit muss ihm diese Vorstellung wie eine Karotte vor die Nase gehalten haben. Plötzlich hat er gemerkt, wie sehr ihm der Gedanke gefiel: eine Zukunft ohne Anne, aber mit ihrem Geld. Und als dann die Ärzte Entwarnung gaben, wollte er sich nicht damit abfinden, es war einfach zu verlockend – habe ich recht? Dann sah er dich, und der Plan nahm Gestalt an. Wo hat er dich aufgelesen – in einer Bar? Ach nein, Moment …« Ich erinnerte mich an die Fotos auf Coles Kamera. »Es war in diesem Club, stimmt's?«

»Du weißt gar nichts darüber!«, schrie sie mich an. »Rein gar nichts!«

Bevor ich irgendetwas erwidern konnte, machte sie auf dem Absatz kehrt, schloss mit zitternder Hand die Tür auf und rannte hinaus, ›Die Glasglocke‹ unter den Arm geklemmt. Mit einem Knall fiel die Tür ins Schloss, und ich hörte, wie sie fahrig den Schlüssel umdrehte. Ich hörte noch eine weitere Tür zuknallen, und dann wurde es still.

Ich setzte mich wieder aufs Bett. War es mir gelungen, genügend Zweifel an Richard in ihr zu wecken, dass sie mir vertrauen würde? Oder war sie schon auf dem Weg nach oben, um ihm das ganze Gespräch weiterzuerzählen? Es gab nur eine Möglichkeit, das herauszufinden, und die lautete: warten.

Doch als die Stunden verrannen und sie nicht zurückkehrte, begann ich mich zu fragen, wie lange ich wohl würde warten müssen.

Und als sie nicht auftauchte, um mir Abendbrot zu bringen, und der Hunger in mir zu nagen begann, beschlich mich das dumpfe Gefühl, dass ich einen schrecklichen Fehler begangen hatte.

# 28

Lange lag ich einfach nur da und starrte auf das obere Bett, während ich in Gedanken das Gespräch wieder und wieder durchging und mich fragte, ob ich soeben den schlimmsten Fehler meines Lebens begangen hatte.

Ich hatte alles darauf gesetzt, eine persönliche Verbindung zwischen uns herzustellen, sie mit den Konsequenzen ihres Handelns zu konfrontieren – aber langsam zeichnete sich ab, dass mir das wohl nicht gelungen war.

Die Stunden vergingen, ohne dass jemand kam. Mein Hunger wurde immer größer, und ich wünschte, ich hätte ihr das Buch nicht zurückgegeben; jetzt gab es nichts, womit ich mich ablenken konnte. Die Situation ließ mich an Isolationshaft denken, an Gefangene, die nach und nach den Verstand verlieren, Stimmen hören, um ihre Freilassung flehen.

Wenigstens hatte die Frau den Strom angelassen, auch wenn ich nicht davon ausging, dass es ein Akt der Gnade war – so wütend, wie sie beim Rausgehen gewesen war, hätte sie ihn bestimmt lieber ausgemacht, um mich zu bestrafen. Vermutlich hatte sie es einfach vergessen. Aber für diese Kleinigkeit – dass ich wenigstens einen winzigen Aspekt meiner Umgebung selbst bestimmen konnte – war ich sehr dankbar.

Ich nahm eine Dusche und leckte danach die eingetrocknete Marmelade vom Frühstücksteller. Ich legte mich wieder hin, schloss die Augen und versuchte, mich zu erinnern: an das Haus meiner Kindheit. An die Handlung von ›Betty und ihre Schwestern‹. Die Farbe von Judahs …

Nein. Ich schob den Gedanken beiseite. An Judah durfte ich nicht denken. Nicht hier. Ich würde daran zerbrechen.

Schließlich machte ich das Licht aus. Weniger, weil ich dachte, das würde irgendetwas ändern, sondern einfach nur, weil es mir das Gefühl gab, irgendetwas selbst bestimmen zu können. Dann legte ich mich wieder hin, starrte regungslos ins Dunkel und wartete auf den Schlaf.

Ich glaube nicht, dass ich geschlafen habe. Gedöst, vielleicht. Die Stunden verstrichen, oder jedenfalls fühlte es sich so an. Niemand kam, doch irgendwann, nach langer Zeit in vollkommener Dunkelheit, schreckte ich jäh auf und spürte, wie mein Puls raste, während ich zu ergründen versuchte, was mich geweckt hatte. Ein Geräusch? War jemand – oder etwas – bei mir im Raum?

Mit klopfendem Herzen stieg ich aus dem Bett und tastete mich zum Lichtschalter vor, doch als das Licht anging, schien alles unverändert. Die Kabine war leer. Das winzige Bad so karg wie zuvor. Ich lauschte mit angehaltenem Atem, aber im Flur waren keine Schritte zu hören, keine Stimmen, keine Bewegungen. Kein einziges Geräusch durchbrach die Stille.

Und da dämmerte es mir. Die Stille. *Sie* hatte mich geweckt. Der Motor war ausgegangen.

Ich zählte die Tage an den Fingern ab. Ich mochte mich täuschen, aber ich war so gut wie sicher, dass es Freitag, der fünfundzwanzigste war. Und das bedeutete, dass das Schiff nun an seinem letzten Hafen in Bergen angelegt hatte, wo wir alle von Bord gehen und unsere Flieger zurück nach London besteigen sollten. Die Passagiere würden das Schiff verlassen.

Und ich würde allein zurückbleiben.

Der Gedanke erfüllte mich mit nackter Panik. Die Vorstellung, dass sie so nah waren – dass sie gerade wahrscheinlich nur ein paar Meter über meinem Kopf schliefen – und dass ich nichts, rein gar nichts tun konnte, um sie auf mich aufmerksam zu machen. Bald würden sie ihre Koffer packen und gehen, und ich würde allein in einem schiffsförmigen Sarg zurückbleiben.

Der Gedanke war nicht auszuhalten. Ohne nachzudenken schnappte ich mir die Schüssel vom gestrigen Frühstück und schlug damit, so fest ich konnte, gegen die Decke.

»Hilfe!«, schrie ich. »Kann mich jemand hören? Ich bin gefangen, bitte, bitte, helft mir!«

Dann verharrte ich keuchend, lauschte, hoffte verzweifelt, dass mich jetzt, wo das Motorengeräusch meine Schreie nicht länger übertönte, endlich jemand hören würde.

Doch es kam keine Antwort, kein Klopfen; kein gedämpfter Ruf drang durch die Decks zurück. Dafür hörte ich etwas anderes. Ein metallisches, schleifendes Geräusch, als kratze jemand von außen an der Schiffswand.

Hatte mich doch jemand gehört? Ich hielt den Atem an, um mein Herz zu beruhigen, das so laut schlug, dass es fast die schwachen Geräusche von draußen übertönte. Würde jemand kommen?

Wieder hörte ich das Schleifen ... Als die Flanke des Schiffs plötzlich zu ruckeln begann, begriff ich. Die Gangway wurde hinuntergelassen. Die Passagiere gingen von Bord.

»Hilfe!«, schrie ich und hämmerte wieder los. Jetzt erst merkte ich, wie die Kunststoffdecke alle Laute dämpfte und verschluckte.

»Hilfe! Ich bin es, Lo! Ich bin noch hier! Ich bin auf dem Schiff!«

Keine Antwort war zu hören, nur mein eigenes Keuchen und das Rauschen des Blutes in meinen Ohren.

»Hallo? Bitte! So helft mir doch!«

Ich drückte die Hände an die Wand und spürte die dumpfen Schläge auf der Gangway, die bis in meine Fingerspitzen vibrierten. Die Stöße von Gepäckwagen ... von Koffern ... und Schritten.

Das alles spürte ich. Hören konnte ich es nicht. Ich befand

mich tief unter der Wasseroberfläche, und sie waren da oben, wo die feinen Schwingungen, die ich mit meiner Schüssel vielleicht erzeugte, sofort vom Heulen des Windes, den Schreien der Möwen und den Stimmen der anderen Passagiere übertönt wurden.

Ich ließ die Schüssel fallen. Sie prallte auf den Boden und rollte über den dünnen Teppich, während ich zurück aufs Bett sank und mich zusammenkauerte. Ich schlang die Arme um den Kopf, legte die Stirn auf die Knie und brach in Tränen aus, schluchzte bitterlich und atemlos vor lauter Angst und Hoffnungslosigkeit.

Ich kannte Angst. Ich wusste, wie es sich anfühlte, vor Angst fast verrückt zu werden.

Blanke Verzweiflung aber, wie ich sie jetzt spürte – das war ein neues Gefühl.

Während ich auf der dünnen Matratze kauerte, zogen vertraute Bilder durch meinen Kopf: Judah beim Zeitunglesen, meine Mutter mit ihrem Kreuzworträtsel, die Zunge gedankenverloren zwischen die Zähne gesteckt, mein Vater, der beim sonntäglichen Rasenmähen vor sich hin summte. Ich hätte alles dafür gegeben, einen von ihnen hier bei mir zu haben, nur für einen Augenblick, nur um ihnen zu sagen, dass ich am Leben war, dass ich sie liebte.

Aber das Einzige, woran ich denken konnte, war, dass sie auf mich warteten. Dass sie irgendwann verzweifelt erkennen würden, dass ich nicht mehr kam. Und daran, was für eine unendliche, unerträgliche Qual es für sie sein musste, auf jemanden zu warten, der niemals zurückkommen würde.

Von: Judah Lewis
An: Judah Lewis; Pamela Crew; Alan Blacklock
BCC: [38 weitere Empfänger]
Gesendet: Dienstag 29. September
Betreff: Lo – ein Update

Hallo,
bitte entschuldigt, dass ich mich per E-Mail bei euch melde, aber ihr versteht bestimmt, dass diese letzten Tage sehr schwer für uns waren und wir nicht dazu gekommen sind, auf alle Nachrichten und Fragen von euch zu reagieren.
Bis heute hatten wir keine wirklich konkreten Informationen, die wir euch hätten mitteilen können, was leider in den sozialen Medien zu schwer erträglichen Spekulationen geführt hat. Aber nun haben wir neue Informationen. Leider sind es nicht die, die wir uns erhofft haben, und Los Eltern Pam und Alan haben mich gebeten, diese Nachricht im Namen von uns dreien an Freunde und Verwandte zu schicken, da offenbar schon einige Einzelheiten an die Presse gegeben wurden und wir nicht wollten, dass jemand es aus dem Internet erfährt.
Es fällt mir schwer, diese Worte zu schreiben – heute am frühen Morgen wurde ich von Scotland Yard gebeten, einige Fotos zu identifizieren, die von der mit dem Fall betrauten norwegischen Polizeibehörde weitergegeben wurden. Es waren Fotos von Kleidungsstücken, und sie gehören Lo. Ich habe sie sofort erkannt, vor allem die auffälligen Vintage-Stiefel waren eindeutig ihre.
Natürlich sind wir über diese Entwicklung am Boden zerstört, aber wir müssen abwarten und sehen, was die Polizei herausfindet – mehr wissen wir im Moment nicht, weil die Leiche sich noch in Norwegen befindet. Wir wären euch sehr dankbar, wenn ihr euch bis auf Weiteres den Medien gegenüber zurückhalten könntet. Falls ihr etwas zu den Ermittlungen beizutragen habt, gebe ich euch gerne die Namen der hier in England für

den Fall zuständigen Beamten von Scotland Yard. Uns wurde auch jemand von der Angehörigenhilfe zur Seite gestellt, der uns bei Presseanfragen unterstützt, aber einige der Gerüchte, die in Umlauf geraten sind, waren wirklich verletzend und auch unwahr, und deshalb möchten wir euch um Hilfe dabei bitten, Los Privatsphäre zu schützen.
Wir sind einfach alle völlig verzweifelt über diese neueste Entwicklung und müssen erst einmal versuchen, das Ganze zu begreifen, also habt bitte Geduld mit uns. Ich versichere euch, dass wir euch auf dem Laufenden halten, wenn es Neuigkeiten gibt.
Judah

# Siebter Teil

# 29

Sie kam nicht.

Die Frau kam nicht zurück.

Die Stunden tickten dahin und verschmolzen zu einer formlosen Masse. Ich wusste, dass irgendwo außerhalb dieses stählernen Sargs Menschen miteinander sprachen und lachten und aßen und tranken, während ich hier lag und nichts tun konnte, als zu atmen und die Sekunden zu zählen, Minute um Minute, Stunde um Stunde. Irgendwo draußen ging die Sonne auf und wieder unter, türmten sich die Wellen auf und wiegten das Schiff, ging das Leben weiter, während ich in der Dunkelheit versank.

Wieder sah ich Annes Körper vor mir, wie er in der Tiefe des Meeres verschwand, und dachte bitter, dass sie noch Glück gehabt hatte – wenigstens war es schnell gegangen. Ein kurzer Augenblick des Erschreckens, ein Schlag auf den Kopf – und das war's. Allmählich fürchtete ich, dass es für mich nicht so gnädig ausgehen würde.

Ich lag auf dem Bett, hatte die Knie fest an die Brust gezogen und versuchte, nicht an den Hunger und die quälende Leere in meinem Magen zu denken. Meine letzte Mahlzeit war das Frühstück am Donnerstag gewesen, und inzwischen musste es schon spät am Freitag sein. Rasende Kopfschmerzen und Magenkrämpfe plagten mich, und als ich aufstand, um zur Toilette zu gehen, war mir ganz elend und schwindlig zumute.

Die fiese kleine Stimme in meinem Kopf meldete sich wieder: *So ist das halt, wenn man verhungert! Glaubst du etwa, es wird ein friedliches Ende?*

Ich schloss die Augen. *Eins. Zwei. Drei. Einatmen.*

*Es dauert sehr lange. Es würde schneller gehen, wenn du aufs Trinken verzichten würdest …*

Ein Bild schob sich vor mein inneres Auge – mein eigener Körper, dürr und weiß und kalt, zusammengerollt unter der abgewetzten orangenen Decke.

»Ich beschließe, nicht an so etwas zu denken«, murmelte ich. »Ich beschließe, stattdessen an …« Ich stockte. Woran? *Woran denn nur?* In keiner der Sitzungen mit Barry hatten wir über Bilder gesprochen, die sich für Situationen wie diese eigneten, wenn man sich in der Hand eines Mörders befand. Sollte ich etwa an meine Mutter denken? An Judah? An alles, was ich liebte, was mir wichtig war und was ich bald verlieren würde?

»Stell dir einfach etwas Schönes vor.« *Danke, Barry, steck dir deine* schönen *Gedanken doch* einfach *sonst wohin.*

In dem Moment hörte ich im Flur ein Geräusch.

Ich sprang auf, so schnell, dass mir schwarz vor Augen wurde und ich fast umkippte. Es gelang mir gerade noch, mich am Bett abzustützen, bevor die Beine unter mir einknickten.

War sie es? Oder Bullmer?

Oh, verdammte Scheiße.

Ich wusste, dass ich zu schnell atmete, fühlte mein Herz rasen, die Muskeln kribbeln, und schließlich zerfiel mein Gesichtsfeld in tausend kleine schwarze und rote Splitter.

Und dann wurde es schwarz um mich.

»Scheiße, Scheiße, Scheiße …«

Ein Wort, das wieder und wieder geflüstert wurde, panisch, schluchzend, irgendwo in der Nähe.

»Mensch, jetzt wach doch auf, verdammt!«

»Wa…«, brachte ich hervor.

Die Frau stieß einen zittrigen, hörbar erleichterten Seufzer aus. »Scheiße! Alles okay? Du hast mir solche Angst eingejagt!«

Ich öffnete die Augen und sah ihr besorgtes Gesicht ganz dicht vor meinem. Essensgeruch lag in der Luft, und mein Magen knurrte schmerzhaft.

»Es tut mir leid«, beteuerte sie hastig, während sie mir half, mich aufzusetzen, und mir ein Kissen in den Rücken stopfte, damit ich mich ans Bettgestell lehnen konnte. Ihr Atem roch nach Alkohol. »Ich wollte dich nicht so lange alleine lassen, ich konnte …«

»… Tag?«, krächzte ich.

»Was?«

»Wel… welcher Tag ist heute?«

»Samstag. Samstag, der sechsundzwanzigste. Es ist schon spät, fast Mitternacht. Ich habe was zu essen mitgebracht.«

Mir war fast schlecht vor Hunger, und so griff ich nach dem Stück Obst, das sie mir hinhielt, biss gierig hinein, und merkte erst gar nicht, dass es eine Birne war, bis sich der fast unerträglich intensive Geschmack mit einem Schlag in meinem Mund entfaltete.

Samstag also – fast Sonntag. Kein Wunder, dass es mir so mies ging. Kein Wunder, dass mein Magen sich auch jetzt noch zusammmenzog und verkrampfte, während ich die Birne hinunterschlang wie ein ausgehungerter Wolf. Sie hatte mich hier seit … ich versuchte zurückzurechnen. Donnerstagmorgen bis Samstagabend. Seit achtundvierzig … sechzig … Sie hatte mich hier seit über sechzig Stunden ohne Nahrung oder menschlichen Kontakt ausharren lassen. Konnte das stimmen? Mein Kopf schmerzte. Mein Bauch schmerzte. Einfach alles schmerzte.

Wieder das flaue Gefühl, wieder zog sich mein Magen zusammen.

»Oh Gott.« Mühsam rappelte ich mich auf. Meine Knie waren weich wie Gummi und zitterten. »Ich muss mich übergeben.«

Ich stolperte ins winzige Bad. Sie folgte mir auf den Fersen, sichtlich besorgt, und stützte mich, als ich mich wankend durch den engen Türrahmen schob, bevor ich auf die Knie sackte und mich in die Toilettenschüssel übergab. Die Säure der Frucht brannte in meiner Kehle. Die Frau schien zu merken, wie elend ich mich fühlte, denn sie sagte fast schüchtern: »Ich kann dir noch eine bringen, wenn du willst. Es gibt auch was mit Kartoffeln, das ist vielleicht besser für deinen Magen. Der Koch nannte es Püttipfanne oder so. Ich weiß nicht mehr.«

Anstelle einer Antwort hielt ich den Kopf weiter über die Schüssel gebeugt und wartete auf den nächsten Schwall. Doch die Übelkeit schien verflogen zu sein. Nach einer Weile wischte ich mir den Mund ab und zog mich langsam an dem Haltegriff in der Wand hoch, unsicher, ob meine Beine mich tragen würden. Mit wackligen Schritten ging ich zurück zum Bett und dem Tablett mit meinem Essen. Die Kartoffelwürfel sahen göttlich aus und rochen auch so. Ich nahm die Gabel und begann zu essen, langsamer diesmal, ohne zu schlingen.

Die junge Frau sah mir dabei zu.

»Es tut mir leid«, wiederholte sie. »Ich hätte dich nicht so bestrafen dürfen.«

Ich kaute auf einem Bissen lauwarmer, salziger Kartoffelstücke herum und spürte, wie die karamellisierte Kruste zwischen meinen Backenzähnen knirschte.

»Wie heißt du?«, fragte ich, nachdem ich runtergeschluckt hatte.

Sie biss sich auf die Lippe, wandte den Blick ab und seufzte. »Ich sollte es dir besser nicht verraten, aber was soll's. Carrie.«

»Carrie.« Ich nahm einen weiteren Bissen und zerkaute das Wort zusammen mit den Kartoffeln. »Hi, Carrie.«

»Hi«, erwiderte sie, aber ihre Stimme klang freud- und leblos. Sie sah mir noch etwas länger beim Essen zu, bevor sie langsam zur hinteren Kabinenwand rutschte und sich erschöpft dagegenlehnte.

Eine Weile saßen wir schweigend da, während ich sorgsam und bedächtig weiteraß und sie mich beobachtete. Plötzlich entfuhr ihr ein leiser Ausruf, und sie fischte etwas aus ihrer Hosentasche.

»Das hätte ich fast vergessen. Hier.« Es war eine Tablette, verpackt in einem Taschentuchfetzen. Ich nahm sie und musste fast lachen vor Erleichterung. Eigentlich war die Hoffnung, das winzige weiße Kügelchen könnte meine Situation irgendwie verbessern, geradezu jämmerlich naiv. Und doch …

»Danke«, sagte ich, legte sie auf meine Zunge und spülte sie mit einem Schluck Saft runter.

Als der Teller schließlich leer war, ich die letzten Kartoffelreste herunterkratzte und Carrie mich immer noch beobachtete, wurde mir bewusst, dass sie zum ersten Mal während des Essens dageblieben war. Diese Erkenntnis gab mir den Mut, etwas zu versuchen, etwas Dummes vielleicht, aber nun kamen die Worte aus meinem Mund, ohne dass ich sie aufhalten konnte.

»Was wird mit mir geschehen?«

Sie erhob sich schweigend, schüttelte langsam den Kopf und klopfte ihre beigefarbene Seidenhose ab. Mir fiel auf, wie schrecklich dünn sie war, und ich fragte mich kurz, ob das zu ihrer Rolle als Anne gehörte oder ob sie von Natur aus so mager war.

»Wird er …« Ich schluckte. Es war riskant, aber ich musste es einfach wissen. »Wird er mich umbringen?«

Sie gab mir immer noch keine Antwort, sondern hob nur wortlos das Tablett auf und lief hinaus. Doch als sie sich umdrehte, um die Tür zuzuziehen, sah ich Tränen in ihren Augen. An der Tür hielt sie kurz inne, als wollte sie noch etwas sagen, schüttelte dann aber wieder nur den Kopf, wobei eine Träne sich aus dem Augenwinkel löste und ihre Wange hinunterrann. Beinahe wütend wischte sie sie weg, bevor sie die Tür hinter sich ins Schloss fallen ließ.

Als sie weg war, zog ich mich am Bettgestell hoch und stand mühsam auf. Dabei fiel mein Blick auf etwas auf dem Boden: ein Buch. Diesmal war es meine Ausgabe von ›Pu der Bär‹.

›Pu der Bär‹ ist meine Trostlektüre, mein Buch für alle Fälle, auf das ich mich in Krisen verlassen kann. Es ist ein Buch aus der Zeit, bevor die Angst begann, als es außer Heffalumps noch keine Bedrohungen gab und mir wie Christopher Robin die Welt zu Füßen lag.

Fast hätte ich es gar nicht mitgenommen. Aber während ich Kleider und Schuhe in den Koffer stopfte, hatte ich es im letzten Moment auf dem Nachttisch erspäht und doch noch eingepackt, als Talisman gegen die Belastungen der Reise.

Den Rest des Abends verbrachte ich auf der Koje, das aufgeschlagene Buch neben mir auf dem Kissen, und fuhr mit den Fingern über den abgenutzten Umschlag. Ich kannte die Worte in- und auswendig, wahrscheinlich sogar zu gut, und vielleicht konnten sie deswegen ihren Zauber nicht entfalten. Mir ging das Gespräch mit Carrie einfach nicht aus dem Kopf, und anstatt zu lesen grübelte ich über das nach, was mir bevorstand.

Es gab für mich nur zwei Wege nach draußen – lebendig oder tot. Ich hatte eine klare Präferenz, daher stellte sich für mich eigentlich nur noch eine Frage: Sollte ich mit oder ohne Carries Hilfe versuchen, zu entkommen?

Vor ein paar Tagen, vor ein paar Stunden noch, hätte ich ohne zu zögern gesagt, dass es nur ohne sie gehen würde – immerhin hatte sie mich verprügelt, eingesperrt und sogar fast verhungern lassen. Aber nach heute Abend war ich mir nicht mehr sicher. Wie sie mir geholfen hatte, als ich mich aufsetzen wollte, wie sie mir beim Essen Gesellschaft geleistet und geduldig jeden Bissen verfolgt hatte, ihr trauriges Gesicht, die feuchten Augen, als sie gegangen war … Sie war keine

Mörderin, jedenfalls nicht aus freien Stücken. Und irgendwas war in den letzten Tagen passiert, wodurch ihr das bewusst geworden war. Ich dachte an die langen, albtraumhaften Stunden des Wartens, daran, wie zäh die Zeit verronnen war, während mein Hunger größer und größer geworden war. Aber jetzt kam mir zum ersten Mal der Gedanke, dass diese Stunden für sie vielleicht genauso quälend langsam vergangen waren und dass vielleicht auch sie etwas durchmachte, auf das sie nicht gefasst gewesen war. Sie musste sich vorgestellt haben, wie ich hier unten lag, von Minute zu Minute schwächer wurde, verzweifelt an der Tür rüttelte, bis sie es nicht mehr ausgehalten hatte und mit einem gestohlenen Teller mit lauwarmen Resten hinuntergelaufen war.

Was hatte sie wohl gedacht, als sie die Tür öffnete und mich auf dem Boden liegen sah – dass sie zu spät gekommen war? Dass ich zusammengebrochen war, vor Hunger oder aus purer Erschöpfung? Vielleicht hatte sie in diesem Moment erkannt, dass sie keinen weiteren Tod ertragen würde, keinen, für den sie mitverantwortlich war.

Sie hatte nicht gewollt, dass ich starb, davon war ich fest überzeugt. Und ich glaubte auch nicht, dass sie in der Lage sein würde, mich umzubringen, nicht, wenn ich sie weiter daran erinnerte, dass ich doch ihretwegen hier war, weil ich für sie hatte kämpfen, ihr hatte helfen wollen.

Bullmer dagegen … Bullmer, der während der Chemo seiner Frau ihr Geld gezählt und ihr Ableben geplant hatte, und dem im letzten Moment beinahe alles durch die Lappen gegangen wäre …

Doch. Bullmer hätte keine Skrupel, mich zu töten, das war mir vollkommen klar. Vermutlich würde es ihm keine einzige schlaflose Nacht bereiten.

Wo war er eigentlich? Hatte er das Schiff verlassen, um sich ein Alibi zu verschaffen, während Carrie mich verhungern ließ? Schwer zu sagen. Er hatte sich immerhin große Mühe gegeben, sich von allem fernzuhalten, was ihn mit Annes Tod in Verbindung bringen konnte; da würde er sich bei mir erst recht nicht die Finger schmutzig machen wollen.

Während ich darüber nachdachte, hörte ich, wie der Schiffsmotor angelassen wurde. Er brummte und tuckerte eine Weile vor sich hin, bevor das Schiff erzitterte und sich langsam in Bewegung setzte. Wir fuhren wieder, hinaus aus dem Hafen, hinaus auf die Nordsee, wo uns die Dunkelheit verschlucken würde.

# 30

Als ich aufwachte, war der Motor wieder verstummt, aber ich spürte das Wogen der Wassermassen überall um uns herum. Ich überlegte, wo wir wohl waren – in den Fjorden vielleicht. Ich stellte mir dunkle Felswände vor, die steil aus dem tiefen blauen Meer emporragten und oben einen schmalen Streifen weißen Himmels rahmten. Einige der Fjorde waren über einen Kilometer tief – dort unten herrschten unvorstellbare Dunkelheit und Kälte. In solcher Tiefe würde eine Leiche für immer unauffindbar bleiben.

Gerade fragte ich mich, wie viel Uhr es war, als es an der Tür klopfte und Carrie mit einer Schüssel Müsli und einem Kaffee hereinkam.

Sie stellte das Tablett ab. »Sorry, dass es nicht mehr ist. Jetzt, wo die Crew und Passagiere weg sind, kann ich nicht mehr so leicht Essen mitnehmen, ohne dass der Koch misstrauisch wird.«

»Die ganze Crew ist weg?« Ihre Worte erschütterten mich, auch wenn ich nicht genau wusste, warum.

»Nicht alle«, sagte Carrie. »Der Kapitän und einige seiner Leute sind noch da. Aber die Servicekräfte sind mit Richard für so eine teambildende Maßnahme in Bergen geblieben.«

Also war Bullmer nicht auf dem Schiff. Vielleicht erklärte das Carries Sinneswandel. Jetzt, wo er weg war …

Ich begann langsam das Müsli zu essen, und wie beim letzten Mal setzte sie sich dazu und beobachtete mich aus ihren traurigen Augen unter den restlos entfernten Brauen.

»Die Wimpern hast du nicht entfernt?«, fragte ich zwischen zwei Bissen. Sie schüttelte den Kopf.

»Nein, das habe ich mich nicht getraut. Sie sind ohne Mascara eh ganz dünn, aber wenn jemand gefragt hätte, hätte ich einfach behauptet, dass sie falsch sind.«

»Wer ...« Ich stockte. Ich hatte fragen wollen: *Wer hat sie umgebracht?*, aber ich brachte die Worte nicht über die Lippen. Ich fürchtete zu sehr, dass es Carrie gewesen war. Außerdem bestand meine einzige Hoffnung darin, sie davon zu überzeugen, dass sie eben keine Mörderin war, anstatt sie daran zu erinnern, dass sie es schon einmal getan hatte und es daher auch noch ein zweites Mal tun konnte.

»Was?«, fragte sie.

»Ich ... Was habt ihr gesagt? Meiner Familie, meine ich? Und den anderen Passagieren? Denken die, dass ich in Trondheim bin?«

»Ja. Ich bin mit der Perücke auf dem Kopf und deinem Pass von Bord gegangen, und zwar frühmorgens, als alle Stewards mit Frühstückmachen beschäftigt waren und an der Gangway einer vom Maschinenpersonal Dienst hatte – zum Glück hast du die Tour über die Kommandobrücke nicht mitgemacht, sonst hättest du sicher einen von denen getroffen. Und zum Glück haben wir beide dunkle Haare, keine Ahnung, was ich sonst gemacht hätte – eine blonde Perücke habe ich nicht. Hinterher bin ich als Anne wieder an Bord gekommen, wobei ich natürlich gehofft habe, dass keinem auffallen würde, dass Anne das Schiff zuvor gar nicht verlassen hatte.«

Glück. Das war jetzt nicht das Wort, das ich in diesem Zusammenhang verwendet hätte. Die Beweiskette war also lückenlos – es gab einen Vermerk darüber, dass ich das Schiff verlassen hatte und nicht mehr zurückgekehrt war. Kein Wunder, dass die Polizei noch nicht aufgetaucht war, um das Schiff zu durchsuchen.

»Was war denn euer Plan?«, fragte ich matt. »Wenn ich dich nicht gesehen hätte? Wie hätte es laufen sollen?«

»Ich wäre trotzdem in Trondheim von Bord gegangen«, antwortete sie bitter. »Aber diesmal als Anne. Und dann hätte ich die Perücke aufgesetzt, mich umgezogen und wäre in der Menge untergetaucht, als eine Rucksacktouristin unter vielen. In Trondheim hätte sich die Fährte verlaufen – eine psychisch labile, todkranke Frau, die spurlos verschwindet … Irgendwann, wenn sich der ganze Trubel etwas gelegt hätte, hätten Richard und ich uns dann kennengelernt und ineinander verliebt, nur diesmal im Lichte der Öffentlichkeit – alles noch mal für die Kameras.«

»Warum hast du das nur getan, Carrie?«, fragte ich fassungslos, biss mir aber sogleich auf die Zunge. Das hier war kein guter Zeitpunkt, sie gegen mich aufzubringen. Ich musste sie auf meine Seite ziehen, was ich mit Vorwürfen nicht erreichen würde. Aber ich konnte mich nicht beherrschen. »Ich verstehe es einfach nicht.«

»Manchmal verstehe ich es selbst nicht.« Sie schlug die Hände vors Gesicht. »So sollte das alles gar nicht laufen.«

»Erzähl's mir«, forderte ich sie auf. Fast schüchtern streckte ich die Hand aus. Als ich sie auf ihr Knie legte, zuckte sie zusammen, als fürchtete sie, geschlagen zu werden. Ich sah, wie verängstigt sie war – wie viel von ihrer Brutalität aus Panik, nicht aus Hass geboren war. »Carrie?«, hakte ich nach.

Sie wandte den Kopf ab und fixierte den orangefarbenen Vorhang, als könnte sie mir nicht in die Augen sehen. »Wir haben uns im Magellan kennengelernt«, erklärte sie. »Ich hab da gekellnert, während ich auf meinen Durchbruch als Schauspielerin hoffte. Und er … er hat mich einfach umgehauen, Hals über Kopf. Es war wie bei ›Shades of Grey‹: ich, die arme Kirchenmaus, und er … Wir verlieben uns – und er zeigt mir dieses Leben, von dem ich nie auch nur zu träumen gewagt hätte …«

Sie hielt inne und schluckte.

»Ich wusste natürlich, dass er verheiratet war – er hat nie einen Hehl daraus gemacht. Deshalb konnten wir uns auch nie in der Öffentlichkeit treffen, und ich durfte niemandem von ihm erzählen. Sie war eine furchtbar kalte und herrschsüchtige Frau, und sie lebten vollkommen getrennte Leben, sie in Norwegen und er in London. Er hatte kein einfaches Leben – seine Mutter hat ihn verlassen, als er noch ein Baby war, und als er gerade mit der Schule fertig war, ist sein Vater gestorben. Und ausgerechnet Anne, die Person, die ihn von allen am meisten hätte lieben sollen, konnte es nicht ertragen, mit ihm zusammenzuleben! Aber sie war nun mal todkrank, und er brachte es nicht übers Herz, sich von einer Frau scheiden zu lassen, die nur noch wenige Monate zu leben hatte – das wäre zu grausam gewesen. Er hat ständig über die Zeit danach geredet, nach ihrem Tod, wenn wir endlich zusammen sein könnten ...« Sie verstummte, und ich glaubte schon, sie wäre fertig und würde jeden Moment aufstehen und gehen, aber dann sprach sie weiter, immer schneller sprudelten die Worte aus ihr heraus, als könnte sie sie nicht aufhalten.

»Eines Nachts hatte er diese Idee – dass ich mich als seine Frau verkleiden und mit ihm ins Theater gehen sollte, denn so konnten wir uns auch in der Öffentlichkeit zusammen zeigen. Er gab mir einen ihrer Kimonos, und ich sah mir ein Video von ihr an, damit ich wusste, wie ich mich zu geben hatte. Meine Haare versteckte ich unter einer Badekappe und zog dann eines ihrer Tücher darüber. Und es hat geklappt – wir saßen zusammen in der Loge, nur wir zwei, und tranken Champagner, und es war so wunderschön. Es war ein Spiel, wir haben alle an der Nase herumgeführt.«

Sie holte tief Luft. »Wir haben das noch ein- oder zweimal gemacht – immer nur, wenn Anne gerade auch in London war, damit niemand Verdacht schöpfte. Ein paar Monate später kam ihm dann die Idee. Anfangs fand ich das total wahnsinnig, aber er ist einfach so, verstehst du? Er glaubt, nichts ist unmöglich, und schafft es, dich ernsthaft davon zu überzeugen. Er hat mir von dieser PR-Kreuzfahrt erzählt und dass Anne nur am ersten Tag dazukommen, spät am Abend wieder von Bord gehen und nach Hause reisen würde. Und dann schlug er vor, wie wäre es, wenn ich einfach bleiben und mich als sie ausgeben würde? Er könnte mich an Bord schmuggeln und wir könnten uns als echtes Paar zeigen – eine ganze Woche zusammen in der Öffentlichkeit. Er war sicher, dass ich das würde durchziehen können. Erstens hatte ja niemand an Bord Anne je wirklich getroffen und zweitens wollte er dafür sorgen, dass niemand ein Foto von mir macht, damit es nicht hinterher doch noch irgendwie rauskommen würde. Am Ende der Reise sollte das Schiff in Bergen anlegen und die Leute sollten glauben, Anne wäre ein paar Tage länger geblieben, während ich am letzten Tag einfach meine normalen Sachen wieder angezogen hätte und als ich selbst zurückgereist wäre. Er hatte dafür gesorgt, dass einer der Gäste absagen musste, sodass es eine leere Kabine gab, und er meinte, der einzige …« Sie stockte. »Der einzige Haken sei, dass ich mir die Haare abrasieren müsste, um wirklich überzeugend zu sein. Aber das schien mir … die Sache schien es mir wert. Um mit ihm zusammen zu sein.«

Sie musste schlucken. Langsamer fuhr sie fort: »Am ersten Abend war ich gerade dabei, mich als Anne anzuziehen, als Richard in die Kabine stürmte. Er war völlig außer sich. Er sagte, Anne wisse über die Affäre Bescheid und sei ausgerastet und wie eine Wahnsinnige auf ihn losgegangen. Er habe sie weggeschubst, um sich zu schützen, und sie sei gestolpert und mit dem Kopf auf die Kante des Kaffeetisches geschlagen. Als er versuchte, ihr auf die Beine zu helfen, sah er …« Sie zögerte kurz. »Da sah er, dass sie tot war. Er wusste nicht weiter. Er sagte, wenn die Polizei Ermittlungen aufnehmen würde, würde meine Anwesenheit ans Licht kommen, und dann würde niemand seiner Version der Geschichte Glauben schenken. Er meinte, wir würden beide angeklagt, er als Mörder und ich wegen Beihilfe zum Mord, und es würde rauskommen, dass ich mich als Anne ausgegeben hatte. Dann sagte er, Cole hätte ein Foto von mir in Annes Sachen, und die einzige Lösung ...« Sie geriet ins Stocken, als ihre Gefühle sie zu überwältigen drohten. »... die einzige Lösung sei es, Annes Leiche über Bord zu werfen und alles wie geplant durchzuziehen. Und wenn sie dann in Bergen verschwinden würde, würde keine Spur zu uns führen. Aber es war alles nicht so geplant!«

Zahllose Einwände lagen mir auf der Zunge und schrien danach, ausgesprochen zu werden. Wie hätte Anne am ersten Abend von Bord gehen können, wenn wir doch erst am folgenden Morgen in Norwegen anlegen sollten? Und wie hätte sie ohne ihren Pass von Bord gehen können, und ohne dass es die Crew mitbekommen hätte? Es ergab keinen Sinn. Die einzige Erklärung war, dass Richard nie die Absicht hatte, Anne aus eigenen Stücken die Gangway runtergehen zu lassen, und das musste auch Carrie klar sein. Sie war ja nicht dumm. Aber ich hatte diese Art selbstgewählter Blindheit schon oft gesehen: bei Frauen, die trotz eindeutiger Anzeichen die Augen vor der Untreue ihrer Partner verschlossen, wie auch bei Menschen, die für die miesesten Unternehmen arbeiteten und sich selbst weismachten, dass sie nur Anweisungen befolgten und taten, was zu tun war. Der menschlichen Fähigkeit, zu glauben, was man glauben will, schienen keine Grenzen gesetzt, und falls Carrie beschlossen hatte, entgegen aller Vernunft Richards verzerrter Version der Ereignisse zu glauben, würde sie mir nicht zuhören.

Also holte ich tief Luft und stellte die Frage, von der alles abhing.

»Und was passiert mit mir?«

»Ach, Scheiße!« Carrie stand auf und hob die Hände über den Kopf, wodurch ihr Tuch verrutschte und den Blick auf die rasierte Kopfhaut freigab. »Ich weiß es doch nicht. Bitte hör auf zu fragen.«

»Er wird mich umbringen, Carrie.« Er würde uns beide umbringen, davon war ich inzwischen überzeugt, aber ich war nicht sicher, ob sie schon bereit war, das zu hören. »Bitte, *bitte,* du kannst uns beide hier rausbringen, das weißt du. Ich sage für dich aus – ich werde sagen, du hast mich gerettet, und …«

»Erstens«, fiel sie mir mit steinerner Miene ins Wort, »würde ich ihn niemals hintergehen. Ich liebe ihn, auch wenn du das anscheinend nicht ganz begreifst. Und zweitens würde ich, selbst wenn ich deinen Plan mitmachen würde, wegen Mordes angeklagt.«

»Aber wenn du gegen ihn aus …«

Sie schnitt mir das Wort ab. »Nein, auf keinen Fall. Keine Chance. Ich liebe ihn. Und er liebt mich auch, das weiß ich.«

Als sie sich zum Gehen wandte, wusste ich, dass ich handeln musste – jetzt oder nie. Ich musste ihr ein für alle Mal klarmachen, worauf sie sich eingelassen hatte, selbst auf die Gefahr hin, dass sie weglaufen und mich hier verhungern lassen würde.

»Er wird dich umbringen, Carrie«, sagte ich, als sie bereits an der Tür stand. »Das weißt du, oder? Er wird erst mich umbringen und dann dich. Es ist deine letzte Chance.«

»Ich liebe ihn«, beharrte sie. Ihre Stimme klang brüchig.

»So sehr, dass du ihm geholfen hast, seine Frau zu töten?«

»Ich habe sie nicht getötet!«, rief sie, ein gequälter Schrei, der in der winzigen Kabine schmerzhaft schrill klang. Sie stand mit dem Rücken zu mir und hatte schon die Hand auf der Klinke, aber nun begann ihr ganzer schmaler Körper zu beben, wie bei einem Kind, das von einem Weinkrampf durchgeschüttelt wurde. »Sie war doch schon tot – jedenfalls hat er das gesagt. Er hatte ihre Leiche in seiner Kabine in einem Koffer versteckt, und während ihr alle beim Abendessen wart, habe ich den

Koffer in Kabine 10 gerollt. Ich sollte nichts weiter tun, als ihn über Bord zu werfen, während er beim Poker war. Aber …« Sie verstummte, drehte sich wieder um, ließ sich zu Boden sacken und legte den Kopf auf die Knie.

»Aber was?«

»Aber der Koffer war so schwer. Er muss ihn mit irgendwas beschwert haben. Als ich versucht habe, ihn in die Suite zu wuchten, bin ich damit am Türrahmen hängen geblieben, und er ist aufgesprungen und da …« Sie schluchzte laut auf. »Oh Himmel, ich weiß es einfach nicht mehr! Ihr Gesicht – es war alles voller Blut, aber eine Sekunde lang sah es aus … da dachte ich, ihre Lider hätten sich bewegt.«

»Oh Gott!« Ich wurde starr vor Schreck. »Du meinst … Du hast sie nicht lebend über Bord geworfen, oder?«

»Ich weiß es nicht.« Sie vergrub das Gesicht in den Händen. Ihre Stimme klang brüchig und schrill und bebte wie an der Schwelle zur Hysterie. »Ich hab geschrien … ich konnte nichts dagegen machen. Aber das Blut auf ihrem Gesicht war schon kalt, ich hab es berührt. Wenn sie noch gelebt hätte, wäre es doch warm gewesen, oder? Also dachte ich, wahrscheinlich war es einfach Einbildung oder so ein unwillkürliches Muskelzucken – so was gibt es doch, oder? Im Leichenschauhaus und so … Ich wusste nicht, was ich tun sollte, und hab ganz schnell den Deckel zugemacht! Aber wohl nicht richtig, denn als ich ihn dann über die Reling geworfen habe, ist er wieder aufgegangen, und da hab ich ihr Gesicht gesehen … ihr Gesicht im Wasser … oh Gott!«

Sie brach ab. Ihr Atem ging in schnellen, flachen Stößen, aber während ich noch versuchte zu verarbeiten, was sie mir da gerade Entsetzliches erzählt hatte, und gleichzeitig überlegte, was ich auf ihr Geständnis erwidern sollte, sprach sie bereits weiter.

»Seitdem kann ich nicht mehr schlafen. Jede Nacht liege ich wach, denke an sie und frage mich, ob sie noch am Leben war.«

Sie blickte zu mir auf, und zum ersten Mal konnte ich in ihren Augen sehen, was sie wirklich empfand – die Schuldgefühle und die nackte Angst, die sie seit jenem ersten Abend so verzweifelt zu unterdrücken versucht hatte.

»So hätte das alles nicht ablaufen sollen.« Sie klang verzweifelt. »Sie sollte zu Hause sterben, in ihrem eigenen Bett, und ich … und ich …«

»Du musst das nicht tun«, sagte ich eindringlich. »Was immer mit Anne passiert ist – das hier kannst du noch aufhalten. Glaubst du wirklich, du könntest damit leben, mich auch noch getötet zu haben? Du hast schon einen Menschen auf dem Gewissen, und das hat dich fast um den Verstand gebracht. Lass nicht zu, dass es zwei werden – ich flehe dich an –, uns beiden zuliebe. Bitte lass mich gehen. Ich schwöre, dass ich nichts sagen werde. Ich erzähle … ich erzähle Judah, dass ich in Trondheim von Bord gegangen bin und dann irgendwie einen Blackout hatte. Mir würde doch sowieso keiner glauben! Sie haben mir ja schon nicht geglaubt, dass jemand über Bord geworfen wurde – warum sollte es jetzt anders sein?«

Ich wusste, warum: wegen der DNA. Fingerabdrücke. Zahnprofile. Auf der Glasreling und in Richards Suite mussten sich noch Spuren von Annes Blut befinden.

Aber ich erwähnte nichts davon, und Carrie schien es nicht in den Sinn zu kommen. Nachdem sie mit ihrem Geständnis herausgeplatzt war, schien sich ihre Panik ein wenig gelegt zu haben, und sie atmete jetzt wieder langsamer und gleichmäßiger. Ihr Gesicht war verheult, aber seltsam schön. Die Hysterie war verflogen, und sie sah mich mit ruhiger, fast gelassener Miene an.

»Carrie?«, fragte ich ängstlich, in banger Hoffnung.

»Ich denke darüber nach«, antwortete sie. Sie stand auf, nahm das Tablett und drehte sich zur Tür. Dabei stieß sie mit dem Fuß gegen ›Pu der Bär‹ auf dem Boden. Als sie hinabblickte und erkannte, was es war, veränderte sich etwas in ihrem

Ausdruck. Sie hob das Buch auf und blätterte mit der freien Hand darin.

»Das habe ich als Kind so gemocht«, sagte sie.

Ich nickte. »Ich auch. Ich habe es bestimmt hundertmal gelesen. Die Stelle am Ende mit den Bäumen, die im Kreis stehen … da muss ich immer weinen.«

»Meine Mutter hat mich früher Tieger genannt«, erzählte sie. »Sie meinte immer: ›Du bist genau wie Tieger, egal, was auch passiert, du landest immer auf deinen Füßen‹.« Sie lachte bitter auf und warf das Buch achtlos auf den Boden, offensichtlich bemüht, zur Sachebene zurückzukehren. »Pass auf, es kann sein, dass ich dir heute Abend nichts zu essen bringen kann. Der Koch schöpft langsam Verdacht. Ich werde mein Bestes tun, aber falls es nicht geht, bringe ich dir zum Frühstück mehr, okay?«

»Okay«, sagte ich und fügte dann aus einem seltsamen Impuls heraus hinzu: »Danke.«

Als sie weg war, dachte ich noch eine ganze Weile darüber nach – wie idiotisch war ich eigentlich, der Frau zu danken, die mich eingesperrt hatte und mich gefügig machte, indem sie mir Nahrung und Medizin vorenthielt? Litt ich bereits am Stockholm-Syndrom?

Schon möglich. Aber falls ja, befand sie sich in einem weitaus fortgeschritteneren Stadium. Vielleicht kam dies der Wahrheit näher – dass wir nicht Geiselnehmer und Geisel waren, sondern eingesperrte Tiere in verschiedenen Zellen desselben Käfigs. Ihre war nur etwas größer.

Der Tag verging quälend langsam. Als Carrie weg war, lief ich nervös auf und ab und versuchte, mein wachsendes Hungergefühl und die zunehmende Angst vor dem zu ignorieren, was passieren würde, sollte Carrie weiter vor Richards Plänen die Augen verschließen.

Ich war mir vollkommen sicher, dass er niemals vorgehabt

hatte, Carrie nach Annes Verschwinden in Bergen am Leben zu lassen. Sobald ich die Augen schloss, tanzte eine Reihe flimmernder Bilder daran vorbei – Annes benommener, angsterfüllter Blick, als der Koffer aufsprang. Carrie, die arglos eine Gasse in Norwegen entlangspaziert, als sich plötzlich eine Gestalt von hinten nähert.

Und dann ich …

Ich legte mich aufs Bett. Um mich abzulenken, blätterte ich in ›Pu der Bär‹ und dachte dabei an zu Hause und an Judah, bis die Seiten vor meinen Augen verschwammen und die vertrauten, so oft gelesenen Sätze sich in einer Tränenflut auflösten. Ein Weinkrampf schüttelte mich, bis ich so erschöpft war, dass ich nichts anderes mehr tun konnte, als dazuliegen.

Beinahe hatte ich die Hoffnung auf Abendessen begraben, als ich ein Geräusch an der äußeren Tür und eilige Schritte auf dem Flur hörte. Ich erwartete, dass sie klopfen würde, doch stattdessen hörte ich nur den Schlüssel im Schloss, und die Tür sprang auf. Dass sie kein Essen dabeihatte, war sofort klar, aber das spielte auch keine Rolle mehr, als ich ihren panischen Gesichtsausdruck sah.

»Er kommt«, platzte sie heraus.

»Was?«

»Richard. Er kommt heute Abend zurück – er sollte eigentlich erst morgen kommen, aber er hat gerade eine Nachricht geschickt, dass er schon heute Abend kommt!«

*Telegraph Online* Dienstag, 29. September

Eilmeldung: Zweiter Leichenfund im Vermisstenfall Laura Blacklock

# Achter Teil

# 31

»Er … er kommt zurück?« Mein Mund war ganz trocken. »Was soll das heißen?«

»Was glaubst du, was das heißt? Wir müssen dich von Bord schaffen. In einer halben Stunde legen wir an, um Richard abzuholen. Danach …«

Sie brauchte nicht weiterzusprechen. Ich schluckte mühsam, meine Zunge pappte am trockenen Gaumen.

»Und … wie?«

Sie zog etwas aus ihrer Hosentasche und hielt es hoch. Ich begriff nicht gleich. Es war ein Reisepass – aber nicht mein eigener, sondern ihrer.

»Anders geht es nicht.« Sie nahm das Kopftuch ab, unter dem die kahle Kopfhaut zum Vorschein kam, auf der schon wieder kleine Stoppeln nachwuchsen, und begann dann, sich auszuziehen.

»Was tust du da?«

»Du wirst als Anne von Bord gehen und als ich ins Flugzeug steigen. Klar?«

»*Was?* Du bist doch wahnsinnig. Komm mit mir mit!«

»Das geht nicht. Wie sollte ich das bitte der Crew erklären? Ich bin die Freundin, die sich die ganze Zeit im Laderaum versteckt hat?«

»Sag's ihnen! Sag die Wahrheit!«

Sie schüttelte den Kopf. Sie stand jetzt in Unterwäsche da und zitterte trotz der stickigen, abgestandenen Hitze in der Kabine. »Und was genau sollte ich da sagen? Hi, ihr kennt mich noch gar nicht, die Frau, für die ihr mich gehalten habt, wurde leider über Bord geworfen? Nein. Ich habe keine Ahnung, ob ich irgendeinem von denen vertrauen kann. Selbst im besten Fall ist er immer noch ihr Chef. Und schlimmstenfalls …«

»Also was dann?« Ich war beinahe hysterisch. »Du bleibst hier und lässt dich auch umbringen?«

»Nein. Ich habe einen Plan. Hör auf zu diskutieren und zieh die Sachen an.« Sie hielt mir das Seidenbündel hin, das sich federleicht anfühlte, als ich es in die Hand nahm. Ihre Magerkeit war erschreckend, die Knochen bohrten sich förmlich durch die Haut, aber ich konnte nicht wegsehen. »Jetzt gib mir deine.«

»Was?« Ich sah an mir herunter, auf die fleckige, verschwitzte Jeans, das T-Shirt und den Kapuzenpulli, die ich schon seit fast einer Woche trug. »Die hier?«

»Ja. Mach schon!« Sie klang gereizt. »Welche Schuhgröße hast du?«

»Neununddreißig«, antwortete ich, durch den Stoff meines T-Shirts gedämpft, das ich mir gerade über den Kopf zog.

»Gut, ich auch.« Sie schob mir ihre Espadrilles hin, und ich zog meine Stiefel aus, bevor ich mich aus den Jeans schälte. Jetzt standen wir beide in Unterwäsche da, wobei ich mich verlegen zu bedecken versuchte, während sie völlig unbeirrt damit begann, meine Kleider anzuziehen. Ich schlüpfte in die Seidentunika und spürte, wie der teure Stoff kühl über meine Haut glitt. Sie zog ein Gummiband von ihrem Handgelenk und reichte es mir stumm.

»Wofür soll das sein?«

»Um deine Haare zurückzubinden. Es ist nicht ideal; du musst sehr aufpassen, dass das Kopftuch nicht verrutscht, aber besser geht es jetzt eben nicht. Uns bleibt keine Zeit, um deinen Kopf zu rasieren, und wenn du dann mit meinem Pass durchs Land tingelst, ist es ohnehin besser, wenn du bei der Passkontrolle echte Haare hast. Wir wollen ihnen ja keinen

Grund geben, das Foto gründlicher in Augenschein zu nehmen.«

»Das verstehe ich nicht. Wieso kann ich nicht einfach als ich selbst gehen? Die Polizei sucht doch sicher nach mir?«

»Erstens hat Richard deinen Pass und zweitens hat er hier oben viele Kontakte – nicht nur Geschäftsfreunde, er kennt auch hohe Tiere bei der norwegischen Polizei. Wir müssen dich aus seiner Reichweite bringen, bevor er eins und eins zusammenzählt. Sieh zu, dass du wegkommst. Halte dich von der Küste fern und versuch, über die Grenze nach Schweden zu gelangen. Und wenn du dann am Flughafen bist, flieg nicht direkt nach London. Damit rechnet er. Steig irgendwo um – in Paris oder so.«

»Ach komm, sei nicht albern«, sagte ich, doch sie hatte mich mit ihrer Angst angesteckt. Ich schob meine Füße in die Espadrilles, dann den Reisepass in die Tasche des Kimonos. Carrie zog gerade meine Vintage-Stiefel an, was mir kurz einen Stich versetzte – sie waren das teuerste Kleidungsstück, das ich besaß. Erst nach Wochen des Haderns und guten Zuredens von Judah hatte ich mich dazu durchringen können, so viel Geld zu berappen. Aber alles in allem schienen die Stiefel ein vertretbares Opfer – im Austausch gegen mein Leben.

Schließlich waren wir beide fast komplett umgezogen – bis auf das Kopftuch, das zwischen uns auf dem Bett lag.

»Setz dich«, wies Carrie mich an, und ich ließ mich auf der Bettkante nieder, während sie neben mir stand und begann, mir das Tuch mit dem wunderschönen Muster um den Kopf zu wickeln. Es war grün und golden und mit einem Motiv aus verschlungenen Seilen und Ankern verziert, und plötzlich blitzte vor meinem inneren Auge ein furchtbares Bild auf, ein Bild von Anne – der echten Anne –, versunken in der blaugrünen Tiefe, ihre weißen Glieder verhakt in den Trümmern unzähliger Wracks, für immer gefangen.

»So, fertig«, verkündete Carrie schließlich. Um das Tuch zu

befestigen, schob sie noch ein paar Haarklammern unter den Rand, und musterte mich kritisch von Kopf bis Fuß. »Es ist nicht perfekt – du bist nicht dünn genug, aber bei schlechten Lichtverhältnissen wirst du damit durchkommen. Gott sei Dank habe ich den Großteil des Maschinenpersonals nicht kennengelernt.«

Sie blickte auf ihre Uhr und ergänzte: »Okay. Und jetzt: Schlag mich.«

»Wie bitte?« Ich verstand kein Wort. Sie schlagen? Und womit?

»Schlag mich. Knall meinen Kopf gegen die Bettkante.«

»Wie bitte?« Ich klang wie mein eigenes Echo – aber ich konnte nicht anders. »Bist du verrückt? Ich werde dich nicht schlagen!«

»Schlag mich!«, rief sie wutentbrannt. »Kapierst du es nicht? Es muss überzeugend sein. Nur so kann ich Richard glauben machen, dass ich nicht mit dir unter einer Decke stecke. Es muss aussehen, als hättest du mich angegriffen und überwältigt. Los, schlag mich!«

Ich holte tief Luft und gab ihr eine Ohrfeige. Ihr Kopf schnellte zurück, aber es war nicht fest genug, das konnte ich schon an dem säuerlichen Blick erkennen, mit dem sie sich die Wange rieb.

»Oh Mann. Muss ich alles selber machen?«

Sie holte tief Luft, und ehe ich begriff, was sie vorhatte, knallte sie ihren Kopf gegen die obere Bettkante.

Ich schrie. Ich konnte nichts dagegen tun. Blut strömte aus der frischen Platzwunde, tropfte auf ihr – mein – weißes T-Shirt und sammelte sich auf dem Boden zu einer Lache. Sie taumelte zurück, ächzte vor Schmerz und fasste sich an den Kopf.

»Verdammt!«, wimmerte sie. »Verdammte Scheiße, das tut weh. Oh Gott.«

Sie sank auf die Knie, atmete in kurzen, scharfen Stößen,

und einen Moment lang glaubte ich, sie würde ohnmächtig werden.

»Carrie!«, rief ich panisch und hockte mich neben sie. »Carrie, ist alles …«

»Knie dich da nicht rein, du Volltrottel!«, schrie sie mich an und schubste meine Hand weg. »Willst du alles kaputt machen? Du kannst doch kein Blut auf den Klamotten haben! Was sollen die von der Crew denken? Oh Gott, Scheiße, warum hört das nicht auf zu bluten?«

Ungelenk richtete ich mich wieder auf, wobei ich fast auf den Saum des Kimonos trat und stolperte. Einen Augenblick stand ich nur zitternd da. Dann fasste ich mich wieder, rannte ins Bad und kam mit einem dicken Packen Klopapier zurück.

»Hier.« Meine Stimme bebte. Reumütig blickte sie auf, nahm das Papier und presste es auf die Wunde, bevor sie sich mit aschfahlem Gesicht zurücksinken ließ.

»Wa… Was soll ich tun?«, fragte ich. »Kann ich irgendwie helfen?«

»Nein. Das Einzige, was mir helfen kann, ist, wenn Richard glaubt, du hättest mich so übel verprügelt, dass ich dich nicht aufhalten konnte. Hoffentlich reicht das hier. Und jetzt raus …« Ihre Stimme war heiser. »Bevor er zurückkommt und das alles hier umsonst war.«

»Carrie, ich – was kann ich tun?«

»Du kannst zwei Dinge tun«, presste sie mit zusammengebissenen Zähnen hervor. »Erstens, gib mir vierundzwanzig Stunden, bevor du zur Polizei gehst, okay?«

Ich nickte. Das war zwar nicht, was ich gemeint hatte, aber ich konnte ihr die Bitte nicht verwehren.

»Zweitens, *hau endlich ab*«, stöhnte sie. Inzwischen war sie so weiß geworden, dass ich es mit der Angst zu tun bekam, aber aus ihrem Gesicht sprach finstere Entschlossenheit. »Du wolltest mir helfen, oder? Das hat dich in diesen Schlamassel gebracht. Und das hier ist das Einzige, was ich tun kann, um dir zu helfen. Also verschwende nicht meine Zeit, sondern verpiss dich endlich!«

»Danke«, krächzte ich. Sie deutete nur schweigend auf die Tür. Als ich dort war, sprach sie weiter.

»Die Schlüsselkarte für die Suite ist in deiner Tasche. In einem Portemonnaie auf der Frisierkommode befinden sich ungefähr fünftausend Kronen, es sind norwegische, dänische und schwedische gemischt, aber zusammen müssten sie fast fünfhundert Pfund wert sein, glaube ich. Nimm einfach das ganze Ding mit, da sind auch Kreditkarten und ein Ausweis drin. Die PINs für die Karten kenne ich nicht, es sind Annes, aber vielleicht kannst du irgendwo mit Unterschrift bezahlen. Du musst jemanden bitten, die Gangway auszufahren, um dich von Bord zu lassen – wenn sie sie nicht schon für Richard ausgefahren haben. Sag, dass er gerade angerufen hat und du ihm entgegengehen willst.«

»Okay«, flüsterte ich.

»Dann musst du dich umziehen und so schnell wie möglich vom Hafen wegkommen. Das ist alles.« Sie machte die Augen zu und lehnte sich auf dem Bett zurück. Der Papierklumpen an ihrer Schläfe war bereits mit Blut vollgesogen. »Oh, und schließ mich hier ein.«

»Dich einschließen? Bist du sicher?«

»Ja, ganz sicher. Es muss alles echt aussehen.«

»Aber was, wenn er nicht hierherkommt, um dich zu suchen?«

»Das wird er.« Ihre Stimme klang matt. »Das wird er als Erstes tun, wenn er mich oben nicht findet. Er wird sofort kommen, um nach dir zu sehen.«

»Okay …«, stimmte ich widerwillig zu. »Und wie lautet der Code für die Tür?«

»Die Tür?« Sie öffnete ihre müden Augen. »Welche Tür?«

»Du hast gesagt, da ist eine zweite Tür, die mit einem Code gesichert ist.«

»Das war gelogen.« Sie war sichtlich erschöpft. »Es gibt keine Tür. Das habe ich nur gesagt, damit du nicht abhaust. Einfach immer weiter die Treppen hoch.«

»Ich … danke, Carrie.«

Sie hatte die Augen wieder geschlossen. »Dank mir nicht. Zieh das jetzt einfach durch – für uns beide. Und blick nicht zurück.«

»Okay.« Unwillkürlich ging ich noch einmal auf sie zu, vielleicht, um sie zu umarmen. Aber ihr Oberkörper war voller frischer Blutspritzer, und aus der Wunde an ihrer Schläfe strömte immer noch mehr Blut. Und sie hatte recht – mit einem blutverschmierten Kimono würde ich niemandem helfen, am wenigsten ihr.

Es war das Schwerste, was ich je getan hatte – einer Frau den Rücken zu kehren, die aussah, als würde sie langsam verbluten, und das meinetwegen. Aber ich wusste, was ich zu tun hatte – für uns beide.

»Mach's gut, Carrie«, sagte ich. Sie antwortete nicht. Ich ergriff die Flucht.

Im schmalen Flur war es heiß, heißer noch als in der stickigen Kabine, die ich verlassen hatte. An der Tür befand sich ein schwerer, grob ins Plastik gebohrter Riegel und daran ein dickes Vorhängeschloss, in dem ein Schlüssel steckte. Ich schloss ab, schluckte die Schuldgefühle, die mir den Hals zuschnürten, runter und hielt zögernd den Schlüssel fest. Sollte ich ihn mitnehmen? Ich ließ ihn stecken. Carrie sollte nicht einen Moment länger als nötig dort bleiben müssen.

Die Kabine befand sich am Ende des trostlosen beigefarbenen Flurs. Am anderen Ende war eine Tür mit der Aufschrift »Zutritt nur für befugtes Personal«, und dahinter führte eine Treppe nach oben. Ich warf noch einen letzten, schuldgeplagten Blick auf die verschlossene Tür, hinter der die blutende Carrie lag, und rannte los, die Treppe hinauf.

Ich stieg höher und höher. Nachdem ich so lange zur Bewegungslosigkeit verdammt gewesen war, trieb die Anstrengung meinen Puls in schwindelnde Höhen, und meine Knie waren ganz weich und zittrig. Stufe um Stufe kämpfte ich mich die Treppe, die mit blassgrauem Teppich verkleidet und mit Metallleisten verstärkt war, hinauf. Meine verschwitzten Hände rutschten über das Kunststoffgeländer, und plötzlich sah ich vor meinem inneren Auge die große Treppe im Eingangsbreich, ihren blendend hellen Glanz, die glitzernden Kristalle und dachte an das polierte, seidenglatte Mahagonigeländer unter meinen Fingern. Ich spürte, wie ein Lachen in mir aufstieg, ein vollkommen grundloses Lachen, so wie damals bei der Beerdigung meiner Großmutter, als ich vor Anspannung die ganze Zeremonie hindurch unablässig gekichert hatte. Meine Angst und Panik steigerten sich offenbar gerade zu einem ausgewachsenen hysterischen Anfall.

Ich schüttelte kurz den Kopf und rannte weiter, die nächste Treppe hoch, vorbei an Türen mit Schildern wie »Wartungsdienst« und »Nur für Personal«.

Zu guter Letzt kam ich an eine massive, mit einer Griffstange versehene Tür, die aussah wie ein Notausgang. Außer Atem von dem langen Aufstieg blieb ich einen Augenblick lang stehen und spürte, wie mir klammer Schweiß die Wirbelsäule hinunterrann. Was erwartete mich auf der anderen Seite?

Hinter mir lag Carrie, zusammengerollt in der Koje dieses stickigen, sargähnlichen Raums. Bei dem Gedanken drehte sich mir der Magen um, doch ich zwang mich, kühl und überlegt die nächsten Schritte zu planen. Erst musste ich hier raus – und dann, sobald ich in Sicherheit war, konnte ich … ja, was eigentlich? Die Polizei einschalten, Carries Bitte zum Trotz?

Während ich mit der Hand auf dem Türgriff dastand, schoss mir plötzlich ein Bild aus jener unheilvollen Nacht zu Hause durch den Kopf – wie ich in meinem Schlafzimmer kauerte, vor Angst unfähig, mich der Gefahr zu stellen, die draußen auf mich wartete. Vielleicht wäre es damals besser gewesen, die versperrte Tür einzutreten, hinauszustürmen und mich ihm zu stellen, auch auf die Gefahr hin, zusammengeschlagen zu werden. Denn dann würde ich jetzt im Krankenhaus liegen, mit Judah an meiner Seite, anstatt in diesem schlaflosen Albtraum gefangen zu sein.

Nun, jetzt war die Tür jedenfalls nicht verschlossen.

Ich drückte den breiten Griff runter und stieß sie auf.

# 32

Das Licht traf mich wie ein Schlag ins Gesicht. Benommen blickte ich mit halb zugekniffenen Augen und offenem Mund auf die tausend, in allen Regenbogenfarben schillernden Swarovski-Kristalle. Die Personaltür führte direkt auf die große Treppe im Eingangsbereich, wo der Kronleuchter Tag und Nacht brannte und sich wie ein riesiger, funkelnder Stinkefinger gegen Wirtschaftslage, Mäßigung und Klimawandel erhob – vom guten Geschmack ganz zu schweigen.

Ich stützte mich am polierten Geländer ab und sah mich nach allen Seiten um. Am Wendepunkt der Treppe befand sich ein Spiegel, der den strahlenden Glanz des Kronleuchters reflektierte und die tanzenden Lichter bis ins Unendliche vervielfältigte, und als ich darin einen Blick auf mich selbst erhaschte, blieb mir fast das Herz stehen. Ich musste zweimal hinschauen – denn dort im Spiegel stand Anne, den Kopf in Gold und Grün gewickelt, die Augen blutunterlaufen und angsterfüllt.

Ich sah aus wie das, was ich war: eine Flüchtige. Ich zwang mich, aufrechter und langsamer zu gehen, trotz meines inneren Drangs, wie eine Ratte in Todesangst davonzuhuschen.

*Schneller, schneller, schneller,* fauchte mich die Stimme in meinem Kopf an. *Bullmer ist auf dem Weg. Mach, dass du wegkommst!* Doch ich behielt meinen langsamen, gleichmäßigen Gang bei, mit dem ich Annes – Carries – würdevolles Schreiten nachzuahmen versuchte, die Art, wie sie jeden Schritt ausgemessen hatte, als müsste sie sich ihre Kraft sorgsam einteilen. Auf dem Weg zu Kabine 1 im Bug des Schiffs tastete ich nach der Schlüsselkarte in meiner Tasche und spürte mit Erleichterung das feste Plastik zwischen meinen verschwitzten Fingern.

Doch dann ging es auf einmal nicht weiter. Ich stand vor einer Treppe zum Restaurant, ohne Durchgang zum vorderen Teil. *Verdammt.* Ich war irgendwo falsch abgebogen.

Ich machte kehrt und versuchte, mich an die Strecke zu erinnern, die ich zurückgelegt hatte, als ich Anne – Carrie – am Abend vor Trondheim in der Suite angetroffen hatte. Gott, war das wirklich erst letzte Woche gewesen? Es fühlte sich wie eine Ewigkeit an, wie aus einem anderen Leben. Moment – ich musste an der Bibliothek rechts gehen, nicht links. Oder doch?

*Beeil dich, verdammt noch mal, schneller!*

Ich ging gemessenen Schrittes weiter, hielt den Kopf hoch und versuchte, nicht zurückzublicken, mir nicht die Hände vorzustellen, die nach meiner wehenden Seidenrobe greifen und mich zu Boden zerren könnten. Ich bog rechts ab, dann links, dann kam ich an einem Lagerraum vorbei. Dieser Abschnitt kam mir bekannt vor. Ich war mir sicher, das Foto von dem Gletscher schon einmal gesehen zu haben.

Wieder eine Biegung – und eine weitere Sackgasse, von wo aus nur eine Treppe zum Sonnendeck führte. Mir war zum Heulen zumute. Wo waren die verdammten Schilder? Sollten sich die Passagiere mithilfe von Telepathie zurechtfinden? Oder war die Nobel-Suite absichtlich so versteckt, damit der Pöbel den VIPs nicht lästig fallen konnte?

Ich beugte mich vor, stützte die Hände auf die Knie und konnte durch die Seide das Zittern meiner Muskeln spüren, während ich versuchte, tief durchzuatmen und mir Mut zuzusprechen. Ich konnte es schaffen. Ich würde nicht heulend in diesen Gängen herumirren, bis Richard zurückkam.

*Einatmen … eins … zwei …* Beim Gedanken an Barrys säuselnde Stimme stieg eine plötzliche Wut in mir hoch, die mir genug Antrieb gab, um mich aufzuraffen und weiterzugehen. Ja ja, Barry. Steck dir dein positives Denken dorthin, wo es wehtut.

Ich lief zurück zur Bibliothek und bog diesmal am Lagerraum links ab. Und im nächsten Moment war ich da: Die Tür zur Suite befand sich direkt vor mir.

In meiner Tasche fühlte ich nach dem Schlüssel, während mir das Adrenalin durch sämtliche Nervenfasern strömte. Was, wenn Richard schon zurück war?

*Sei nicht wieder der Angsthase, der hinter der Tür kauert, Lo. Du schaffst das!*

Blitzschnell schob ich die Karte ins Schloss und stieß die Tür auf, bereit, sofort die Flucht zu ergreifen, falls jemand im Raum wäre.

Aber da war niemand. Die Lichter waren an, aber der Raum war leer, und die Türen zum Bad und zum angrenzenden Schlafzimmer standen weit offen.

Meine Beine gaben unter mir nach, und ich fiel auf dem dicken Teppich auf die Knie. Nur mühsam konnte ich ein Schluchzen unterdrücken. Doch ich hatte es noch nicht geschafft. Ich war noch nicht einmal auf halber Strecke. Portemonnaie. Portemonnaie, Geld, Mantel, und dann für immer runter von diesem unheilvollen Schiff.

Sobald ich die Tür hinter mir abgeschlossen hatte, zog ich den Kimono aus. Nun, da mich niemand mehr sehen konnte, bestand kein Grund mehr, mich zurückzuhalten. Nur in Unterwäsche durchstöberte ich in fieberhafter Eile Annes Schubladen. Als Erstes probierte ich ein viel zu enges Paar Jeans an, das ich nicht einmal zur Hälfte über die Schenkel bekam, doch dann fand ich eine Sportleggings, in die ich auch reinpasste, und ein schlichtes schwarzes Oberteil. Den Kimono zog ich darüber, wickelte den Gürtel fest und zupfte vor dem Spiegel das Kopftuch zurecht.

Ich wünschte mir, eine dunkle Brille tragen zu können, aber

durch das Fenster sah ich, dass es rabenschwarze Nacht war – die Uhr auf Annes Nachttisch zeigte Viertel nach elf. Oh Gott, Richard würde jeden Moment kommen.

Ich schob die Füße wieder in Carries Espadrilles und sah mich nach dem Portemonnaie um. Oben auf der spiegelblank polierten Frisierkommode lag nichts, weshalb ich anfing, wahllos in den Schubladen nachzusehen, für den Fall, dass das Zimmermädchen es dort zur Sicherheit hineingelegt hatte. Die erste war leer. In der zweiten befanden sich mehrere gemusterte Tücher, und ich wollte sie schon wieder schließen, als ich bemerkte, dass unter den Seidentüchern etwas lag, ein fester, flacher Gegenstand unter den hauchdünnen Stoffen. Ich schob sie zur Seite – und mir stockte der Atem.

Es war eine Pistole. Ich hatte noch nie eine aus der Nähe gesehen und war starr vor Schreck, hatte fast Angst, sie könnte von selbst losgehen, ohne dass ich sie auch nur angefasst hatte. Fragen schossen mir durch den Kopf. Sollte ich sie einstecken? War sie geladen? War sie *echt*? Dumme Frage – wer würde schon eine Attrappe in seiner Kabine aufbewahren?

Aber sollte ich sie einstecken? Ich versuchte mir vorzustellen, wie ich die Waffe auf jemanden richtete, doch es gelang mir nicht. Nein, ich konnte sie nicht mitnehmen. Zum einen, weil ich keine Ahnung hatte, wie man sie benutzte, und deshalb eher mich als jemand anders damit verletzen würde. Und zum anderen – und das war noch viel wichtiger –, weil ich die Polizei dazu bringen musste, mir zu glauben, und mit einer gestohlenen, geladenen Waffe in der Tasche würde ich mit größter Wahrscheinlichkeit eher eingesperrt als angehört werden.

Widerstrebend bedeckte ich die Pistole mit den Tüchern, schob die Lade zu und suchte weiter.

In der dritten Schublade wurde ich schließlich fündig. Auf einem Stapel Papiere lag ein braunes, leicht abgenutztes Lederportemonnaie. Darin befanden sich ein halbes Dutzend

Kreditkarten und ein Bündel Geldscheine – zum Nachzählen blieb mir keine Zeit, aber es schienen durchaus die von Carrie genannten fünftausend Kronen zu sein, vielleicht sogar mehr. Ich schob es in die Tasche der Leggings unter dem Kimono und sah mich dann ein letztes Mal im Raum um. Bis auf das Portemonnaie war alles, wie ich es vorgefunden hatte. Es war Zeit zu gehen.

Ich atmete tief durch, sammelte mich und öffnete die Tür. In dem Moment hörte ich Stimmen auf dem Flur. Kurz überlegte ich, ob ich es einfach drauf ankommen lassen sollte. Aber dann sagte eine der Stimmen in fast flirtendem Tonfall: »Natürlich, Sir, was auch immer Sie benötigen …«

Mehr brauchte ich nicht zu hören. Ich schob die Tür mit einem fast lautlosen Klicken zu, dimmte das Licht und lehnte mich mit dem Rücken an das schwere Holz. Mein Herz raste wie wild. Meine Finger waren kalt und prickelten, meine Beine schwach, aber es war das Herz – mein immer unkontrollierter schlagendes, panisch hämmerndes Herz –, das mich fast außer Gefecht setzte. Scheiße, Scheiße, Scheiße! *Einatmen, Laura. Eins, zwei …*

*Halt's Maul!*

Ich konnte nicht sagen, ob ich das laut ausgesprochen oder nur gedacht hatte, doch irgendwie gelang es mir, mich unter ungeheurer Anstrengung aus meiner Starre zu lösen und zur Verandatür zu stolpern. Sie ließ sich leicht öffnen, und gleich darauf war ich draußen. Nach all den Tagen ohne frische Luft fühlte sich die kalte Septembernacht auf meiner Haut an wie ein Schock.

Einen Augenblick lang stand ich nur da, mit dem Rücken zur Glastür, und spürte, wie das Blut in meinen Schläfen und an meinem Hals pulsierte, während mein Herz wild gegen die Rippen hämmerte. Dann holte ich tief Luft und trat ein paar Schritte zur Seite, wo die Veranda der Krümmung des Bugs folgte. Ich drängte mich gegen den kalten Stahl der Schiffswand, sodass ich von der Suite aus nicht mehr zu sehen war. Im nächsten Moment nahm ich drinnen einen schwachen Lichtschein wahr, als die Kabinentür geöffnet wurde, und dann gingen die Deckenlampen an, die das ganze Zimmer und Teile der Veranda taghell erleuchteten. *Komm nicht raus, komm nicht raus,* flehte ich stumm, während ich in der Ecke kauerte und auf das Geräusch der aufgleitenden Glastür wartete. Doch nichts passierte.

Das Zimmer spiegelte sich im Glas der Reling. Allerdings war das Bild auf Bauchhöhe, dort wo die Reling endete, abgeschnitten, und die Spiegelung wurde durch die Geisterbilder auf der zweiten und dritten Glasschicht stark verzerrt. Trotzdem konnte ich einen Mann im Raum herumlaufen sehen. Kurz nachdem sich die dunkle Silhouette in Richtung Bad begeben hatte, hörte ich das Rauschen des Wasserhahns und der Toilettenspülung, bevor schließlich der Fernseher anging, was am charakteristischen blau-weißen Flackern auf der Fensterscheibe unschwer zu erkennen war. Über die Hintergrundgeräusche des Fernsehers hinweg konnte ich Teile eines Telefongesprächs hören, in dessen Verlauf Annes Name fiel. Ich hielt den Atem an. Erkundigte er sich gerade nach Carrie? Wie lange würde es dauern, bis er sich auf die Suche machen würde?

Als das Gespräch beendet war, oder er zumindest nicht mehr sprach, setzte er sich wieder in Bewegung und warf sich der Länge nach aufs Bett, eine dunkle, ausgestreckte Silhouette auf dem hellen Karree.

Je länger ich wartete, desto kälter wurde mir. Ich versuchte, mich warm zu halten, indem ich abwechselnd von einem Fuß auf den anderen trat, aber ich wagte kaum, mich zu bewegen, weil ich Angst hatte, dass er jede noch so kleine Regung in derselben Fläche gespiegelt sehen würde, durch die ich ihn beobachtete. Es war eine unbeschreiblich schöne Nacht, und zum ersten Mal, seit ich hier draußen stand, blickte ich mich um.

Wir befanden uns mitten in einem der Fjorde, überall um uns herum ragten die Felswände des Tals empor, und unter uns lag das Wasser, schwarz und still und unermesslich tief. Weit drüben auf der anderen Seite glitzerten die Lichter einzelner Siedlungen und davor die Laternen der auf dem glatten Gewässer vertäuten Boote. Über all dem funkelten die Sterne so hell und klar und zauberhaft, dass es kaum zu ertragen war. Ich musste an Carrie denken, wie sie dort unten ausharrte, gefangen und blutend wie ein Tier in einer Falle …

*Bitte, lieber Gott, mach, dass sie gefunden wird.* Ich konnte die Vorstellung nicht ertragen, dass ihr etwas zustieß, schließlich hatte ich sie dort eingeschlossen und sie ihrem aberwitzigen Plan überlassen.

Mittlerweile zitterte ich am ganzen Körper, während ich darauf wartete, dass Richard einschlief. Doch das tat er nicht. Irgendwann dimmte er zwar das Licht, aber der Fernseher dröhnte unablässig weiter, und die flimmernden Bilder tauchten den Raum in blaue und grüne Schatten, die hin und wieder von einem jähen Schnitt unterbrochen wurde, wodurch alles für einen winzigen Augenblick schwarz wurde. Wieder verlagerte ich mein Gewicht und klemmte die kalten Hände unter die Achseln. Was, wenn er vor dem Fernseher einschlief? Würde ich das überhaupt mitbekommen? Und selbst wenn er irgendwann wirklich tief und fest schlief: Würde ich den Mut aufbringen, zu einem Mörder ins Zimmer zu schleichen und auf Zehenspitzen an ihm vorbeizuhuschen, während er nur wenige Zentimeter entfernt schlummerte?

Aber was war die Alternative? Warten, bis er sich auf die Suche nach Carrie begab?

Und dann hörte ich ein Geräusch, bei dem mir vor Schreck das Herz stillstand, bevor es sich holpernd und doppelt so schnell wie vorher wieder in Gang setzte. Der Motor wurde angelassen.

Panik brach über mich herein wie eine Welle aus eisigem

Meerwasser, aber ich zwang mich nachzudenken – wir waren noch nicht in Bewegung. Vielleicht war die Gangway noch nicht hochgefahren; das hätte ich bestimmt gehört. Ich erinnerte mich, dass der Motor vor dem Ablegen in Hull lange getuckert und gebrummt hatte, bevor es wirklich losgegangen war. Aber die Zeit lief. Wie lange blieb mir? Dreißig Minuten? Eine Viertelstunde? Vielleicht auch weniger, schließlich gab es ohne Passagiere an Bord keinen Grund, länger zu verweilen.

Ich stand da wie gelähmt, in quälender Unentschlossenheit. Sollte ich losrennen? War Richard eingeschlafen? Ich konnte es nicht erkennen, die Spiegelung in der Glasreling war zu verschwommen.

Mit vorgerecktem Hals und so geräuschlos wie möglich drehte ich mich zur Verandatür, um einen Blick ins Zimmer zu werfen – aber genau in dem Moment bewegte er sich, griff nach einem Glas und stellte es wieder ab. Ich fuhr zurück, das Herz schlug mir bis zum Hals.

*Verdammt.* Es musste bald ein Uhr sein. Warum schlief er nicht? Wartete er auf Carrie? Aber ich musste von Bord. Es war meine einzige Chance.

Ich dachte an die Verandatüren, die sich von außen öffnen ließen, und wie jemand, der mutig – oder dumm – genug war, über die hohe Glaswand zwischen zwei Veranden klettern und sich Zutritt zur Nachbarkabine verschaffen konnte. Sobald ich drüben war, konnte ich unbemerkt zur Tür raus und auf die Gangway flüchten. Egal, welches Märchen ich mir würde ausdenken müssen, wenn ich dort ankam: Irgendwie würde ich es hier rausschaffen, wenn nicht für mich selbst, dann Anne zuliebe – und Carrie.

Nein – verdammt. Für mich selbst.

Ich tat es für mich selbst – denn ich hatte nichts von alledem hier verdient. Ich war einfach nur zur falschen Zeit am falschen Ort gewesen, und mich sollte der Teufel holen, wenn ich mich von Bullmer auf die Liste der Frauen setzen ließe, die er zerstört hatte.

Ich sah an mir hinab, auf den fließenden, glatten Stoff des Kimonos, der das Klettern unmöglich machen würde, löste den Gürtel und schüttelte den weichen Mantel ab. Fast lautlos glitt er zu Boden. Ich hob ihn auf und knüllte ihn so fest wie möglich zusammen, bevor ich das Bündel über die Trennwand warf, wo es mit einem sachten, kaum hörbaren Geräusch auf dem Boden landete.

Dann blickte ich an der Glaswand hoch, die über mir aufragte, und musste schlucken.

Die Trennwand selbst würde ich auf keinen Fall hochklettern können, so viel war klar. Jedenfalls nicht ohne Spezialausrüstung oder Leiter. Die Scheibe zum Meer raus aber konnte ich vielleicht überwinden. Sie reichte mir ungefähr bis zum Brustkorb, und ich war beweglich genug, um ein Bein darüberzulegen und mich rittlings hinaufzuziehen. Ab da würde ich mich an der Trennwand abstützen können.

Es gab nur ein Problem. Die Reling befand sich über dem Meer.

Ich bin eigentlich nicht wasserscheu – zumindest war ich es bis zu diesem Zeitpunkt nie. Aber beim Anblick der gierig am Schiffsrumpf saugenden Wellen wurde mir plötzlich sehr, sehr mulmig zumute, und ich fühlte die Seekrankheit zurückkommen.

Scheiße. Würde ich es ernsthaft wagen? Offenbar ja.

Ich wischte die verschwitzten Hände an den Leggings ab und holte tief Luft. Es würde kein Leichtes sein, da durfte ich mir nichts vormachen, aber es war zu schaffen. Schließlich hatte Carrie es auch getan, um in meine Kabine zu gelangen. Wenn sie es konnte, konnte ich es auch.

Ich bewegte meine Finger, um sie aufzuwärmen, schwang ein Bein über die Reling und hievte mich mit der geballten Kraft meiner schlaffen Käfighennenmuskeln rittlings in Sitzposition. Zu meiner Linken lag die Kabine, deren aufgezogene Vorhänge jedem, der durch die Glastür blickte, freie Sicht auf mich erlaubten. Zu meiner Rechten ging es steil hinab in den Fjord, wie tief genau, konnte ich nicht sagen, aber aus meiner Perspektive schien es einem zwei- bis dreistöckigen Wohnhaus gleichzukommen. Schwer zu sagen, welche Seite furchteinflößender war – ich konnte nur hoffen, dass Richard nicht auf meine Bewegungen aufmerksam wurde. Ich schluckte, presste die Beine gegen das rutschige Glas und nahm all meinen Mut zusammen. Dies war erst der Anfang gewesen. Das Schwerste stand mir noch bevor.

Vor Angst und Anstrengung zitternd hob ich einen Fuß und setzte ihn vor mich, umfasste die Kante der Mattglasscheibe und zog mich daran hoch. Jetzt musste ich mich nur noch ein bisschen nach hinten lehnen und einen Schritt um die Trennwand herum machen, und ich wäre in Sicherheit.

*Nur noch*. Alles klar.

Ich atmete tief durch, während ich fühlte, wie meine kalten, verschwitzten Finger von der Scheibe abrutschten. Wieso gab es nirgendwo einen Halt? Wenn man schon jeden Winkel des Schiffs aufmotzen musste, hätte man nicht auch auf der Trennwand ein paar Klunker anbringen können? Nur ein paar Strasssteinchen, eine schicke Gravur, irgendetwas, woran meine Finger sich hätten festhalten können?

Ich streckte einen Fuß aus, schob ihn langsam um die hohe Wand aus Glas herum … und wusste sofort, dass die Espadrilles keine gute Idee gewesen waren.

Ich hatte sie angelassen, weil ich gedacht hatte, dass etwas, was meine Füße schützen und mir zusätzlichen Halt geben würde, ja nicht schaden konnte, aber nun, da ich mein Gewicht nach hinten verlagerte, spürte ich, wie die Sohle an meinem Standbein von der scharfen Kante abrutschte.

Ich schnappte nach Luft und krallte mich verzweifelt an der Glasscheibe fest. Hätte pure Willenskraft ausgereicht, um mich oben zu halten, hätte ich es geschafft. Doch so fühlte ich, wie ein Nagel abbrach, dann noch einer – und dann war es, als würde mir die Scheibe aus den sich krampfhaft festklammernden Händen gerissen. Das alles geschah so abrupt, dass ich keine Chance hatte zu reagieren – nicht mal schreien konnte ich noch.

Einen kurzen, entsetzlichen Augenblick lang spürte ich den Wind auf den Wangen, flatterten meine Haare im Dunkeln, suchten meine Hände in der Luft nach Halt. Ich war im freien Fall, stürzte rücklings auf das bodenlose Gewässer des Fjords zu.

Mit einem Knall schlug ich auf der schwarzen Fläche auf, ein harter, schallender Aufprall, laut wie ein Gewehrschuss, der mir den Atem verschlug.

Beim Eintauchen fühlte ich, wie die Luft in Blasen aus meinen Lungen gepresst wurde. Die Kälte sickerte in meine Knochen, und ich spürte, wie von weit unter mir aus dem bodenlosen Schwarz eine seidige Strömung kam, die mich an den Füßen packte und mit sich in die Tiefe zog.

# 33

An das Gefühl beim Sinken erinnere ich mich nicht mehr – nur an den donnernden Aufprall und die lähmende Kälte des Wassers. Aber ich erinnere mich an die nackte Panik, die mich befiel, als die Strömung mich tief unten erfasste.

*Treten,* befahl ich meinen Beinen, während mir das letzte bisschen Atem in der Kehle brannte. Und ich trat. Ich trat, so fest ich konnte, erst aus einer Art Instinkt heraus – *wenn du ins Wasser fällst, schwimm!* –, und dann, als die schwarze Kälte immer fester zupackte, weil ich nicht anders konnte, weil meine Lunge nach Sauerstoff schrie und ich wusste, wenn ich nicht bald an die Oberfläche käme, wäre ich tot.

Mit glitschigen Fingern riss und zerrte die Strömung an meinen Beinen, wollte mich in das Dunkel des Fjords hinabziehen, und ich trat und trat, immer verzweifelter, immer hoffnungsloser. Im pechschwarzen Nichts, ringsherum von den wirbelnden Strömungen umgeben, war es fast unmöglich, oben von unten zu unterscheiden. Was, wenn ich in Wahrheit immer weiter auf den Grund zusteuerte? Doch ich wagte es nicht aufzuhören; der Überlebensinstinkt war zu stark. *Du wirst sterben!,* schrie eine Stimme in meinem Kopf. Und meinen Füßen blieb nichts übrig, als zu treten und treten und treten.

Ich hatte die Augen gegen das brennende Salzwasser zugekniffen, als plötzlich hinter meinen geschlossenen Lidern schimmernde, funkelnde Lichter aufflackerten, die den hellen und dunklen Splittern, die während einer Panikattacke durch mein Gesichtsfeld schossen, erschreckend ähnlich waren. Doch dann öffnete ich die Augen und konnte kaum glauben, was ich da sah: den blassen Schein des Mondes auf dem Wasser.

Es war fast zu schön, um wahr zu sein, aber das Licht kam näher und näher, während der Sog der Strömung gleichzeitig immer weiter nachließ. Schließlich durchbrach ich mit einem tiefen Atemzug, der eher einem Schrei glich, die Oberfläche; Wasser rann mir übers Gesicht, und ich hustete und schluchzte und hustete wieder.

Ich war dem Schiffsrumpf so nah, dass ich durch das Wasser das Vibrieren des Motors fühlen konnte, und ich wusste, dass ich losschwimmen musste. Nicht nur, weil man selbst in weniger kalten Gewässern ohne Weiteres an Unterkühlung sterben konnte, sondern vor allem, weil mich, wenn das Schiff sich jetzt, auf so kurze Entfernung, in Bewegung setzte, nur noch göttlicher Beistand retten konnte. Und bei dem Pech, das mir in den letzten Tagen widerfahren war, musste ich annehmen, dass Gott, sollte es ihn dort oben geben, mich nicht besonders mochte.

Zitternd strampelte ich durchs Wasser, während ich versuchte, mich zu orientieren. Ich war in der Nähe des Bugs aufgetaucht und konnte am Kai eine Kette von Lichtern und eine dunkle Form ausmachen, die an eine Leiter erinnerte, aber sicher war ich mir wegen des Wassers in meinen Augen nicht.

Mein Körper wollte mir kaum gehorchen; ich zitterte so stark, dass ich meine Glieder nur schwer kontrollieren konnte, aber ich befahl meinen Armen und Beinen, sich gefälligst zu bewegen, und schwamm langsam auf die Lichter zu. Wellen klatschten mir ins Gesicht und brachten mich zum Husten, die Kälte des Wassers war tief in meine Knochen gedrungen, aber ich zwang mich, langsam und tief zu atmen, obwohl mein Körper in der beißenden Kälte so stark krampfte, dass ich fast nur japsen und keuchen konnte. Als etwas Weiches, Festes gegen meine Wange stieß, schauderte ich, doch es lag mehr an der

Kälte als am Ekel. Über tote Ratten und Fischkadaver konnte ich mir Gedanken machen, wenn ich das Ufer erreicht hatte. In diesem Moment war das Einzige, was zählte, das Überleben.

Ich war vielleicht zwanzig Meter vom Ufer entfernt ins Wasser gefallen, aber jetzt kam es mir viel weiter vor. Ich schwamm und schwamm, und mal schienen die Lichter zum Greifen nah, dann wieder hätte ich schwören können, dass sie vor mir zurückwichen – doch schließlich berührten meine tauben Finger das rostige Eisen der Leiter, und ich begann zu klettern, rutschte ab, kletterte und rutschte, und versuchte mit aller Kraft, nicht den Halt zu verlieren, während ich meinen nassen, schlotternden Körper die Sprossen hochzog.

Am Rand des Kais angekommen brach ich keuchend, hustend und zitternd auf dem Asphalt zusammen. Einen Moment später richtete ich mich auf Händen und Knien auf und blickte mich um, erst zur *Aurora*, dann auf die kleine Stadt vor mir.

Es war nicht Bergen. Ich hatte keine Ahnung, wo wir waren, aber es war eine sehr kleine Stadt, eher ein Dorf, in dem so spät in der Nacht keine Menschenseele zu sehen war. Die wenigen verstreuten Cafés und Bars entlang des Kais waren alle geschlossen. In einigen Schaufenstern brannten zwar Lichter, aber das einzige Gebäude, das aussah, als würde dort vielleicht jemand die Tür öffnen, war ein Hotel mit Blick auf den Kai.

Zitternd kam ich auf die Beine, kletterte mühsam über die tiefhängende Kette, die den steilen Abhang zum Meer markierte, und machte mich halb gehend, halb torkelnd auf den Weg zum Hotel. Inzwischen hatte die *Aurora* einen Gang hochgeschaltet, und das Dröhnen des Motors klang jetzt dringlicher. Während ich die scheinbar endlose Fläche des Kais überquerte, legte der Motor noch einmal zu, und nun war auch das Schwappen von Wasser zu hören. Als ich mich ängstlich umblickte, sah ich, dass das Schiff sich in Bewegung setzte und unter lautem Brummen Stück für Stück vom Ufer entfernte.

Schnell wandte ich den Blick ab, als könnte ich allein durchs

Hinsehen die Aufmerksamkeit der Leute an Bord auf mich ziehen.

Kaum hatte ich die Stufen zum Hotel erklommen, hörte ich, wie der Motor einen weiteren Gang hochschaltete. Meine Beine gaben unter mir nach, und ich hämmerte gegen die Tür, hämmerte und hämmerte und hämmerte. Ich hörte eine Stimme jammern: »Bitte, bitte, oh, bitte, kommt schon, irgendjemand …« Und dann flog die Tür auf, Licht und Wärme strömten mir entgegen, und jemand half mir auf und über die Türschwelle, und ich war in Sicherheit.

Etwa eine halbe Stunde später kauerte ich in eine rote Fleecedecke gewickelt in einem Korbsessel auf der schwach beleuchteten, verglasten Terrasse mit Aussicht auf die Bucht. In den Händen hielt ich eine Tasse Kaffee, doch ich war zu müde zum Trinken. Im Hintergrund waren Leute zu hören, die sich auf Norwegisch – so vermutete ich – unterhielten. Ich war unendlich müde. Ich fühlte mich, als hätte ich tagelang nicht richtig geschlafen – und das hatte ich ja auch nicht. Immer wieder sackte mir das Kinn auf die Brust, aber ich riss den Kopf jedes Mal wieder hoch, wenn ich mich erinnerte, wo ich mich befand und von wo ich geflohen war. War er überhaupt wahr, dieser Albtraum auf dem schönen Schiff, mit der sargähnlichen Zelle tief unter den Wellen? Oder befand ich mich die ganze Zeit schon in einer einzigen, sehr langen Halluzination?

Mit halbem Auge betrachtete ich die Lichter am Rand der stillen, schwarzen Bucht und die *Aurora*, nunmehr ein kleiner ferner Punkt weit draußen im Fjord auf dem Weg nach Westen, und war fast eingedöst, als ich hinter mir eine Stimme hörte.

»Entschuldigen Sie?«

Ich blickte auf. Dort stand ein Mann mit einem etwas schief hängenden Namensschild, auf dem »Erik Fossum – Geschäftsführer« stand. Er sah aus, als hätte man ihn direkt aus dem Bett gezerrt, mit strubbeligen Haaren und falsch geknöpftem

Hemd, und als er mir gegenüber auf einem Sessel Platz nahm, strich er sich mit der Hand über das unrasierte Kinn.

»Hallo«, grüßte ich matt. Ich war meine Geschichte schon mit dem Mann an der Rezeption durchgegangen – zumindest so weit ich es für ungefährlich hielt und so weit sein Englisch es erlaubte. Er war offenkundig der Nachtportier und dem Aussehen und Akzent nach eher Spanier oder Türke als Norweger, wobei sein Norwegisch besser als sein Englisch zu sein schien, das zwar für Standardphrasen zum Einchecken und zu den Öffnungszeiten vollkommen ausreichte, einer verworrenen Erzählung über Identitätsschwindel und Mord aber nicht standhalten konnte.

Ich hatte gesehen, wie er den einzigen Ausweis, den ich bei mir hatte – Annes –, dem Geschäftsführer zeigte, und seinen leisen, skeptischen Tonfall während des Gesprächs gehört, bei dem auch mehrmals mein eigener Name fiel.

Jetzt verschränkte der Mann mir gegenüber seine Finger und lächelte mich nervös an.

»Miss – Blacklock, ist das korrekt?«

Ich nickte.

»Ich verstehe es nicht ganz – der Nachtportier hat versucht, es zu erklären, aber wie sind Sie denn an Anne Bullmers Kreditkarten gekommen? Richard und Anne kennen wir gut, sie übernachten hier manchmal. Sind Sie mit ihnen befreundet?«

Ich presste mir die Hände aufs Gesicht, als könnte ich so die Müdigkeit zurückdrängen, die mich zu übermannen drohte.

»Ich … es ist eine sehr lange Geschichte. Dürfte ich bitte Ihr Telefon benutzen? Ich muss die Polizei anrufen.«

Meine Entscheidung war gefallen, als ich triefend und zutiefst erschöpft über dem hochglanzpolierten Tisch der Rezeption hing. Meinem Versprechen an Carrie zum Trotz war dies die einzige Möglichkeit, sie zu retten. Ich glaubte keine Sekunde daran, dass Richard sie am Leben lassen würde. Sie wusste zu viel, hatte zu viele Fehler gemacht. Ohne das

Kopftuch konnte ich mich nicht als Anne ausgeben und ohne Carries Pass niemals als Carrie durchgehen, und beide waren irgendwo in den Tiefen der Bucht verloren gegangen. Nur Annes Portemonnaie hatte es überstanden und steckte auf wundersame Weise immer noch in der Tasche der Leggings, als ich die Leiter hoch- und aus dem Wasser herausgeklettert war.

»Natürlich«, erwiderte Erik mitfühlend. »Möchten Sie, dass ich dort anrufe? Ich muss Sie aber vorwarnen, um diese Zeit ist eventuell niemand im Dienst, der Englisch spricht, und wir haben hier keine Polizeiwache im Ort; die nächste ist ein paar Stunden entfernt im nächsten ... wie sagt man ... im nächsten Tal. Vor morgen früh werden sie wahrscheinlich niemanden schicken können.«

»Bitte sagen Sie ihnen, dass es dringend ist«, bat ich müde. »Je eher, desto besser. Ich kann für eine Übernachtung bezahlen, ich habe Geld.«

»Machen Sie sich darüber keine Sorgen«, winkte er lächelnd ab. »Möchten Sie noch etwas trinken?«

»Nein. Nein, danke. Bitte sagen Sie nur der Polizei, dass sie bald kommen sollen. Wahrscheinlich schwebt jemand in Lebensgefahr.«

Mir fielen fast die Augen zu. Ich stützte den Kopf in die Hände, während er zur Rezeption zurückging, den Hörer abnahm und eine Nummer wählte. *Piep-piep-piep* machten die Tasten. Die Nummer kam mir ungewöhnlich lang vor, aber vielleicht funktionierte der norwegische Notruf anders. Oder vielleicht rief er auch direkt bei der nächsten Polizeiwache an.

Es klingelte. Jemand am anderen Ende nahm ab, und es folgte ein kurzer Austausch auf Norwegisch. Durch den Nebel meiner Erschöpfung hörte ich aus dem, was Erik sagte, nur das Wort »Hotel« heraus ... dann gab es eine Pause, und danach kam noch mehr Norwegisch. Schließlich hörte ich, wie er meinen Namen nannte, zweimal, gefolgt von Annes.

»*Ja, din kone, Anne*«, sagte Erik, als hätte die Person am

anderen Ende nicht richtig gehört oder nicht geglaubt, was sie hörte. Dann noch mehr Norwegisch, ein Lachen und zu guter Letzt: »*Takk, farvel, Richard.*«

Mein Kopf schoss in die Höhe und mein ganzer Körper wurde plötzlich kalt und starr.

Ich blickte hinaus auf die Schiffe in der Bucht, auf die Lichter der *Aurora*, die in der Ferne verschwanden. Und dann … war es Einbildung? Mir war, als hätte das Schiff angehalten.

Einen Moment lang blieb ich sitzen, betrachtete eingehend die Lichter, und versuchte, anhand von Orientierungspunkten in der Bucht ihre Position zu bestimmen, bis ich mir sicher war: Die *Aurora* war nicht mehr auf dem Weg nach Westen, aus dem Fjord hinaus. Sie war dabei, umzukehren. Sie kam zurück.

Erik hatte aufgelegt und wählte jetzt eine andere Nummer.

»*Politiet, takk*«, sagte er, als jemand abnahm.

Ich saß da wie gelähmt, während mir bewusst wurde, was ich getan hatte. Carrie hatte mir erzählt, wie weit Richards Einfluss reichte, aber ich hatte ihr nicht geglaubt. Ich hatte ihre Warnung als Wahnvorstellung einer Frau abgetan, die zu viel Unterdrückung erfahren hatte, um noch an einen Ausweg zu glauben. Aber jetzt – jetzt erschienen mir ihre Ängste allzu realistisch.

Vorsichtig stellte ich die Kaffeetasse auf dem Tisch ab, ließ die rote Decke zu Boden fallen, öffnete leise die Terrassentür und schlüpfte hinaus in die Nacht.

# 34

Mit brennender Lunge rannte ich durch die verschlungenen Gassen des kleinen Ortes. Steine bohrten sich in meine nackten Füße, und ich zuckte jedes Mal vor Schmerz zusammen. Irgendwann verloren sich die Straßen, und auch die Laternen verschwanden allmählich, doch ich rannte weiter in die Dunkelheit und die Kälte, stolperte durch Pfützen, über nasse Gräser und Kieselwege, bis meine Füße irgendwann so taub waren, dass sie die Schnitte und die Steine nicht mehr spürten.

Trotz allem rannte ich weiter, wild entschlossen, den Abstand zwischen mir und Richard Bullmer um so viele Kilometer wie möglich auszubauen. Dass ich das Tempo nicht würde halten können, dass ich irgendwann würde aufgeben müssen, war klar – mir blieb nur die Hoffnung, so lange weiterzulaufen, bis ich einen Unterschlupf fand.

Irgendwann konnte ich einfach nicht mehr. Erst fiel ich in einen keuchenden, humpelnden Trab, und als die Lichter des Dorfes in der Ferne immer kleiner wurden, stolperte ich unter Schmerzen im Schritttempo weiter. Ich befand mich auf einer gewundenen Straße, die sich an einer Seite des Fjords die Felsen hochschlängelte. Alle paar hundert Meter blickte ich über die Schulter zurück, hinab ins Tal, auf die vereinzelten Lichtsprengsel des kleinen Hafenortes, und auf das dunkel glänzende Wasser im Fjord, wo die Lichter der *Aurora* immer näher kamen. Jetzt war es unverkennbar. Das Schiff war deutlich zu sehen, und ich sah auch, dass der Himmel über mir langsam heller wurde.

Also dämmerte es schon – Gott, welcher Tag war dann? Montag?

Doch irgendetwas stimmte nicht – und ein paar Minuten später begriff ich. Die Lichter kamen nicht von Osten, sondern von Westen. Was ich sah, war nicht die Dämmerung, sondern die unheimlichen, grünen und goldenen Schlieren des Nordlichts.

Die Erkenntnis ließ mich auflachen – ein bitteres, freudloses Glucksen, das in der Stille der Nacht erschreckend laut klang. Was hatte Richard noch gesagt? Das Nordlicht sei etwas, das jeder Mensch vor seinem Tod gesehen haben sollte. Gut, das hatte ich damit jetzt geschafft. Seltsamerweise erschien es mir gar nicht mehr so wichtig.

Ich war kurz stehen geblieben, um die flackernde Pracht des Nordlichts zu bestaunen, aber der Gedanke an Richard trieb mich wieder an. Bei jedem Schritt hatte ich Carries panische Stimme im Ohr, die mich drängte, zu fliehen, und zwar schnell, und ich musste wieder und wieder daran denken, was sie mir über die Reichweite von Richards Einfluss gesagt hatte.

Ich hatte sie für hysterisch gehalten. Das tat ich jetzt nicht mehr.

Hätte ich ihr doch nur geglaubt – ich hätte im Hotel niemals Annes Ausweis vorzeigen oder Erik irgendwelche noch so kleinen Einzelheiten anvertrauen dürfen. Aber ich hatte mir einfach nicht vorstellen können, dass irgendjemand, egal wie reich er war, eine solche Macht ausüben konnte. Inzwischen wusste ich, dass ich mich geirrt hatte.

Ich stöhnte auf, über meine eigene Dummheit, über die Kälte, die durch meine dünnen feuchten Kleider drang, und am allermeisten darüber, dass ich die Geldbörse auf dem Tisch hatte liegen lassen. Dumm, dumm, dumm. Da waren fünftausend nasse, durchweichte, aber immer noch brauchbare Kronen drin gewesen, und ich hatte sie als kleines goldenes »Hallo« für Richard im Hotel zurückgelassen. Was sollte ich nun machen?

Ich hatte keinen Ausweis, keinen Schlafplatz und nicht mal genug Geld, um mir einen Schokoriegel zu kaufen, geschweige denn eine Zugfahrkarte. Ich musste eine Polizeiwache finden, das war meine einzige Hoffnung. Aber wie? Wo? Und selbst wenn ich eine fand: Würde ich mich trauen, die Wahrheit zu sagen?

Während ich darüber nachdachte, hörte ich hinter mir plötzlich das Dröhnen eines Motors. Ich drehte mich um und sah ein Auto, das mit beängstigender Geschwindigkeit um die Kurve raste; offensichtlich rechnete der Fahrer nicht damit, dass um diese Zeit noch Menschen auf der Straße unterwegs waren.

Ich hechtete zum Straßenrand, knickte um und fiel hin, was zur Folge hatte, dass ich ein Stück weit den Abhang runterrutschte und mir dabei Knie, Leggings und Haut am felsigen Untergrund aufschrammte, bevor ich mit einem Platschen in einem kiesigen Wassergraben landete, einer Art Bachlauf oder Abfluss zum Fjord. Das Auto war inzwischen etwa zwei Meter über mir quietschend zum Stehen gekommen. Die Scheinwerfer zeigten hinab ins Tal, und aus dem Auspuff stiegen, von den Rücklichtern rötlich erhellt, dünne Qualmwolken in den Himmel.

Ich hörte das Knirschen von Schritten. Richard? Einer von seinen Leuten? Ich musste hier weg.

Als ich aufzustehen versuchte, gab mein Knöchel nach. Ich versuchte es erneut, vorsichtiger diesmal, doch der Schmerz war so stark, dass ich aufschluchzte.

Eine männliche Gestalt erschien über mir am Straßenrand. Da das Licht von hinten kam, konnte ich bloß die Silhouette sehen. Der Mann beugte sich vor und sagte etwas auf Norwegisch zu mir. Ich schüttelte den Kopf. Meine Hände zitterten.

»I-ich spreche kein Norwegisch.« Ich bemühte mich, mir meine Verzweiflung nicht anmerken zu lassen. »Sp-sprechen Sie Englisch?«

»Ja, ich spreche Englisch«, antwortete der Mann mit starkem Akzent. »Geben Sie mir Ihre Hand. Ich helfe Ihnen raus.«

Kurz zögerte ich, aber dann wurde mir klar, dass ich es alleine unmöglich aus dem Graben schaffen würde, und wenn der Mann ernsthaft vorhatte, mir wehzutun, konnte er ebenso gut runterkommen und mich im Schutz des Grabens angreifen. Erst einmal musste ich raus hier, dann konnte ich immer noch wegrennen, wenn es nötig war.

Die Lichter des Autos blendeten mich, und ich hielt mir schützend die Hand vor die Augen. Alles, was ich sah, war diese dunkle Gestalt und ein leuchtender Kranz blonder Haare unter einer Mütze. Zumindest war es nicht Richard, da konnte ich sicher sein.

»Geben Sie mir Ihre Hand«, wiederholte der Mann mit einer Spur Ungeduld. »Sind Sie verletzt?«

»Nein, ich b-bin unverletzt«, sagte ich. »Mein Knöchel tut weh, aber er ist wohl nicht gebrochen.«

»Stellen Sie einen Fuß dahin …« Er deutete auf einen Stein etwa zwanzig Zentimeter über dem Wasser. » … dann ziehe ich Sie hoch.«

Ich nickte, und obwohl ich das Gefühl nicht loswurde, dass ich gerade eine große Dummheit beging, stellte ich den unverletzten Fuß auf den Stein und streckte die rechte Hand hoch.

Ich fühlte den festen Griff des Mannes an meinem Handgelenk, bevor er mit einem Ächzen zu ziehen begann, während er sich mit einem Fuß an einem Stein am Rand des Grabens abstützte. Ein stechender Schmerz durchzuckte meine Muskeln und Sehnen, und ich schrie auf, als ich versuchte, mein Gewicht auf den verknacksten Fuß zu verlagern, doch ich riss mich zusammen und kämpfte mich aus dem Graben. Schließlich stand ich zitternd am Straßenrand.

»Was machen Sie denn hier draußen?«, fragte der Mann. Sein Gesicht konnte ich nicht sehen, aber in seiner Stimme schwang aufrichtige Sorge mit. »Haben Sie sich verlaufen?

Hatten Sie einen Unfall? Diese Straße führt direkt auf den Berg hinauf, das ist kein Ort für Touristen.«

Ich wollte mir gerade eine passende Antwort ausdenken, als mir zwei Dinge auffielen.

Erstens: Er trug etwas in einem Holster an der Hüfte, dessen Kontur sich im Licht der Scheinwerfer abzeichnete. Und zweitens: Bei dem Auto selbst handelte es sich um ein Polizeiauto. Während ich wie erstarrt da stand und mir die Worte zurechtlegte, durchbrach das Knistern eines Funkgeräts die stille Nacht.

»Ich …«, stieß ich hervor.

Der Polizist machte einen Schritt nach vorn, schob seine Mütze in den Nacken, um mich besser sehen zu können, und runzelte die Stirn. »Wie heißen Sie denn, junge Frau?«

»Ich …«, fing ich an und stockte.

Wieder knisterte es, und er hob einen Finger. »Einen Moment, bitte.«

Er führte seine Hand zur Hüfte, und ich erkannte, dass es sich bei dem, was ich für eine Pistole gehalten hatte, in Wahrheit um ein Funkgerät handelte, das im Holster neben einem Paar Handschellen steckte. Er sprach kurz hinein, bevor er zurück zum Auto ging und sich auf die Fahrerseite setzte, um den Rest des Gesprächs über das Autofunkgerät zu führen.

»*Ja*«, hörte ich, gefolgt von einem Wortschwall, den ich nicht verstand. Dann sah er auf und musterte mich durch die Windschutzscheibe. Als unsere Blicke sich trafen, wirkte er verblüfft. »*Ja*«, wiederholte er, »*det er riktig, Laura Blacklock.*«

In dem Moment schien sich alles auf Zeitlupentempo zu verlangsamen, und plötzlich wusste ich mit absoluter Gewissheit: Jetzt oder nie. Vielleicht beging ich einen Fehler, wenn ich wegrannte. Aber wenn ich es nicht tat, würde ich möglicherweise nicht lange genug leben, um es herauszufinden, und dieses Risiko konnte ich nicht eingehen.

Ich zauderte noch eine Sekunde länger, doch dann sah ich,

wie der Polizist das Funkgerät zurücklegte und ins Handschuhfach griff.

Ich hatte keine Ahnung, was ich tun sollte. Aber ich hatte Carrie schon einmal nicht geglaubt, und das hatte mich fast das Leben gekostet.

Ich nahm all meinen Mut zusammen, wappnete mich gegen die Schmerzen und rannte los – nicht weiter die Straße hoch, sondern querfeldein Hals über Kopf den steilen Abhang des Fjords hinab.

# 35

Es wurde langsam hell, als ich mir eingestehen musste, dass ich nicht mehr konnte, dass meine völlig entkräfteten Muskeln mir nicht mehr gehorchen wollten. Ich ging nicht mehr, ich taumelte nur noch wie eine Betrunkene, und als ich über einen umgefallenen Baum klettern wollte, knickten mir die Knie ein.

Falls ich nicht bald haltmachte, würde ich einfach hier zusammenbrechen, so weit draußen in dieser menschenleeren Landschaft, dass meine Leiche niemals gefunden würde.

Ich brauchte einen Unterschlupf, aber ich hatte die Straße schon lange hinter mir gelassen, und es war weit und breit kein Haus zu sehen. Ein Telefon hatte ich nicht, und auch kein Geld. Ich wusste nicht einmal, wie spät es war, auch wenn es kurz vor dem Morgengrauen sein musste.

Ein trockenes Schluchzen stieg in mir auf, doch in diesem Moment bemerkte ich zwischen den spärlichen Bäumen etwas – eine längliche, flache Form. Es war kein Haus – aber vielleicht eine Art Scheune?

Dieser Anblick gab meinen Beinen einen letzten Energieschub, und so wankte ich los, zwischen den Bäumen hindurch, einen Feldweg entlang, durch das Tor eines Drahtzauns. Es war tatsächlich eine Scheune, auch wenn der schäbige Schuppen mit seinen klapprigen Holzwänden und dem rostigen Dach die Bezeichnung kaum verdiente.

Zwei zottelige Ponys drehten neugierig die Köpfe, als ich mich an ihnen vorbeischleppte, bevor sich das eine wieder dem Wassertrog zuwandte. Mein Herz tat einen Sprung: Da stand tatsächlich ein voller Wassertrog, dessen Oberfläche im weichen Licht der Dämmerung rosa und golden schimmerte.

Ich stolperte auf den Trog zu, fiel im kurzen Gras neben ihm auf die Knie, formte die Hände zu einer Schale und trank in gierigen Schlucken. Das Regenwasser schmeckte nach Schlamm und Dreck und dem Rost des Trogs, aber das war mir egal. Meine Kehle war so ausgedörrt, dass für mich nur eines zählte: endlich meinen unerträglichen Durst zu stillen.

Ich trank, bis ich nicht mehr konnte, dann richtete ich mich auf und sah mich um. Die Tür zum Schuppen war zu, aber als ich nach dem Riegel griff, ging sie fast von selbst auf. Vorsichtig trat ich ein und zog die Tür hinter mir zu.

Drinnen fand ich Heu – und zwar ballenweise –, einige Eimer mit Trocken- oder Kraftfutter sowie, auf Haltern an der Wand, zwei Pferdedecken.

Langsam, trunken vor Erschöpfung, nahm ich eine herunter und breitete sie auf dem größten Heuhaufen aus – an Ratten und Flöhe oder gar Richards Leute verschwendete ich keinen Gedanken. Hier würden sie mich ganz bestimmt nicht finden, und selbst wenn, war es mir inzwischen fast schon egal – von mir aus konnten sie mich gerne holen, solange sie mich nur schlafen ließen.

Ich legte mich auf das improvisierte Bett und deckte mich mit der zweiten Decke zu.

Und dann schlief ich.

»Hallo?« Die Stimme in meinem Kopf ertönte wieder, quälend laut diesmal, und als ich die Augen öffnete, blickte ich in grelles Licht und ein Gesicht, das meines musterte. Ein älterer Mann mit weißem Vollbart und einer großen Ähnlichkeit mit Käpt'n Iglo sah mich aus wässrigen, haselnussbraunen Augen an, in denen eine Mischung aus Verblüffung und Sorge lag.

Blinzelnd wich ich zurück. Mit rasendem Herzen versuchte ich, mich aufzurappeln, doch der plötzliche Schmerz in meinem Knöchel ließ mich umknicken. Der Mann fasste mich am Arm und sagte etwas auf Norwegisch. Instinktiv riss ich mich los, was aber nur dazu führte, dass ich hinfiel.

Einige Augenblicke lang sahen wir einander nur an; er musterte meine Kratzer und Wunden und ich die Falten in seinem Gesicht, während hinter ihm ein Hund auf- und ablief und aufgeregt bellte.

»*Kom*«, sagte er schließlich, wobei er sich mühsam aus seiner gebückten Haltung aufrichtete und vorsichtig, beinahe beschwichtigend die Hand ausstreckte, als wäre ich kein Mensch, sondern ein verwundetes Tier, das beim geringsten Anlass zuschnappen könnte. Der Hund bellte wieder, inzwischen fast hysterisch, und der Mann rief etwas über seine Schulter, das ganz offenbar *Still jetzt!* bedeutete.

»We…« Ich leckte mir über die trockenen Lippen und versuchte es noch einmal. »Wer sind Sie? Wo bin ich?«

»Konrad Horst«, antwortete der Mann und deutete auf sich selbst. Er zog seine Geldbörse heraus und durchsuchte sie, bis er ein Foto einer älteren Dame mit rosigen Wangen, weißem Dutt und zwei kleinen blonden Jungen im Arm fand.

»*Min kone.*« Er sprach absichtlich langsam. Dann zeigte er auf die Kinder und fügte etwas hinzu, das wie *Wora Bahn-Bahn* klang.

Als Nächstes zeigte er durch die Tür auf einen draußen geparkten, äußerst betagten Volvo.

»*Bilen min*«, sagte er und wiederholte: »*Kom.*«

Ich war unschlüssig. Das Foto seiner Frau und Enkel hatte zwar durchaus etwas Beruhigendes – doch konnten Vergewaltiger und Mörder nicht auch Enkel haben? Vielleicht war er aber wirklich nur ein freundlicher alter Mann. Und vielleicht sprach ja seine Frau Englisch. Zumindest würden sie vermutlich ein Telefon haben.

Ich blickte auf meinen Fuß. Mir blieb kaum etwas anderes übrig. Da der Knöchel inzwischen auf fast das Doppelte seines normalen Umfangs angeschwollen war, wusste ich nicht, ob ich es humpelnd überhaupt zum Auto schaffen würde – von einem Flughafen ganz zu schweigen.

Käpt'n Iglo streckte mir den Arm hin und machte eine auffordernde Geste.

»*Bitte?*«, brummte er fragend, als wolle er mir die Wahl lassen. Aber das war eine Illusion. Ich hatte keine Wahl.

Ich ließ mir von ihm aufhelfen und stieg in den Wagen.

Erst während der Fahrt wurde mir bewusst, wie weit ich in der Nacht gelaufen war. Von diesem bewaldeten Knick im Berghang war der Fjord nicht einmal zu sehen, und der Volvo rumpelte gut und gerne mehrere Kilometer über ausgefahrene Wirtschaftswege, bevor wir endlich so etwas wie eine Straße erreichten.

Gerade als wir auf den Asphalt rollten, entdeckte ich in dem kleinen Fach unter dem Radio etwas – ein Handy. Ein museumsreifes Exemplar zwar, aber nichtsdestotrotz ein Handy.

Mir verschlug es fast den Atem. Zögernd streckte ich die Hand danach aus.

»Darf ich?«

Käpt'n Iglo sah mich an und grinste. Er legte mir das Telefon in den Schoß, aber dann sagte er etwas auf Norwegisch und tippte aufs Display. Schon ein Blick darauf genügte, um zu verstehen, was er meinte. Es gab kein Netz.

»*Vente*«, sagte er laut und deutlich und ergänzte langsam, mit starkem Akzent: »Warten.«

Ich hielt das Handy im Schoß und betrachtete mit einem Kloß im Hals das Display, während die Bäume vorbeirauschten. Etwas ergab keinen Sinn. Das Datum auf dem Handy zeigte den neunundzwanzigsten September an. Entweder hatte ich mich verzählt oder ich hatte einen Tag verloren.

Ich deutete auf die Datumsanzeige. »Ist das … heute, ist heute wirklich der neunundzwanzigste?«

Käpt'n Iglo sah aufs Display und nickte.

»*Ja, tjueniende.* Dinn-stag.« Er sprach das Wort sehr langsam aus. Dienstag. Heute war *Dienstag.* Ich hatte einen ganzen Tag und eine ganze Nacht in dem Schuppen verschlafen.

Während ich noch damit beschäftigt war, diese Information zu verarbeiten und alle Gedanken an die Ängste zu verdrängen, die Judah und meine Eltern durchstehen mussten, bogen wir in die Einfahrt eines hübschen, blau gestrichenen kleinen Häuschens, und in der Ecke des Handydisplays flackerte etwas auf – ein einziger Balken Empfang.

»Bitte?« Ich hielt es in die Höhe. Mir schlug das Herz bis zum Hals, sodass ich die folgenden Worte förmlich hervorwürgen musste. »Kann ich meine Familie in England anrufen?«

Konrad Horst sagte etwas auf Norwegisch, das ich nicht verstand, aber er nickte dabei. Meine Finger zitterten so stark, dass sie fast die Tasten verfehlten, doch es gelang mir, erst die +44 zu wählen und dann Judahs Handynummer.

# 36

Eine halbe Ewigkeit lang sagten wir gar nichts. Wie zwei Idioten standen wir stumm mitten im Flughafen herum und hielten einander fest, während Judah mir immer wieder über Gesicht und Haare und die blauen Flecken auf meiner Wange strich, als könnte er nicht ganz glauben, dass ich es wirklich war. Wahrscheinlich habe ich bei ihm das Gleiche getan, ich weiß es nicht mehr.

Alles, was ich denken konnte, war: Ich bin zu Hause. Ich bin zu Hause. Ich bin zu Hause.

»Ich kann es nicht glauben«, sagte Judah immer wieder. »Du lebst.«

Und dann kamen die Tränen, und ich heulte in die raue, kratzige Wolle seiner Jacke, und er sagte gar nichts, sondern hielt mich nur fest, als wollte er mich nie wieder loslassen.

Erst hatte ich nicht gewollt, dass die Horsts die Polizei riefen, aber ich konnte es ihnen nicht begreiflich machen, und nachdem ich mit Judah telefoniert und er versprochen hatte, Scotland Yard meine Version der Geschichte zu erzählen – eine so abstruse Geschichte, dass ich sie selbst kaum glauben konnte –, war ich schließlich überzeugt, dass selbst ein Richard Bullmer sich aus dieser Nummer nicht würde freikaufen können.

Die Polizei brachte mich direkt in eine Klinik, wo meine zerschnittenen Füße und der verstauchte Knöchel behandelt wurden und ich ein neues Rezept für meine Tabletten bekam. Das alles schien ewig zu dauern, doch irgendwann befanden die Ärzte mich für stabil genug, dass ich entlassen werden konnte, und ich wurde zu einer Polizeiwache im Tal gebracht, wo ein Vertreter der britischen Botschaft in Oslo auf mich wartete.

Wieder und wieder trug ich die Geschichte von Anne, Richard und Carrie vor, und jedes Mal klang sie in meinen eigenen Ohren ein bisschen unglaubwürdiger.

»Sie müssen ihr helfen«, drängte ich immer wieder. »Carrie – Sie müssen das Schiff aufhalten.«

Der britische Beamte und der Polizist wechselten einen Blick, und der Polizist sagte etwas auf Norwegisch. In dem Moment wusste ich, dass das, was sie mir verheimlichten, nichts Gutes sein konnte.

»Was?«, fragte ich. »Was denn? Wo liegt das Problem?«

»Die Polizei hat zwei Leichen gefunden«, erklärte der Botschaftsgesandte schließlich steif und ziemlich förmlich. »Die erste wurde am frühen Montagmorgen von einem Fischerboot entdeckt und die zweite später am Montag von Polizeitauchern.«

Ich stützte den Kopf in die Hände und presste die Finger so fest auf die Augen, dass Funken und Blitze auf der Innenseite meiner Lider erschienen. Ich holte tief Luft und sah auf.

»Bitte sagen Sie es mir. Ich muss es wissen.«

»Bei der Leiche, die von den Tauchern gefunden wurde, handelt es sich um einen Mann«, erklärte der Botschaftsbeamte langsam. »Er hatte eine Schusswunde an der Schläfe, von der die Polizei glaubt, dass er sie sich selbst beigebracht hat. Er trug keine Papiere bei sich, aber man geht davon aus, dass es sich um Richard Bullmer handelt. Die Crew der *Aurora* hatte ihn als vermisst gemeldet.«

Ich musste schlucken. »Und … und die andere?«

»Die andere Leiche war die einer Frau, sehr schlank, mit rasiertem Haar. Wir müssen noch den Obduktionsbericht abwarten, aber erste Erkenntnisse deuten darauf hin, dass sie ertrunken ist. Miss Blacklock?« Er sah sich nervös um, als wüsste er sich keinen Rat. »Ist alles in Ordnung, Miss Blacklock? Kann vielleicht jemand ein Taschentuch bringen, bitte? Bitte weinen Sie nicht, Miss Blacklock, Sie haben doch überlebt.«

Aber ich konnte nicht sprechen. Das Schlimmste war, dass er recht hatte – ich hatte überlebt, aber Carrie nicht.

Dass Bullmer sich umgebracht hatte, hätte ein Trost sein sollen, aber mich konnte nichts trösten. Ich saß nur da, weinte die Taschentücher voll und dachte an Carrie, an alles, was sie mir angetan, aber auch was sie für mich getan hatte. Was immer sie an Recht und Unrecht begangen hatte, sie hatte mit dem Leben dafür bezahlt. Ich war zu langsam gewesen, um sie zu retten.

# 37

Das Taxi vom Flughafen brachte uns zu Judahs Wohnung. Wir hatten es zwar nicht direkt besprochen, aber irgendwie konnte ich nicht in meine Kellerwohnung zurück. Judah schien zu ahnen, dass ich die Nase voll davon hatte, in fensterlosen Räumen festzusitzen.

Im Wohnzimmer packte er mich auf das Sofa, wickelte mich in eine Decke, als wäre ich ein kleines Kind oder würde mich von einer langen Krankheit erholen, und küsste mich ganz sachte auf die Stirn, als könnte ich sonst zerbrechen.

»Ich kann nicht glauben, dass du wieder da bist«, wiederholte er. »Als sie mir das Foto mit deinen Stiefeln gezeigt haben …«

Ihm traten die Tränen in die Augen, und ich spürte einen dicken Kloß im Hals.

»Sie wollte, dass ich sie bei ihr lasse«, sagte ich mit heiserer Stimme. »Damit ich mich als sie ausgeben konnte. Sie …«

Weiter kam ich nicht.

Judah hielt mich lange fest, selbst unfähig zu sprechen, doch schließlich schluckte er und sagte: »Du … du hast übrigens jede Menge Nachrichten. Die Leute haben irgendwann hier angerufen, weil deine Mailbox voll war. Ich habe alles aufgeschrieben.«

Er tastete in seiner Hosentasche und gab mir eine Liste, die ich rasch überflog. Die meisten Namen waren erwartbar: Lissie … Rowan … Emma … Jenn …

Es waren aber auch ein paar Überraschungen darunter.

»Tina West – sehr erleichtert, dass du in Sicherheit bist. Rückruf nicht nötig.«

»Chloe – Yansen? – Hofft, dass es dir gut geht. Bitte anrufen, wenn sie oder Lars irgendwie helfen kann.«

»Ben Howard. Keine Nachricht.«

»Oh Gott, Ben!« Ich bekam ein schlechtes Gewissen. »Ich wundere mich, dass er überhaupt noch mit mir reden will, nachdem ich ihn mehr oder weniger beschuldigt hatte, hinter der ganzen Sache zu stecken. Hat er wirklich angerufen?«

»Nicht nur das«, antwortete Judah, während er sich verstohlen die Augen am T-Shirt abwischte. »Er war derjenige, der Alarm geschlagen hat. Er hat von Bergen aus angerufen und wollte wissen, ob du gut zu Hause angekommen bist, und als ich sagte, ich hätte seit Sonntag nichts gehört, riet er mir, die Polizei zu rufen und denen zu sagen, es sei dringend. Er hatte schon in Trondheim Himmel und Hölle in Bewegung gesetzt, aber niemand von der Crew hat auf ihn gehört.«

Ich vergrub das Gesicht in den Händen. »Hör auf, sonst fühle ich mich noch mieser.«

»Ach komm, er ist immer noch ein selbstverliebtes kleines Arschloch«, beschwichtigte Judah. Er setzte sein hinreißendes Lächeln auf, und mit einem kleinen Stich bemerkte ich, dass sein Zahn wieder festgewachsen war. »Und er hat der ›Mail‹ ein ziemlich bescheuertes Interview gegeben, in dem es so rüberkam, als hättet ihr euch gerade eben erst getrennt.«

»Na gut.« Ich lachte unsicher. »Dann komme ich mir nicht mehr ganz so gemein vor, weil ich ihn des Mordes bezichtigt habe.«

»Möchtest du vielleicht erst mal einen Tee?«

Auf mein Nicken hin stand er auf und ging in die Küche. Aus einer Schachtel auf dem Couchtisch zog ich eine Handvoll Taschentücher und wischte mir damit die Augen, bevor ich die Fernbedienung nahm und den Fernseher einschaltete, um wieder einen Hauch von Normalität einkehren zu lassen.

Ich zappte durch die Kanäle, auf der Suche nach etwas Vertrautem – einer alten Folge von ›Friends‹ oder ›How I Met Your Mother‹ vielleicht –, als ich plötzlich wie vom Blitz getroffen stoppte. Das Herz schlug mir bis zum Hals.

Ich konnte den Blick nicht vom Bildschirm abwenden – von dem Mann, der mir daraus entgegensah.

Bullmer.

Unsere Blicke trafen sich, sein Mund verzog sich zu diesem typischen, asymmetrischen Lächeln, und einen Moment lang dachte ich, ich würde halluzinieren. Ich holte Luft, um nach Judah zu rufen, ihn zu fragen, ob er dieses Gesicht, das mich aus dem Bildschirm anstarrte wie der Teufel persönlich, auch sehen konnte – aber dann wurde der Nachrichtensprecher eingeblendet, und ich verstand. Es war der Bericht über den Tod Bullmers.

»... Eilmeldung zum Tod des britischen Geschäftsmannes und Mitglieds des Oberhauses Lord Richard Bullmer. Bullmer, der Mehrheitsaktionär der in finanzielle Schieflage geratenen Northern Lights Group war, wurde nur wenige Stunden nachdem ihn die Besatzung seiner Luxusjacht *Aurora* als vermisst gemeldet hatte, vor der norwegischen Küste tot geborgen.«

Dann wurde ein Film eingeblendet, der Richard auf einem Podium bei einer Rede zeigte. Man sah seine Lippenbewegungen, aber seine Stimme war stummgeschaltet worden, damit der Sprecher mit seinem Bericht fortfahren konnte. Während die Kamera an Bullmers Gesicht heranzoomte, ertappte ich mich dabei, wie ich unwillkürlich den Ton leiser stellte, vom Sofa rutschte und mich vor den Fernseher kniete, bis mein Gesicht nur noch wenige Zentimeter von seinem entfernt war.

Am Ende der Rede verbeugte er sich, und die Kamera fing sein Gesicht in Nahaufnahme ein. Es schien, als würde er geradewegs aus dem Bildschirm herausschauen und mir auf seine charakteristische Art zuzwinkern. Mir drehte sich der Magen um, und alle Nackenhaare stellten sich auf.

Mit zitternden Händen griff ich nach der Fernbedienung, um ihn ein für alle Mal aus meinem Leben zu verbannen, als die Kamera plötzlich aufs Publikum schwenkte und in der ersten Reihe eine außergewöhnlich schöne Frau mit wallendem, dunkelgoldenem Haar und breiten Wangenknochen ins Bild kam, die ihm lächelnd applaudierte. Ich hatte das Gefühl, dass ich sie schon mal gesehen hatte, aber ich wusste nicht, wo. Doch dann erkannte ich sie.

Es war Anne. Anne, wie sie war, bevor Richard genug von ihr hatte, jung, schön und voller Leben.

Während sie klatschte, schien sie auf einmal zu bemerken, dass die Kamera auf sie gerichtet war. Ihr Blick huschte kurz zur Linse, und ich glaubte, etwas darin zu sehen. Vielleicht bildete ich es mir nur ein, aber es kam mir vor, als läge da etwas Trauriges in ihrem Ausdruck, etwas, das ein bisschen an einen verängstigten Vogel im Käfig erinnerte. Doch dann setzte sie ein noch strahlenderes Lächeln auf, hob das Kinn, und ich sah eine Frau, die niemals kapitulieren, niemals aufgeben und bis zum Letzten kämpfen würde.

Als das Bild wieder auf den Nachrichtensprecher umschaltete, machte ich den Fernseher aus und ging zum Sofa zurück. Mit dem Gesicht zur Wand lag ich unter meiner Decke, lauschte Judah, der im Nebenraum Tee machte, und dachte nach.

Die Uhr auf Judahs Nachttisch zeigte nach Mitternacht an. Wir lagen eng aneinandergeschmiegt, und seine Arme umschlossen mich so fest, als fürchtete er, ich könnte in der Nacht verschwinden.

Ich hatte gewartet, bis ich glaubte, dass er schlief, bevor ich mir endlich erlaubte zu weinen, aber als ein besonders heftiges Schluchzen meinen Körper schüttelte, hörte ich plötzlich seine Stimme ganz sanft und leise an meinem Ohr.

»Alles okay?«

»Ich dachte, du wärst eingeschlafen«, erwiderte ich heiser und tränenerstickt.

»Weinst du?«

Erst wollte ich es abstreiten, aber meine Kehle war wie zugeschnürt, und ich konnte nicht sprechen. Außerdem hatte ich genug von all den Lügen, all dem Versteckspiel.

Als ich nickte, berührte er mein Gesicht und fühlte meine nassen Wangen.

»Oh, Schatz.« Ich konnte hören, wie er schluckte. »Es wird alles … Du musst dir …« Er stockte, unfähig weiterzusprechen.

»Ich muss immer an sie denken«, brachte ich mühsam hervor. Es war einfacher, wenn ich ihn nicht ansah, sondern meine Worte an das stille Dunkel und die Streifen von Mondlicht auf dem Boden richtete. »Ich komme damit nicht klar, es ist einfach nicht richtig.«

»Dass er sich umgebracht hat?«, fragte Judah.

»Nicht nur das. Anne. Und … und Carrie.«

Judah antwortete nicht, aber ich wusste, was er dachte.

»Sag es ruhig«, forderte ich ihn trotzig auf. Er seufzte, und ich fühlte, wie sich sein Brustkorb an meinem Rücken hob und senkte und sein Atem warm über meine Wange strich.

»Wahrscheinlich sollte ich das nicht sagen, aber irgendwie bin ich … erleichtert.«

Ich wälzte mich unter der Bettdecke herum, um ihm ins Gesicht zu sehen, und er hob beschwichtigend die Hand.

»Ich weiß, dass es falsch ist, aber nach dem, was sie dir angetan hat … Im Ernst, wäre es nach mir gegangen, hätte ich sie gar nicht erst an Land gezogen. Ich hätte sie den Fischen überlassen. Ist also vermutlich besser, dass es nicht nach mir ging.«

Ich spürte Wut in mir aufsteigen. Ich war wütend für Carrie, die geschlagen, erpresst, belogen worden war.

»Sie ist meinetwegen gestorben«, sagte ich. »Sie hätte mich ja nicht gehen lassen müssen.«

»Quatsch. Du warst doch überhaupt nur ihretwegen dort. Sie hätte keine Frau töten und dich auch nicht einsperren müssen.«

»Das weißt du nicht. Du weißt nicht, was sich in anderer Leute Beziehungen abspielt.«

Ich musste an die Angst in Carries Augen denken, an die Blutergüsse auf ihrem Körper, ihren festen Glauben, Richard nicht entkommen zu können. Sie hatte recht gehabt.

Judah schwieg. Auch wenn ich in der Dunkelheit sein Gesicht nicht sehen konnte, spürte ich seinen stummen Widerspruch.

»Was?«, fragte ich. »Glaubst du mir nicht? Du glaubst also nicht, dass sich Menschen aus Angst in etwas reinziehen lassen, oder weil sie keinen anderen Ausweg sehen?«

»Nein, das nicht«, antwortete Judah langsam. »Das glaube ich schon. Aber trotzdem ist jeder für sein eigenes Handeln verantwortlich. Jeder von uns kennt Angst. Aber du kannst mir nicht erzählen, dass du einem anderen Menschen so etwas antun würdest, egal, wie ausweglos die Lage wäre – dass du jemanden einfach so einsperren würdest – egal, wie viel Angst du hättest.«

»Ich weiß es nicht.« Ich dachte daran, wie mutig Carrie gewesen war und wie zerbrechlich. Ich dachte an die Masken, die sie aufgesetzt hatte, um die Furcht und die Einsamkeit im Innern zu verbergen, und an den Bluterguss auf ihrem Schlüsselbein, ihren angsterfüllten Blick. Ich dachte daran, wie sie für mich alles aufgegeben hatte.

»Hör mal …« Ich setzte mich hin und zog die Decke hoch. »Der Job, von dem du erzählt hattest, bevor ich aufgebrochen bin, der in New York. Hast du den schon definitiv abgesagt?«

»Ja, also, nein … ich werde noch absagen. Ich habe noch nicht da angerufen. Nach deinem Verschwinden habe ich gar nicht mehr daran gedacht. Warum?« Er klang beunruhigt.

»Ich finde nämlich, du solltest es nicht tun. Du solltest ihn annehmen.«

»*Was?*« Er setzte sich ebenfalls auf, und als ein Lichtstrahl auf sein Gesicht fiel, sah ich seinen schockierten, wütenden Ausdruck. Einen Moment lang war er sprachlos, doch dann sprudelten die Worte nur so aus ihm heraus. »Was zum Teufel ist mit dir los? Warum? Was soll das jetzt?«

»Na ja, ist das nicht die Chance deines Lebens? Es ist doch die Stelle, die du immer wolltest.« Ich wickelte den Bettbezug um meine Finger, bis er mir den Blutzufluss abschnürte und sie sich taub und kalt anfühlten. »Und seien wir mal ehrlich, hier hält dich doch nichts, oder?«

»Mich hält hier nichts?« Er schluckte hörbar, und seine Finger ballten sich um den weißen Stoff zur Faust. »Das Allerwichtigste hält mich hier, dachte ich zumindest. Ich ... willst du etwa Schluss machen?«

»Was?« Jetzt war es an mir, schockiert zu sein. Ich schüttelte den Kopf, ergriff seine Hände und fuhr mit den Fingern die Sehnen und Knöchel nach, die ich so gut kannte. *Verflucht.* »Nein, Judah! Nie, in einer Million Jahren nicht. Ich meinte doch ... ich wollte fragen ... Lass uns dahin gehen, zusammen.«

»Aber ... aber was ist mit ›Velocity‹? Mit deinem Job, Rowans Mutterschaftsvertretung? Das ist deine große Chance, das will ich dir nicht kaputt machen.«

»Es ist nicht meine große Chance«, seufzte ich. Ich rutschte wieder nach unten, wobei ich Judahs Hände immer noch festhielt. »Das ist mir auf dem Schiff klar geworden. Ich bin fast zehn Jahre bei ›Velocity‹ geblieben, während Ben und alle anderen auch mal Risiken eingegangen sind, größere und interessantere Dinge versucht haben. Ich hatte zu viel Angst und außerdem das Gefühl, ich wäre dem Magazin etwas schuldig, weil sie mich nicht fallen gelassen haben, als es mir schlecht ging. Aber Rowans Stelle wird sowieso niemals frei – in sechs Monaten ist sie zurück, vielleicht schon früher, und dann gibt es keine neue Stelle für mich. Und um ehrlich zu sein, selbst wenn ich mich hocharbeiten könnte – ich will es gar nicht mehr. Eigentlich wollte ich es nie – das ist mir auf dem Schiff klar geworden. Ich hatte ja weiß Gott genug Zeit zum Nachdenken.«

»Was soll das heißen? Du hast doch immer … Seit wir uns kennen, hast du von nichts anderem geredet.«

»Ich glaube, ich hatte mein Ziel aus den Augen verloren. Ich will nicht eines Tages wie Tina und Alexander enden, von Land zu Land ziehen und dabei nichts als Fünf-Sterne-Hotels und Michelin-Restaurants sehen. Gut, Rowan hat fast alle Luxusreiseziele in der Karibik besucht, aber im Gegenzug muss sie tagein, tagaus die Geschichten erzählen, die Leute wie Bullmer von ihr erwarten, und das will ich nicht, nicht mehr. Ich will über die Dinge schreiben, von denen diese Leute *nicht* wollen, dass sie erzählt werden. Und wenn ich mich sowieso schon von ganz unten hocharbeiten muss – freiberuflich geht das ja von überall.«

Mir kam ein Gedanke, und ich musste lachen, auch wenn es noch ein bisschen zittrig klang.

»Ich könnte ja ein Buch schreiben! ›Mein schwimmendes Gefängnis – Höllenfahrt auf hoher See‹.«

»Lo.« Judah nahm meine Hände, seine Augen glänzten groß und dunkel im Mondlicht. »Lo, hör auf mit den Witzen. Ist es dir wirklich ernst?«

Ich holte tief Luft und nickte.

»Mir war noch niemals etwas so ernst.«

Bald darauf schlief Judah ein. Sein Kopf ruhte in meiner Halsbeuge, und obwohl ich wusste, dass ich davon früher oder später einen Krampf bekommen würde, brachte ich es nicht übers Herz, mich zu rühren.

»Bist du wach?«, flüsterte ich. Er antwortete nicht, und ich glaubte schon, er wäre wie so oft von einem Atemzug auf den nächsten im Tiefschlaf versunken, doch dann regte er sich und murmelte: »Gerade so.«

»Ich kann nicht schlafen.«

»Schon gut …« Er drehte sich in meinen Armen um und strich mir über die Wange. »Es ist alles in Ordnung. Es ist vorbei.«

»Das ist es nicht … Es ist …«

»Denkst du immer noch an sie?«

Ich nickte im Dunkeln, und er seufzte.

»Als du ihre Leiche gesehen hast«, setzte ich an, aber er schüttelte den Kopf.

»Habe ich nicht.«

»Wie meinst du das? Ich dachte, die Polizei hätte dir Fotos zur Identifizierung geschickt?«

»Das war kein Foto von einer Leiche. Ich wünschte, das wäre es gewesen – dann hätte ich ja gesehen, dass es Carrie war und nicht du, und hätte nicht zwei Tage diese Höllenqualen durchgemacht, weil ich geglaubt habe, du wärst tot. Sie haben mir nur Klamotten gezeigt, Fotos von Klamotten.«

»Wieso haben sie das gemacht?« Warum sollte Judah die Kleidung, aber nicht die Leiche identifizieren?

Ich fühlte, wie Judah mit den Schultern zuckte.

»Keine Ahnung. Damals dachte ich, dass die Leiche zu übel zugerichtet war, aber nach deinem Anruf habe ich mit der Angehörigenbetreuerin gesprochen, weil ich wissen wollte, wie sie sich so hatten vertun können, und als sie in Norwegen nachgefragt hat, sagte man ihr, dass die Kleider separat aufgefunden worden waren.«

Hmm. Ich lag da und dachte angestrengt nach. Hatte Carrie aus lauter Verzweiflung Stiefel und Pulli ausgezogen und war losgeschwommen, um Bullmer irgendwie zu entkommen?

Ich fürchtete mich fast ein bisschen vor dem Einschlafen, weil ich Angst hatte, dass mich Carries vorwurfsvolle Miene im Traum verfolgen würde, doch als ich endlich die Augen schloss, war es Bullmers Gesicht, das ich vor mir sah, wie er mit einem Lachen auf den Lippen, das schwarze Haar vom Wind zerzaust, vom Deck der *Aurora* stürzte.

Ich schlug die Augen auf und lag mit klopfendem Herzen wach, während ich mir in Erinnerung rief, dass er tot war – dass ich in Sicherheit war, Judah in meinen Armen lag, und der ganze Albtraum ein für alle Mal zu Ende war.

Aber das war er nicht. Denn ich konnte nicht glauben, was passiert war.

Es war nicht nur Carries Tod, den ich nicht akzeptieren konnte – es war auch Bullmers. Nicht, weil ich fand, dass er lebend hätte davonkommen sollen, sondern weil sein Tod in diesem ganzen Geflecht einfach keinen Sinn ergab. Carrie hätte ich einen Selbstmord vielleicht noch zugetraut, aber nicht ihm. Ganz gleich, wie sehr ich es versuchte, ich konnte mir nicht vorstellen, dass dieser Mann, dieser eiskalte, zu allem bereite Mann, einfach aufgeben würde. Er hatte so hart gekämpft, seine Karten mit einer solchen Unverfrorenheit ausgespielt. Würde er tatsächlich einfach so das Handtuch werfen? Es schien mir unmöglich.

Aber so war es nun einmal. Ich musste es akzeptieren. Er war tot.

Ich machte die Augen wieder zu, verbannte das Schreckgespenst aus meinem Kopf und kuschelte mich an Judah, während ich mich zwang, über die Zukunft nachzudenken, über den Sprung ins Ungewisse, den ich wagen würde.

Für den Bruchteil einer Sekunde blitzte hinter meinen geschlossenen Lidern ein Bild auf, und ich sah, wie ich am Rande eines steilen Abgrunds auf einer schmalen Stange balancierte, unter mir die dunklen Wellen.

Aber ich hatte keine Angst. Ich hatte den Absturz überlebt.

*Evening Standard*, Donnerstag, 26. November

## *AURORA*-DRAMA: UNBEKANNTE TOTE IDENTIFIZIERT

Fast zwei Monate nach dem erschreckenden Fund zweier Leichen im Meer, darunter die des britischen Geschäftsmannes und Mitglieds im House of Lords, Richard Bullmer, haben die norwegischen Ermittler nun ihre Erkenntnisse zur Identität der zweiten, von Fischern in der Nordsee gefundenen Leiche veröffentlicht. Es soll sich dabei um Bullmers Frau Anne, Erbin des milliardenschweren Lyngstad-Imperiums, handeln.
Die Leiche Lord Bullmers war mehrere hundert Meilen entfernt in der Küstenregion vor dem norwegischen Bergen von Polizeitauchern gefunden worden, nachdem er von Mitarbeitern seines exklusiven Kreuzfahrtschiffs *Aurora Borealis* als vermisst gemeldet worden war.

## KEIN SELBSTMORD

Der auf Englisch veröffentlichte Bericht bestätigt frühere Ermittlungserkenntnisse der norwegischen Behörden, nach denen die Todesursache im Falle Lady Bullmers Ertrinken war, während Lord Bullmers Tod auf eine Schussverletzung an der Schläfe zurückzuführen ist. Er widerlegt jedoch frühere Berichte, in denen von einem Selbstmord Bullmers die Rede war; hierzu wird lediglich vermerkt, Bullmer habe sich die Verletzung dem Obduktionsbericht zufolge »nicht selbst beigebracht«.
Eine in der Nähe des Leichenfundorts sichergestellte, in Kleidungsstücke der vermissten britischen Journalistin Laura Blacklock eingewickelte Schusswaffe hatte anfangs zu Mutmaßungen über eine mögliche Verbindung zwi-

schen dem Tod Bullmers und ihrem Verschwinden geführt.
Miss Blacklock wurde wenige Tage später in Norwegen lebend aufgefunden. Ihre Eltern haben inzwischen ein Beschwerdeverfahren eingeleitet, da sie mehrere Tage lang in dem Glauben gelassen wurden, es handele sich bei der Toten um ihre vermisste Tochter. In einer Mitteilung betonte ein Sprecher von Scotland Yard, dass die Leiche zu keinem Zeitpunkt als Miss Blacklock identifiziert worden sei, räumte aber ein, Einzelheiten um die gefundenen Kleidungsstücke seien »nicht ausreichend deutlich kommuniziert« worden. Die Versäumnisse seien laut Scotland Yard auf zwischenbehördliche Kommunikationsprobleme zurückzuführen, und der Sprecher erklärte, dass die Polizei zur Klärung des Vorfalls in direktem Kontakt mit der Familie stehe.
Auf Nachfrage des ›Standard‹ teilte ein norwegischer Polizeisprecher mit, dass man zwar Miss Blacklock im Zusammenhang mit dem Fall befragt habe, die Britin jedoch in keinem der beiden Todesfälle als tatverdächtig gelte. Die Ermittlungen dauern an.

**ONLINE-BANKING-CHAT: 6. DEZEMBER, 16.15 UHR**

Hallo, willkommen bei unserem Kunden-
dienst-Hilfe-Chat.
Ich bin Ihr Kundenberater, Ajesh.
Wie kann ich Ihnen helfen, Miss Blacklock?

Hi, ich schreibe wegen einer merkwürdigen Gutschrift auf mein Konto. Ich wollte fragen, ob Sie irgendwelche Informationen zum Auftraggeber haben. Vielen Dank, Laura Blacklock.

Hallo Miss Blacklock, selbstverständlich, das kann ich mir gerne einmal ansehen.

Danke.

Um welche Transaktion geht es genau?

Eine Buchung vom 4. Dezember, über 40 000 Schweizer Franken.

Einen Moment, ich sehe mal nach.
Ich habe die Angaben hier – ist es die Transaktion mit dem Verwendungszweck »Tieger landen auf den Füßen«?

Ja, genau die.

Ich habe die Kontonummer überprüft.
Es handelt sich um ein Schweizer Konto bei einer Bank in Bern. Leider habe ich keinerlei Informationen zur Identität

des Inhabers; es ist ein Nummernkonto. Hilft Ihnen denn der Verwendungszweck weiter?

Ist schon in Ordnung, danke. Ich bin ziemlich sicher, dass es von einer Freundin kommt, ich wollte nur sichergehen. Vielen Dank für die Mühe.

Keine Ursache. Kann ich sonst noch etwas für Sie tun?

Nein, das ist alles. Vielen Dank. Und schönen Tag noch.

# Danksagung

Vielen Dank an all die Menschen, die mir während der Arbeit an ›The Woman in Cabin 10‹ geholfen haben. Das Schreiben ist zwar ein sonderbarer, einsamer Zeitvertreib, aber Verlegen ist definitiv ein Mannschaftssport, und ich bin sehr dankbar, dass solch engagierte, lustige und einfach nette Menschen an meinem Buch beteiligt waren.

Ein erstes großes Dankeschön geht an die beiden Alisons, und zwar Alison Hennessey bei Harvill Secker und Alison Callahan bei Scout, für ihr taktvolles, einfühlsames und mutiges Lektorat und für den Beweis, dass drei Hirne zusammen auf jeden Fall besser sind als mein eines.

So viele Vintage-Mitarbeiter verdienen ein Dankeschön für ihre Unterstützung und ihren Einsatz, doch besonderen Dank schulde ich Liz Foley, Bethan Jones, Helen Flood, Áine Mulkeen, Rachel Cugnoni, Richard Cable, Christian Lweis, Faye Brewster, Rachael Ludbrook, und Versha für die wunderschöne Gestaltung. Dank auch an Simon Rhodes in der Herstellung und natürlich an Tom Drake-Lee und alle anderen im Vertrieb, die dafür sorgen, dass meine Bücher in die Hände der Leser gelangen. Darüber hinaus danke ich Jane Kirby, Penny Liechti, Monique Corless und Sam Coates aus dem Rechte- und Lizenzteam dafür, dass sie meine Bücher auf der ganzen Welt verkaufen. Danke, dass ihr euch so gut um ›The Woman in Cabin 10‹ gekümmert habt. Ich bin stolz, eine Vintage-Autorin zu sein!

Meine Agentin Eve White und ihr Team stärken mir stets den Rücken, und ich bin immer wieder erstaunt über – und dankbar für – die Großzügigkeit der Schriftstellergemeinde, sowohl on- als auch offline.

Meine Freunde und meine Familie wissen, wie sehr ich sie liebe, also brauche ich es eigentlich hier nicht zu wiederholen – ich tue es trotzdem!